I

DEBRA MAY MACLEOD ist eine Koryphäe auf dem Forschungsgebiet zur Tradition der Vestalinnen. Sie ist Autorin historischer Romane sowie Sachbücher über die antike römische Religion der Göttin Vesta, wird als Expertin von Zeitungen, Radio und Fernsehen befragt, nimmt an Forschungsexkursionen teil und erhält so Zutritt zu sonst nicht zugänglichen historischen Orten. Sie ist studierte Juristin und hat einen Bachelor of Arts in Englisch sowie Altphilologie. Die Autorin lebt mit ihrem Mann und ihrem Sohn in Kanada.

Die Autorin und Diplomübersetzerin BARBARA OSTROP, geb. 1963, arbeitet seit 1993 als literarische Übersetzerin aus dem Englischen, Französischen und Niederländischen und zählt Frauenromane, Spannung, historische und Jugendromane sowie Fantasy zu ihren Schwerpunkten. Inzwischen hat sie über hundert Bücher ins Deutsche übertragen und so u. a. einige Romane von Simon Scarrow über das antike Rom für deutschsprachige Leserinnen und Leser zugänglich gemacht.

«*Ein intelligenter und gut recherchierter römischer historischer Roman voller starker Frauenfiguren. Toller Start einer vielversprechenden Serie.*»
Historical Novel Society

«*Ein mitreißendes Panorama der Ereignisse in den Jahren nach Julius Caesars Tod, um die Macht in Rom wiederherzustellen.*»
New York Journal of Books

«*Debra May Macleod lässt die Welt des alten Rom wiederauferstehen, in all seiner Brutalität und Brillanz, seiner reichen Geschichte und noch reicheren Legende. Ein wahrer Pageturner, so klug wie fesselnd. Wie kein anderer Roman erweckt dieses Lese-Muss den Orden der Vesta zum Leben.*»
BookLife, Publishers Weekly

DEBRA MAY MACLEOD

◆ DIE TÖCHTER ROMS ◆
FLAMMEN TEMPEL

HISTORISCHER ROMAN

Aus dem Englischen von Barbara Ostrop

Rowohlt Taschenbuch Verlag

Die Originalausgabe erschien zuerst 2015
unter dem Titel «Brides of Rome»
als Selfpublishing-Ausgabe sowie 2020
bei Blackstone Publishing, Oregon.

Deutsche Erstausgabe
Veröffentlicht im Rowohlt Taschenbuch Verlag, Hamburg, Mai 2021
Copyright © 2021 by Rowohlt Verlag GmbH, Hamburg
«Brides of Rome» Copyright © 2020 by Debra May Macleod
Redaktion Nadia Al Kureischi
Covergestaltung Hauptmann & Kompanie Werbeagentur, Zürich
Coverabbildung Stephen Mulcahey / Arcangel
Grafik Forum Romanum Peter Palm, Berlin
Satz aus der Adobe Garamond Pro
bei hanseatenSatz-bremen, Bremen
Druck und Bindung GGP Media GmbH, Pößneck, Germany
ISBN 978-3-499-00327-1

Die Rowohlt Verlage haben sich zu einer nachhaltigen Buchproduktion verpflichtet. Gemeinsam mit unseren Partnern und Lieferanten setzen wir uns für eine klimaneutrale Buchproduktion ein, die den Erwerb von Klimazertifikaten zur Kompensation des CO$_2$-Ausstoßes einschließt.
www.klimaneutralerverlag.de

FLAMMEN TEMPEL

DRAMATIS PERSONAE

Agrippa (Marcus Vipsanius Agrippa) – General und Freund Octavians.
Alexander Helios – Sohn von Kleopatra und Marcus Antonius.
Ankhu – Quintus' ägyptischer Botensklave.
Apollonius – Sklave und Berater Kleopatras.
Brutus – Senator und Mörder Julius Caesars.
Caecilia Scantia – Vestalin.
Caesarion – Sohn Kleopatras und Julius Caesars.
Caeso – Leibwächter der Vestalin Pomponia.
Calidus – Wohlhabender Landbesitzer. Intrigierte gegen Licinia.
Calpurnia – Ehefrau Julius Caesars.
Cassia – Name einer verstorbenen Vestalin; außerdem Name einer Vestalin in Tivoli.
Cassius – Senator und Mörder Julius Caesars.
Charmion – Sklavin und Beraterin Kleopatras.
Cicero (Marcus Tullius Cicero) – Römischer Redner und Politiker.
Claudia Drusilla – Schwester Livia Drusillas.
Cossinia – Eine Vestalin in Tivoli.
Despina – Oberste Sklavin im Haus Octavians und Livias.
Diodorus – Griechischer Freund von Livias erstem Ehemann Tiberius.

Drusus – Jüngerer Sohn Livia Drusillas mit ihrem ersten Ehemann Tiberius.

Fabiana – *Vestalis Maxima*, Oberpriesterin des Vestalinnenordens.

Flamma – Name eines berühmten Gladiators.

Flavia – Vestalin im Prolog.

Gallus Gratius Januarius – Ein Wagenlenker.

Gnaeus Carbo – Römer, dessen Legionen bei Cimbri geschlagen wurden und der gegen Licinia intrigierte.

Iras – Sklavin und Beraterin Kleopatras.

Julia Caesaris filia – Tochter Octavians.

Julius Caesar (Gaius Julius Caesar) – Römischer General und Diktator.

Kleopatra VII. Philopator – Königin Ägyptens.

Kleopatra Selene – Tochter von Kleopatra und Marcus Antonius.

Laenas – Centurio in Carbos Legionen. Er hilft, Licinia zu entlasten.

Lepidus – *Pontifex Maximus* oder oberster Priester Roms.

Licinia – Vestalin im Prolog.

Livia Drusilla – Römische Adlige.

Lucretia Manlia – Vestalin.

Maecenas (Gaius Maecenas) – Enger politischer Berater Octavians.

Marcellus – Octavians Neffe; Octavias Sohn aus erster Ehe.

Marcus Antonius – Römischer General, zweitmächtigster Mann nach Julius Caesar.

Marius – Freund Quintus' in Alexandria.

Medousa – Griechische Sklavin im Besitz der Vestalin Pomponia.

Nona Fonteia – Vestalin.
Octavia – Schwester Octavians.
Octavian – Großneffe Julius Caesars, wird Caesar.
Perseus – Fabianas Hund (benannt nach dem Helden, der Medusa erschlug).
Pomponia Occia – Vestalin.
Publius – Leibwächter der Vestalin Pomponia.
Quintina Vedia – Ältere Tochter von Quintus und Valeria.
Quintus Vedius Tacitus – Priester des Mars, ehemaliger Soldat Caesars.
Rufus – Sohn des genannten Rufus (Marcus Sergius).
Rufus (Marcus Sergius) – Soldat, dem ein Zusammensein mit Licinia zur Last gelegt wurde.
Sabina – Eine Novizin im Vestalinnenorden.
Scribonia – Eine römische Adlige, Mutter Julias.
Septimus – Junger Priester des Mars in Tivoli.
Sextus Pompeius – Sohn von Pompeius dem Großen.
Tacita Vedia – Jüngere Tochter von Quintus und Valeria.
Taurus – Senator und reicher Förderer des Amphitheaters.
Tiberius Claudius Nero – Erster Ehemann Livia Drusillas (denselben Namen trägt auch der gemeinsame Sohn, siehe unten).
Tiberius Claudius Nero – Sohn des Tiberius (siehe oben) und der Livia Drusilla.
Tuccia – Vestalin.
Tullia – Vestalin im Prolog.
Valeria – Ehefrau von Quintus Vedius Tacitus.

PROLOG

Campus Sceleratus
Das «Feld des Frevels» unmittelbar
hinter den Stadtmauern Roms

113 v. Chr.

Licinias Mageninhalt drohte in ihre Kehle zu steigen. Sie rang um Beherrschung. Immer wieder verschwammen die in der Landschaft verstreuten grünen Zypressen und der blaue Himmel vor ihren Augen. Sie schluckte kräftig, doch von der sommerlichen Hitze und ihrer nackten Angst war ihr Mund trocken, als bohrte sich eine Klinge in ihren Rachen.

Eine Klinge. Sie hatte die Göttin um eine Klinge angefleht. Selbst Verbrecher und Gladiatoren starben durch das schnelle Werk eines Schwerts oder Dolchs, doch ihr, einer verehrten Priesterin der Vesta, verwehrte man diese Gnade. Ihre Wächter waren so freundlich zu ihr gewesen, wie ihre Stellung es erlaubte, doch keiner von ihnen hatte es gewagt, eine Klinge in ihre Zelle zu schmuggeln, wie sehr sie auch darum gebettelt hatte.

Nicht einer von ihnen hatte es riskiert, ihr das zu verschaffen, was sie brauchte, um ihre Qual sofort zu beenden, obgleich sie ihnen in den Augenblicken größter Angst sogar angeboten hatte, sich selbst und ihren jungfräulichen Dienst an der Göttin zu entehren und sie ganz nach ihren Gelüsten zu befriedigen. Als Gegenleistung müssten sie ihr nur ein Küchenmesser bringen, möge es auch noch so stumpf sein.

Zweifellos hatten sie mitverfolgt, wie ihr angeblicher Liebhaber auf dem Forum totgepeitscht wurde.

Rotes Blut sickerte durch das weiße Leinen der an ihrem Körper klebenden *stola*, da die Peitschenstriemen auf ihrem Rücken erneut aufgebrochen waren. Der *Pontifex Maximus* ergriff ihren Arm und zog sie zu einem im Boden klaffenden Loch.

Darum herum standen mehrere Priester und zwei ihrer Mit-Vestalinnen: die gefügige Flavia und die pflichtbewusste oberste Vestalin Tullia. Mit feuchten Augen hatten sie die Arme flehend zur Göttin erhoben.

Das schwarze Loch lag nun unmittelbar vor ihr. Licinia blickte in die Tiefe hinunter und spürte, wie von dort die kalte, abgestandene Luft wie ein scheußlicher Nebel aufstieg und sich auf ihr Gesicht legte. Von Entsetzen ergriffen und gleichzeitig von einer makabren Faszination erfüllt, spähte sie blinzelnd in die Schwärze. Mit Mühe konnte sie die oberste Sprosse einer Leiter erkennen, die hinunterführte, hinab zum pechschwarzen Ende ihres Lebens.

«*Protege me, Dea!*», schrie sie. Göttin, beschütze mich!

«Mutter Vesta ist bei dir.»

Tullia hatte gesprochen. Diese Worte an eine wegen *incestum*, des Bruchs des Keuschheitsgelübdes zum Tode verurteilten Vestalin widersprachen der Sitte, doch der Pontifex Maximus war nicht in der Stimmung, die strenge *Vestalis Maxima* an die Etikette zu erinnern. Mit dieser unangenehmen Sache würden sie bald fertig sein, doch er müsste auch in Zukunft mit ihr zusammenarbeiten. Wozu sollte er die Dinge noch schlimmer machen?

Der oberste Priester trat zurück und nickte dem Scharfrichter zu, einem vom Krieg gezeichneten Herkules von Mann, groß und breitschultrig. Es schien, als stünde er für zwei Männer da. Er zögerte kurz – schließlich handelte es sich bei der Verurteilten um eine *Priesterin der Vesta* – und streckte dann unsicher die Hand nach ihr aus, um sie zur Leiter zu schieben. Dabei betete er, dass sie freiwillig hinabsteigen würde.

Da fuhr sie ihn an. «Fass mich nicht an. Ich diene der unbefleckt reinen Göttin.»

Er zog die Hand zurück.

«Du hast der Göttin gut gedient», sagte die Vestalis Maxima. «Mögest du es weiter tun.»

Licinias Kehle schnürte sich zusammen, doch sie holte tief Luft, um den Tränen Einhalt zu gebieten. Sie schaute Tullia ins Gesicht, das im gleißenden Sonnenschein keine Regung zeigte. Dann raffte sie ihre Stola zusammen und hielt den Faltenwurf mit einem Arm fest, um die Leiter hinabsteigen zu können, ohne darüber zu stolpern.

Sie schob den mit einer Sandale bekleideten Fuß in die schwarze Leere und spürte, wie die feuchte, kalte Luft die nackte Haut ihres Fußes und Schienbeins umfing. Ein Schauder lief ihr den Rücken hinunter, als ihr rechter Fuß in der Dunkelheit die oberste Leitersprosse fand. Ihr linker Fuß folgte. Sie stieg die zweite Sprosse hinunter und spürte dabei, wie die Peitschenstriemen auf ihrem Rücken aufbrachen. Wieder stieg sie eine Sprosse hinunter. Nun hatte sie die schwarze Erdkrume unmittelbar vor Augen, und mit schmutzbedeckten Fingern hielt sie sich am Erdboden fest. Am Leben.

Es war eigenartig, die Welt aus dieser Perspektive zu sehen: auf die mit Sandalen bekleideten Füße der Menschen zu schauen, die sich in ihren Sänften nach Rom zurücktragen lassen würden, wenn diese Pflicht erledigt wäre. Sie würden weiter die frische Luft einatmen und ihren Alltag fortsetzen – reden, essen, schlafen – und am Morgen im Licht der Dämmerung aufwachen. Wie fremdartig ihr all diese Tätigkeiten in diesem Moment erschienen.

Als sie nun bis zum Hals im Hades steckte, wandte Licinia den Blick ab. Sie wollte nicht, dass ihr letztes Bild der Welt die falsch geschnürten Sandalen eines Priesters waren. Was musste er für tölpelhafte Sklaven haben. Entweder das, oder sie verabscheuten ihren Herrn insgeheim.

Sie öffnete weit die Augen, hungrig nach Licht, während sie die Leiter Sprosse um Sprosse in die finsterer werdende Grube hinabstieg, bis ihre Füße auf festen Boden trafen. Sie blickte auf. Die Öffnung zur Welt dort oben sah aus wie die Scheibe des Vollmonds, der weiß vor dem schwarzen Himmel leuchtet.

Licinias Herz hämmerte so heftig, dass Brust und Rücken von dem Druck schmerzten. Sie konnte nicht tief durchatmen: Es war, als hätte jemand ihren Oberkörper mit einem festen Band umschnürt. Sie stand stocksteif wie eine Statue in der Dunkelheit, spürte, wie ein unsichtbares Insekt ihr mit seinen dürren Beinchen über den Fuß huschte, und schreckte davor zurück, sich umzusehen. Dadurch würde das alles erst wirklich werden. Und dafür war sie noch nicht bereit.

Die Leiter wurde rasch nach oben gezogen, zu rasch, als dass sie sich daran hätte festhalten können. Allmählich verschwand sie dort oben in dem grellen Licht. Gleich darauf wurde ein Korb an einem langen Seil zu Licinia heruntergelassen. Sie reckte sich danach und packte ihn aus, bevor er ebenso schnell wieder hochgezogen wurde wie zuvor die Leiter.

Ein runder Laib Brot. Eine kleine Amphore voll Wasser. Eine Öllampe, die mit einer kleinen, aber steten Flamme brannte.

Während sie in das Lichtchen starrte, hörte sie von oben ein Knirschen und spürte, wie weiche Erde auf ihr verschleiertes Haupt fiel. Ihr Grab wurde geschlossen.

Sie blickte auf. Der Vollmond aus Licht wich einem Halbmond und bald einer Neumondsichel. Dann verschwand auch dieser letzte Lichtsplitter, und sie blieb mit ihrem ängstlich hämmernden Herzen und der flackernden Flamme allein zurück. Tullia hatte recht. Vesta war bei ihr. Die Vestalis Maxima hatte die Öllampe zweifellos mit der heiligen Flamme aus dem Tempel entzündet.

Licinia barg die kleine Öllampe in der Hand, und als spürte sie einen Geist hinter sich stehen, drehte sie sich langsam um sich selbst, um sich in der finsteren Grube umzuschauen.

Die Grube war größer, als sie erwartet hatte, und mehr oder weniger rechteckig. Die Wände waren erdig und glatt. Ein paar Schritte links von ihr stand eine schmale Liege, und auf dem Boden davor – Licinia schrie auf – lag eine *Leiche*!

Sie war in eine edle Stola gekleidet, die der Licinias ähnelte, das verweste Fleisch und die frei liegenden Knochen aber nur noch in mürben Fetzen umhüllte. Arme und Beine waren gespreizt, und der Schädelknochen lugte heraus. Auch ein paar müde Strähnen langen Haars waren zu sehen. Der Mund stand offen.

Licinia spürte, wie ihr das Blut aus dem Kopf wich. Langsam kniete sie sich nieder. Sollte sie in Ohnmacht fallen, würde sie die Öllampe fallen lassen, und ihre einzige Lichtquelle wäre verloren. Sie sog ein paar Atemzüge der dumpfen Luft ein und hatte das Gefühl, dass der Gestank in ihren Nasenlöchern haften blieb wie ein widerlicher Belag.

Etwas fiel ihr ins Auge, und sie blickte nach rechts. An der Wand lagen noch zwei weitere Leichen. Diese ruhten in einer würdevolleren Haltung, ihre mürben Stolen waren vorsichtig und respektvoll um sie geschlagen, und ihre Gesichter waren mit dem Schleier bedeckt. Unter dem Stoff zeichneten sich die trockenen Gebeine ab.

Die Worte der obersten Vestalin gingen Licinia durch den Kopf. *Du hast der Göttin gut gedient. Mögest du es weiter tun.*

Sie stellte die Öllampe vorsichtig auf dem Boden ab und krabbelte zu der mit gespreizten Beinen daliegenden Leiche. Sanft legte sie die Hände um die knochigen Arme der Vestalin, faltete sie ihr auf der Brust und zog ihr dann die verwesten Beine an den Leib.

Behutsam zog sie den alten, empfindlichen Stoff um die Leiche zurecht und tat im matten Licht ihr Bestes, die Vestalin würdevoll einzuhüllen. Als sie fertig war, wälzte sie die Leiche zu der Stelle, an der die anderen Priesterinnen lagen. Schließlich bedeckte sie das Gesicht der toten Vestalin mit dem vergilbten Leinen ihres Schleiers.

Licinia kehrte zu der Stelle zurück, an der sie das Wasser und das Brot zurückgelassen hatte, trug alles zur Öllampe und setzte sich im Schneidersitz davor. Aus dem frischen Laib riss sie ein kleines Stück heraus, hielt es über die Öllampe und streute Krümel in die Flamme.

«Mutter Vesta, deine demütige Priesterin, die dir die letzten fünfzehn Jahre in reiner und ehrfurchtsvoller Pflicht gedient hat, ehrt dich mit diesem Opfer. Bitte erleuchte meinen Weg ins Jenseits.»

Hier, wo die Kälte in der finsteren Grube ihre Haut prickeln ließ, war die Hitze des Sommertags draußen nur noch eine ferne Erinnerung. Die betäubende Stille ihres tiefen Grabs dröhnte ihr in den Ohren, doch durch sie hindurch hörte sie die Worte Anaxilaus', ihres griechischen Arztes.

Verschmähe das Wasser, das sie dir mitgeben, um dein Leiden nicht zu verlängern. Zeige Hades, dass du bereit bist, dann holt er dich schneller. Selbst er kann Gnade zeigen … auf seine eigene Weise.

Sie kippte die Amphore um und beobachtete, wie das Wasser in den Schmutz rann und in die Unterwelt versickerte.

Vergib mir, Göttin, dachte sie, *aber mein letztes Opfer muss für Hades sein.*

KAPITEL I

Veni, vidi, vici.
«Ich kam, ich sah, ich siegte.»
JULIUS CAESAR

Rom, 45 v. Chr.
(68 Jahre später)

Ein Legionär im roten Umhang stand unter der Aquila, dem goldenen Adler Roms, der als Feldzeichen hoch oben auf der Spitze einer Stange prangte. Der Legionär blies in sein Horn und rief: «Bahn frei für General Gaius Julius Caesar!»

Das Forum Romanum war der Mittelpunkt des politischen, wirtschaftlichen und religiösen Lebens der Stadt Rom. Selbst an einem ruhigen Tag konnte dort ein hektisches Gedränge herrschen, da vom Senator in seiner besten weißen Toga bis zum Sklaven in abgenutzten Sandalen jeder erdenkliche Mensch hier alles Mögliche zu tun hatte.

Heute war kein ruhiger Tag. Es war vielmehr ein historischer Tag. Es war der Tag, an dem die Volksmassen zum ersten Mal einen guten Blick auf den neuen Diktator werfen konnten. Dieser schritt, von der Curia – dem Sitz des römischen Senats – kommend, langsam über die Via Sacra zum Tempel der Vesta, hinter sich das Panorama vielfarbiger Marmortempel, vor sich die große, zweigeschossige Basilica Aemilia, deren lange Arkade mit ihren vielen Geschäften die Straße säumte.

Die Menschen waren in Scharen gekommen, um zuzuschauen, wie Caesar unter dem Adler über die gepflasterten Straßen des Forums schlenderte, als gehörte ihm die Welt. Tatsächlich *gehörte* sie ihm ja. Die Macht, die ihm als Diktator in die Hand gegeben war, besagte genau das.

Geführt von seiner Leibwache, den Liktoren, und umgeben von einer kleinen Armee von Legionären in voller Rüstung, winkte Caesar denen in der Menge zu, die ihm Blumen zu Füßen warfen, und übersah die, die es unterließen.

Manche liebten ihn. Andere hassten ihn. Den meisten war er gleichgültig. Solange sie einen vollen Bauch und einen Krug Wein in Reichweite hatten, solange die verdammten zotteligen Gallier nicht vor den Toren Roms standen und Kriegsgeschrei ausstießen, war das Leben gut.

Als Caesars eindrucksvoller Zug an der Basilica Aemilia vorbeischritt, entrollten mehrere Soldaten, die auf den Bögen und Säulen der Arkade postiert waren, scharlachrote Fahnen. Wie Theatervorhänge fielen sie herab, in der Mitte mit einem großen Medaillon der Venus geschmückt, der Göttin, auf die Caesar sich als Ahnherrin berief.

«Caesar setzt sich ganz schön in Szene», sagte eine Frau beeindruckt.

Ihre Freundin beugte sich zu ihr vor. «Hast du schon das Lied gehört, das seine Soldaten über ihn singen?»

«Nein, aber ich kann es mir vorstellen.»

«*Den Weiberhelden bringen wir heim*», setzte die Freundin

an, «*Römer, lasst eure Frauen nicht laufen! All das Gold, das ihr ihm gabt, nimmt er, um sich Flittchen zu kaufen.*»

Lachend rafften die Frauen ihre Stolen, um sie nicht auf dem Pflaster zu beschmutzen, und schlängelten sich durch die plappernde Menge. Immer wieder stießen sie mit anderen Menschen zusammen, aber schließlich kamen sie vor dem runden, weißen Marmortempel der Vesta an. Von jeder der zwanzig kannelierten Säulen, die ihn umschlossen, hingen grüne Lorbeerkränze herab.

Im Allerheiligsten des Tempels, das nur die Vestalinnen betreten durften, brannte die heilige Flamme der Vesta, der Göttin des Heims und des Herdes. Die Ewige Flamme, die die Ewige Stadt beschützte, war ihre. Solange sie brannte, würde Rom nicht erlöschen, und so hüteten die Vestalinnen das Feuer Tag und Nacht. Entlang der kurvenreichen Via Sacra standen mit Steinmetzarbeiten verzierte Postamente rund um den heiligen Bezirk des gut bewachten Tempels. Oben auf jedem Postament ruhte eine schimmernde Bronzeschale, in der ein Feuer brannte, das an der ewigen Flamme im Allerheiligsten entzündet worden war.

Die beiden Freundinnen schoben sich durch die Menge, bis sie zu einer der Feuerschalen gelangten. Es war ein schöner Februartag, aber wenn die Wolken die Sonne verdeckten, wurde es kalt. Die Göttin hatte gewiss nichts dagegen, dass sie ihre sterblichen Hände an ihrer unsterblichen Flamme wärmten.

Die Frau, die das Lied angestimmt hatte, setzte erneut an: «*Julius Caesar macht es ihr ...*» Sie brach ab. Eine der Bronzetüren des Tempels öffnete sich, und eine Frau schritt hoheitsvoll die Stufen herunter. Gekleidet war sie in eine weiße

Stola, ihr Gesicht war verschleiert. Die Oberpriesterin Fabiana. Jeder kannte sie. Seit Jahrzehnten schon tat sie Dienst als Vestalis Maxima, als Leiterin des Vestalinnenordens. Gemeinsam mit allen um sie herum knieten die beiden Frauen sich nieder.

Als die Vestalin auf der untersten Marmorstufe angekommen war, traten zwei bewaffnete Centurionen zu ihr. Ihre scharlachroten Umhänge rahmten die weiße Stola ein.

Der ranghöhere der beiden Soldaten nahm seinen mit einem Federkamm versehenen Helm ab und neigte den Kopf. «Hohe Dame», sagte er. «Sollen wir dich begleiten?»

«Ja», antwortete die Vestalin. Ihre Stimme klang jünger als ihre sechsundsiebzig Jahre. «Danke.»

Das glanzvolle Trio begab sich zum Säulenvorbau des benachbarten Hauses der Vestalinnen. In diesem großen, luxuriösen Bau, der nur wenige Schritte vom Tempel entfernt lag, lebten die Priesterinnen während der Jahre, die sie Dienst für Rom taten.

Als die Vestalin vorbeischritt, sanken Männer und Frauen vor ihr auf dem Pflaster in die Knie, die Hände mit den Handflächen nach oben erhoben.

Ein Chor leiser Stimmen stieg auf:
Bitte Mutter Vesta, meinen Sohn zu beschützen. Er tut in Gallien Dienst ...
Schütze meine Familie, Hohe Priesterin ...
Segne die Ehe meiner Tochter ...
Mein kleiner Sohn ist krank. Bitte die Göttin, ihn zu retten ...

Die Vestalin zog die *palla* aus Leinen zurück, die sie über die Schultern gebreitet hatte, und brachte eine Handvoll heiliger Salz-Mehl-Oblaten zum Vorschein, die übliche Opfergabe für die Göttin. Noch immer von den Centurionen in ihren schimmernden Rüstungen begleitet, legte sie beim Passieren den knienden Bittstellern die Oblaten in die Hände.

«Opfere dies der *viva flamma*.» Der lebenden Flamme.

Die Bittsteller erhoben sich und gingen zu den Feuerschalen, um ihr Opfer darzubringen.

Erneut blies ein Horn, als Caesars eindrucksvoller Zug gleichzeitig mit der Priesterin vor dem Säulenvorbau des Hauses der Vestalinnen eintraf.

Die beiden Freundinnen hatten sich ebenfalls erhoben und kämpften um einen guten Aussichtsplatz im Gedränge.

«Bahn frei für General Gaius Julius Caesar!», rief ein Soldat. Die Vestalin allerdings verdrehte nur die Augen, als wollte sie sagen: *Ja, er ist nicht zu übersehen.*

Weitere Soldaten drängten die Menschenmenge zurück, während Caesar, bekleidet mit einer weißen Toga, deren breiter, purpurroter Saum seine Stellung und Macht demonstrierte, die Arme nach der alten Vestalin ausstreckte. Nun lächelte sie und umarmte ihn.

Für sie war er kein Diktator. Sondern ein Verwandter.

Die reich verzierten Holztüren des Hauses der Vestalinnen – tiefrot mit weißen und blauen Rosetten – öffneten sich, und die Centurionen blieben als Wächter zurück, während Caesar und die Vestalin in die Eingangshalle traten.

Einer der Offiziere zwinkerte den beiden Frauen zu. Sein eiserner Muskelpanzer schimmerte in der Sonne, und er wölbte die Brust.

«*Mea Dea*», seufzte die eine. «Vergiss diese schweißbedeckten Gladiatoren im Sand der Arena.» Sie stieß ihre Freundin mit dem Ellbogen an. «Heute Nacht werde ich mir diese beiden schimmernden Centurionen vorstellen, wenn mein Mann sich auf mich wälzt.»

Julius Caesar ruhte in dem üppig ausgestatteten, rechteckigen Innenhof des mehrstöckigen Hauses der Vestalinnen auf einer gepolsterten Marmorbank. Er lächelte über die eindrucksvolle Versammlung von Senatoren, hochrangigen Priestern und anderen Patriziern, die seiner Einladung gefolgt waren, sich hier, im großen Garten der Vestalinnen, mit ihm zu treffen, um seine neue Machtstellung zu feiern.

«Also sag mir, Julius», begann Fabiana, «soll ich dich jetzt König nennen?»

Caesar grinste die Vestalis Maxima an, die neben ihm saß. «Willst du, dass man mich umbringt, Großtante?»

«Wenn ich deinen Tod wünschte, wärest du tot. Jetzt gib mir einen Becher Wein.»

Caesar nahm einen goldenen Becher vom Tablett einer Sklavin und reichte ihn weiter. «Priesterin Fabiana, ich brauche deine Hilfe.»

«Ich weiß», antwortete Fabiana nüchtern und führte den Becher zum Mund. «Du bist zum *dictator in perpetuum* ernannt worden, oder hast du dich vielmehr selbst zum Diktator auf Lebenszeit ausgerufen?» Sie sah ihn über den Rand ihres Bechers hinweg an, in den schwarzen Augen ein Funke jener Unverfrorenheit, für die sie bekannt war.

So war es immer mit der Oberpriesterin. Sie war freundlich, aber nach all den Jahren, in denen der Umgang mit allzu vielen Menschen und Persönlichkeiten ihre Pflicht war, hatte sie auch etwas Ungeduldiges und sehr Freimütiges an sich.

«Das ist zum Besten Roms», sagte Caesar. «Du hast doch

selbst mit dem Senat zu tun gehabt.» Er sprach so, dass nur sie ihn hören konnte. «Ein Haufen reicher alter Männer, die geradezu lyrisch von den Vorzügen der Republik schwärmen, aber wozu? Doch nur, damit sie noch mehr Münzen einsacken und noch mehr Land vergeuden können. Unter meiner Herrschaft wird Rom mehr Republik sein als seit Jahrzehnten.»

«Einige sind sich da nicht so sicher. Manche behaupten, du seist ein neuer König Tarquinius.»

Der Centurio, der neben Caesar stand, sah sie mit geweiteten Augen und zusammengepressten Lippen an. Hätte irgendjemand anderes diese Worte ausgesprochen, würde sein Haupt bereits die Spitze eines Pfahls zieren.

«Mit seiner Arroganz hätte Tarquinius eher einen Senator als einen König abgeben können. Du wirst sehen, Oberpriesterin ...» Caesar blickte auf, als sich eine Welle von erregtem Geflüster unter den Versammelten ausbreitete. «Aber jetzt genug von Königen. Wie ich sehe, ist eine Königin eingetroffen.»

Kleopatra VII. Philopator. Die berühmt-berüchtigte Königin Ägyptens lebte bereits seit einem Jahr in Rom. Mit dem gemeinsamen kleinen Sohn Caesarion wohnte sie in Caesars Landhaus und sorgte für einen steten Nachschub an Skandalen und Klatschgeschichten, wie die Oberschicht Roms sie seit Generationen nicht mehr erlebt hatte.

Caesar hatte den Jungen nicht öffentlich als seinen Sohn anerkannt und würde das auch nicht tun. Die scharfe Nase und die kleinen, engstehenden Augen des Kindes waren jedoch Bestätigung genug. Ein Spiegelbild des römischen Generals.

Wie immer, wenn Kleopatra irgendwo auftauchte, schlenderte sie in den Innenhof, als gehörte er ihr, und brach sich mit ihrer stilvollen Überlegenheit Bahn zwischen den plaudernden Gruppen von würdigen römischen Damen und Herren. Ihr langes, golddurchwirktes Kleid umfing ihre schlanke Taille, schmiegte sich um die Hüften und reichte bis auf den Boden. Ihre Arme waren nackt, abgesehen von den goldenen Armreifen, die sich um beide Oberarme wanden.

Ihr dunkles Haar war zu einem straffen Knoten gebunden, und auf dem Kopf saß ein goldenes Diadem mit dem Wahrzeichen ihrer Königswürde, einer Schlange mit rubinroten Augen. Genau wie Kleopatra blickte die Kobra königlich auf die Welt hinunter, bereit, jederzeit zuzuschnappen. Weiß schimmernde Perlen und blitzende Edelsteine im schwarzen Haar der Königin schufen die starken Kontraste, für die sie berühmt war.

Mit ihrer Hakennase und den großen Augen war sie keine exotische Schönheit. Allenfalls könnte man sie hübsch nennen. Doch ihre Sklavinnen wussten genau, wie sie ihre Reize betonen und ihre Mängel kaschieren konnten. Sie bewegte sich mit der Anmut einer Katze, und ihre Stimme war weich wie ein Schnurren.

Caesar und Fabiana erhoben sich. Caesar ergriff die Hand der eleganten Erscheinung.

«Majestät», begrüßte er Kleopatra. «Ich freue mich, dass du kommen konntest.»

«Es ist dein großer Tag, mein Lieber», gab sie zurück. «Es ist mir eine Ehre, ihn mit dir zu teilen.» Sie wandte sich Fabiana zu. Ihre rauchgrauen Augen waren mit schwarzem Kajal umrandet, und ihre mit rotem Ocker bemalten Lippen verzogen sich zu einem Lächeln: «Und zudem noch in Gesellschaft von Vestas Oberpriesterin.»

«Es ist schön, dich wiederzusehen, Königin Kleopatra»,

erwiderte Fabiana, ohne sich die Mühe zu machen, überzeugend zu klingen. Für solche Spielchen war sie allmählich zu alt.

«Hat Caesar dir von seinen Plänen erzählt, hier auf dem Forum eine große Bibliothek zu errichten?», fragte Kleopatra. «Sie soll nach dem Vorbild der Bibliothek von Alexandria gestaltet werden. Tausende von Schriftrollen für Studien, ein Museum und ein öffentlicher Park ...»

«Und natürlich ein eigenes Gebäude für den Orden der Vestalinnen», beendete Caesar ihren Satz.

Die alte Priesterin lachte laut auf. «Der Priester Lucius hat mir erzählt, dass du ihm ebenfalls einen großen Tempel für Mars versprochen hast. Wo wirst du den vielen Marmor hernehmen?»

«Nun, falls du dich weigerst, Vesta um meinetwillen darum zu bitten, wende ich mich an meine Ahnherrin Venus. Oder ich bitte Kleopatra, Isis anzurufen.»

«Die unsterblichen Frauen lieben dich nicht weniger als die sterblichen», sagte Fabiana lächelnd. «Du wirst deinen Marmor zweifellos bekommen. Und ich werde mich darüber freuen. Die Gelehrsamkeit gehört ins Umfeld der Tempel.»

«Darauf können wir uns einigen, Hohe Dame», sagte Kleopatra. «Priesterin Fabiana, sag mir die Wahrheit – was denkst du über Caesars Herrschaft als Diktator? Du bist seine Verwandte, daher musst du sein Herz kennen. Ist diese Herrschaft nicht zum Besten Roms? Ich bin seit einem Jahr in eurer Stadt, und schon in dieser Zeit habe ich gesehen, wie so manches besser geworden ist. Caesars Polizeikräfte haben die Straßen sicher gemacht. Die Steuern für das einfache Volk wurden gesenkt. Die Freundschaft zwischen Ägypten und Rom füllt die römischen Mägen mit ägyptischem Getreide. Ihr habt sogar unseren Kalender übernommen ...»

«Königin Kleopatra hat uns viel geschenkt», sagte Fabiana. «Vielleicht sollte Majestät nicht nur Pharaonin Ägyptens sein, sondern auch Diktatorin Roms.»

Bei dieser Stichelei seiner Tante schlug Caesar sich vor Vergnügen auf die Schenkel. «Dazu wäre sie vollkommen imstande.» Er nahm eine gefüllte Olive vom Tablett einer vorbeigehenden Sklavin und steckte sie sich in den Mund. Dann entdeckte er eine ihm bekannte junge Priesterin und machte ein erfreutes Gesicht.

Wie alle Vestalinnen, die der Feier beiwohnten, trug sie eine weiße Stola und einen Schleier, der ihren Kopf bedeckte. Ihre persönliche Sklavin, eine um fünf oder sechs Jahre ältere griechische Schönheit mit kastanienbraunem Haar, bekleidet mit einem grünen Kleid, stand pflichtbewusst hinter ihrer Herrin.

«Ach, Priesterin Pomponia», sagte Caesar. «Komm doch näher. Du feierst ebenfalls einen bedeutenden Tag, nicht wahr?»

«Ja, Caesar. Es überrascht mich, dass du dich daran erinnerst.»

«Wie könnte ich das vergessen?» Er bedeutete einer Dienerin, Pomponia Wein zu reichen. «Kleopatra, die junge Priesterin Pomponia feiert heute ihren zehnten Jahrestag als Vestalin.»

«Ein bedeutender Tag?», fragte die Königin.

«Vestalinnen dienen der Gottheit dreißig Jahre lang, Majestät», sagte Pomponia. «Die ersten zehn Jahre lernen wir als Novizinnen. Danach werden wir zu Vestalinnen geweiht, die die heilige Flamme hüten und die öffentlichen Rituale vollziehen.» Obgleich die junge Vestalin mit einer Königin sprach, klang aus ihrer Stimme nicht die geringste Unterwürfigkeit heraus.

Caesar trank einen Schluck Wein aus seinem goldenen Becher. «Die edle Pomponia und ich sind uns bereits in der Vergangenheit begegnet», erzählte er Kleopatra im Plauderton. «Als Pontifex Maximus habe ich sie dem Orden empfohlen. Damals war sie erst sieben.» Er wandte sich Pomponia zu. «Ich erinnere mich an den Tag, an dem du dein Gelübde abgelegt hast», sagte er. «Nachdem Priesterin Fabiana dir das Haar abgeschnitten hat, um deinen Kopf mit dem Schleier zu bedecken, habe ich deine Locken zum Capillata-Baum getragen und an die Äste gehängt. Ich sehe sie noch vor mir, wie sie im Wind flatterten.»

«Eine Tradition, die besser für die Vögel als für die jungen Mädchen ist», bemerkte Pomponia lächelnd. «Zweifellos hat irgendein Spatz sich ein schönes Nest aus meinem Haar gebaut. Aber es ist ja nachgewachsen. Inzwischen ist es wieder lang.» Sie zog ihren Schleier zurück, um ihr rotbraunes Haar zu zeigen, und fragte dann, ohne nachzudenken: «Caesar, wo ist denn die edle Calpurnia?»

Gleich darauf begriff sie ihren Fehler. Jeder wusste, dass Caesars Frau Calpurnia öffentliche Anlässe mied, wenn die Gefahr bestand, dass die ägyptische Geliebte ihres Mannes daran teilnehmen könnte.

Pomponia schluckte kräftig, und Quintus, ein junger Priester des Mars, der eine Armlänge entfernt stand, zog die Augenbrauen hoch und sah sie tadelnd an.

«Calpurnia ist leider krank», erklärte Caesar.

«Ich werde der Göttin ein Opfer für ihre Genesung darbringen», sagte Fabiana.

«Danke», erwiderte Caesar. «Wie nett von dir.» Sein Blick wanderte zu Pomponias Sklavin, die mit gesenktem Kopf und zusammengelegten Händen still hinter ihrer Herrin stand. Sie war größer als Pomponia, hatte ein schönes, kantiges Gesicht und klare Gesichtszüge, die auch ohne eine Spur von Kosmetik eindrucksvoll waren. «Und wie geht es dir, Medousa?»

«Es geht mir gut, Imperator.»

Kleopatras Lächeln wurde noch angespannter. «Ich wusste gar nicht, dass du so vertraulichen Umgang mit Sklavinnen pflegst, Caesar.»

«Diese hier ist etwas Besonderes. Ich habe sie an dem Morgen, an dem Priesterin Pomponia ihr Gelübde ablegte, persönlich im Graecostadium gekauft. Sie erschien mir als großartige Sklavin für eine Vestalin. Körperlich makellos und gebildet.» Caesar streckte die Hand aus und berührte den Anhänger am Hals Medousas, eine schlangenhaarige Gorgone. «Ich habe sie wegen ihres Talismans Medousa genannt», fuhr er fort. «Eine Medusa zur Abwehr von Übel.» Mit dem Finger umkreiste er den Anhänger.

Pomponia war sich nicht sicher, aber Kleopatras Körper schien komplett angespannt.

Mit einem Seufzer wandte Caesar sich Fabiana zu. «*Tempus fugit*», sagte er. Die Zeit rast. «Was würde ich nicht dafür geben, jene zehn Jahre zurückzubekommen. Damals schlug ich mich in Schlachten, aber meine Rüstung saß noch nicht so eng.»

«Vor zehn Jahren konnte ich noch die Tempelstufen hinaufgehen, ohne dass meine Knie lauter knackten als das Tempelfeuer», sagte Fabiana.

Sie lachten.

Pomponia schaute sich um. An einem der schmückenden Becken des Hofs entdeckte sie Roms großen Anwalt und Senator Marcus Tullius Cicero, der sich im Gespräch mit einigen Männern befand. Er winkte ihr höflich zu. Lächelnd winkte sie zurück. Der Blick ihrer haselnussbraunen Augen wurde sanfter, und ihre weichen Gesichtszüge entspannten sich.

Sie mochte Cicero. Vor Jahren hatte er einmal den Bruder einer Vestalin verteidigt und sich dafür ausgesprochen, dem Orden noch mehr Privilegien und Schutz zuzugestehen. Einmal, als sie noch ein junges Mädchen war, hatte sie in der Arena neben ihm gesessen. Es hatte sich um die besonders spektakulär in Szene gesetzte Vorführung einer Jagd auf Wildtiere gehandelt, bei Spielen, die zur Feier eines wichtigen militärischen Siegs von Pompeius dem Großen veranstaltet wurden. Unter anderem waren dabei zwanzig Elefanten getötet worden.

Pomponia meinte, noch heute ihre Rufe zu hören. Tatsächlich waren es Schreie gewesen. Es hatte sehr lange gedauert, bis die riesigen Tiere tot waren. Sie hatten sich zusammengedrängt, und die älteren hatten versucht, die jüngeren zu beschützen.

Als Pomponia den Blick abgewandt hatte, hatte Cicero ihre Hand getätschelt. *Wir sind ganz einer Meinung, edle Pomponia*, hatte er geflüstert. *Die Spiele dienen einem Zweck, aber auch mir bereiten sie kein Vergnügen. Tatsächlich habe ich oft den Verdacht, dass die Tiere viel mit uns Menschen gemein haben. Ein solches Gemetzel erfreut die Götter gewiss nicht.*

Als Vollblutpolitiker gehörte Cicero zu den Senatoren, die Caesars Einladung zur Feier gefolgt waren. Wie die meisten Senatoren verehrte er die römische Republik und verachtete Caesars Griff nach der Macht. Doch im Gegensatz zu manch anderem Senator war er bereit, mit Roms Diktator zu trinken und zu speisen, um seinen Einfluss in Rom zu wahren.

Pomponia zuckte zurück, als Marcus Antonius, Caesars glänzender, aber ungehobelter General, schwankend zum Senator trat und die Arme um ihn warf. Antonius war ein ungewöhnlich muskulöser Mann mit einem kräftigen Hals, dunkelbraunem Lockenkopf und einem Gesicht, das nach Jahren der Feldzüge und der entsprechenden Märsche von der Sonne zu Leder gegerbt schien.

«Na, Cicero», brüllte Antonius. «Was höre ich da über Kleopatra? Sie weigert sich, dir die versprochenen Bücher zu schicken? Die Leute reden über nichts anderes mehr! Bei den Göttern, man sollte meinen, diese Stadt müsste größere Probleme haben, oder? Schließlich haben wir einen neuen Diktator und so ...» Er pikte Cicero mit dem Finger in die Schulter und blickte sich um, um sicherzustellen, dass Kleopatra ihn auch gehört hatte.

«Ein Missverständnis», sagte Cicero. Er wich mit dem Kopf aus, damit Antonius' Weinatem ihn nicht ins Gesicht traf, und entzog sich den Bemühungen des Generals, einen Konflikt zu schüren.

«Hier spricht ein guter Mensch», blaffte Antonius. «Vergeben und vergessen, hä?»

«So halten es die Weisen», antwortete Cicero, dem klar war, dass Antonius niemals vergab oder vergaß. «*Mea sententia*, General.»

Pomponia wandte sich wieder den anderen zu. Da Fabiana, Caesar und Königin Kleopatra inzwischen in ein Gespräch vertieft waren, das sich zwischen Politik, Wein und Astronomie bewegte, beschloss sie, dass die Zeit gekommen war, sich unauffällig zurückzuziehen. Politik war anstrengend.

Mit Medousa im Schlepptau durchquerte sie den grün bepflanzten Innenhof und zog sich in das Peristyl zurück, das ihn als Säulengang von allen Seiten umschloss. Sie stellte sich in den Schatten der hohen Statue einer längst verstorbenen Vestalin.

Obgleich sie dem jungen Priester Quintus nicht die Befriedigung gewährte, seinen tadelnden Blick zu erwidern, spürte sie, dass er sie noch immer kritisch beobachtete.

Die letzten Gäste waren gegangen. Fabiana und Pomponia saßen müde im Innenhof, während Sklavinnen geräuschlos aufräumten, die Tische und Liegen an den richtigen Platz zurückstellten und Abfall aus den Hofbecken fischten.

«Es wird allmählich kühl», bemerkte Fabiana erschöpft. «Ich werde mich wohl für den Abend zurückziehen.»

«Caesar wird mir das niemals verzeihen», sagte Pomponia. «Er glaubt, dass ich versucht habe, ihn auszutricksen.»

Fabiana strich den Schleier um das weiche Gesicht der jungen Vestalin glatt. «Caesar kennt dich von Kindheit an», beruhigte sie sie. «Er kennt dein Herz. Und er ist erfahren genug, um den Unterschied zwischen Jugend und Boshaftigkeit zu bemerken.»

«Warum hat er sein Fest hier bei uns gefeiert statt bei sich zu Hause?»

Die alte Priesterin seufzte. «Er hat damit dem Volk und dem Senat eine Botschaft zukommen lassen. Sie sollen wissen, dass er die Unterstützung der Vestalinnen besitzt. Du darfst nicht vergessen, Vestas ewige Flamme erhält Rom, und wir haben die Aufgabe, die Flamme zu erhalten. Welche Veränderungen auch immer kommen, welche Diktatoren auch immer aufsteigen oder fallen, welche Krankheiten und Verheerungen auch immer unsre Straßen heimsuchen, das heilige Feuer brennt weiter. Es tröstet das Volk. Es gibt den Menschen die beruhigende Gewissheit, dass die Göttin Rom und seine Bewohner noch immer beschützt. Es ist die eine Konstante in einer sich wandelnden Welt, Pomponia. Darum hat Caesar meine Hilfe gesucht. Er will das Volk wissen lassen, dass die Welt der Römer auch unter seiner Herrschaft die gleiche bleiben wird.»

«Worum hat er dich gebeten?»

«Dass ich morgen während seiner Rede neben ihm auf den *rostra* stehe», antwortete Fabiana.

«Wirst du das tun?»

«Nein.»

«Warum nicht? Wenn das Volk uns braucht, was kann es dann schaden? Ist Caesar nicht dein Verwandter? Er hat unseren Orden immer unterstützt.»

«Wir sind der Göttin verpflichtet, nicht Caesar», antwortete Fabiana. «Das darfst du nie vergessen.» Mit einem Seufzer nahm sie ihren Schleier ab, sodass das kurze, graue Haar darunter zum Vorschein kam. Vor zehn Jahren hätte die konservative Vestalis Maxima das noch nicht getan, doch der Innenhof war ein privater Rückzugsort, und mit dem Alter hatte sich ihr strenges Festhalten an der Tradition ein wenig gelockert.

«Der Vestalinnenorden ist von allen Priesterkollegien in Roms Geschichte das älteste und meistverehrte», erklärte Fabiana. «Aber das hat einige Menschen nicht daran gehindert, ihn für eigene Zwecke einzuspannen.» Sie faltete ihren Schleier im Schoß. «Wir dürfen niemals zulassen, dass andere uns ausnutzen. Wir müssen die heilige Flamme beschützen … und uns gegenseitig.» Sie stockte und fuhr dann fort: «Irgendwann erzähle ich dir einmal die Geschichte der Vestalin Licinia, dann wirst du es verstehen.» Fabiana stand langsam auf. «Ich gehe jetzt zu Bett. *Bonam noctem*, mein Liebes.»

«*Bonam noctem*, Oberpriesterin.»

Pomponia zog ihre Palla enger um sich. Nun wurde es rasch kühler. Sie sah sich nach Medousa um, doch die Sklavin war nirgends zu sehen. Wahrscheinlich wusch sie in der Küche ab oder beaufsichtigte, noch wahrscheinlicher, andere Sklavinnen dabei, wie sie abwuschen und aufräumten. Die Vestalin stand erschöpft auf, nahm ihren Schleier ab und dankte der Göttin dafür, dass sie erst am nächsten Morgen mit der Wache im Tempel an der Reihe war.

Sie verließ die grüne Oase des wunderschönen Innenhofs durch das Peristyl und betrat das prachtvolle Haus der Vestalinnen, dessen luxuriöse Ausstattung es mit jedem *domus* in Rom aufnehmen konnte.

Sie öffnete die Riemen ihrer Sandalen, ging barfuß über die weiß-orangeroten Bodenmosaiken, stieg die Treppe hinauf und betrat ihre schön möblierten Privaträume, wo sie von der Wärme des Hypokaustums empfangen wurde. Mit einer Schüssel und frischer Bettwäsche ausgestattet, traten hinter ihr zwei Sklavinnen durch die Tür und machten sich daran, ihre Herrin zu entkleiden und zu waschen.

Vor dem Haus der Vestalinnen stand Julius Caesars große, vergoldete *lectica* auf der gepflasterten Straße des inzwischen ruhigen und dunklen Forums. Mehrere Centurionen hielten um sie herum Wache, und die acht Sänftenträger warteten geduldig. Die schweren Vorhänge waren dicht zugezogen.

In der *lectica* lag Medousa nackt auf einem Kissen. Ihr

Blick war nach oben auf die rote, reich verzierte Tapisserie der Decke gerichtet, von wo ein Goldmedaillon der Venus auf sie herunterschaute.

Im Nacken spürte sie das Brennen, mit dem die Kette ihres Medusa-Anhängers sich in ihre Haut grub. Caesar hielt den Anhänger in der Hand und wickelte ihn immer fester um seine Finger. Doch dann wich dieser Schmerz einer schärferen Pein zwischen den Beinen.

Caesar nötigte die Sklavin der Vestalin, ihre Beine noch weiter zu öffnen, und sie gehorchte. Sie presste die Augen zusammen, um nicht laut aufzuschreien, als Roms Diktator sich in sie hineinstieß und so noch eine andere Möglichkeit fand, die Freuden der Alleinherrschaft zu genießen.

KAPITEL II

Ut sementem feceris, ita metes.
«Wie du sähst, so wirst du ernten.»
CICERO

Rom, 44 v. Chr.
(ein Jahr später)

Der Morgen des 15. März 44 v. Chr. – die Iden des März – begann wie jeder andere. Anziehen, Frühstück, Gebet. Den Marmorsockel des Tempelaltars mit reinem Quellwasser abwaschen und in dem darauf brennenden Feuer ein Opfer darbringen. Eine Bestandsaufnahme der Dokumente in den Schreibstuben der Vestalinnen und den Geheimkammern des Tempels machen.

Doch mitten am Vormittag änderte sich alles. Pomponia brach der Angstschweiß aus. Ein feuchter Film bildete sich auf ihrem Gesicht, und beißende Tropfen rannen ihr in die Augen. Sie blinzelte sie weg.

Der Diktator Julius Caesar war tot.

Ein Tempelbote hatte so laut an die Tür des Hauses der Vestalinnen gehämmert, als hätte Jupiter persönlich einen Blitz dagegen geschleudert.

«Caesar wurde ermordet!», rief er von der Straße. Er beugte sich vor, stützte die Hände auf die Knie und schnappte nach Luft. Er war von der Curia Pompeia hergerannt, die derzeit für die Senatssitzungen genutzt wurde, da das Forum mit neuen Marmorplatten und Mosaiken ausgestattet wurde.

Pomponia zog ihn ins Atrium des Hauses der Vestalinnen und verpasste ihm eine Ohrfeige, als er weiter nach Luft schnappte, statt zu reden. «Sprich vernünftig, du Dummkopf.»

«Priesterin», sagte der Bote. «Ich habe es mit eigenen Augen gesehen. Er wurde in der Curia Pompeia erstochen. Senator Cimber packte seine Toga und versuchte, ihn nach unten zu zerren. Caesar war außer sich. Mit dem Ruf ‹*Ista quidem vis est!*› prangerte er die Gewalt an. Aber dann versuchte Senator Casca, ihn in den Hals zu stechen.» Der Bote schnappte nach Luft.

Pomponia schlug ihn erneut ins Gesicht. «Und dann?»

«Caesar packte Casca am Arm, aber der scharte die anderen Senatoren um sich, und alle griffen Caesar an, stachen auf ihn ein, sogar die Senatoren Cassius und Brutus. Caesar taumelte aus dem Saal und fiel die Treppe hinunter.»

«Bist du dir sicher, dass er tot ist?», fragte Pomponia. «Wo war General Antonius?»

«Caesar ist tot, Priesterin. Das ist gewiss. Ich habe gesehen, wie Antonius zu seiner Leiche rannte, aber als er die Mörder sah, ist er geflohen.»

Pomponia winkte dem Boten zu gehen und verließ das Haus. Ihre beiden Leibwächter Caeso und Publius waren sofort zur Stelle und begleiteten sie zum Tempel. Die Augen der beiden schossen aufmerksam umher, als sich auf dem Forum Rufe in der Menge erhoben: «Caesar ist tot! Caesar ist tot!»

Dann aber fiel Schweigen herab wie ein Stein. Die Straßen leerten sich, da die Leute nach Hause zu ihren Familien eilten und die Türen verriegelten.

Wer hatte die Kontrolle über Rom?

Im Allerheiligsten des runden Tempels der Vesta trat Pomponia zu den vier anderen Vestalinnen. Sie stellten sich um die heilige Flamme auf, die in ihrer Feuerschale brannte, und riefen die Göttin mit nach oben gewandten Handflächen an. «Mutter Vesta, deine treuen Priesterinnen bitten dich, Rom zu beschützen.»

Das Knistern des Feuers antwortete ihren leisen Gebeten und hallte von den makellos weißen Marmorwänden wider. Pomponia schloss die Augen und spürte, wie die Hitze der ewigen Flamme über ihre Handrücken zog.

Die Oberpriesterin Fabiana stürmte in den Tempel. «Holt Caesars Testament», rief sie atemlos. «Vergrabt es im Hof neben der Statue der Oberpriesterin Tullia. Setzt ein paar Blumen darauf.» Sie schob Pomponia eine Schriftrolle in die Hand. «Eile zum geheimen Gewölbe und tausche das Testament damit aus.»

Mit hämmerndem Herzen lief Pomponia zum *penus*, der geheimen Schatzkammer, die in einem Abschnitt der Innenwand des Tempels verborgen lag.

Mit zitternden Händen öffnete sie eine dicke Marmortür, die nahtlos in der Struktur der Wand kaschiert war, und holte Julius Caesars letztwillige Verfügung hervor, sein Testament, das in einem zylindrischen Behälter für Schriftrollen steckte. Sie ersetzte es durch die Attrappe, die Fabiana ihr gegeben hatte, eine leere, aber offiziell aussehende Schriftrolle, die mit Caesars Siegel versehen war.

Die Attentäter werden auf keinen Fall in den Tempel einbrechen, dachte sie. *Es wäre ein empörendes Sakrileg. Sie würden die Unterstützung des Volks verlieren.*

Es war üblich, dass Roms wichtigste Männer – Generäle, Diktatoren, einige Senatoren und Konsuln – ihre Testamente sicher in der Geheimkammer im Haus der Vestalinnen aufbewahrten, oder, und das betraf die bedeutendsten dieser Männer, im Tempel selbst. Auch Verträge und weitere wichtige politische Dokumente wurden dort verwahrt, und ebenso Roms heiligste Gegenstände, darunter eine uralte Statue der Pallas Athene, die Aeneas beim Untergang Trojas gerettet hatte. In der römischen Welt gab es keinen sichereren oder heiligeren Ort. In den vielen Jahrhunderten, seit der Tempel der Vesta auf dem Forum stand, hatte es keine einzige Verletzung der Tradition der Unantastbarkeit des Tempels gegeben.

Und in Anbetracht von Roms gewalttätiger Vergangenheit wollte das etwas heißen.

Pomponia schlug Caesars Testament in ihre Palla ein. Als sie durch den Tempel eilte, hörte sie, wie Fabiana den anderen um das heilige Feuer versammelten Vestalinnen Anweisungen zuflüsterte. Sie blickte sich um. Fabiana nickte ihr knapp zu.

Tu es. Beeil dich.

Pomponia öffnete die Bronzetür des Tempels, rannte die Marmorstufen hinunter – und stieß gegen die kräftige Brust des Priesters Quintus.

Ausgerechnet.

«Rühr mich nicht an», sagte sie böse. Das Letzte, was sie jetzt gebrauchen konnte, war seine vorhersehbare Missbilligung. Bei jedem öffentlichen Ritual, bei jeder Zeremonie und jedem Fest war es so: Quintus, Priester des Mars, fand einen

Grund, Pomponia, die Priesterin der Vesta, zu schelten. Sein erhobener Zeigefinger hatte ihr gerade noch gefehlt. «Aus dem Weg», sagte sie. «Ich bin im Auftrag der Vestalis Maxima unterwegs.»

«Priesterin Pomponia», widersprach Quintus. Sein Gesicht war bleich und angespannt, doch sein Verhalten war überheblich wie immer. «Um deiner eigenen Sicherheit willen werde ich dich begleiten.»

«Ich habe meine eigenen Leibwächter», schalt sie ihn. «Ich brauche dich nicht.»

«Deine Leibwächter haben es mir erlaubt», entgegnete er. «Wir haben keine Zeit zu streiten. Tu, was ich sage.»

Pomponia blickte auf. Zusätzlich zur üblichen Wache aus gut bewaffneten römischen Soldaten und der persönlichen Leibwache jeder Vestalin – zwei Soldaten pro Priesterin – wurde der Tempel nun auch noch von zwanzig Priestern verschiedenen Rangs aus unterschiedlichen religiösen Priesterkollegien behütet.

Quintus' oberster Priester, der *Flamen Martialis*, Oberpriester des Mars, war anwesend. Das Gleiche galt für den *Flamen Dialis*, den Oberpriester des Jupiter, und den *Rex Sacrorum*, den König der heiligen Riten. Alle waren mit Dolchen bewaffnet.

Auch eine gewisse Anzahl römischer Legionäre hatte sich der Wache angeschlossen – dies waren Caesars Männer. Im Moment hatten sie keinen Herrn. Caesar war tot. Doch die Pflicht hatte sie zum Tempel der Vesta geführt, um über das Testament ihres Generals zu wachen. Sein Anwesen musste beschützt, sein rechtmäßiger Erbe benannt werden. Seinen letzten Wünschen musste entsprochen werden. Wenn seine

Mörder das Testament in die Hände bekämen, würde all das nicht geschehen.

Den Köcher mit der Schriftrolle unter der Palla verborgen, eilte Pomponia zum benachbarten Haus der Vestalinnen, von Quintus begleitet, der sich mit langen Schritten dicht neben ihr hielt.

Jetzt erst fiel ihr auf, dass er weder sein Priestergewand noch eine Toga trug, sondern nur eine knielange, gegürtete *tunica*. Er war in Eile gekommen.

Beim Gehen ruhte seine Hand auf dem Dolch an seiner linken Hüfte, und mit raschen Blicken schätzte er das Forum ein. Ein schmutziges Kind rannte vorbei, von einem bellenden Hund verfolgt. Obst rollte aus einem Korb, den jemand hatte auf den Boden fallen lassen. Einige zwielichtig aussehende Männer lungerten hinter Säulen herum. Entweder warteten sie auf Nachrichten, oder sie erhofften sich eine Gelegenheit, von der Anarchie zu profitieren.

Rom war ein Tier mit abgeschlagenem Kopf, ein Tier, das sich unter Zuckungen winden und dabei alles Mögliche zerstören würde, bis ihm wie einer Hydra ein Kopf nachgewachsen wäre.

Pomponia und Quintus hasteten durch das Haus der Vestalinnen und stürmten in den Innenhof, wo – zu beider Bestürzung – ein verwahrloster Sklave eingedrungen war, wie auch immer ihm das gelungen war. Er trank aus einem der Becken. Aus den zu Schalen geformten Händen trank er das Wasser und klatschte sich die Nässe ins Gesicht.

Quintus zog seinen Dolch. Mit erhobener Klinge stürmte er zu dem Mann und wollte schon zustoßen, als der Sklave sich umdrehte. Es war Marcus Antonius.

Quintus ließ den Dolch rasch sinken. «General Antonius», stieß er heraus. «Was ist geschehen?»

Antonius ließ sich schwer auf eine Marmorbank neben dem Becken sinken. Tausend widersprüchliche Gedanken schienen ihm gleichzeitig durch den Kopf zu gehen.

«*Futuo*», fluchte er. «Er liegt noch immer da wie ein geopferter Ziegenbock.» Er verzog höhnisch den Mund. «Es ist ein Sakrileg.» Er blickte mit blutunterlaufenen Augen zu Pomponia auf. «Schickt Tempelsklaven los, um seine Leiche zu bergen. Sie liegt auf den Stufen zur Curia Pompeia.» Erneut brachte dieses Bild – die in einer Blutlache liegende Leiche seines Freundes Caesar, des größten Generals Roms, ihn in Wut, und sein Gesicht lief rot an. «Sag den Sklaven, sie sollen ihn nach Hause tragen. Calpurnia wird ihn erwarten.»

«Ich schicke Medousa», versprach Pomponia. Als die Sklavin ihren Namen hörte, kam sie hinter einer Säule des Peristyls hervor. Sie nickte ihrer Herrin zu und eilte davon, um Hilfe zu holen. Pomponia sah ihr nach. *War das ein Lächeln in ihrem Gesicht?*

Antonius schüttelte ungläubig den Kopf. «Heute Morgen habe ich Calpurnia ausgelacht», sagte er. «Ich habe sie *ausgelacht*. Sie ist ein abergläubisches Weibsbild, keine Frage, aber sie war sich ihrer Sache so verdammt sicher. Sie hat ihn davor gewarnt, heute zum Senat zu gehen ... sie sagte, sie habe geträumt, dass er sterben werde.» Er sah Quintus direkt an. «Ein *Traum*! Ihr Götter, es ist absurd, oder nicht?»

«Das spielt jetzt keine Rolle mehr», erwiderte Quintus. «Man wird seine Leiche zu ihr bringen. Sie wird sich kümmern. Du musst dich verstecken.»

Antonius stand so rasch auf, dass Quintus zurücksprang,

die Hand instinktiv an den Dolch gelegt. Der römische General streckte Pomponia die geöffnete Hand hin. Sein Blick war auf den in ihre Palla eingeschlagenen köcherförmigen Gegenstand gerichtet. «Priesterin Pomponia, gib mir Caesars Testament.»

Sie zögerte, doch dann nickte Quintus ihr zu und bedeutete ihr mit einem befehlenden Blick, der Aufforderung nachzukommen. Sie unterdrückte eine wütende Grimasse. Selbst jetzt schien der junge Priester des Mars seine Stellung nicht zu kennen und erteilte ihr Befehle. Und obgleich es ihr zuwider war, gehorchte sie ihm.

Ohne das Protokoll zu beachten, stürmte Charmion, Kleopatras Beraterin und Dienerin, in das luxuriöse Schlafgemach der Königin in Julius Caesars Landhaus. Den dreijährigen Caesarion schleifte sie ohne viel Federlesen hinter sich her. Er befand sich mitten in einem königlichen Wutanfall, doch das beachtete sie nicht.

Sie warf einen Stapel schmutziger Kleider auf das Bett der Königin. «Majestät, zieh diese sofort an», sagte sie. «Der Prinz muss sich ebenfalls umziehen.»

«Was ist los?», fragte die Königin erschreckt.

«Caesar ist tot», antwortete Charmion. «Ermordet.»

Kleopatra ließ das gläserne Parfümfläschchen, das sie in ihrer Hand hielt, fallen. Es zerbrach auf dem goldenen Mosaik eines römischen Adlers, das den Boden bedeckte. Während Charmion den wütend zappelnden Prinzen ausstaffierte, zog Kleopatra ihr Seidenkleid aus und trat zum Kleiderstapel. Zwei grobe Wolltuniken, fleckig und stinkend.

«Majestät, du wirst zu Pferd aufbrechen», sagte Charmion.

«Einige Meilen von hier wartet eine von Pferden gezogene Sänfte. Wir müssen alle ohne Aufschub nach Ägypten zurückkehren.» Charmion band ein ausgefranstes Seil als Gürtel um die Taille des Prinzen.

Kleopatra hielt sich an einem Bettpfosten fest. «Wann ist es passiert?», fragte sie. «Wie viel Zeit haben wir noch?»

«Es ist heute Morgen geschehen, vielleicht vor zwei Stunden. Uns bleiben nur Minuten. Die Mörder sind gewiss schon auf dem Weg hierher.»

Die Tür des Schlafgemachs öffnete sich. Beide Frauen erstarrten, doch es war nur Apollonius, ein weiterer vertrauenswürdiger Berater der Königin.

«Du und der Prinz, ihr reitet zusammen mit Apollonius», sagte Charmion. «Ich begleite eine Sklavin, die dich darstellt, in der königlichen Sänfte.»

«Nein», sagte die Königin. «Du begleitest mich.»

Doch zum ersten Mal in ihren fünfundzwanzig Dienstjahren bei der Pharaonin von Ägypten missachtete die Sklavin namens Charmion einen Befehl ihrer Herrin.

Das Gedränge der Menschen auf dem Forum Romanum teilte sich, um Platz für die *lectica* der Vestalinnen zu machen. Sanft schaukelte die tragbare, mit Vorhängen verhängte Liege auf den Schultern der vier Sklaven. Es war die privilegierte Möglichkeit für Vestalinnen und andere bedeutende Menschen, sich bequem und zurückgezogen durch die Straßen des Forums zu bewegen.

Zur Seite zu treten, um einer Vestalin Platz zu machen, war nicht nur ein Zeichen von Respekt, sondern gesetzlich vorgeschrieben. Wer immer sich weigerte, der Sänfte einer Priesterin auszuweichen – sei es nun eine *lectica* oder ein von Pferden gezogener Wagen –, konnte öffentlich ausgepeitscht und hingerichtet werden. Dieselbe Strafe galt für jeden, der sich an einer Vestalin vergriff.

Die *lectica* der Vestalin wurde die Via Sacra entlanggetragen, die heilige zentrale Straße, die sich durchs Forum schlängelte, und neben den großen, marmornen *rostra* abgestellt, den hohen Rednerpodien nahe dem Haus des Senats. Auf diesen großen und reich verzierten Podien waren die meisten historischen Reden gehalten und Ankündigungen verlesen worden.

Medousa zog den Vorhang vor Pomponias *lectica* beiseite, um es der Vestalin zu gestatten, als Erste auszusteigen. «Wir hätten ebenso gut laufen können», sagte sie leise. «Das wäre schneller gegangen.»

Pomponia stand auf dem Pflaster zwischen ihren beiden Leibwächtern, strich sich eine Strähne ihres Haars aus dem bronzefarbenen Gesicht und steckte es unter ihrem weißen Schleier fest. «Die Vestalis Maxima möchte, dass wir heute möglichst feierlich auftreten», erwiderte sie und fügte ein wenig scharf hinzu: «Aber wenn du es für klug hältst, werde ich sie bitten, sich das nächste Mal mit meiner Sklavin zu besprechen.»

«Wie du wünschst, Domina.» Obgleich sie die ehrerbietige Anrede *Domina* verwendete, die eine Sklavin gegenüber ihrer Besitzerin zu benutzen hatte, hatte Medousa einen etwas dreisten Gesichtsausdruck aufgesetzt.

Pomponia musterte sie. «Medousa, wir sind wegen Caesars Begräbnisritual hier. Es ist eine düstere Zeit, oder? Und doch grinst du, als hätte dir Apollo persönlich die Freiheit geschenkt und gleich auch noch um deine Hand angehalten.»

«Ich bin voll Kummer, Domina. Vergib mein Benehmen.»

Ein offiziell gekleideter Sklave verbeugte sich vor Pomponia und führte sie zu einer erhöhten Plattform am Rand der *rostra*, auf der die Oberpriesterin Fabiana und zwei weitere Vestalinnen, Nona und Tuccia, auf rot gepolsterten Stühlen saßen.

Die ältere Nona saß steif da, Tuccia jedoch, Pomponias engste Freundin im Orden, umschloss zur Begrüßung herzlich ihre Hand. Pomponia dankte Vesta erneut dafür, dass sie dazu ausersehen worden war, an der Zeremonie teilzunehmen, während zwei weitere Vestalinnen im Tempel zurückblieben, um das heilige Feuer zu hüten.

Der Vestalinnenorden bestand zu jeder Zeit aus mindestens sechs geweihten Priesterinnen und einer gewissen Anzahl von Novizinnen. Es war eine seit langem geltende Regel, dass mindestens zwei geweihte Vestalinnen sich jederzeit, bei Tag und bei Nacht, im Tempel aufhalten mussten, um das Feuer zu unterhalten, über den Flammen Riten für Vesta zu vollziehen oder die Novizinnen in diesem Tun zu unterweisen. Damit standen vier Vestalinnen zur Verfügung, um die anderen zahlreichen religiösen und offiziellen Pflichten zu erfüllen.

Pomponia ließ sich neben Fabiana nieder und wollte gerade zu ihr sprechen, da bemerkte sie die geröteten Augen der Oberpriesterin. Für Fabiana ging es nicht nur um ein Staatsbegräbnis für einen Diktator. Vielmehr war es für sie auch die Bestattung eines Familienmitgliedes – ihres Großneffen. Caesar war ihr Lieblingsneffe gewesen, und alle wussten, welche Zuneigung der General für die Vestalis Maxima empfunden hatte. Pomponia drückte Fabiana die Hand, und die alte Oberpriesterin erwiderte diesen Händedruck.

Pomponia blickte sich um. Sie konnte sich nicht erinnern,

jemals ein solches Menschengedränge auf dem Forum erlebt zu haben. Männer und Frauen, die von den prachtvollsten Togen und Stolen bis zu den fadenscheinigsten Tuniken in allen Arten von Kleidern erschienen waren, standen Schulter an Schulter und spähten über die Köpfe der vor ihnen Stehenden zu den *rostra* hinauf. Ein paar der ehrgeizigeren, wenn auch fehlgeleiteten Zuschauer in der Menge hatten sogar versucht, die hohen Denkmäler im Umkreis des Senats zu erklettern, um von dort aus einen Blick von oben zu genießen. Doch sie wurden von gereizten Soldaten, die für Ordnung sorgen mussten, an den Fußknöcheln gepackt und heruntergezerrt.

Von den großen, marmornen *rostra* hingen rote Fahnen hinunter, in ihrer Mitte jeweils mit den Buchstaben *SPQR* geschmückt: *Senatus Populusque Romanus*. Senat und Volk von Rom.

Das war die stolze römische Philosophie: eine großartige Stadt und eine großartige Macht, regiert vom Volk und für das Volk.

Auf den *rostra* war die Leiche Julius Caesars auf einer mit Schnitzereien verzierten Elfenbeinliege aufgebahrt. Sie war mit einem purpurroten Umhang bedeckt, der sich lautlos im leichten Wind bewegte. Neben dem Kopf Caesars stand eine überlebensgroße Wachsfigur des Diktators auf einem breiten Sockel. Nicht weniger als zwanzig Stichwunden waren in die Wachsstatue geschnitten worden. Aus jeder einzelnen von ihnen sickerte Blut.

Das hat Antonius in aller Eile in Auftrag gegeben, dachte Pomponia.

Trotz dieser dramatisch dargestellten Szene und des Anlasses war die Menge auf dem Forum eigenartig still. Unsicherheit und Erwartung hingen in der kühlen Märzluft. Rom befand sich nicht in einem Zustand heftigen Aufruhrs, sondern eher in einem Zustand unverbindlichen Abwartens.

Doch dann blies ein Horn, und Caesars stellvertretender Kommandant, der furchtlose General Marcus Antonius, erschien. In eine dunkle Toga mit weiten, goldgewirkten Manschetten gewandet, schritt er über die Plattform der *rostra*, als wären sie die Bühne der Welt und er ihr bedeutendster Schauspieler.

Anders als noch einen Tag zuvor im Innenhof der Vestalinnen – in die stinkende Tunika eines Sklaven gekleidet und wie ein streunender Hund Wasser aus einem Becken trinkend – wirkte er nun erhaben.

Auf den *rostra* machten die schwarz gewandeten Priester Plutos, des Gottes der Unterwelt und göttlichen Bruders Vestas, Antonius feierlich Platz. Aus den Räuchergefäßen stieg duftender Rauch zu den Göttern auf, als wäre die Marmorplattform ein großer Opferaltar. Antonius' politische Botschaft war klar: Caesar war ein Unschuldiger. Ein Opfer.

Als Antonius sich Caesars Leiche mit langsamen, schweren Schritten näherte, breitete er die Arme aus und fiel auf die Knie. Er rang den purpurroten Umhang des Toten zwischen den Händen und blickte mit feuchten Augen zum Himmel auf. «Ihr hohen Götter», rief er aus. «Mächtiger Vater Mars, vergib uns den Tod deines gesegneten Soldaten, Roms großen Rächers! Wir konnten ihn nicht so beschützen, wie er uns beschützt hat!»

Wie Wellen über Wasser laufen, so ging eine Woge von Emotionen über die seufzende Menschenmenge hinweg. Sie hatten den General noch nie so gesehen, und seine hervorbrechende Trauer schien ihren eigenen Kummer zu wecken. Sie nickten mit feuchten Augen. Rufe wurden laut: *Caesar! Caesar!*

«*Mea Dea!*», flüsterte Fabiana kaum hörbar. «Er hat gerade erst zu reden begonnen, und schon schwingen die Gefühle der Leute wie die Saiten einer Lyra.»

Pomponia riss sich zusammen. Bei Antonius' Worten waren auch ihre eigenen Augen feucht geworden. Sie hatte so viel von der Oberpriesterin zu lernen. Seufzend blickte sie sich um und bemerkte zum ersten Mal, dass Quintus auf der anderen Seite der *rostra* stand und die Aquila an einem langen Stab hochhielt.

Normalerweise würde ein hochrangiger Legionssoldat die militärische Adlerstandarte halten; Quintus nahm jedoch eine gewisse Sonderstellung ein. Er war nicht nur ein Priester des Mars, er hatte auch in Caesars Armee in Gallien gedient und war erst nach einer schweren Verwundung aus dem Dienst entlassen worden. Nun war er sich beim Gehen jeden Schritts bewusst und achtete stets darauf, ein leichtes verbliebenes Hinken zu kaschieren. Zweifellos betrachtete er es als ein Zeichen von Schwäche. Pomponia war es nicht entgangen.

Antonius sammelte sich wieder und stand hoch erhoben auf den *rostra*. «Es ist nicht richtig, liebe Mit-Römer, dass nur eine einzige Stimme von Caesars Leben singen sollte.» Er streckte dem Volk seine Hände entgegen. «Ich werde für uns alle sprechen. Wenn ihr meine Stimme hört, hört ihr damit eure eigene.»

Als Antonius begann, Caesars militärische Siege aufzuzählen, nahm Pomponia die seltene Gelegenheit wahr, Quintus unbeobachtet zu mustern.

In militärischer Haltung stand er da. Er trug den roten Umhang und die eiserne Rüstung eines Soldaten, aber keinen Helm. Sein kurzes, schwarzes Haar war ordentlich gekämmt, und sein Gesicht glatt rasiert. Pomponia konnte selbst von ihrem Sitzplatz aus seine leicht gerötete, raue Haut wahrnehmen und die Narbe erkennen, die sich von seinem rechten Ohr zum Hinterkopf zog. Sie hatte ihn kennengelernt, als sie noch Kinder waren und man sie beide darin unterrichtet hatte, wie sie ihre gemeinsamen religiösen Pflichten ausführen mussten. Schon damals hatte seine Haut rauer gewirkt, als in seinem Alter zu erwarten gewesen wäre.

Von unterhalb der *rostra*, zu Quintus' Füßen, blickte eine offensichtlich schwangere, hübsche junge Frau zu ihm auf und wagte ein unauffälliges, aber flirtendes Lächeln. Pomponia hatte sie schon früher gesehen: Sie war Quintus' junge Frau, ein Mädchen namens Valeria. Auf der Hüfte trug sie ein kleines Kind, die Tochter, die schüchtern zu ihrem Vater hinaufwinkte.

Sie sind stolz auf ihn, dachte Pomponia. Doch dann warf Quintus seiner Familie denselben tadelnden Blick zu, den Pomponia bei religiösen oder geselligen Anlässen schon so oft von ihm erhalten hatte. Valeria reagierte hastig und entfernte sich mit dem Kind von den *rostra*. Das schien Quintus besser zu gefallen. *Warum konnte der Mann nicht freundlicher sein?*, fragte sich Pomponia. *Warum fühlte er sich genötigt, alles und jeden zu kontrollieren?*

Die Priesterin schüttelte den Kopf. Es war kein Wunder, dass so viele Vestalinnen es vorzogen, nach den Jahren ihres Dienstes im Orden zu bleiben, statt zu heiraten. Wenn alle Ehemänner sich so verhielten, war das die bessere Alternative.

Und doch hätte sie mehr von Quintus erwartet. Er hatte sich so sehr verändert, dass die Erinnerung nur noch schwer heraufzubeschwören war, doch sie hatte den Tag, an dem man ihr mitgeteilt hatte, dass ihr Vater in der Schlacht gefallen war, noch genau im Gedächtnis. Als Novizin von nur neun Jahren hatte sie ihre Tränen heruntergeschluckt – Vestalinnen weinten nicht – und war aufs Forum hinausgerannt, um sich zu verstecken. Fabiana, die anderen Priesterinnen, die Leibwächter und eine Reihe von Priestern und Senatoren hatten sie stundenlang gesucht.

Zwischen zwei großen Stapeln Backsteinen und Baumaterial, die an der das Forum umschließenden Mauer lehnten, hatte sie schließlich der junge Quintus gefunden. Er war über zerbrochene Steine gestiegen, obwohl sie ihm die Knie aufschürften, und hatte sich neben sie gesetzt. Pomponia, die sich ihrer Tränen schämte, hatte die Hände vors Gesicht geschlagen. Und Quintus schenkte ihr eine Handvoll purpurroter Blumen, die er aus dem heiligen Garten hinter Junos Tempel gestohlen hatte. *Meine Mutter nennt diese Blumen Junos Tränen*, sagte er. *Vielleicht geht es dir besser, wenn du weißt, dass die Göttin mit dir zusammen weint.*

Aber Pomponia wusste, dass die Zartheit eines kleinen Jungen in der Welt nicht lange Bestand haben konnte, und Quintus war keine Ausnahme. Sein Verhalten war von Jahr zu Jahr härter geworden. Auch sein Militärdienst hatte ihn verändert, und während die Ehe die Herzen vieler römischer Männer weicher zu machen schien, hatte sie bei Quintus wohl das Gegenteil bewirkt.

Als Antonius sich dem Ende seiner Bestattungsrede näherte, trat er an den vorderen Rand der *rostra*. Nachdem er nun die

Tausenden von Trauergästen daran erinnert hatte, wie viele Feldzüge Caesar gewonnen, wie viele Barbaren er für Rom erschlagen und wie oft er Roms Schatztruhen mit Kriegsbeute gefüllt hatte, nahm er Anlauf zu einem eindringlichen Abschluss seiner Rede.

Pomponia hegte nicht den geringsten Zweifel, dass er bei alldem eine Absicht hatte und es ihm nicht nur darum ging, Caesar mit seinem Lob zu würdigen. Sie war stolz darauf, dass sie so denken konnte. Das würde Fabiana gefallen. Eine Vestalin musste sich ihre eigenen Gedanken machen.

«Liebe Mitbürger», rief Antonius. «Hört mir zu. Der Mann, der tot auf diesem Altar liegt, hat euch geliebt. Er war ein großer Mann, von dem viele von euch nur den großen Namen kannten, den ihr jetzt ruft: Caesar! Der geheiligte, unantastbare Caesar, der als Pontifex Maximus diente, als Oberpriester Roms! Im Frieden ein barmherziger Mann, im Krieg jedoch ein Ungeheuer. Viele Jahre lang verteidigte dieser Soldat Roms Ehre in barbarischen Landen und kämpfte in blutigen Schlachten für den Ruhm unserer Ewigen Stadt.»

Mit einer einzigen raschen Bewegung nahm Antonius den purpurroten Umhang, der über Caesars Leiche gebreitet war, und riss die darunter liegende blutige Toga hervor. Er nahm die Aquila aus Quintus' Händen und benutzte sie dazu, die Toga hoch oben in der Luft zu schwenken. Der weiße Stoff war blutdurchtränkt und von den Dolchstößen der Mörder zerfetzt.

Es war, als wäre bei diesem Anblick ein Blitz in die Menge gefahren: Die Leute sprangen erschreckt und empört in die Höhe, und ein Chor von Rufen und Schreien erhob sich.

«*Homo homini lupus est!*», rief Antonius. Der Mensch ist

dem Menschen ein Wolf! «Dieser Soldat, dieser Sohn Roms, hat die Schwerter von Tausenden Feinden überlebt, nur um zwischen den Fängen jener Wölfe zerrissen zu werden, die er Freunde nannte!»

Mit seinen muskulösen Armen hob der kräftige General die blutige Toga sogar noch höher. Er blickte zu der Wachsfigur Caesars auf, als spähte er ins Gesicht eines Gottes.

«Selbst Jupiters steinernes Herz muss bersten ...» Antonius' Stimme brach.

Viele in der Menschenmenge begannen, offen zu weinen.

Antonius senkte den Adler, presste die zerrissene Toga an die Brust und strich mit den Fingern über das getrocknete Blut. «Caesars Blut, das so oft auf fremdem Boden vergossen wurde, befleckt jetzt seine Toga auf den *rostra*!» Er würgte ein Schluchzen herunter und bohrte seinen Blick in die Menge. «Die Attentäter behaupten, sie hätten Caesar ermordet, um Rom zu schützen. Doch ich sage, Caesar war Roms Beschützer! Höre mich, Vater Jupiter» – hier wendete Antonius den Blick zum Kapitolinischen Hügel, der auf das Forum hinuntersah. Vor dem blauen Himmel zeichneten sich kühn die riesigen roten Marmorsäulen des Jupitertempels ab. «Ich werde Caesar und die Stadt rächen, für die er gelebt hat und für die er gestorben ist.»

Antonius zog die Augenbrauen zusammen. Pomponia und die Tausenden anderen Trauergäste folgten seinem Blick, als er ihn vom Kapitol wandte und ihn scharf wie ein Speer auf eine Anzahl Senatoren schleuderte, darunter Brutus und Cassius, die steif entlang den *rostra* saßen. Ihre Gesichter erbleichten vor Ungläubigkeit.

Dies war *nicht* die diplomatische, Rom vereinigende Grabrede, die Antonius ihnen versprochen hatte.

Doch genauso rasch hob der General seinen stechenden Blick wieder, diesmal zum Himmel. Mit ausgestrecktem Arm deutete er auf den eigenartigen Stern, der auf geheimnisvolle Weise kurz nach der Ermordung Caesars am Himmel aufgetaucht war.

«Wir haben uns alle über den leuchtenden Stern am Himmelsdach gewundert, der am Tag wie in der Nacht gleich hell strahlt. Die besten römischen, griechischen und ägyptischen Astronomen können sein Erscheinen nicht erklären – aber wir, das Volk, wissen, worum es sich handelt!»

Pomponia schaute hinauf. Es war ein eigenartiger Anblick: ein Stern mit einem Schweif, der Tag und Nacht am Himmel stand. Die Priester hatten sich in erregte Spekulationen und Studien gestürzt, und die Wahrsager hatten die Stunde des ersten Auftretens der Erscheinung genau erforscht. Keiner konnte sie deuten, doch nun schien Antonius eine Erklärung im Sinn zu haben.

«Das ist *Caesaris astrum*!», rief er. Der *Stern Caesars*! «Nein, es ist die Seele Caesars selbst!»

Erstaunt brachen die Leute in wilden Jubel aus, der das ganze Forum erfüllte. Roms Zustand des gelassenen Abwartens war zu seinem Ende gekommen. Jetzt war alles Leidenschaft.

Antonius ließ nicht locker. «Gaius Julius Caesar, *Divus Julius*! Einst Sohn und Vater Roms, jetzt ein Gott Roms. Heute können wir seinen Platz unter den Göttern über uns sehen.» Er legte die Hände auf die Brust, als müsste er sein Herz daran hindern zu zerbersten. «Wir müssen einer solchen himmlischen Wiedergeburt Ehre erweisen. Das fordern die Götter. Daher verfüge ich, dass der Monat *quintilis*, der Monat der Geburt des sterblichen Caesar, zu seinen Ehren umbenannt wird – in *iulius*!»

Eine zweite Jubelwoge – diesmal erfüllt von einer brisanten Mischung aus Trauer, Wut und Ehrfurcht – schoss durch die Menge der Zuschauer. Vor ihnen auf den *rostra* wurde Geschichte geschrieben, und sie waren dabei. Sie gehörten dazu. Sie waren begeistert.

Antonius machte weiter. Er hatte nicht zu träumen gewagt, dass es so gut laufen würde.

Er holte tief durch die Nase Luft, wodurch seine mächtige Brust sich noch stärker wölbte, dann streckte er die Hand aus, und ein Soldat legte eine Schriftrolle hinein. Pomponia erkannte sie auf der Stelle – schließlich hatte sie sie gestern unter ihrer Palla versteckt.

«In meinen vertrauenswürdigen Händen halte ich die letztwillige Verfügung unseres großen Vaters, sein Testament», sagte Antonius. «Durch die Priesterinnen Vestas wurde es sicher und treu im Tempel verwahrt.» Er entrollte es vor der gierig auf den Inhalt erpichten Menge. «Es war der letzte Wunsch des vergöttlichten Caesar, dass das römische Volk, das er wie seine eigene Verwandtschaft liebte, das Leben genießt, das ihm selbst verwehrt wurde.»

Antonius nickte einer Gruppe längs der *rostra* stehender Soldaten zu, und mit einiger Anstrengung hievten sie eine vergoldete Truhe auf das Podium. Antonius schob die Hand hinein und hob eine Handvoll Münzen heraus. Einige ließ er sich durch die Finger gleiten, und sie landeten auf der Marmorplattform. «Jedem einzelnen männlichen römischen Bürger hat der vergöttlichte Caesar fünfundsiebzig *drachmae* vermacht.»

Wieder wogten Rufe in der Menschenmenge auf – Bestürzung, Freude, Verzweiflung.

«Außerdem überlässt der vergöttlichte Caesar dem Volk Roms seine Privatparks und Obstgärten, die sie zu ihrem Vergnügen nutzen sollen. Mögen sie euch so viel Frieden bringen wie ehemals unserem großen Vater!»

Aus der Menge stieg ein Schrei auf und dann weitere. Schieben und Stoßen setzten ein. Tausende von Menschen drängten sich vor.

Antonius' messerscharfer Blick richtete sich erneut auf Brutus und Cassius, zwei der Mörder. Ihren aschfahlen Gesichtern sah man an, dass sie wussten, welches Chaos im nächsten Augenblick ausbrechen würde. Tumulte ballten sich in Rom schneller zusammen als Unwetterwolken. Die beiden Männer erhoben sich langsam und bewegten sich vorsichtig zu ihren Sänften.

Recht so, ihr verdammten Hunde, dachte Antonius. *Jetzt ist es an euch wegzulaufen.*

Plötzlich spürte Pomponia eine feste Hand auf ihrer Schulter. Quintus. «Ein Priester kann genauso ausgepeitscht werden wie jeder andere Mann», sagte sie. «Fass mich nicht an.»

«Priesterin Pomponia, es ist Zeit aufzubrechen», entgegnete er. In Pomponias Ohren klang das allzu sehr nach einem Befehl.

«Vielleicht brauchst du eine Lektion hinsichtlich des religiösen Protokolls», erklärte sie. «Eine Vestalin gehorcht nur dem Pontifex Maximus. Und falls du nicht befördert worden bist ...»

Ein ohrenbetäubendes Krachen. Ein Ansturm von Menschen, die vorbeieilten, Stühle umwarfen, auf die *rostra* kletterten und zur Leiche Caesars vorstürzten.

Die aufgepeitschte Menge drängte sich um Caesars Leiche,

und beim Anblick der Stichwunden erhob sich noch mehr Geschrei. Die Augen des Toten waren geschlossen. In seinem Mund lag eine Münze, um den Fährmann Charon für das Übersetzen über den Styx in die jenseitigen Gefilde zu bezahlen.

Pomponia stand auf und beobachtete bestürzt, wie der Mob sich die Leiche Caesars auf die Schultern hob und ihn von den *rostra* in den Tumult des Forums trug.

Sie hörte, wie um sie her weitere Stühle umfielen, und bemerkte, dass sie von ihrem Sitzplatz weggedrängt worden war. Die Oberpriesterin und die Priesterinnen Nona und Tuccia waren nirgends mehr zu sehen. Zweifellos hatten ihre Leibwächter sie eilig zu ihren Sänften gebracht, und sie wurden bereits von Soldaten zum Tempel zurückbegleitet.

Sie erblickte ihre Leibwächter Caeso und Publius, die versuchten, zu ihr zu gelangen. Mit erhobenen Dolchen schoben sie sich durch das Gedränge, doch in dem Chaos kamen sie nicht an sie heran.

Pomponia wusste nicht, was ihr mehr Angst machte: der Gedanke, dem Mob auf der Straße ausgeliefert zu sein, oder die Aussicht, es mit Fabiana zu tun zu bekommen, wenn und falls sie es zurück zum Tempel schaffte. Die Vestalis Maxima würde wütend auf sie sein, weil sie nicht aufgepasst hatte. Die Leibwächter, die sie aus den Augen gelassen hatten, vermutlich abgelenkt von der dramatischen Rede Antonius' auf den *rostra*, würden von Glück sagen können, wenn sie nur Prügel bezogen. Medousa würde mit Sicherheit eine Tracht Hiebe bekommen.

Quintus ergriff sie bei der Schulter. «Komm mit mir, Priesterin», sagte er. «Sofort.»

Der Befehlston ging Pomponia gegen den Strich, doch sie gehorchte.

Lange drängten sie sich auf den Straßen des Forums durch den Tumult und die wild gewordene Menge zurück zum Tempel der Vesta. In dieselbe Richtung war auch der Mob unterwegs, mit Caesars Leiche auf den Schultern. Mit hämmerndem Herzen beobachtete Pomponia, wie die schlaffen Gliedmaßen des toten Generals herabbaumelten, während seine Leiche zu dem improvisierten Scheiterhaufen getragen wurde, den die Leute nur wenige Stufen vom Tempel der Vesta entfernt errichteten.

Männer und Frauen strömten aus allen Richtungen herbei, beladen mit allem an brennbarem Material, was sich auftreiben ließ – Körbe, Holzbänke oder Marktstände. All dies schoben sie unter die Leiche.

Eine Frau hob eine Fackel hoch, die sie in einer der Feuerschalen beim Tempel entzündet hatte. «Schick ihn in Vestas Feuer zu Pluto!», rief sie.

Dann stiegen mächtige Flammen auf, laut und heiß schleuderten Funken in die Luft und leckten verzehrend über Caesars Fleisch. Frauen rissen sich den Schmuck von Hals und Armen und warfen ihn in die Flammen. Noch mehr Gold, um den habgierigen Fährmann zu bezahlen.

Endlich erreichten Pomponia und Quintus die Stufen des Rundtempels. Wie zuvor standen Soldaten, Priester und Centurionen Wache, um jene zu beschützen, die die heilige Flamme behüteten. Atemlos setzte Pomponia den Fuß auf die unterste Stufe und drehte sich um, wollte ein paar Worte an Quintus richten.

Er stand mehrere Schritte entfernt und stritt sich mit seiner erschreckten, zerzausten Frau. «Wusste ich doch, dass du hier sein würdest!», schrie sie. Er packte sie am Arm und zerrte sie weg.

Pomponia stieg die weißen Marmorstufen des Tempels hinauf, zog eine Bronzetür auf und näherte sich der rot glühenden Feuerstelle im Allerheiligsten. Fabiana umarmte sie. Die anderen Vestalinnen wischten sich ihre Tränen ab und brachten der Göttin ein Dankopfer dar.

Pomponia ließ sich mit untergeschlagenen Beinen auf dem schwarz-weißen Mosaikboden nieder und lehnte sich mit dem Rücken gegen den kühlen Marmor einer Säule, um zu Atem zu kommen. Sie strich ihren weißen Schleier glatt und überließ sich der beruhigenden Wirkung des heiligen Raums.

Alle sechs Vestalinnen waren da, ihre Schwestern. Die Oberpriesterin Fabiana und die betagte Nona mit ihren weisen, vom Alter gezeichneten mütterlichen Gesichtern. Die reizende, gutherzige Tuccia mit den strahlend bernsteinbraunen Augen und einer Haut, um die Venus sie beneiden würde. Die fleißigen und zuverlässigen Vestalinnen Lucretia und Caecilia, die so gern lächelten und jederzeit ihre Pflicht taten.

Das heilige Feuer der Vesta brannte in seinem Herd – einer großen, bronzenen Feuerschale, die nahe dem Zentrum des Allerheiligsten auf einem runden Marmorsockel stand. Über Jahrhunderte hinweg hatte das Feuer hier, an genau dieser Stelle, gelodert, behütet und geliebt von ebensolchen Priesterinnen wie jenen, die es jetzt behüteten und liebten.

Pomponia beobachtete, wie Tuccia vorsichtig Brennholz auf die heiligen Flammen legte, woraufhin Fabiana aus einer flachen *patera* ein paar Tropfen Öl hineingoss. Die Flammen loderten tosend und knisternd auf, und der Rauch schwebte nach oben und schlüpfte durch das Loch in der Mitte der Bronzekuppel, um über dem Forum aufzusteigen und das Volk – selbst diesen Mob – zu beruhigen, dass alles gut würde. Diktatoren lebten und starben, aber Vesta und Rom waren ewig.

Pomponia stand auf, trat zum Herd, starrte in die rot flackernden Flammen des ewigen Feuers und fühlte seine Hitze auf dem Gesicht.

Wie eigenartig. Der Diktator Julius Caesar war tot und zum *Divus Julius* erhoben worden, dem vergöttlichten Julius, einem Gott. Nur wenige Stufen von den Tempeltüren entfernt verbrannte der rasend gewordene Mob seine Leiche. Ein furchterregendes Omen stand am Himmel. Antonius hatte sich wie ein tollwütiger Hund gegen jene gekehrt, die geglaubt hatten, ihm Hiebe versetzen zu können. Rom lag weiter in Zuckungen wie ein Tier ohne Kopf.

Und doch konnte sie an nichts anderes denken als an Quintus' Hand auf ihrer Schulter.

KAPITEL III

Timeo danaos et dona ferentes.
«Ich fürchte die Griechen,
auch wenn sie Geschenke bringen.»
VERGIL

Griechenland, 43 v. Chr.
(ein Jahr später)

Das Einzige, was die junge Livia Drusilla mehr hasste als einen fetten alten Römer, war ein fetter alter Grieche.

Sie lehnte sich auf der Liege zurück und trank einen so großen Schluck Wein, wie er nur zwischen ihre Wangen passte, ohne sich darum zu scheren, dass er ihr an den Mundwinkeln heraustropfte und über den Hals rann oder dass ihre Hebamme sie vor übertriebenem Alkoholgenuss während der Schwangerschaft gewarnt hatte.

Eine Armlänge von ihr entfernt kicherte ihr Mann Tiberius – ein feister Depp mittleren Alters – über eine Zote, die ihm sein griechischer Freund Diodorus erzählt hatte, der Besitzer der Villa, in der sie in Athen zu Gast waren.

Livia leerte ihren Becher. Welchen zusätzlichen Schaden könnte sie ihrem Baby noch zufügen? Mit einem Vater wie

Tiberius würde das Kind ohnehin ein dicker, hohlköpfiger *stultus* werden. Nicht nur war Tiberius ein Idiot, er war auch noch ihr Vetter. Apollon strafte die Kinder solcher Verbindungen häufig mit geistiger Dumpfheit und Missbildungen.

Das Baby trat sie, und Livia rückte sich unbehaglich auf der Liege zurecht, plötzlich von einer unwillkommenen Erinnerung an ihre erste Nacht mit Tiberius geplagt. Sein Gewicht hatte ihr die Luft abgedrückt, und als sie den Kopf abwandte, um seinen schmuddeligen Lippen zu entkommen, hatte sie im Bronzespiegel neben dem Bett einen Blick auf seinen ausladenden Arsch erhascht.

Bei dieser Erinnerung zuckte sie zusammen. Der Wein brannte in ihrer Kehle, und sie warf den Becher auf den Boden. Sie wusste, was als Nächstes geschehen würde. Eine Sklavin bückte sich, um ihn aufzuheben, und bei dieser Gelegenheit schob ihr Tiberius die Hand zwischen die Beine und stieß seine Finger in sie hinein. «Hier ist Platz für uns beide», sagte er kichernd zu Diodorus. Noch so ein dummer, stinkender Scherz von einem dummen, stinkenden Mistkerl.

«Ich muss pissen.» Diodorus kam taumelnd auf die Beine und stolperte an Livia vorbei. Dabei blickte er auf ihre ausgestreckte Gestalt hinunter und zog anzüglich die Augenbrauen hoch, während er in den Ausschnitt ihres Kleides spähte.

Livia machte gute Miene zum bösen Spiel und lächelte. Es war ihr zuwider, dass sie zu diesem dicht behaarten griechischen Schwein nett sein musste, doch Tiberius und sie waren auf seine Gastfreundschaft angewiesen. Dank der grenzenlosen Dummheit ihres Mannes hing sogar ihr Leben von dieser Zuflucht in Athen ab. Lautlos verfluchte sie Juno, die Göttin der Ehe. Warum musste sie die Bürde eines solchen Ehemannes tragen?

Livia zog sich die Palla enger um die Brust und fragte sich, was wohl gerade daheim in Rom geschah. Nach Marcus Antonius' aufwühlender Rede anlässlich Caesars Bestattung war alles vor die Hunde gegangen.

Rom hatte sich in zwei Parteien gespalten, zwischen denen die einflussreichen Männer und Familien sich entscheiden mussten. Entweder man unterstützte Caesars Mörder, angeführt von Brutus und Cassius, oder man schloss sich Caesars Verbündeten unter der Führung von General Marcus Antonius und einem gewissen Octavian an, einem Neffen Caesars, der erst seit kurzem eine Rolle spielte.

Der Letztgenannte – kaum zwanzig Jahre alt – war Julius Caesars einziger Erbe und posthum adoptierter Sohn. Noch vor einem Jahr war Octavian ein unbekannter Niemand gewesen. Jetzt war er der neue Caesar.

Zwischen den beiden Fraktionen konnte von Kräftegleichgewicht keine Rede sein. Antonius und Octavian hatten die Muskeln. Sie verfügten über die loyale Unterstützung der römischen Armee und geboten über die mächtigen Legionen, die Julius Caesar viele Jahre gedient hatten und ihn jetzt als Gott betrachteten.

Caesars Mörder dagegen – ein Haufen dünkelhafter Senatoren – verkehrten mit den reichsten Patrizierfamilien Roms. Brutus und Cassius verfügten über Geld und Beziehungen, aber nicht über militärische Schlagkraft.

Livia hatte von Anfang an gewusst, welche Seite das schärfere Schwert schwang. Es hatte sie nicht überrascht, als ihr dämlicher Mann sich für die falsche Seite entschied. Er hatte Caesars Mörder öffentlich mit Geld unterstützt.

Kurz darauf hatten Antonius und Octavian die Jagd auf all

jene eröffnet, die etwas zur Kriegskasse der Mörder beigesteuert hatten. Ihre Brutalität hatte viele ihrer Gegner veranlasst, ihr Bündel zu packen und Fersengeld zu geben. Sie waren aus Rom geflohen, als wäre es die brennende Stadt Troja.

Und nun war sie also hier, versteckte sich in Griechenland, aß schlechten Fisch und verkroch sich in einer Villa, die so viel Geschmack wie eine Sklavenlatrine zeigte. Und das alles, um eine Begegnung ihres Halses mit Antonius' Schwert zu vermeiden.

«Mein Gatte», sagte sie zu Tiberius, «gibt es etwas Neues aus Rom?»

«Nur, dass Antonius' Schlägerbanden vom Töten zum Stehlen übergegangen sind», lallte er. «Jeden Tag setzen sie neue Namen auf ihre Todesliste ... Männer, die verhaftet und entweder hingerichtet oder ins Exil geschickt werden sollen und deren Vermögen konfisziert wird, um die Jagd auf Caesars Mörder zu finanzieren.»

«Was ist mit unseren Namen? Stehen sie auf dieser Liste? Und unser Landgut, ist es sicher?»

Tiberius stieß auf und legte den Kopf auf die Liege zurück. «*Solum tempus monstrabit.*» Das wird nur die Zeit erweisen.

In anderen Worten, der betrunkene Idiot hatte keine Ahnung.

Als Livia Diodorus' vertrauten Schritt hinter sich hörte, legte sie das Gesicht in die Hände und schloss die Augen. Der Trick funktionierte jedoch nicht, denn Diodorus blieb vor der Liege stehen und zog sie am Haar.

«Tiberius», sagte er. «Deine Frau versteht sich aufs Bechern. Ich finde, sie sollte anfangen, sich ihren Unterhalt zu verdienen. Was meinst du?»

Von Tiberius' Liege ertönte ein Schnarchen.

Der schwankende Diodorus hob seine Tunika hoch. Von dem Gestank musste Livia husten, und als sie die Augen aufschlug, starrte sie auf ein Dickicht rauen, schwarzen Haars zwischen seinen Beinen. Seine verschwitzte Männlichkeit baumelte schlaff vor ihrer Stirn herunter.

«Laokoon war klug genug, den Griechen nicht zu trauen», sagte er, packte in Livias Haar und zog ihren Kopf zwischen seine Beine. «Insbesondere denen nicht, die Geschenke bringen.»

KAPITEL IV

Adversae res admonuerunt religionum.
«Ungemach erinnert die Menschen
an die Religion.»
LIVIUS

Rom, 43 v. Chr.
(später im selben Jahr)

«Pomponia, dieses Wasser riecht verdorben.» Die Oberpriesterin Fabiana stand erschöpft bei einem Brunnen im Hof des Hauses der Vestalinnen und schnüffelte am Inhalt einer Terrakotta-Amphore. «Das Wasser stammt aus der Quelle, sollte also in Ordnung sein. Vielleicht bilde ich es mir nur ein. Gieß etwas davon in einen Glaskrug und riech daran. Einige Sklaven sollen davon trinken. Gib mir Bescheid, ob sie krank werden.»

«Jawohl, Fabiana.»

Das auf Caesars Ermordung folgende Jahr hatte von Fabiana seinen Tribut gefordert. Die politischen Manöver der ehrgeizigsten und skrupellosesten Männer Roms, die sie ständig um einen Gefallen als Vestalis Maxima baten, hatten dafür gesorgt, dass sich die Falten um ihre Augen eingruben und ihr munteres Temperament sich verdüsterte.

Mehr und mehr Aufgaben, insbesondere politische oder zeremonielle Auftritte während öffentlicher Feste oder Rituale, fielen an die jüngere Vestalin Pomponia. Die ältere Vestalin Nona Fonteia hatte einen höheren Rang und hätte die auf der Hand liegende Wahl sein sollen, aber anscheinend war es Fabianas Wunsch, dass Pomponia mehr Verantwortung bekam, und die Oberpriesterin hatte sich daran gewöhnt, sich für kleinere und größere Pflichten auf sie zu verlassen.

Nona schien das nicht zu stören. Als zutiefst fromme Priesterin Vestas hatte sie die vertraulicheren oder sogar geheimen Aspekte der vestalischen Aufgaben immer denen vorgezogen, die mit öffentlichen Ritualen oder politischen Zeremonien verbunden waren.

Selbst wenn sie nicht mit der Wache an der Reihe war, verbrachte Nona viel Zeit im Allerheiligsten des Tempels und brachte der Göttin von Heim und Herd Gebete mit der Bitte um den Schutz Roms dar. Wenn sie nicht dort war, hielt sie sich entweder in der Backstube auf und überwachte die Zubereitung der heiligen *mola-salsa*-Mischung und der für Rituale bestimmten Oblaten oder hielt sich im Studienraum auf und unterwies die Novizinnen.

Dennoch wurde selbst von Nona in diesen Tagen verlangt, mehr öffentliche Aufgaben zu übernehmen. In den Nachwehen von Caesars Ermordung und der blutigen Machtkämpfe, die ihr folgten, waren die Vestalinnen bei Tageslicht oder im Schein von Kerzen damit beschäftigt, ihre Aufgaben zu erfüllen und alles in ihrer Macht Stehende zu tun, um die Ruhe in der Stadt aufrechtzuerhalten.

Pomponia sorgte dafür, dass das Wasser geprüft wurde, und ging dann mit einer ärmellosen Stola und einem leichten

Schleier bekleidet aus dem Haus. Ihre Leibwächter begleiteten sie zur Vorderseite des Vestatempels, wo Nona eine Gruppe von Novizinnen beaufsichtigte. Sie nahmen Flammen vom Herd im Allerheiligsten und entzündeten damit die um den Tempel aufgestellten bronzenen Feuerschalen.

Abgesehen von einigen Tagen während der *Vestalia* im Juni war der Tempel für die Öffentlichkeit geschlossen, und die Leute konnten Vestas Feuer nicht sehen. Doch diese Feuerschalen, jede von ihnen auf einem weißen Sockel befestigt, gestatteten es den Leuten, Glut des heiligen Feuers mit nach Hause zu nehmen und im eigenen Herd zu verbrennen. Noch bevor der erste Tempel der Göttin vom zweiten König Roms auf dem Forum errichtet worden war, war Vesta auf diese Weise verehrt worden: In den Privathäusern der Familien, die im Knistern des Feuers das Lachen der Göttin hörten, was ihnen Beruhigung und Trost verschaffte.

Pomponia sah Nona die Tempelstufen hinaufsteigen. Als sie zu ihr ging, kam ihr auf der Straße ein loser Pflasterstein in den Blick, und sie wies einen ihrer Leibwächter darauf hin. «Bring das in Ordnung.»

«Jawohl, Priesterin.»

Pomponia bemerkte ihre eigene Schroffheit. «Bitte.»

«Natürlich, Herrin.»

«Schwester Nona», rief Pomponia.

Nona verharrte mitten im Schritt. «Ja, Pomponia?»

«Wie von dir erbeten habe ich den Maurern eine Botschaft geschickt. Sie kommen morgen bei Tagesanbruch, reparieren den Ofen in der Backstube und nehmen den Bau eines weiteren Ofens in Angriff.»

Nona klopfte sich etwas Asche von der Stola. «Gut. Ich

komme nicht mehr nach. Jeden Morgen stehen mehr Menschen vor dem Tempel und warten auf die heiligen Oblaten. Außerdem brauche ich auch mehr davon für die öffentlichen Rituale. Unser neuer Caesar plant zusätzliche Opfer für nächsten Monat. Bei diesem Tempo wird es in Rom bald keine Stiere mehr geben.» Sie seufzte. «Ich muss die Produktion mindestens verdoppeln. Da kann ich ebenso gut gleich mein Bett in die Backstube stellen.»

«Ich weiß, wie sich deine Laune heben wird.» Pomponia lächelte. «Ich habe fünfzig Amphoren pompejischen Wein bestellt, nur für dich. Sie können dir in der Backstube Gesellschaft leisten.»

Nona zog lachend die Bronzetür zum Tempel auf. «Volltreffer, Schwester. Es hebt meine Laune tatsächlich.»

Während die ältere Priesterin sich ihren Pflichten im Tempel zuwandte, kehrte Pomponia zum Haus zurück. Dabei deutete sie auf viele weitere lose Pflastersteine, und ihr Leibwächter nickte und versicherte ihr, dass er sofort anordnen würde, sie neu befestigen zu lassen.

Wieder daheim im Haus der Vestalinnen setzte sie sich an den Schreibtisch in ihrer Schreibstube. Blinzelnd schaute sie auf den Stapel von Dokumenten und begann, sie zu ordnen – dringende Angelegenheiten, um die sie sich selbst kümmern musste, und anderes, das sie delegieren oder einfach übergehen konnte. Sie zögerte den Arbeitsbeginn noch ein wenig hinaus, indem sie ein paar Dinge aufräumte.

Gerade hatte sie mit der Arbeit begonnen, da erschien eine Tempelsklavin. «Domina», sagte sie. «Eine Dame ist hier, eine gewisse Valeria. Sie sagt, sie sei die Frau eines Priesters des Mars, und bittet demütig darum, von dir empfangen zu werden.»

Pomponia runzelte die Stirn. Als wäre Quintus nicht wichtigtuerisch genug, sah auch seine Frau offensichtlich kein Problem darin, davon auszugehen, dass sie eine Audienz bei einer Vestalin erbitten durfte. Als Frau eines Priesters verfügte sie allerdings über das erforderliche Ansehen.

«Soll ich sie ins *tablinum* schicken?», fragte die Sklavin.

«Nein, ich treffe mich im Innenhof mit ihr», erwiderte Pomponia und erhob sich. Aus irgendeinem Grund zog sie bei einem Treffen mit Quintus' Frau einen von allen Seiten einsehbaren Raum vor.

Kaum war Pomponia im Hof eingetroffen und hatte sich auf eine gepolsterte Liege neben einem weißen Rosenbusch gesetzt, da stürzte eine verzweifelte Valeria vor der Tempelsklavin her in den Garten und sank als würdeloser Haufen zu Pomponias Füßen nieder.

«Hilf uns, edle Pomponia. Sie haben ihn festgenommen!»

«Von wem sprichst du?», fragte Pomponia, die rasch aufstand.

«Quintus!» Valeria barg das Gesicht in den Händen. «Und seinen Vater haben sie auch. Gestern sind sie zu uns nach Hause gekommen … und haben sie aus dem Haus geschleift! Keiner ist bereit, mir irgendetwas zu sagen, Priesterin. Ich weiß nicht, wo er sich befindet.»

«Wer hat die beiden mitgenommen?»

«Ein Soldat», rief Valeria. «Einer von Octavians Leuten.» Sie küsste Pomponias Fuß – ein ernster Verstoß gegen das Protokoll – und legte dann ihre Stirn auf den Boden. «Ich flehe dich an, o Priesterin Pomponia, aufgrund der Zuneigung, die mein Mann für dich empfindet …» Sie brach ab und begann von vorn. «Aufgrund des *Respekts*, den mein Mann als gleichwertiges Mitglied der religiösen Kollegien für dich hegt, flehe ich dich an einzuschreiten.»

Pomponia spürte, wie ihr das Blut aus dem Gesicht wich. Sie wusste genau, wo Quintus und sein alter Vater sich jetzt befinden mussten: im Carcer, Roms berüchtigtem Gefängnis, das nicht weit vom Senat entfernt lag.

«Geh nach Hause», sagte Pomponia. «Lass mich nachdenken ...»

Valeria blickte auf. «Du bist eine Priesterin der Mutter Vesta», flehte sie. «Du hast das Recht, Verurteilte zu begnadigen, oder nicht?»

«Ja, aber Vestalinnen berufen sich nur selten auf dieses Recht. Wir dienen der Göttin und nicht den Angeklagten.»

«Quintus ist unschuldig. Er ist ein Priester des Mars. Er hat Julius Caesar gedient und wurde im Kampf verwundet. Er unterstützt die Mörder nicht, er hegt keine Sympathie für sie und hat ihnen nie auch nur einen einzigen *denarius* gegeben! Welchen Beweis haben sie für eine Verfehlung? Warum wollen sie seinen Kopf?»

Es geht nicht um seinen Kopf, dachte Pomponia. *Sie wollen sein Geld. Sie müssen ihre Soldaten irgendwie bezahlen.*

Pomponia setzte sich wieder, Valeria kauerte noch immer zu ihren Füßen. Es war das erste Mal, dass Pomponia Quintus' Gattin aus der Nähe sah. Die junge Frau war wirklich reizend. Das rabenschwarze Haar fiel ihr in weichen Locken um die sanft gerundeten Schultern. Pomponia überkam ein Gefühl – Eifersucht? Nein, das war es nicht. Das traf es nicht. Eher war es eine Art Genugtuung darüber, dass sie, Pomponia, eine Macht über Quintus' Leben besaß, die Valeria nie erlangen würde.

«Bitte, Priesterin Pomponia.» Valerias Stimme erklang nun noch lauter, und in dem sonst so heiteren Garten sah man sich nach den beiden um.

Plötzlich tauchte Medousa im Peristyl auf und marschierte mit kaum verhülltem Ärger quer durch den Innenhof auf sie zu. Sie legte Valeria die Hand auf die Schulter.

«Soll ich Valeria hinausgeleiten, Priesterin?» Es war keine Frage Medousas, sondern eine sehr ernst gemeinte Aufforderung.

«Ja.»

Valeria küsste Pomponias Sandale erneut und ließ sich dann widerstandslos hinausführen. Sie hatte alles getan, was in ihrer Macht stand. Jetzt lagen die Dinge in den leuchtenden Händen der Göttin.

Gleich darauf kam Medousa zurück. Sie warf ihrer Herrin einen warnenden Blick zu. «Ich habe alles mitangehört», sagte sie. «Was auch immer du gern tun würdest, du solltest zuerst mit der Oberpriesterin sprechen.»

«Fabiana hat dafür gesorgt, dass Julius Caesar während der Proskription durch Sulla verschont blieb», sagte Pomponia. «Sie hat ihm sogar hier in unserem Haus Zuflucht gewährt, bis die Gefahr für ihn vorüber war. Und das noch bevor sie die Vestalis Maxima wurde. Mein Ansehen reicht aus.»

«Tu nichts Impulsives.»

«Die Oberpriesterin ruht und sollte nicht gestört werden. Und außerdem gibt es ein Sprichwort, Medousa: *Melius est veniam quam licentiam petere.*» Es ist besser, um Vergebung zu bitten als um Erlaubnis. «Lass meine *lectica* bereitmachen.»

«Ja, Domina», antwortete Medousa. «Aber möglicherweise ist es unklug, gerade jetzt auf dem Forum unterwegs zu sein.»

Sie senkte die Stimme. «Herrin, ich weiß, dass du Senator Cicero mochtest ...»

«Was ist mit ihm?»

«Ich habe gerade die Nachricht eines Tempelboten erhalten, dass er gestern getötet wurde. Antonius' Leute haben ihn auf der Via Appia aufgehalten und hingerichtet.» Medousa musterte das erbleichte Gesicht ihrer Herrin und fuhr fort: «Ich habe gehört, dass Antonius den Befehl erteilt hat, Kopf und Hände des Senators nach Rom zurückzubringen und auf den *rostra* auf Pfähle gespießt auszustellen. Gerade jetzt versammelt sich dort eine Menge von Schaulustigen.»

«Meine *lectica*», wiederholte die Vestalin. «Sofort.»

«Jawohl, Domina.»

Ein kurzer Schwindel erfasste Pomponia. Wenn das, was Medousa sagte, stimmte, waren Roms Zuckungen nun so heftig geworden, dass niemand sie mehr kontrollieren konnte. Seit Jahrzehnten war Cicero einer der geachtetsten und einflussreichsten Männer Roms, doch es war kein Geheimnis, dass er und Marcus Antonius schon seit Jahren miteinander rivalisierten. Das Einzige, was sie gemeinsam hatten, war ihr Ego.

Cicero hatte im Senat häufig Reden gegen Antonius gehalten. Seine Kritik war offen und beißend gewesen. Zwar hatte er keinen Anteil an Caesars Ermordung gehabt, doch er hatte den unrealistischen Wunsch geäußert, am besten wäre Antonius zusammen mit dem Diktator erstochen worden. Ciceros vorrangiger Wunsch war gewesen, dass in Rom Frieden und Ordnung wiederhergestellt würden. Er hatte darauf gesetzt, dass dies am ehesten dem neuen Caesar gelingen würde, und so hatte er Octavian widerstrebend unterstützt; das hatte ihn jedoch offensichtlich nicht vor Antonius' Zorn geschützt.

Pomponias Gedanken wandten sich Quintus zu. Wenn der sakrosankte Cicero straflos hingerichtet werden konnte, war niemand mehr sicher. Schon gar nicht jemand wie Quintus, dessen Familie über großen Reichtum, aber wenig politischen Einfluss verfügte.

Während ihre *lectica* vorbereitet wurde, ließ Pomponia sich von Medousa und zwei weiteren Sklavinnen in eine edlere weiße Stola kleiden, die mit einer Kordel unter der Brust zusammengebunden wurde. Dann breiteten sie ihr eine Leinenpalla über die Schultern. Das Haar wurde zu *seni crines* frisiert, der traditionellen Flechtfrisur der römischen Bräute. Als Bräute Roms trugen die Vestalinnen diese Flechten mit besonderem Stolz. Als Nächstes steckte Medousa die *infula* – die rot-weiße, wollene Kopfbinde der Vestalinnen – am Kopf ihrer Herrin fest, brachte Bänder, die *vittae,* daran an und setzte ihr dann einen weißen Schleier auf den Kopf.

«Eine solche Aufmachung ist öffentlichen Ritualen und Opfern vorbehalten», murrte Medousa.

«Eine solche Aufmachung gebietet Ehrfurcht», verbesserte Pomponia sie. «Bei welchem Anlass auch immer.»

Medousa strich den Schleier um den Kopf ihrer Herrin glatt, nahm Pomponias Gesicht zwischen die Hände und sah ihr mit plötzlichem Ernst in die Augen: «Valeria ist seine Frau.»

Medousas Wange brannte von Pomponias Hand.

Sie verließen das Haus der Vestalinnen und stiegen wortlos in die *lectica*, die sie vor dem Portikus erwartete. Dann saßen sie einander gegenüber, während die *lecticarii* – acht muskulöse Tempelsklaven, vier vorn und vier hinten – die *lectica* an ihren langen Stangen vom Boden hoben. Von den Leibwächtern Caeso und Publius begleitet, machten sich die

Träger mit dem Gewicht auf den Schultern auf den Weg zum Carcer.

Medousa beugte sich vor, um die schweren roten Vorhänge zuzuziehen.

«Lass sie auf», sagte Pomponia. Medousa lehnte sich zurück. *Ich sollte sie öfter bestrafen*, dachte die Vestalin. Doch sie kannten sich seit ihrer Kindheit und waren mehr als Herrin und Sklavin, sie waren auch Freundinnen. «Ich mache mir einfach Sorgen um meinen Priesterkollegen», sagte sie weicher.

«Und ich mache mir Sorgen um meine Herrin», gab Medousa zurück. Ihre Stimme war noch immer härter, als Pomponia erwartet hätte. «Du überschreitest die Grenzen deiner Privilegien, Domina.»

«Welche Vestalin hätte das nicht getan?»

«Du weißt, was geschehen wird, sollten die Leute deine Sorge um ihn als etwas anderes interpretieren.»

«Ich habe nichts getan, was als Unschicklichkeit wahrgenommen werden könnte.»

«Nein, aber in diesen Zeiten geschehen unvorhersehbare Dinge», sagte Medousa.

«Es ist zu erwarten, dass eine Priesterin der Vesta sich für einen Priester des Mars verwendet», entgegnete Pomponia. «Es würde sonderbar aussehen, wenn ich *nicht* versuchen würde, um seine Verschonung zu bitten.»

Die Sklavin ließ sich zurücksinken. «Vielleicht.» Sie verschränkte die Arme vor der Brust und knurrte fast lautlos auf Griechisch, ihrer Muttersprache: *«Hēra, eléēson.»* Hera, sei gnädig.

«Medousa siōpā!», tadelte Pomponia.

Die Vestalin und ihre Sklavin wurden über die Via Sacra

getragen und kamen bald an der riesigen, von Besuchern wimmelnden Basilica Aemilia mit ihren zweigeschossigen Bogenreihen vorbei.

Das Feilschen auf der Straße, der Klatsch und Tratsch der Amtsträger und die lauten, polternden Verhandlungen der Kaufleute und Geldhändler in der Kolonnade der Basilika wurden leiser, man senkte die Stimmen und neigte die Köpfe, sobald man die Sänfte sah, das gebot die Achtung vor der passierenden Priesterin.

Die Prozession geriet kurz ins Stocken, als ein kleiner Hund mit verfilztem Fell einen der Sänftenträger in die Fersen zwickte. Ein Sklave in einer zerrissenen Tunika und zwei Politiker in teuren, schneeweißen Togen mussten eingreifen, um den Sandalenriemen aus dem Maul des Hundes zu befreien, damit die *lectica* weitergetragen werden konnte.

«*Mehercule!*», fluchte einer der Politiker und leckte seinen blutigen Finger ab. «Das ist der aus der Unterwelt entkommene Höllenhund Cerberus.»

Die Sänfte hatte die *basilica* noch nicht hinter sich gelassen, da entdeckte Pomponia die wild spekulierende Menge, die sich auf dem freien Platz vor den *rostra* versammelt hatte. Die Leute zeigten nach oben, schüttelten den Kopf und versuchten, sich einen Reim auf die Geschehnisse zu machen.

Diese Menschen hatten im vergangenen Jahr viel gesehen. Sie hatten die Leiche des Diktators Julius Caesar dort liegen sehen, bis Marcus Antonius' Rede sie dazu aufgestachelt hatte, sich zu erheben, die Leiche für sich zu beanspruchen und sie nahe dem Tempel der Vesta auf dem Forum zu Asche zu verbrennen.

Dies hier war jedoch anders. Cicero war kein Diktator und

kein Soldat. Er war Politiker. Ein Zivilist. Und trotz der Stellung und des Wohlstands, die er erworben hatte, betrachteten viele ihn immer noch als einen Mann des Volkes. So etwas wie seinen Kopf – mit herausgezogener Zunge, um seine berühmten Reden zu verspotten – und die rot verschwollenen Hände, die über den *rostra* aufgespießt waren, hatten sie noch nicht gesehen.

Nicht das Blut machte ihnen zu schaffen. Bei den Tierjagden und Gladiatorenkämpfen der Spiele hatten sie schon viel Schlimmeres gesehen. Selbst ein Wagenrennen im Circus Maximus konnte nicht als Erfolg betrachtet werden, wenn nicht ein paar abgetrennte Gliedmaßen oder zerquetschte Körper auf die Rennbahn rollten, ob sie nun von Wagenlenkern oder Zuschauern stammten.

Das Erschreckende am Anblick von Ciceros Körperteilen auf den *rostra* war eher die Tatsache, dass sie für einen vollständigen Zusammenbruch der republikanischen Ordnung standen. Wenn sogar Cicero ermordet und dieser Mord sichtbar vor aller Augen zur Schau gestellt werden konnte, war nicht mehr abzuschätzen, wie weit Antonius und Octavian noch gehen würden.

Als Pomponia an den *rostra* vorbeigetragen wurde, wandte sie den Kopf ab. Sie würde Ciceros Leben nicht dadurch entehren, dass sie dorthin starrte. *Dieses Gemetzel erfreut die Götter gewiss nicht.*

Sie dachte an die Begegnung mit ihm an jenem Tag, der schon so lange zurücklag, damals als die Elefanten bei den Spielen abgeschlachtet wurden und sie noch ein Kind war, das wenig über die Macht und die Bedeutung von Vestas heiligem Feuer wusste. Sie schickte ein stummes Gebet zur Göttin. *Bitte,*

Mutter Vesta, mach, dass ich keinen Fehler begehe. Wenn ich zum Tempel zurückkehre, werde ich auf deiner göttlichen Flamme ein Opfer darbringen.

Doch statt sich getröstet und beruhigt zu fühlen, überkam Pomponia eine Woge aus Scham, die ihren Körper erfasste. Ganz Rom befand sich im Aufruhr, und doch galt im Moment ihre einzige Sorge Quintus. Das war nicht richtig.

Sie war eine Vestalin und allein Rom verpflichtet. Sie versprach sich und der Göttin, Quintus zu vergessen, sobald er in Sicherheit wäre. Welche Gefühle sie auch immer für ihn hegen mochte, sie würde ihnen nicht mehr nachgeben.

Zu aller Bestem.

Der Carcer ragte vor Pomponia auf. Seine unverzierte Steinfront und die nüchternen Säulen bildeten einen scharfen Kontrast zu den kannelierten korinthischen und ionischen Säulen und den leuchtend bunten Bemalungen der Tempel und Denkmäler rundum. Er war das unfreundlichste und strengste Gebäude im Zentrum Roms. Andererseits hätte ein hübsches Gefängnis nicht dieselbe Wirkung erzielt.

Medousa streckte den Kopf aus der *lectica* und wandte sich an einen der Sänftenträger: «Setzt sie beim Eingang nieder.»

Als die *lectica* abgestellt wurde, kletterte Medousa heraus und half Pomponia beim Aussteigen. Bereits jetzt hatte sich eine Schar von Zuschauern versammelt. Eine Vestalin kam zum Gefängnis? Warum? Ob sie jemanden begnadigte? Mit leiser Stimme wurde aufgeregt spekuliert.

Ohne auch nur zu stocken oder sich zu überlegen, was sie sagen oder tun würde, zog Pomponia die Palla enger um sich und schritt an den entgeisterten Wachen vor dem Haupteingang des Gefängnisses vorbei, als wäre Vesta selbst auf die Erde gekommen.

«Edle Dame», hörte sie den Versuch eines der bestürzten Wächter, doch er wurde rasch von seinen Kollegen zum Schweigen gebracht. *Überlass es dem Präfekten*, so schien man allgemein zu denken. *Deswegen verdient er ja mehr Geld als wir.*

Als Pomponia durch den Portikus des Carcers trat, stand der Präfekt des Gefängnisses – ein hochgewachsener, kantiger Mann – rasch von seinem Schreibtisch auf, stieß dabei einen Becher Wein um und versuchte, das Brot, auf dem er gerade kaute, herunterzuwürgen.

«Priesterin», brachte er heraus. Und dann deutlicher: «Priesterin, was kann ich für dich tun?»

«Bitte führe mich unverzüglich zum Gefangenen Quintus Vedius Tacitus.»

Das *unverzüglich* war der Teil, der dem Präfekten Sorgen bereitete. Müsste er das nicht mit jemandem besprechen? «Priesterin», stammelte er. «Vielleicht sollte ich einen Boten schicken, um General Antonius oder Caesar ... Sie befinden sich gerade im *tabularium*, es ginge also schnell ...»

Caesar, überlegte Pomponia. Julius Caesar hatte seinem Großneffen Octavian nicht nur sein Vermögen vererbt – sondern außerdem auch seinen mächtigen Namen. Sie würde daran denken müssen, ihn so zu nennen. Da Octavian wusste, wie viel Gewicht ihm dieser Name verlieh, bestand er inzwischen darauf, immer und von allen Caesar genannt zu werden. Sein Name machte ihn zum *divi filius* – zum Sohn eines Gottes.

Offensichtlich war der Einzige, der sich diesem Wunsch verweigerte, Marcus Antonius. Schlimm genug, dass Julius

Caesar ihm in seinem Testament nicht einmal so viel wie eine schmutzige Toga vermacht hatte. Zum Hades noch mal, er würde diesen Säugling Octavian niemals mit Caesars Namen ansprechen.

«Du kannst Caesar und den General holen, wenn du möchtest», sagte Pomponia, «aber ich besuche den Gefangenen jetzt sofort.»

Die Unsicherheit des Präfekten ausnutzend, schritt sie an ihm vorbei. Sie wollte ihm keine Gelegenheit geben, nachzudenken, Zeit zu schinden oder eine Alternative vorzuschlagen.

Der Präfekt rieb sich den Kopf. Welche Möglichkeiten hatte er? Mit körperlicher Gewalt konnte er sie jedenfalls nicht zurückhalten. Falls er sie berührte, um sie aufzuhalten, würde er selbst Insasse des Gefängnisses werden, das er derzeit bewachte.

Nachdem er einem Wächter, der ihn mit offenem Mund anstarrte, eine stumme Botschaft geschickt hatte – *Geh Caesar holen! Geh General Antonius holen!* –, schloss er sich der Vestalin an.

«Edle Dame, dort entlang.»

«Danke, Präfekt.»

Nach vier oder fünf Schritten verschwand das Licht der Welt, und Pomponia wurde von einer feuchtkalten Dunkelheit verschluckt. Von den Steinblöcken der Wände, die sie wie ein Grab umschlossen, strahlte Kälte aus, und sie zog die Palla enger um sich.

Mit jedem Schritt in die schwarze, dumpfe Tiefe des Gebäudes fühlte sie sich mehr von der lebendigen Welt abgeschnitten. Mit den Ellbogen streifte sie die harten Steinwände. Unwillkürlich atmete sie flacher und senkte den Kopf.

Die dicke Steindecke lastete unendlich schwer auf allem. Es war, als würde sie jeden Moment einbrechen und sie unter sich begraben. Durch schmale Ritzen zwischen den dicken Steinblöcken sickerten winzige Reste von Licht, doch davon abgesehen war es stockdunkel.

Warum hatte der Präfekt keine Fackel mitgenommen? Irgendwo in der steinumschlossenen Dunkelheit war ein trockenes, stoßweises Husten zu hören. *Er will nicht, dass ich das hier sehe*, begriff sie.

Dann tauchte ein paar Schritte vor ihr die Unterwelt auf.

Das Loch im Steinboden war klein, nicht breiter als ein Männerkörper, und aus der Tiefe waberte der Schein einer schwachen, orangeroten Flamme herauf. Aus dem Loch ertönte ein leises Murmeln. Die Stimme des Hades.

Nein. Sie kannte die Stimme. Es war Quintus im Gebet.

Pomponia wurde von Schwindel ergriffen. Sie hatte von diesem Loch gehört. Gefangene, die hingerichtet werden sollten, wurden dort hinuntergeworfen – buchstäblich *geworfen* – und kauerten dann bis zum Tag ihres Todes zwölf Fuß tief unter der Erde angsterfüllt im Dreck.

Es war noch gar nicht so lange her, da hatte Julius Caesar den mächtigen gallischen Kriegsherrn Vercingetorix besiegt, Fürst des Stammes der Arverner, und ihn in ebendieses Loch werfen lassen. Dort hatte er fünf lange Jahre vegetiert. Das Tageslicht sah Vercingetorix erst wieder, als er für Caesars Triumphzug aus dem Loch gezogen wurde. Auf dem Forum wurde er einem johlenden römischen Mob vorgeführt und musste schließlich von einem Pferd über das Pflaster geschleift werden, weil seine Beine nachgaben und er nicht mehr gehen konnte. Männer und Frauen verfluchten ihn und spuckten ihn an. Kinder bewarfen ihn mit faulem Obst und Exkrementen. Zwei Scharfrichter zerrten ihn auf die *rostra*, rissen ihm die Kleider vom Leib und erwürgten ihn.

All das hatte Pomponia damals selbst mitangesehen. Es war ein großer Tag gewesen. Der Kriegsfürst der Gallier – Roms größter Feind – war tot. Ave Caesar.

Die Vestalin schluckte ihre Furcht herunter und ließ sich so würdevoll wie möglich auf die Knie nieder. Sofort kroch ihr die Kälte in die Knochen. Der kloakenartige Gestank aus der Grube war unvorstellbar.

«Quintus Vedius Tacitus», rief sie hinunter.

Das Gemurmel brach ab. Schlurfende Schritte. Pomponia beugte sich vor und versuchte, in den spärlich erhellten Zugang zur Unterwelt zu spähen.

Von unten drang eine Stimme herauf. «Priesterin Pomponia?»

Keine Verstellung, kein Hochmut. Nur Angst und Verzweiflung.

«Ja, bist du ...»

«Mein Vater», seine Stimme war heiser. «Hast du meinen Vater gesehen?»

«*In dea confide*», sagte Pomponia. Vertraue der Göttin.

«Ich vertraue dir», antwortete er.

Pomponia hatte keine Ahnung warum, doch ihr sank der Mut ein wenig. In diesem Augenblick spürte sie jemanden in ihrer Nähe. Noch immer kniend drehte sie sich um und schaute hinter sich.

«Edle Pomponia», sagte Marcus Antonius. «Welchem Umstand haben wir die Anwesenheit einer Vestalin an einem so schrecklichen Ort zu verdanken?» Ein Anklang von Unverschämtheit.

Pomponia stand auf und sah ihm direkt in die Augen. «Im heiligen Namen Vestas fordere ich von dir die Entlassung des Gefangenen Quintus Vedius Tacitus, Bürger Roms, Priester des Mars und *causarius*-Soldat Julius Caesars.» Sie hielt inne und begegnete seiner Unverschämtheit mit ihrer eigenen. «Und seines Vaters.»

«Ich verstehe ...»

Eine neue Stimme. Diese war jünger und schärfer. «Lass die Gefangenen sofort frei.»

Pomponia sah an Antonius vorbei. Selbst im schwachen Licht erkannte sie das Funkeln in Octavians kühlen grauen Augen.

«Caesar», sagte Pomponia. «Ich danke dir.»

«Aber nicht doch», entgegnete Octavian. «Ich muss dir dafür danken, dass du uns auf die Unschuld dieses Mannes und seines Vaters aufmerksam gemacht hast. Sie werden sofort freigelassen, und alle Ansprüche auf ihre Anwesen werden fallengelassen. In Rom regiert derzeit das Chaos, und solche Fehler sind bedauerlich.» Er trat einen Schritt zurück. «Und jetzt lass bitte zu, edle Pomponia, dass ich dich hinausbegleite. Das hier ist kein Ort für eine Priesterin der Vesta.»

«Natürlich, Caesar. Das ist sehr nett von dir.»

Es war, als bohrte das Tageslicht schmerzhafte Löcher in Pomponias Augen, und blinzelnd ließ sie sich von Octavian zurück nach draußen zur *lectica* führen, neben der Medousa ihnen erstaunt entgegensah. Pomponia empfand das unpassende Bedürfnis, ihre Sklavin auszulachen. Mit ihren aufgerissenen Augen und dem offen stehenden Mund machte Medousa ein Gesicht, das fast an die wilde Gorgone auf ihrem Anhänger erinnerte. Die Sklavin hatte nicht erwartet, ihre

Herrin so gut wie Hand in Hand mit Caesar aus dem Gefängnis kommen zu sehen.

«Für den Rückweg zum Tempel gebe ich dir ein paar zusätzliche Leibwächter mit», sagte Octavian. «Du hast mein Wort, dass alles, was ich versprochen habe, erledigt wird.» Er lächelte. «Mein vergöttlichter Vater hegte große Achtung vor dem Vestalinnenorden. Als Caesar beabsichtige ich, auf diese Freundschaft zu bauen.»

«Das höre ich gern», sagte Pomponia. Sie musterte ihn kurz: Er war größer und wesentlich jünger als Antonius, der hinter ihm stand, aber bei weitem nicht so muskulös. Da er bekannt für seine gewiefte Diplomatie war, wusste sie, dass auch er sie begutachtete.

«Priesterin Pomponia», sagte er. «Wie ich gehört habe, hat die Vestalis Maxima dich mit vielen Pflichten betraut. Vermutlich werden wir künftig weitere Gelegenheiten zur Zusammenarbeit haben. Wir sollten einander besser kennenlernen, findest du nicht? Ich lasse von meinem Schreiber ein Treffen arrangieren.»

«Das wäre schön, Caesar.»

Über Octavians Schulter hinweg sah Pomponia, dass Antonius am Eingang zum Carcer auf den Boden spuckte. Ein Ausdruck unterdrückter Verärgerung huschte über Octavians Züge. Als Verbündete waren Antonius und er gemeinsam auf der Jagd nach Caesars Mördern. Als Menschen waren sie jedoch wie Feuer und Wasser.

Von Medousa gefolgt, stieg Pomponia in die Sänfte. Die *lecticarii* hoben sie vom Boden auf und schlugen den Rückweg ein, während die Schaulustigen so eilig den Weg frei machten, dass sie übereinander stolperten.

«Vielleicht ist dieser Caesar gar nicht so schlecht», sagte Pomponia zu Medousa.

Doch die Sklavin schnaubte nur. Die Erinnerung an die luxuriöse rote Tapisserie, die die Decke von Julius Caesars vergoldeter *lectica* überspannt hatte, und an das Goldmedaillon der Venus, das auf sie heruntergeschaut hatte, als der Diktator ihr die Unschuld raubte, ging ihr nicht aus dem Sinn.

«Kennst du einen Caesar, kennst du alle», sagte sie.

KAPITEL V

Πῦρ Γυνὴ καὶ Θάλασσα, Δυνατὰ Τρία.
«Feuer, Frauen und das Meer sind
die drei mächtigen Dinge.»
AESOP

Ägypten, 42 v. Chr.
(ein Jahr später)

«Apollonius, wenn du mich dazu zwingst, auch nur einen einzigen Papyrus mehr zu unterschreiben, lasse ich dich im Badehaus von Krokodilen zerreißen.»

In ihrem großen Arbeitszimmer im Königlichen Palast von Alexandria ließ Königin Kleopatra sich in den mit Schnitzereien verzierten Stuhl zurücksinken. In einem halbherzigen Versuch, Apollonius zu treffen, warf sie den Schilfpinsel nach ihm, abgelenkt von einer schlanken, braunen Katze, die ihr geschmeidig auf den Schoß sprang.

«Majestät.» Der Sklave verbeugte sich. Er sammelte die Schriftrollen ein, die auf dem opulenten Schreibtisch der Königin lagen – Schreibtischplatte und Beine waren mit Intarsien aus Gold und Lapislazuli geschmückt. «Ich spreche mit dem Oberschreiber darüber. Er wird sich darum kümmern.»

«Ich habe Hunger.» Kleopatra schnippte mit den Fingern, und eine Sklavin kniete sich vor ihr nieder. «Iras, bring mir etwas Weinkuchen.»

«Jawohl, Majestät.»

Als Apollonius sich über den Schreibtisch beugte, um die letzten Papyrusrollen einzusammeln und sie ordentlich in den Korb zu legen, richtete Kleopatra ihren trägen Blick auf ihn. «Gibt es etwas Neues?»

«Der römische Bürgerkrieg dauert an», sagte Apollonius. «Allerdings könnte sich das bald ändern. Erst heute Morgen habe ich gehört, dass General Antonius und Caesar» – Kleopatra verpasste ihm eine Kopfnuss, und die Katze sprang von ihrem Schoß – «General Antonius und *Octavian* sich in Macedonia aufhalten. Alle Informanten sagen, Brutus und Cassius seien dorthin geflohen. Vielleicht haben Antonius und Octavian sie endlich zur Strecke gebracht.»

«Ein Paar römischer Wölfe jagt ein anderes Paar römischer Wölfe.» Sie schnaubte. «Typisch.»

Iras kehrte mit einem Teller voll Weinkuchen zurück und stellte ihn vor die Königin. Kleopatra zupfte daran herum, ohne einen Bissen zu essen. Eine Öllampe auf ihrem Schreibtisch flackerte und zischte, gedankenverloren strich sie mit der Hand über die Flamme.

«Majestät», sagte Apollonius, «suchst du heute die Königliche Bibliothek auf? Der Kurator bittet dich demütig um die Zustimmung zu einem neuen Flügel, der den Schriften von Majestät gewidmet ist. Ich habe ihn selbst gesehen, und er ist sehr prachtvoll. Es gibt einen zentralen Lesebereich mit deinen Werken zur Mathematik und Astronomie und einen weiteren zur Philosophie.»

«Ja, Apollonius.» Sie schob den Weinkuchen beiseite und trank einen Schluck kühles Honigwasser. «Es ist nur eine Frage der Zeit, bis ein römischer Wolf vor unserer Tür steht. Die Königliche Bibliothek muss beschützt werden. Bestimmte Werke müssen versteckt werden.»

«Römer sind nicht an gebildete Frauen gewöhnt, Majestät. Und auch nicht an Königinnen. Welcher Wolf auch immer gewinnt, sie werden versuchen, deine Bücher zu vernichten. Eine starke Frau lässt sie schwach aussehen. Und du hast dir während deiner Zeit in Rom Feinde gemacht.»

Kleopatra rieb sich die Schläfen. «Ich habe mein Bestes gegeben, Apollonius, aber sie waren solche Hornochsen!» Bei der Erinnerung schauderte ihr. «Beim Abendessen schlugen sie sich den Bauch mit gebackenen Siebenschläfern und gebratenem Straußenhirn voll oder mit im vollen Federkleid gebackenen Vögeln, und das alles spülten sie mit einer Soße aus Fischinnereien herunter. Die Schlimmsten von ihnen waren geschickt genug, sich das alles einzuverleiben, während sie an der Brust einer fremden Ehefrau leckten und nach mehr Wein riefen. Es war unerträglich. Und den Versuch, das Gespräch zu heben und auf ein Thema oberhalb der Gürtellinie zu bringen, konnte man vergessen! Oh, es gab ein paar Ausnahmen. Anfangs habe ich die Gesellschaft von Senator Cicero genossen. Ihn faszinierte das Ägypten der Ptolemäer.» Nachdenklich klopfte sie mit dem Finger auf den Schreibtisch. «Aber dieser Dummkopf Marcus Antonius hat uns immer wieder gegeneinander aufgehetzt.»

Die braune Katze fasste mit der Pfote nach dem Kleid der Königin, doch sie schob das Tier beiseite und stand auf. «Sind die Gefangenen so weit?», fragte sie.

«Natürlich, Majestät. Sie sind in den Hof gebracht worden, und alles ist bereit.»

In königlicher Haltung schlenderte Kleopatra über die großen braun-grünen Fliesen des Palastbodens, vorbei an einer Kolonnade, deren mächtige Säulen auf eine Weise bemalt waren, dass sie wie hoch aufragende Palmen aussahen. Anschließend passierte sie eine lange Reihe überlebensgroßer Statuen ägyptischer Götter und Göttinnen.

Isis, die allmächtige Göttin der Ehe und der Weisheit, bekleidet mit einem scharlachroten Kleid und einer Kobra in den Händen. Osiris, Gott der Unterwelt und Ehemann der Isis. Seine Haut war im Grün fruchtbarer Vegetation bemalt, um den Kreislauf von Tod und Wiedergeburt zu symbolisieren. Horus, der Sonnengott und Sohn von Isis und Osiris, mit strahlend weiß bemaltem Falkenkopf und einer rot-weißen Krone darauf.

Ein Anflug von Wehmut überkam sie. Diesen Gang war sie oft mit Caesar entlanggeschritten. Einmal war er unvermittelt vor der Statue der Tawaret stehen geblieben, der Göttin der Schwangerschaft und Geburt. Angesichts ihres Nilpferdkopfs, ihrer Löwenbeine, ihres Krokodilschwanzes und des Bauchs einer Schwangeren hatte er laut lachen müssen.

Kleopatra, hatte er gesagt. *Wenn ich einmal tot bin, wird meine ägyptische Statue wohl die Gliedmaßen einer Schildkröte haben, den Schwanz eines Kamels und den Kopf eines Esels.*

Gewiss, Liebster, hatte sie geantwortet. *Aber ich werde dafür sorgen, dass sie eine vollständige römische Rüstung trägt. Wie könnte man einen eselköpfigen Gott passender kleiden?*

Von der braunen Katze gefolgt, die verspielt nach dem Saum ihres Kleides schlug und Fäden aus dem Stoff zog, schritt sie an dem Gemach vorbei, in dem sie Caesar kennengelernt hatte. Damals war sie vollkommen verzweifelt gewesen.

Ihr Bruder Ptolemäus – dieser volltrottelige, heimtückische kleine Drecksack – und sein Vorstoß zur Alleinherrschaft hatten sie gezwungen, in die Wüste zu fliehen, um ihr Leben zu retten und wenn möglich eine Armee aufzustellen, während er sich in ihrem Palast bei Caesar einschmeichelte.

Aber sie war schon immer schlauer gewesen als ihr Bruder. Sie hatte sich in einen Teppich einwickeln lassen – diese grauenhafte, stickige Hitze! – und als Geschenk für Caesar in den Palast tragen lassen. All das direkt unter Ptolemäus' hässlicher, hoch erhobener Nase.

Bei dieser Erinnerung musste Kleopatra lächeln. Die Leibwächter hatten den Teppich vor Caesars Füßen entrollt, und sie war herausgepurzelt. Die vertriebene Königin Ägyptens selbst, mit klingelnden Armreifen und dem königlichen Diadem im zerzausten Haar.

Caesar war überrascht und belustigt aufgesprungen. Sie hatten sich die ganze Nacht im flackernden Licht der Öllampen unterhalten, die mit ihrem Rizinusduft die Luft parfümierten. Als sein Blick auf ihre Brüste fiel, hatte sie ihn auf den Teppich gezogen, und sie hatten sich bis zum Morgen geliebt. Die jungfräuliche Königin Ägyptens lag unter dem römischen General Julius Caesar. So hatte er es gewollt. So musste es immer sein.

Einige Zeit nach dieser königlichen Begegnung war die Leiche ihres Bruders mit dem Gesicht nach unten im Nil treibend gefunden worden, das Fleisch so grün von Verwesung, dass nicht einmal die Aasgeier es angerührt hatten. Julius war ein Mann gewesen, der Wort gehalten hatte.

Im Großen und Ganzen war es für beide eine gute persönliche und politische Übereinkunft gewesen. Caesar war ein vernünftiger Herrscher, und er vertraute ihrem Urteil. Sie zeigte ihm Ägyptens Geheimnisse, einschließlich der großen Pyramiden, und sie segelten den Nil hinauf, nicht nur als Geliebte und Verbündete, sondern auch als Freunde.

Sie brachte ihn zum Grab seines Helden Alexander des Großen, wo er mit angehaltenem Atem darauf wartete, dass sie das Tuch vom Sarkophag des Heerführers zog, um ihm seine mumifizierte Leiche zu zeigen. Der Anblick der weichen Haarsträhnen des großen Generals hatte Caesar zu Tränen gerührt, und sie hatte ihm das Gesicht trocken geküsst.

Sie hatten so viele Pläne gemacht. Wenn ein römischer General und eine ägyptische Königin ein Liebespaar sein konnten, konnten dann Rom und Ägypten nicht wahre Freunde werden? Sie dachte an die große Bibliothek, die sie gemeinsam auf dem römischen Forum hatten errichten wollen. Selbst die Römer hatten sich für die Idee erwärmen können. Senator Cicero und viele andere hatten ihre Unterstützung bekundet. Und dann war da Caesars einflussreiche Großtante, die oberste Vestalin, die in Rom einen wunderschönen Schrein der Isis hatte errichten wollen.

Ach, aber Caesar war nicht mehr. Und so war es auch mit der Gewissheit von Kleopatras Herrschaft und der Stabilität Ägyptens vorbei. Noch erschreckender, auch Caesarions Sicherheit war gefährdet. Was das Leben ihres Sohnes anbelangte, spielte es keine Rolle, welcher römische Wolf gewann. Beide würden ihn zerfleischen.

Caesars Mörder würden niemals zulassen, dass ein Sohn Caesars Ägypten regiere. Eines Tages würde er den Tod seines

Vaters rächen wollen – das wussten sie –, und so war das Kind ein zu großes Risiko. Und wie stand es mit Antonius und Octavian? Antonius wäre der Junge vielleicht egal. Aber Octavian, dieser opportunistische Kümmerling, der die Frechheit besaß, sich Caesar zu nennen, würde Caesarions Kopf mit Gewissheit auf einem Pfahl aufgespießt sehen wollen. Zwei Caesaren waren ein Caesar zu viel.

Als Kleopatra sich dem Ausgang zum Hof näherte, stießen zwei Sklaven die schwere Flügeltür auf, und heißes Sonnenlicht strömte in den Palast. Sie blinzelte, ging aber weiter, bis die glatten Fliesen unter ihren Sandalen von Sand bedeckt waren und der Hof sie von allen Seiten umgab.

Fünf Holzstühle standen im Halbkreis auf den sandigen Bodenfliesen. Daran festgebunden waren vier Männer in Lendentüchern und eine Frau in einem kurzen Kleid. Zwei der Männer wanden sich vor Qual. Aus ihren Mündern quollen Blasen von Speichel, und ihre Augen rollten in den Höhlen.

Die Königin ließ sich den Stühlen gegenüber auf einer langgestreckten Liege nieder, zog die Beine unter sich und nahm beiläufig einen Löffel voll kühler Granatapfelkerne aus einer großen Silberschale, die auf einem Beistelltisch stand.

«Beginnt», befahl sie niemandem im Besonderen, während sie die Kerne mit dem Fruchtfleisch zerkaute.

Ein Mann, der ein leuchtend orangerotes Tuch um den Kopf gewunden trug, verneigte sich vor der Königin. «Danke, Majestät.» Seine Stimme war rau.

Er deutete mit einer ausladenden Geste auf den Halbkreis der Stühle. «Der erste Gefangene leidet an einer Arsenvergiftung, der zweite zeigt die Wirkungen einer Schierlingstinktur. Beides wurde vor dreißig Minuten verabreicht.»

Der erste Gefangene stieß ein raues Stöhnen aus und erbrach sich auf sein Lendentuch. Den zweiten durchliefen Zuckungen, und dann wand er sich in so heftigen Krämpfen, dass sein Stuhl umkippte. Zwei Palastsklaven eilten herbei, um ihn aufzurichten, doch gleich darauf fiel er erneut um.

Die Sklaven blickten einander verunsichert an, zuckten hilflos mit den Schultern und ließen den sich windenden Gefangenen, der noch immer an den Stuhl gefesselt war, auf dem Boden liegen. Eine Urinpfütze versickerte im Sand, als der Gefangene die Kontrolle über seine Blase verlor.

Kleopatras Zofe Charmion kam hinzu und stellte sich neben die Königin. Abgestoßen betrachtete sie die zuckenden, sabbernden Gefangenen.

«Eine würdelose Art, Osiris zu begegnen», sagte sie. «Aufgeschwollen, würgend und von Schmerzen gequält. Majestät wird ihren Feinden nicht die Befriedigung gewähren, sie so zu sehen.»

«Falls es so weit kommt», schränkte die Königin ein.

«Falls es so weit kommt», stimmte Charmion ihr zu. «Falls Majestät sich das Leben nehmen muss, gibt es Möglichkeiten, die einer Königin angemessener sind.» Sie schnippte mit den Fingern nach dem Mann mit dem orangeroten Turban. «Jetzt die Schlangen.»

Der Mann kniete sich gehorsam vor der Königin nieder, und Charmion, die die Rolle seiner Assistentin übernahm, stellte ein langes, rechteckiges Tablett vor ihn. Darauf standen zwei runde, zugedeckte Körbe. Der Mann öffnete einen von ihnen und zog fachmännisch eine gelblich-braune Schlange mit gehörntem Kopf und auffälligen, braunen Querbändern heraus.

Noch immer mit der Schlange in der Hand, stand er auf und trat zu dem dritten Gefangenen, der mit aufgerissenen Augen vor Entsetzen aufschrie, verzweifelt gegen seine Fesseln kämpfte und die Königin und die Götter um Gnade anflehte. Kleopatra zerkaute erneut einen Löffel voll Granatapfelkerne.

Die beiden Palastsklaven nahmen den Kopf des neuen Opfers zwischen die Hände und bogen ihn zurück, um den Hals freizulegen. Der Schlangenbändiger drückte den Kiefer der Schlange in den Hals des Gefangenen, und ein Blutrinnsal lief daran herunter.

Alle traten zurück, damit die Königin eine unverstellte Sicht genießen konnte.

Kleopatra hielt im Kauen inne und betrachtete den Gefangenen interessiert. Beinahe sofort schrie dieser vor Schmerz auf, und das Gebiet um den Schlangenbiss schwoll zu einem harten Ball von der Größe einer Männerfaust an. Die Haut nahm einen hässlichen, violetten Farbton an.

Der Gefangene verkrampfte sich und verfiel dann in einen Zustand der Lähmung. Seine Eingeweide entleerten sich. Der Assistent des Mannes mit dem orangefarbenen Turban bedeckte die Exkremente rasch mit einem bestickten Seidentuch und verfluchte sich lautlos dafür, dass er keine billige Decke aus Papyrus dabeihatte.

Kleopatra warf Charmion einen Seitenblick zu. «So geht es nicht», sagte sie.

«Diese hier mag geeigneter für Majestät sein», sagte der Schlangenbändiger. Er hob den Deckel vom zweiten Korb, griff geschickt nach der darin befindlichen Schlange und hielt sie der Königin entgegen. «Eine Kobra.»

Der Schlangenbändiger trug das Tier zum letzten lebenden männlichen Gefangenen, der mit geweiteten Augen und entsetzt aufgerissenem Mund um Gnade flehte. Er warf einen verzweifelten Blick auf die Königin, auf Charmion und auf seine Mitgefangenen.

Drei Männer waren bereits tot – und von Qualen verrenkt. Die weibliche Gefangene starrte geradeaus und murmelte ein Gebet in einer Sprache, die er nicht kannte.

Erneut rissen die beiden Palastsklaven den Kopf des Gefangenen zurück, und der Schlangenbändiger setzte den Kiefer der Schlange an den entblößten Hals. Sie traten zur Seite und starrten erwartungsvoll auf den Gefangenen, der genau wie sie auf die Wirkung des Schlangengifts wartete.

Zunächst geschah gar nichts. Dann aber atmete der Gefangene tief ein, als würde er von einer plötzlichen Atemlosigkeit überrumpelt. Sein Atem ging flach und mühsam, und gleich darauf kippte sein Kopf nach hinten.

Das war alles.

«Ein einer Königin würdiger Tod», sagte Charmion. Sie nickte dem Schlangenbändiger mit dem orangeroten Turban wohlgefällig zu. «Bring mir morgen früh zwei oder drei deiner besten Exemplare», befahl sie. «Und außerdem einen Bändiger. Er soll mit ihnen im Palast wohnen.»

«Ja, edle Dame», sagte er. «Es ist mir eine Ehre, Majestät zu Diensten zu sein.»

Als die Königin sich erhob, wurde die Gefangene von einer Woge der Erleichterung erfasst. Tränen liefen ihr die Wangen hinunter, und sie pries lautlos die Götter.

«Majestät», sagte der Schlangenbändiger. «Darf ich so kühn sein vorzuschlagen, dass du dir die Wirkung auf den weiblichen Körper ansiehst? Ich habe eine Frau ausgewählt, die von

Größe und Gewicht Majestät entspricht.» Er winkte nach der Gefangenen.

«Oh», sagte die Königin. «Das ist vermutlich ratsam. Mach weiter.» Sie nahm einen weiteren Löffel Granatapfelkerne aus der Silberschale.

«Meine Königin», hatte der königliche Astrologe gesagt. «Die Zeichen sind eindeutig. General Antonius und Octavian werden die Mörder besiegen. Sie werden den Vater deines Sohnes rächen. Danach wird Antonius zu dir kommen.»

Und so war es geschehen.

Brutus und Cassius waren tot, in der Schlacht bei Philippi geschlagen. Caesar war nun wieder ein mächtiger Name in Rom. Und General Marcus Antonius war unaufhaltsam auf dem Weg nach Ägypten, um sich mit der Königin des Landes zu treffen.

Kleopatra stieg die sechs Marmorstufen in ein riesiges ovales Badebecken hinunter und ließ sich bis zum Hals in heißer Eselsmilch versinken. Aus einem Topf goss Iras geschmolzenen Honig in das Bad, und Kleopatra machte lockere Schwimmbewegungen, um die verschwenderische Mischung umzurühren. Dennoch konnte sie sich nicht richtig entspannen.

Antonius' Bote hatte den offiziellen Zweck des bevorstehenden Besuchs seines Herrn in Ägypten genannt: ein verwaltungstechnisches Treffen, um sicherzustellen, dass Königin Kleopatra weiterhin Steuern zahlen und Getreide nach Rom verschiffen würde.

Doch Kleopatra war klar, dass an dem Besuch mehr hing. Antonius würde wissen wollen, warum sie ihn bei der Jagd nach Caesars Mördern nicht unterstützt hatte. Vielmehr hatte sie es hinausgezögert, Geld zu schicken und Verstärkungstruppen zu entsenden.

Was sollte sie ihm sagen? Die Wahrheit lautete, dass sie es sich nicht leisten konnte, im römischen Konflikt Partei zu ergreifen. Was, wenn die Seite, für die sie sich entschieden hätte, letztlich verlöre? Dann würden die Sieger sie als Verschwörerin betrachten, und jede Hoffnung, ihren Thron zu behalten, wäre dahin.

Eine an der türkisblau-braunen Mosaikwand befestigte Öllampe brannte flackernd nieder, und im Raum wurde es dunkel. Iras schalt leise eine Sklavin, die frisches Öl in die Lampe goss. Diese loderte zu neuem Leben auf.

In ihrem heißen Milch-Honig-Bad fingerte Kleopatra geistesabwesend an den Granatsteinen in ihrem Goldarmband herum, zog es aus und warf es zu Iras Füßen auf den vom Dampf beschlagenen Fliesenboden.

Auf ihrer Unterlippe herumkauend, dachte sie an den Marcus Antonius zurück, den sie während ihrer Zeit in Rom kennengelernt hatte. Er war laut und füllig, streitsüchtig und voll fleischlicher Begierden. Ein Idiot. Aber ein brillanter General.

Kleopatra wusste wenig über seine persönlichen Gewohnheiten oder Laster. Nun musste sie sich auf ihre Spione verlassen, die noch in Rom lebten und sich weiterhin in Antonius' Kreisen bewegten.

Während sie zum Beispiel hier in Alexandria in ihrem Bad lag, sammelten diese in Rom die Informationen, die sie brauchte. Welche Interessen hatte er? Welchen Wein bevorzugte er? Was waren seine Lieblingsspeisen? Was für Schwächen hatte er? Und wichtiger als alles: Zu welcher Art von Frauen fühlte er sich hingezogen?

In Alexandria würde Antonius schwierig zu lenken sein. Wahrscheinlich war er ungehalten und würde es nicht abwarten können, seine Macht über sie und Roms Macht über Ägypten zu demonstrieren. Sie musste sein Misstrauen besiegen, seine Abwehr unterlaufen und nah genug an ihn herankommen, um dafür sorgen zu können, dass ihrem Volk und ihr selbst keine Gefahr drohte.

Kleopatra seufzte. Ein weiterer primitiver Römer, den sie verführen musste.

KAPITEL VI

Aeterna flamma vestae
Die ewige Flamme Vestas

Rom, 40 v. Chr.
(zwei Jahre später)

Es waren die Kalenden des März, der erste Tag des Monats und das Datum, an dem das heiligste Ritual der römischen Welt stattfand: die jährliche Erneuerung des ewigen Feuers der Vesta, das im Tempel brannte.

Die Zeremonie war uralt. Traditionell wurde sie abgeschieden im Allerheiligsten des Tempels vollzogen, doch Fabiana hatte Zuschauer zugelassen, nachdem ein Priester, der selbst zur Faulheit neigte, in Frage gestellt hatte, dass die Vestalinnen sich wirklich die Arbeit machten, das Feuer zu erneuern. Nona und Pomponia hatten die oberste Vestalin allerdings inzwischen davon überzeugt, zur alten Methode zurückzukehren. Dies würde die letzte Erneuerung sein, die vor dem Tempel vollzogen wurde.

Folglich waren ganze Heerscharen von Leuten gekommen, um diese vermutlich letzte Gelegenheit wahrzunehmen, das rituelle Löschen und Erneuern des Feuers mit anzusehen. Tausende von Männern und Frauen – Patrizier, Soldaten, Plebejer, Freigelassene und Sklaven – füllten das Forum Romanum und umstanden den Tempel der Vesta.

Während Versammlungen dieser Größe normalerweise laut und ungestüm abliefen, ging diese hier still und ehrfurchtsvoll vonstatten. Mutter Vesta hatte das römische Volk in den unruhigen Jahren nach der Ermordung Julius Caesars erhalten. Da musste man ernste Dankbarkeit zeigen.

Die Vestalinnen, Roms einzige vom Staat unterhaltene Priesterschaft, hatten die lebende Flamme am Brennen gehalten und die alten Riten unfehlbar vollzogen. So hatten sie dafür gesorgt, dass der *Pax Deorum* – das friedliche Einvernehmen zwischen den Göttern und der Menschheit – auch weiter Bestand haben würde. Die Vestalinnen hatten den Schutz der Göttin für die Stadt erwirkt. Auch ihnen galt die Ehrfurcht der Menge.

Scharlachrote, mit den Buchstaben *SPQR* in Gold bestickte Fahnen hingen von den höchsten *basilicae* und Monumenten des Forums. Die Statuen, Brunnen, Kolonnaden und prachtvollen Fassaden der umliegenden Tempel waren für den Anlass gereinigt worden, und die Via Sacra war sauber gefegt.

Doch schon am Vormittag waren die Pflastersteine um den heiligen Bezirk der Vesta mit wild gepflückten Blumen, Andenken und Tellern voll Essen übersät, lauter demütig dargebrachten Opfern für die Göttin.

In früheren Jahren hatte Fabiana die Tempelsklaven angewiesen, die Opfer so schnell zu entfernen, wie sie dort hingestellt worden waren, doch die Vestalis Maxima, deren Gesundheit sich weiter verschlechterte, war zu erschöpft, um an der Feier teilzunehmen. Daher hatte Pomponia die Aufsicht über die heiligen Riten übertragen bekommen. Sie ließ die Opfer dort, wo sie waren.

Der Tempel der Vesta selbst war mit langen Girlanden frischen Lorbeers geschmückt worden. Sie hingen vom Gebälkfries herab und wanden sich um jede seiner zwanzig Säulen – Säulen, die vom weißen Marmorpodium seines runden Sockels aufstiegen und das Bronzedach auf fein gehauenen ionischen Kapitellen trugen. Der feine Metallschirm hinter den Säulen war poliert worden, und wie es die Tradition und Oberpriesterin Fabianas präzise Vorgaben verlangten, hatte man den gesamten Tempel mit grünem Pflanzenschmuck und weißen Blüten ausgekleidet.

Durch eine Öffnung in der höchsten Stelle des Kuppeldachs stieg der Rauch von Vestas Tempelfeuer auf. Er wurde immer dünner, da Pomponia und die anderen Vestalinnen im Tempel nun zuließen, dass das Feuer niederbrannte. Mit zur Göttin nach oben gekehrten Handflächen flehten sie sie an, Sonnenstrahlen zu senden, die stark genug waren, das heilige Feuer erneut zu entzünden.

Die nach Osten zur Sonne ausgerichtete Bronzetür des Tempels war normalerweise geschlossen, um die Unverletzlichkeit des Herds im Inneren zu gewährleisten. Jetzt stand sie offen und ließ das Sonnenlicht herein. Die Leute reckten die Hälse, um einen Blick ins Innere zu erhaschen.

Als das heilige Feuer zu Glut niedergebrannt war, packte Pomponia die Griffe auf beiden Seiten der großen, bronzenen Feuerschale und hob sie aus ihrer Verankerung im runden Marmorsockel des Herds.

«*Vesta, permitte hanc actionem.*» Mit diesen Worten holte sie die Erlaubnis der Göttin für das Ritual ein.

Pomponia trug die Feuerschale über den Mosaikboden, durch die geöffnete Tür und die Tempelstufen hinunter. Die anderen Vestalinnen folgten ihr in einer feierlichen Prozession nach draußen. Als Erste ging die älteste Vestalin Nona, die eine kleine Terrakotta-Figur der Oberpriesterin Fabiana trug. Als Nächste kam Tuccia, gefolgt von Caecilia Scantia und Lucretia Manlia.

Sobald die Vestalinnen den Tempel verlassen hatten, schlüpften die Novizinnen hinein, um die Wände, den Boden und den marmornen Herd mit reinem, frischem Quellwasser zu reinigen.

Der Anblick der in ihre zeremoniellen weißen Stolen und Schleier gekleideten Vestalinnen entlockte den Versammelten einen Chor ehrfurchtsvoller Ausrufe. Die einzigen Farbtupfer in der reinen, weißen Kleidung der Priesterinnen waren das Rot ihrer wollenen Kopfbinde, der purpurne Saum ihres förmlichen *suffibulum* – Schleiers – und die Goldrosette ihrer *fibula* – Brosche –, mit der der untere Saum des rituellen Schleiers auf dem Brustbein festgesteckt wurde. Die Menschen fielen auf die Knie nieder, und viele warfen den Priesterinnen frisch gepflückte Blumen zu Füßen.

Pomponia führte die Vestalinnen zu dem mit Lorbeer geschmückten Marmorpodium, das neben dem Tempel errichtet worden war. Darauf stand der Pontifex Maximus, ein ernst blickender Mann namens Marcus Aemilius Lepidus. Achtsam schritt Pomponia die mit einem Blumenteppich bedeckten Stufen hinauf, überquerte das Podium und stellte die Bronzeschale auf einem Altar ab.

Die beiden Pontifices, der Pontifex Maximus und die *de facto* Vestalis Maxima, standen nebeneinander, während die anderen Vestalinnen sich hinter ihnen aufstellten.

Links des Podiums, das in verkleinerter Form den *rostra* nachempfunden war, saß alles, was in den römischen Priesterkollegien Rang und Namen hatte, darunter der Rex Sacrorum und die *Flamines Maiores* – die Oberpriester Jupiters und Mars' – in Begleitung einer Anzahl weiterer Priester, die entsprechend ihrem Rang platziert worden waren. Pomponia begrüßte sie mit einem respektvollen Nicken.

Aus dem Augenwinkel bemerkte sie Quintus, vermied es aber, ihn direkt anzusehen. Sie hatte angenommen, dass seine Arroganz nach der Erfahrung im Carcer vielleicht von ihm abfallen würde. Doch da hatte sie sich getäuscht. Er hatte sich nicht dafür bedankt, was sie für ihn oder seinen Vater getan hatte.

Seine Frau hingegen durchaus. Am Tag nachdem Pomponia Quintus aus dem Gefängnis freibekommen hatte, war Valeria mit einem wunderschönen Goldarmband im Haus der Vestalinnen aufgetaucht, das Gesicht von Tränen der Dankbarkeit überströmt.

Als Pomponia sie das nächste Mal sah, war ihr Gesicht von den Hieben ihres Mannes zerschunden.

Des ungeachtet hatte Pomponia ihr der Göttin gegebenes Versprechen gehalten. Sobald Quintus' Sicherheit gewährleistet war, tat sie ihr Bestes, nicht mehr an ihn zu denken.

Tatsächlich schienen die beiden sogar einen Wettbewerb daraus gemacht zu haben, wer den anderen ausdauernder ignorieren konnte, sei es nun bei einem öffentlichen oder religiösen Anlass oder wenn sie sich auf der Straße begegneten. Hin und wieder fand Quintus jedoch immer noch Gelegenheit, einen kalten, tadelnden Blick auf sie zu werfen. Sie schaute an ihm vorbei und nickte stattdessen den Auguren zu.

Den Platz rechts des Podiums nahmen jene ein, die in Rom gleichermaßen von Bedeutung waren, allen voran Octavian mit seiner Schwester Octavia. Neben ihnen saß der eindrucksvolle Marcus Agrippa, Octavians brillanter General und engster Freund, sowie Octavians scharfsichtiger politischer Berater Gaius Maecenas.

Pomponia stellte mit Genugtuung fest, dass Marcus Antonius noch immer fehlte. Er hielt sich weiterhin in Ägypten auf und verhandelte mit Königin Kleopatra über Geld und Getreide. Wenn allerdings die Gerüchte stimmten, ging es den beiden nicht nur ums Geschäftliche.

Als die Vestalin auf dem Podium vor dem Altar stand, stieg ein anschwellendes, vertrauensvolles Rufen auf: «Segne uns, Priesterin Pomponia!»

«Ich segne euch im Namen der Mutter Vesta», erwiderte sie. Sie hörte die Autorität und gebieterische Gewissheit in ihrer eigenen Stimme. Fabiana war eine ausgezeichnete Lehrerin.

Pomponia hatte in letzter Zeit mehrere Rituale als stellvertretende Vestalis Maxima geleitet: das *Equus October*, die Riten der *Bona Dea*, die *Lupercalia*, die Erneuerungszeremonie des vorangegangenen Jahres, die *Fordicidia*, eine Anzahl von *lustrationes* und sogar die Öffnung des Allerheiligsten des Tempels für die römischen Ehefrauen während der *Vestalia*. Mit jeder Zeremonie und jeder neuen Verantwortung hatte sich die natürliche Gelassenheit, mit der sie die Rituale vollzog, verstärkt.

Der Pontifex Maximus neigte den Kopf respektvoll vor Pomponia und hob dann die Hände. «Vor vielen Generationen», sagte er laut, «ist unser Urahn, der trojanische Fürst Aeneas, mit seiner Familie aus dem brennenden Troja geflohen.

Seine königliche Abstammungslinie hat die Könige von Alba Longa hervorgebracht sowie König Numitor, den Vater der Vestalin Rhea Silvia. Die Göttin Vesta liebte diese Priesterin, doch ein anderer Gott liebte sie mit noch größerer Leidenschaft: Mars, der Gott des Krieges. Eines Nachts, als die Jungfrau schlummerte, konnte Mars der Versuchung nicht länger widerstehen. Er stieg hinab und vereinigte sich mit ihr.»

Zahllose Menschen verfolgten die Zeremonie, und doch spürte Pomponia plötzlich, wie sich ein einzelnes Paar glühender Augen auf sie richtete. Ihr Blick ging direkt zu Quintus. Er starrte sie an.

Der Pontifex sprach weiter. «Die unbefleckte Vestalin gebar die Söhne des Gottes, Zwillinge, die sie Romulus und Remus nannte. Doch der Feind ihres Vaters erfuhr von den Jungen, und aus Angst vor den mächtigen Männern, zu denen sie heranwachsen würden, ließ er sie den Armen ihrer Mutter entreißen. Die Kinder wurden in einen Korb gelegt und mit diesem in den Tiber geworfen. Mars hörte jedoch die Schreie der Jungfrau und ihrer Kinder. Trotz seiner Hartherzigkeit bat er Vater Tiber, den Korb ans Ufer zu lenken.»

Ein Knacken der heiligen Glut lenkte Pomponias Aufmerksamkeit von Quintus' undeutbarem Blick zurück zu der Feuerschale vor ihr. Sie legte die Hände auf den Rand, als beschützte sie den Rest von Leben, der noch in ihr flackerte.

«Mars schickte eine große Wölfin ans Flussufer, um seine Söhne zu retten. Die Wölfin brachte die Kleinen in ihre Höhle auf dem Palatinischen Hügel, wo sie sie säugte und mit dem Geist ihres göttlichen Vaters nährte. Als die Jungen zu Männern heranwuchsen, verlangte es sie danach, eine Stadt zu gründen, die größte Stadt, die es jemals gegeben hatte oder geben würde. Doch die Brüder hatten den Geist des Kriegsgottes in sich und kämpften darum, wer das Oberhaupt dieser Stadt sein würde. Um den Konflikt zu beenden, schickte Mars einen Seher, der vohersagte, dass Romulus eine Stadt bauen würde, eine Ewige Stadt, eine Stadt, die die Welt beherrschen würde. Remus leistete Widerstand, doch Romulus erschlug ihn und benannte die Stadt nach sich selbst.»

Pomponia riss sich zusammen, flehte den Pontifex im Geist an, schneller zu sprechen, und kämpfte gegen den Drang an, erneut zu Quintus zu schauen. Dann erlag sie der Versuchung, kaschierte den Blick aber, indem sie den Priestern, die neben ihm saßen, respektvoll zunickte. Ihr Puls schlug schneller. *Zum Pluto mit ihm. Er sieht mich immer noch an.* Sie blickte erneut weg und heftete den Blick auf die Glut in der Schale.

«Zu Ehren seiner Mutter, der Vestalin, entzündete Romulus ein heiliges Feuer auf dem Erdboden. Um dieses Feuer herum errichtete er Rom. Sein Nachfolger König Numa erbaute einen Tempel um das Feuer herum und ernannte eine Priesterschaft keuscher Frauen, um es zu hüten. Dieses Feuer erneuern wir heute auf ebendem Stück Land, auf dem unser Gründervater es das erste Mal entfachte.»

Der Pontifex zog ein schweres rotes Tuch vom Altar zurück, und Pomponia nahm den darunter verborgenen Tonkrug mit Wein hoch. Sie rief die rituellen Worte: «Hältst du Wache, du himmelsgeborener Aeneas? Halte Wache.» Sie blickte in die bronzene Feuerschale hinunter. Dort flackerte nur noch ein letzter Rest von roter Glut.

Pomponia übergoss diese letzte Glut in der Schale mit dem Wein und löschte damit das alte Feuer. Es musste geschehen. Es war die einzige Möglichkeit, die Flamme und damit Roms

Hinwendung zur Göttin wirklich zu erneuern. Tod, dann eine reine Wiedergeburt. Der ewige Kreislauf.

Die Schar der Versammelten wurde noch leiser. Bis das Feuer erneut brannte, war Rom verletzlich.

Die Vestalinnen erneuerten das heilige Feuer häufig mit Hilfe von Ästen und Zweigen des *arbor felix*, eines von Vesta und Jupiter eigenhändig gesegneten Baums. Jede Priesterin war in diesen und weiteren Techniken des Holzreibens geübt, doch auch andere Methoden, die Flamme zu erneuern, waren gestattet, solange die Göttin auf die richtige Weise angerufen und das neue Feuer nicht vom alten genommen wurde.

Heute hatte Fabiana Pomponia angewiesen, für die Erneuerung das ungewöhnlich sonnige Wetter dieser Kalenden des März zu nutzen und das neue Feuer mit nichts als den Strahlen der Sonne zu entzünden. Nicht nur war dies eine durch und durch reine Handlung, es war auch ein eindrucksvoller Anblick. Pomponia nahm ein Gerät aus polierter Bronze vom Altar. Das Metall war von den Novizinnen spiegelblank gerieben worden, sodass es die Sonnenstrahlen reflektierte und ein neues Feuer entfachen konnte. Es war eine Technik, die die Vestalinnen von den Griechen erlernt, dann aber verfeinert hatten. Der Pontifex stellte eine neue Bronzeschale vor Pomponia, und sie blickte hinein. Der Zunder ruhte dort noch immer so, wie sie ihn zurechtgelegt hatte: getrocknete Gräser aus Vestas Hain in einer runden vogelnestähnlichen Form.

Sie blickte hinauf zur Sonne. Während sie das Werkzeug so zurechtrückte, dass es die Sonnenstrahlen auffing und sie auf den Zunder lenkte, hoben die Vestalinnen, die hinter ihr standen, ihre Handflächen der Göttin entgegen.

«Vesta Aeterna», rief Pomponia. «Erste und Letzte, deine

unberührte Priesterin fleht dich an, in diese Flamme einzutreten, sodass wir dein ewiges Feuer erneuern können.»

Nur durch die Hitze der reflektierten Sonne bildete sich im Zunder ein dunkler Fleck. Gleich darauf brach rote Glut auf. Dünne Rauchfäden, durch die das Sonnenlicht sickerte, kräuselten sich nach oben, doch noch kämpfte das Feuer darum, neu geboren zu werden.

Pomponia legte das Bronzegerät beiseite. Sie bedeckte ihren Mund mit dem Schleier und beugte sich vor, um das Precatio Vestae, das geheime Gebet, mit dem die Göttin angerufen wurde, in die Glut zu sprechen. Der mit ihrem Flüstern entweichende Atem ließ die Glut auflodern und um sich greifen. Knisternd erwachte sie zum Leben und verzehrte den Zunder rasch.

Sie hob die Hände. «*Vestam laudo*», sagte sie, «*ignis inextinctus.*»

Der Pontifex hob die Hände in die Höhe. «Es brennt!», rief er laut, und tausend Stimmen priesen sofort Vestas Namen. Pomponia legte vorsichtig weiteren Zunder in die Bronzeschale, und das Feuer knisterte lauter. Das war ein gutes Zeichen. Das Knistern und Knacken war die Stimme der Göttin, die zu den Gläubigen sprach. Aber was sagte die Göttin zu ihr?

Pomponia schaute lächelnd auf das neue Feuer hinunter. Dann aber, ohne nachzudenken, blickte sie auf und sah direkt in Quintus Gesicht. Wie ein Hammerschlag trafen ihre Gefühle sie in den Bauch. Er hatte den Blick nicht abgewandt. Diesmal hielt sie ihm herausfordernd stand. Einen Augenblick schien es, als würde sein Ausdruck weicher werden, doch sie musste sich getäuscht haben. Kühl und kritisch schaute er herüber. Sie wandte sich ab.

Voller Ehrfurcht nahm Pomponia die bronzene Feuerschale auf und ging der Prozession der Priesterinnen voran in den Tempel. Drinnen würde sie das Ritual vollenden, indem sie die neue Feuerschale auf den Herd stellte, im heiligen Muster gesegnetes Feuerholz darauf legte und die letzten geheimen Riten für Vesta vollführte.

Pomponia stieg die oberste Stufe zum Tempel hinauf und trat ins Allerheiligste. Hinter ihr und allen Vestalinnen, die jetzt um den Herd standen, schloss sich die Bronzetür des Tempels.

Gleich darauf stieg erneut eine Rauchfahne durch die Öffnung in der Tempelkuppel auf. Jubel brach unter den Zuschauern aus.

Die um das Podium versammelten Priester und Politiker standen auf, streckten sich und begannen, sich zu unterhalten. Dabei schlenderten sie aufs Forum hinaus und schmiedeten ihre Pläne für den Rest des Tages.

Auf gleiche Weise zerstreute sich die Menge der Zuschauer, da Freundesgruppen und Familien das Forum verließen und sich von dort in das Gedränge der Straßen, Läden, Tavernen oder Bordelle Roms begaben.

Doch Quintus blieb sitzen und starrte weiter auf die geschlossene Bronzetür des Tempels.

Später am Nachmittag hatte sich die Feier auf den Campus Martius verlagert, das Mars geweihte große öffentliche Feld. Das hatte einen guten Grund. Die Kalenden des März waren nicht nur der Jahrestag, an dem Vestas Feuer erneuert wurde. Sie waren auch der traditionelle Geburtstag von Mars selbst. Ein derart glückverheißender Tag bot politische Gelegenheiten, die Octavian sich nicht entgehen lassen würde.

Früher am Tag hatte Pomponia huldvoll eine weitere hohe Spende für den Vestalinnenorden entgegengenommen. Während Octavian nun einem öffentlichen Opfer an Mars auf dem Campus Martius beiwohnte, gelobte er den Bau zweier neuer Tempel in Rom.

Pomponia, die neben ihm vor einem großen, Mars geweihten Altar stand, schmerzten ihre Füße. Es war ein langer Tag gewesen. Am liebsten wäre sie im Tempel geblieben, um das neue Feuer zu hüten, doch bei allen religiösen Feiern musste eine Vestalin anwesend sein. Ihr Status und die Bedeutung des Tages verlangten, dass diese Vestalin sie selbst war.

Wenigstens hatte sie Unterstützung. Tuccia und Medousa waren mitgekommen. Tuccia hätte sich kaum zurückhalten lassen. Die Feiern würden im Circus Maximus mit einem sehnlich erwarteten Wagenrennen zwischen den Grünen und den Blauen zu Ende gehen, und Tuccia hätte offen geschmollt, wenn sie nicht hätte zuschauen dürfen.

«Gerade in diesem Moment wird das Fundament des Tempels des vergöttlichten Julius Caesar an genau der Stelle gelegt, an der seine Leiche auf dem Scheiterhaufen verbrannt wurde», ertönte Octavians klare, befehlsgewohnte Stimme. «Er wird nur wenige Schritte vom Tempel der Vesta entfernt stehen. Zu Ehren des lebensschenkenden Lichts der Göttin und zu Ehren des Sterns, der über dem Scheiterhaufen meines göttlichen Vaters leuchtete, soll dieser Tempel den Namen Tempel des Kometensterns erhalten.»

Ein froher Jubel stieg auf, doch der galt nicht nur dem Tempel. Zur Freude des römischen Volkes reichte Octavians Großzügigkeit noch weiter und schloss große Geschenke von Brot, Wein und Münzen mit ein, die in der ganzen Stadt verteilt wurden. Je mehr die Leute aßen, tranken und in ihren Geldbeutel steckten, desto mehr liebten sie ihren neuen Caesar.

«Als Römer hat jeder von uns Anteil am Sieg über die Mörder meines vergöttlichten Vaters. Wir sind Mars Ultor Dank schuldig, Mars dem Rächer! Daher gelobe ich, aus meinem Privatvermögen ebenfalls einen Tempel für Mars Ultor zu errichten. Auf meinem neuen Forum werden die Priester des Mars täglich Opfer zu Ehren meines Siegs bei Philippi darbringen!»

Weiterer weinseliger Jubel.

Doch dann hob Octavian beide Hände. Die Menge verstummte, das Jubeln wich plötzlicher Ehrfurcht und Flötenklängen. Die Prozession des Opfertiers hatte begonnen.

Das Scharren von Hufen und ein lautes Brüllen. Die Menge wandte den Kopf und erblickte einen großen, weißen Stier, der zum Altar geführt wurde. Sein mächtiger Kopf war mit Lorbeer gekrönt, die Hörner vergoldet. Bänder und bunte Blumengirlanden schmückten seinen muskulösen Körper. In der Menge erhob sich ein beeindrucktes Geflüster.

Der Pontifex nahm Octavians Platz an Pomponias Seite ein und stellte sich vor den großen Altar. *«Favete linguis.»* Mit diesem Ruf signalisierte er den Beginn des Opfers. Alle verstummten erneut, als das prachtvolle Tier herankam.

Pomponias Magen zog sich vor Bestürzung zusammen, als sie Quintus dem Tier vorangehen sah. Den goldenen Nasenring fest in der Hand, führte er den Stier, dessen Nüstern sich blähten, zum Altar. Er war in seine priesterlich weiße Wolltoga gekleidet und vollzog seine Pflichten wie alle Priester Roms *capite velato* – das Haupt mit einer Stoffbahn der Toga bedeckt.

Er sah gut aus.

Sie umklammerte die Schale voll heiliger Oblaten. *Warum muss gerade er das Tier führen?* Doch sie wusste, dass die Entscheidung nicht bei ihm lag. Genau wie sie war er durch die Riten seines Gottes gebunden. Wie sie selbst vollzog er die Aufgaben, die sein Oberpriester ihm auftrug. Und nach seiner Position in der Prozession zu schließen, wurde er als der nächste Flamen Martialis aufgebaut.

Sie begegnete seinem Blick und schaute dann zum Marmoraltar. Darauf stand eine bronzene Feuerschale, in der Vestas Flamme brannte. Aus Schalen mit Räucherwerk stieg duftender Rauch zu Mars empor. In einer *patera* und einem *simpulum*, einem Schöpflöffel mit langem Stiel, standen Trankopfer mit Öl und Wein bereit.

Als Quintus sich näherte – sie würden sich während dieses Rituals unangenehm nahe kommen –, senkte sie den Blick auf das farbenfrohe Steinrelief von Schlachten, Pferden und Legionen, das den Altar schmückte. Zögernd blieben ihre Augen an einer Szene hängen: Der Gott Mars kauerte über der schlafenden Vestalin Rhea Silvia.

In der Steinmetzarbeit war der Priesterin die weiße Stola von den Schultern gerutscht und gab den Blick auf ihre nackten Brüste frei. Der mächtige Gott blickte voll Leidenschaft auf sie hinunter und streckte eine Hand aus, um sie zu berühren, während er mit der anderen den roten Mantel beiseiteschlug, unter dem seine Erregung sichtbar wurde.

Als Pomponia das nächste Mal aufblickte, stand Quintus nur eine Armlänge entfernt. Sein Blick wanderte von der anzüglichen Steinmetzarbeit zu ihr. Sie spürte, dass ihre Wangen sich vor Scham röteten, doch er blickte gleichgültig weg, völlig auf den Stier konzentriert. Mit der einen Hand hielt er ihn am goldenen Nasenring, während er in der anderen den Strick führte, der dem Tier in einer losen Schlinge um den mächtigen weißen Hals gelegt war. Der Stier war fügsam, da er genau für diesen Zweck aufgezogen worden war, und kaute zufrieden sein Futter.

Der Flamen Martialis trat zum Altar. «*O divine Jane, divina Vesta*», begann er die Zeremonie mit der traditionellen Anrufung des Janus und der Vesta. Er goss Öl über dem Altar aus und sprengte ein paar Tropfen in das darauf brennende Feuer. «O Vater Mars, wir bitten dich, unsere Feinde zu zerschmettern. Wir bitten dich, die Herzen unserer Söhne mit Mut und Rachedurst zu erfüllen. Wir bitten dich, dem Volk, dem Senat und den Soldaten Roms deine furchterregende Kraft zu leihen. Dir, Vater Mars, opfern wir dieses schöne Tier als Zeugnis für unseren Willen und unsere Hingabe, damit du diese Dinge bewirkst.»

Pomponia nahm zwei heilige Oblaten aus der Terrakotta-Schale in ihren Händen und stellte die Schale auf dem Altar ab. Quintus zog den Nasenring des Stiers nach unten, damit sie die Oblate mühelos über den Kopf des großen Tieres halten konnte.

Dabei fielen Pomponia die Hände des Priesters ins Auge. Sie waren groß und stark, ihr Blick wanderte weiter, und sie sah, wie die Muskeln seiner Unterarme sich da, wo die Toga sie freigab, beim Halten des Nasenrings und des Stricks anspannten. Breite Goldbänder umschlossen seine Handgelenke, und er trug einen einzelnen, mit einer Gemme geschmückten, silbernen Siegelring. Blinzelnd betrachtete sie die Abbildung der in den Karneol geschnittenen Gottheit. Nicht Mars. Sondern Vesta.

«*Vesta te purificat*», sagte sie. Vesta reinigt dich. Sie zerkrümelte die Oblate zwischen den goldenen Hörnern des Stiers und achtete dabei darauf, dass nichts in seine Augen fiel. Es war wichtig, dass das Tier ruhig und willig blieb.

«*Deis*», sagte der Flamen Martialis. Den Göttern. Er nahm das mit Wein gefüllte *simpulum* vom Altar, bot es erst dem Pontifex Maximus an, trank dann selbst einen Schluck und reichte es an Pomponia weiter, die ebenfalls trank.

Getreu der Sitte hielt sie nun das *simpulum* Quintus hin ... wurde aber sofort gewahr, dass er das Tier nicht loslassen konnte. Also setzte sie das Trinkgefäß an seine Lippen und beobachtete, wie sein Adamsapfel beim Schlucken hüpfte. Sie spürte, wie ihre Wangen heiß wurden. Sie hatte dieses Ritual oft genug mit einem Priester vollzogen, aber diesmal kam es ihr eigentümlich intim vor. Sie goss ein wenig Wein über den Kopf des Stiers und stellte das *simpulum* auf den Altar zurück.

«*Victimarii*», rief der Flamen Martialis. Daraufhin übernahmen zwei Männer Quintus' Platz beim Kopf des Stiers. Ihre Oberkörper waren unbekleidet, da die Opferung eines so großen Tiers oft von einem Blutbad begleitet war. Einer der beiden ergriff den Silberdolch, der auf dem Altar lag.

«Tritt vor, Priesterin», befahl Quintus leise. Derselbe dreiste, vorwurfsvolle Tonfall wie immer.

Sie verfluchte sich. Warum war sie so abgelenkt? Mit geraffter Stola trat sie auf die erhöhte Stufe neben dem Altar. Gleichzeitig hob einer der beiden Männer den Kopf des Stiers an, und der *victimarius* – der Mann, der für die handwerkliche Durchführung des heiligen Opfers zuständig war – öffnete dem Tier mit einem tiefen, fachmännischen Schnitt die Kehle.

Ohne auch nur ein Stöhnen auszustoßen, brach der Stier auf den Vorderbeinen ein und fiel zur Seite. Kurz noch ging sein Atem stoßweise, dann endete er. Warmes Blut schoss aus der Kehle und füllte rasch die goldene Schale, die Quintus unter den Strahl hielt.

Die gefüllte Schale reichte er einem Priester und erhielt dafür eine neue. Das Tier war jedoch so riesig, dass sich eine Pfütze von Blut unter Pomponias erhöhter Stufe sammelte. Der größte Teil wurde vom Sand aufgesaugt, der den Altarsockel bedeckte, aber dennoch flossen blutrote Ströme über den Marmorboden, befleckten die Sandalen der Priester und rannen über den Rand des Podiums auf die weiche Erde.

Zwei *haruspices* knieten neben dem Tier im blutigen Sand, während der Mann, der den Stier geschlachtet hatte, ihn geschickt ausweidete und einen Teil seiner Eingeweide in eine Bronzeschale legte, damit die *haruspices* die daraus ersichtlichen Vorzeichen deuten konnten. Sie sprachen leise miteinander, murmelten dann etwas in sich hinein, tauschten sich erneut aus und nickten schließlich zustimmend.

Die Vorzeichen waren gut.

Lepidus griff in die Schale, hob die schweren Innereien des Tiers heraus, hielt sie für alle sichtbar hoch und legte sie dann ins Feuer, das auf dem Altar loderte. Der durchdringende Geruch der verkohlten Eingeweide wurde von einem süßeren Duft leicht verbrämt, da der Pontifex Maximus Räucherwerk in die Flammen streute und Wein hineingoss. Die Götter würden befriedigt sein.

«*Gratias vobis ago, divine Jane, divina Vesta*», sagte der Flamen Martialis.

Die Zeremonie war vorbei.

Der Göttin sei Dank, dachte Pomponia. Sie raffte die Stola über die Knöchel und trat auf den mit blutigem Sand bedeckten Marmorboden. Die *haruspices* studierten noch immer den reichlich vorhandenen Rest verbliebener Eingeweide. Pomponia fühlte sich, als wäre ihr Inneres vor aller Augen bloßgestellt worden; sie vermied es, Quintus anzusehen, der sich gerade mit einem Tuch das Blut von Armen und Händen wischte, und war erleichtert, dass niemand bemerkt hatte, wie es zwischen dem Priester des Mars und ihr selber geknistert hatte.

Sie drehte sich um und blickte in Valerias Augen. Doch. Jemand hatte es durchaus bemerkt. Quintus' Frau.

Als der Rauch vom Marmoraltar in die Luft aufstieg, traten mehrere Schlachter zum hingestreckten Opfertier und begannen mit ihrer Arbeit. Die besten Fleischstücke würden an die Priester und Senatoren gehen. Den Rest würde man ans Volk verteilen.

Doch so rasch, wie die Menge sich verlief, war den meisten Leuten der Sport anscheinend wichtiger als das Essen. Im Circus Maximus fanden die Wagenrennen statt. Andere Zuschauer begaben sich zu den Stellen auf dem Marsfeld, wo Caesars Brot, Wein und Münzen lockten.

Pomponia wäre auch gern aufgebrochen, wurde aber von Tuccia aufgehalten, die sich lachend mit einigen Senatoren und Priestern unterhielt. Sie kabbelten sich über die Wagenrennen, schlossen Wetten ab und zogen jeweils über die bevorzugten Pferde und Wagenlenker der anderen her.

Geistesabwesend hüllte Pomponia sich in die schwere, weiße Wollpalla, die Medousa – wann war sie eigentlich aufgetaucht? – ihr über die Schultern gelegt hatte.

«Du zitterst ja, Domina.»

«Es ist frisch.»

«So kühl ist es nicht.» Medousas schönes Gesicht war wie aus Stein.

Pomponia zog die Palla eng um sich. Ihrer Sklavin entging nichts. Schweigend stiegen sie in die prachtvolle Pferdekutsche der Vestalin und warteten, die gold-roten Vorhänge zurückgezogen, auf Tuccia, die schließlich glühend vor Leben und mit strahlendem Lächeln einstieg und sich Pomponia gegenübersetzte.

«Ich habe fünfzigtausend Sesterzen auf die Blauen gesetzt», sagte sie. «Bei den Göttern, ich werde Proserpina bitten, die Hoden dieses Flavius, dieses Idioten von Wagenlenker, persönlich in die Unterwelt zu werfen, falls er sich schon wieder in der ersten Runde um die *spina* wickelt.»

«Flavius hat mehr Flüche am Hals als eine pockenkranke Hure», bemerkte Medousa. Sie lachten über ihre schnoddrige Respektlosigkeit. Nach den strengen Ritualen und der feierlichen Religiosität des Tages hatte das etwas Befreiendes.

Pomponia, die sich endlich ein wenig entspannen durfte, bückte sich erschöpft und zog am Riemen einer ihrer Sandalen. «Mir tun die Füße weh. Ich hätte meine Wollschuhe anziehen sollen.»

«Dann würdest du dich jetzt wegen zu heißer Füße beklagen», sagte Tuccia. «Sei einfach nur dankbar, dass es nicht regnet. Den ganzen Tag hatten wir gute Vorzeichen.»

«Gib mir deinen Fuß, Domina», sagte Medousa. Sie begann, Pomponias Sandalenriemen zu lösen, doch Pomponia versetzte ihr einen Schlag auf die Hand.

«Lass es. Sonst tut es noch mehr weh, wenn du sie wieder zuschnürst.» Nur zu gern hätte sie in ihrem Bett gelegen, doch stattdessen lehnte sie sich nun gegen die Kissen zurück und schloss die Augen.

Als Pomponia die Lider das nächste Mal aufschlug, stieg Tuccia gerade mit entschlossener Miene aus der Kutsche. Sie waren vor dem Circus Maximus angelangt. Die Wagenrennen fanden schon seit Stunden statt, und Tuccia wollte keine einzige weitere Runde versäumen. Sie war schon fast beim Eingang des Stadions angekommen, bevor Pomponia auch nur ihren Schleier gerade gerückt hatte und die hinterhereilenden Leibwächter Tuccia eingeholt hatten.

Pomponia stieß die Luft aus und fragte sich, woher Tuccia die Energie nahm. Sie waren lange vor Tagesanbruch aufgestanden. Pomponia richtete sich auf. Ein neuer Gedanke versetzte auch ihr nun einen Energieschub: Vielleicht würde Quintus die Rennen ebenfalls besuchen. Wie sein Adamsapfel hüpfte, wenn er schluckte … Sie empfand eine plötzliche Sehnsucht, Quintus wiederzusehen. Sie verfluchte sich selbst dafür, dass sie solchen Vorstellungen erlag, und verstand doch gleichzeitig, warum sie sie hegte.

Vestas Priesterinnen dienten der Göttin gerade in jenen Jahren, in denen das natürliche Begehren am stärksten war. Die zweiundzwanzigjährige Pomponia wusste, dass ihre körperlichen Instinkte gegen ihre heilige Pflicht rebellierten. Doch es gab Maßnahmen, die dagegen halfen. Manche Vestalinnen bestrichen ihre Brüste zweimal täglich mit Kampferöl, um ihr Verlangen mit dessen Geruch zu dämpfen. Außerdem aßen sie bei jeder Mahlzeit die Beeren des Mönchspfeffers, um den Leidenschaften zu widerstehen, die Venus ihnen ins Herz gab. Pomponia beschloss, dass sie ab sofort zu einer solchen Kur greifen würde. Caecilia tat das schon seit mehr als einem Jahr.

Während der sexuelle Genuss streng verboten war – jede Vestalin kannte die grauenhaften Strafen für *incestum* –, waren andere körperliche Wohltaten den Vestalinnen durchaus zugestanden. Das Haus der Vestalinnen war so bequem eingerichtet wie alle Paläste und Landgüter der römischen Oberschicht und verfügte über persönliche Zimmer, wundervolle Baderäume, Schreibstuben und einen parkähnlichen Garten. Die Vestalinnen verspeisten das köstlichste Essen und wurden in allen Bedürfnissen von Sklaven und Sklavinnen umsorgt.

Doch die Erinnerung an Quintus' starke Hände, die den Stier am Strick gepackt hielten, verweilte in Pomponias Gedanken. Und sie hatte wieder das tiefe, männliche Flüstern in den Ohren: *Tritt vor, Priesterin.*

Sie verbannte den Gedanken und stieg hinter Tuccia aus der Kutsche. Medousa folgte ihr auf den Fersen.

Schon bevor sie das Stadion betraten, bebte ihr Trommelfell vom Lärm. Das Donnern der Hufe auf Sand. Das Rattern der hölzernen Wagenräder, die unter der Belastung der hohen Geschwindigkeiten dröhnend ächzten. Das Klatschen der Peitschen auf den Rücken der schweißnassen Pferde. Das unausgesetzte, ohrenbetäubende Tosen der Menge, in der hunderttausend Zuschauer ihre Favoriten anfeuerten und deren Feinde ausbuhten.

Am Eingang des Circus Maximus standen Händler und verkauften Wein und Rohwurst, und bei dem Geruch knurrte Pomponia der Magen. Sie versuchte, nicht an Essen zu denken, während die Leibwächter sie gemeinsam mit Tuccia und Medousa zu Caesars persönlichem Balkon geleiteten. Normalerweise war für Vestalinnen ein eigener Bereich reserviert, doch da die meisten Priesterinnen im Tempel zu tun hatten, hatte Octavian Tuccia und Pomponia eingeladen, die Rennen von Caesars Privatbalkon aus zu verfolgen.

«Ah, Priesterin Pomponia.» Octavian stand auf. «Willkommen. Und auch dich heiße ich willkommen, Priesterin Tuccia.»

«Danke, Caesar», antwortete Pomponia. «Hoffentlich haben wir nicht das Abschlussrennen versäumt. Tuccia hat ein kleines Vermögen darauf gesetzt.»

Octavian lächelte Tuccia an. «Genau wie ich, Priesterin. Die Grünen oder die Blauen?»

«Die Blauen», antwortete Tuccia. «Und ich bin mir sicher, dass Caesar niemals gegen eine Vestalin wetten würde.»

Octavian legte die Hand auf die Brust. *«Nunquam!»* Niemals! «Vesta Felix würde ich niemals verärgern. Werte Damen, setzt euch doch.» Höflich bot er Pomponia und Tuccia zwei freie Plätze zur Linken und zur Rechten seiner Schwester Octavia an. Sie trug eine weiße Stola, ähnlich der einer Vestalin. Allerdings war die ihre mit einer roten Stickerei verziert, die farblich dem purpurroten Streifen am Saum der Toga ihres Bruders entsprach.

Octavian ließ sich wieder neben seinem General Agrippa und seinem Berater Maecenas nieder, hinter sich eine Reihe gut bewaffneter Soldaten, die Wache über ihren Herrn hielten und den römischen Bürgern mit ihren kammbesetzten Helmen und schimmernden Rüstungen Caesars Macht verkündeten.

Ihnen zu Füßen erstreckte sich das riesige Oval des in einem langen Tal gelegenen Circus Maximus, der ältesten und größten Rennbahn Roms. Winkende und rufende Zuschauer verfolgten von der umlaufenden, gut eine Meile umfassenden Tribüne, wie vier Mannschaften mit vierspännigen Streitwagen so schnell über die Rennbahn donnerten, dass der Boden erzitterte, und jeweils am Ende der *spina* in halsbrecherischem Tempo eine Wende machten.

«Priesterin Pomponia», sagte Octavia. «Vergiss die Wagenrennen. Lass uns wetten, wer von uns beiden sich mehr wünscht, jetzt zu Hause zu sein und ein heißes Bad zu nehmen.»

Pomponia lachte. Sie hatte Octavia immer gemocht. Octavian hatte zwar versucht, die Nähe zwischen den beiden Frauen zu befördern – eine solche Verbindung konnte ihm in seiner Stellung nur nutzen – doch ihre Freundschaft benötigte diese Ermutigung gar nicht. Sie hatte sich in den vergangenen Jahren von allein vertieft. Pomponias Freundschaft mit Octavian war auf ähnliche Weise gewachsen. Er hatte das Versprechen gehalten, das er ihr vor Jahren bei ihrer ersten Begegnung im Carcer gegeben hatte.

«Wie geht es deinem Sohn Marcellus?», fragte Pomponia.

«Er ist glücklich», antwortete Octavia. «Das ist der Segen der Kindheit. Sein Vater ist erst vor wenigen Monaten gestorben, doch der Kleine interessiert sich nur für sein hölzernes Spielzeugpferd und Honigkuchen.»

«Die Nachricht von Gaius' Tod hat mich betrübt. Er war dir ein guter Ehemann.»

Octavia beugte sich zu ihr vor. «Es ist noch nicht öffentlich verkündet worden», flüsterte sie der Vestalin zu, «aber es sieht so aus, als sollte ich wieder verheiratet werden.»

«So bald? Mit wem denn?», fragte Pomponia.

«Mit Marcus Antonius. Es ist kein Geheimnis, dass die Beziehung zwischen ihm und meinem Bruder seit einiger Zeit angespannt ist. Caesar glaubt, dass eine solche Ehe ihr politisches Bündnis stärken wird.»

«Oh …»

«Du billigst das nicht, Priesterin?»

«Das ist es nicht ...»

«Du denkst an die Gerüchte über ihn und Kleopatra», sagte Octavia. «Keine Sorge. Ich habe sie ebenfalls gehört.»

«Es sind nur Gerüchte?»

Octavia warf Pomponia einen Blick zu. «Natürlich nicht. Jeder weiß, dass sie seit dem Tag seiner Landung in Alexandria letztes Jahr eine Affäre haben. Allerdings kann ich Antonius keinen Vorwurf daraus machen. Er ist nur ein Mann, und du weißt ja, wie Kleopatra war. Jeder Mann in Rom war von ihr fasziniert.»

«Männer lassen sich immer durch etwas Neues faszinieren», erwiderte Pomponia. «Römische Männer sind an römische Frauen gewöhnt. Kleopatra war anders. Sie wurde nicht von einem Mann beherrscht. Sie herrschte *über* Männer. Wenn bei einem Fest die römischen Frauen miteinander im Garten plauderten, lag sie im *triclinium* und verwickelte Magistrate in eine Diskussion. Ich habe sie nie mit einer richtigen Stola oder Palla bekleidet gesehen. Ihre Kleider schmiegten sich inniger um ihre Brüste, als ein Senator sich an seinen Geldbeutel klammert. Ein Wunder, dass der Stoff gehalten hat.» Pomponia zuckte mit den Schultern. «Wie du schon sagtest, sie sind nur Männer.»

Octavia lächelte. «Nun, Antonius wird sich leider mit einer Ehefrau begnügen müssen, die lockerer sitzende Kleidung trägt. Mein Bruder ist der Meinung, dass Frauen in jeder Hinsicht tugendhaft sein sollten, die Kleidung eingeschlossen. Er würde mich wie eine Vestalin ausstaffieren lassen, wenn die Sitte es zuließe.»

«Noch mehr als der vorhergehende ist dieser Caesar ein

großer Freund des Vestalinnenordens», sagte Pomponia. Sie lächelte ihre Freundin warmherzig an. «Antonius ist ein römischer Mann, Octavia. Letzten Endes wird er deine Tugend bevorzugen. Und ich bin mir sicher, dass die Zuneigung, die er und Caesar für dich hegen, sie enger verbinden wird, insbesondere wenn ein Kind zur Welt kommt. Es wird ihr Bündnis stärken und für Frieden sorgen. Dafür wird dir ganz Rom danken müssen.» Sie zupfte an Octavias Stola. «Auch mit locker sitzender Kleidung.»

Die Menge stieß ein plötzliches Gebrüll aus, und zusammen mit Zehntausenden weiteren Zuschauern sprangen Pomponia und Octavia auf. Gerade rechtzeitig, um zu sehen, wie ein grün-silberner Streitwagen in die Luft flog, umkippte und auf die Rennbahn krachte, wo er in Stücke zerbrach.

«Wo ist der Wagenlenker?», fragte Pomponia.

«Dort», antwortete Octavia und deutete auf ein Beinpaar. Das eine Bein war in einem unnatürlichen Winkel abgebogen und ragte unter einem Haufen großer, zerborstener Holzstücke hervor. «Oh, und da ist der Rest von ihm.» Kopf und Oberkörper des Wagenlenkers lagen ein paar Schritte entfernt auf dem Sand. Von der Wucht des Aufpralls und den Zügeln, die er sich eng um die Taille geschlungen hatte, war sein Körper in zwei Teile zerrissen worden.

Die Menge stieß ein noch lauteres Gebrüll aus, als sich ein weiterer Streitwagen im Höchsttempo näherte. Für ein Ausweichmanöver war es zu spät, und dem Fahrer blieb nichts anderes übrig, als über den Körper seines Kontrahenten zu rollen und das, was von ihm übrig war, im Sand zu zerquetschen.

«Normalerweise ziehe ich die Wagenrennen den Spielen vor», sagte Octavia. «Aber heute nicht.»

«Ich erinnere mich, wie ich als Kind eine Elefantenjagd beobachtete und Senator Cicero sagte ...» Pomponia biss sich auf die Lippen. Was für eine dumme Bemerkung.

«Es tut mir leid, Priesterin», sagte Octavia. «Mein Bruder bedauert den Verlust Ciceros zutiefst. Er war ein scharfsinniger Politiker und ein echter Römer und wäre Caesar ein wertvoller Berater gewesen.» Sie verschränkte die Hände im Schoß und sprach leiser. «Octavian hat unermüdlich um Ciceros Leben gefeilscht. Er hat Antonius sogar eine große Geldsumme geboten. Aber Antonius war nicht umzustimmen. Er wollte Ciceros Tod. Die Frage drohte, das Bündnis der beiden zu zerstören, das für die Jagd nach Julius Caesars Mördern so wichtig war, und so stimmte Octavian schließlich zu.»

«Wollen wir hoffen, dass eine sanftere Stimme Antonius' Naturell mäßigen kann», sagte Pomponia.

Octavia nickte. «Ja, das wollen wir hoffen.» Sie öffnete die Lippen, wollte noch etwas hinzufügen, überlegte es sich und lächelte stattdessen freundlich. «Pech für den Fahrer», sagte sie leichthin. «Ich weiß nicht, ob du die Rennen verfolgst. Er ist zehn Jahre lang als Sklave gefahren, und gerade stand seine *manumissio* bevor.»

«Tuccia schwärmt für die Wagenrennen», bemerkte Pomponia. «Ich feuere einfach immer ihre Lieblingsmannschaft an. So verstehen wir uns am besten.»

Eine Sklavin mit einem Serviertller verbeugte sich vor Octavia und der Vestalin. «Minzewasser, Dominae?»

Sie nahmen ein Glas. Pomponia musste sich beherrschen, um das kühle, erfrischende Getränk nicht in einem einzigen Zug herunterzustürzen. Zu ihrer Freude kehrte die Sklavin gleich darauf mit einer Auswahl an Birnen, Austern und kaltem Braten zurück. Darauf folgten goldene Becher mit Wein.

Pomponia hatte gerade das letzte Stück Birne gegessen, als eine vertraute, tiefe Stimme ihren Magen in Aufruhr versetzte. Quintus. *Wann war er eingetroffen?*

«... Ja, es hat länger gedauert als erwartet, Caesar. Die *haruspices* glauben, je länger sie die Eingeweide studieren, desto stärker sind wir von ihren Prophezeiungen beeindruckt. Sie verwechseln unsere Erleichterung über das Ende ihres Vortrags mit Ehrfurcht.»

«Kennst du den alten *haruspex* Longinus?», fragte Agrippa Quintus und fuhr dann, ohne eine Antwort abzuwarten, fort: «Mögen die Götter dir entweder helfen oder dich erschlagen, wenn du diesem Mann eine Schweineleber vorlegst! Er stochert stundenlang darin herum, deutet mal dies, mal jenes und sagt schließlich, die Vorzeichen seien unklar, er müsse mit einem neuen Schwein von vorn beginnen. Und das alles nur, um sich selbst mit seiner schrillen Stimme beim Wahrsagen zuzuhören. Er redet so endlos, dass man sich irgendwann wünscht, taub zu sein.»

«Danken wir der gnädigen Fortuna, dass er letztes Jahr seinen Ruhestand angetreten hat, General», sagte Quintus. «Aber der Nächste wartet schon. *Semper idem.* Mit den *haruspices* ist es immer dasselbe.»

Pomponia zwang sich, scheinbar unbefangen mit Octavia zu plaudern und Quintus mit seiner lauten Stimme und seinem hohen Wuchs, der ganz in ihrer Nähe stand, nicht zu beachten. Aber das war ihr nicht vergönnt.

«Ach, Priesterin Pomponia, dein Amtsgenosse Quintus ist zu uns gestoßen», sagte Octavia. «Was für ein Glück, euch heute Abend beide hier zu haben. Wenn Vesta und Mars an der Seite Caesars stehen, wozu brauchen wir dann die *haruspices*? Dann können die Vorzeichen nur gut sein.»

Pomponia schenkte Quintus das obligatorische förmliche Lächeln. Ihr Puls beschleunigte sich vor Verärgerung, als er sich wieder Caesar zuwandte, ohne ihr auch nur zuzunicken.

«Caesar, die Gerüchte behaupten, dass du kurz davor stehst, Pontifex Maximus zu werden. Ist Lepidus der Zeremonien so bald überdrüssig geworden?»

«Lepidus hat schnell genug von allem, was Arbeit bedeutet», antwortete Octavian. «Aber nein, er soll sein Amt vorläufig behalten. Als Priester macht er sich besser als als Soldat. Ich sehe der Ernennung jedoch ungeduldig entgegen. Mein vergöttlichter Vater hat seine feierliche Pflicht als oberster Pontifex getan, und ich wünsche, ihm nachzueifern.»

Von der Rennbahn drang Lärm herüber, und Pomponia sah blinzelnd, dass neue Streitwagen aus dem Starttor fuhren. Quintus' Ankunft hatte die Priesterin so sehr abgelenkt, dass sie nicht einmal das Ende des einen und den Beginn des neuen Rennens bemerkt hatte.

Die Pferde schossen über die Rennbahn, ihre Hufe wirbelten Staubwolken auf, die Zuschauer hörten auf zu plaudern, und alle setzten sich, um das Rennen zu verfolgen. Pomponia schnürte es die Brust zusammen, als Quintus sich neben sie auf den freien Platz setzte.

Sie blickte zur Seite, um sich an Octavia zu wenden, doch Caesars Schwester war in ein Gespräch mit Terentia vertieft, der jungen Frau Maecenas', die hinter ihnen saß.

Pomponia beobachtete Quintus verstohlen, sorgsam darauf bedacht, vom Wagenrennen gefesselt zu wirken. Er saß steif in seinem Sessel, hatte die Hände erst in den Schoß gelegt und stützte sie dann unbeholfen auf den Armlehnen ab. Er räusperte sich und machte einen ungeschickten Versuch, unbefangen zu plaudern.

«Auf jeden dieser Wagenlenker haben die Leute viel Geld gesetzt. Welcher Mann ist dein Favorit, Priesterin?»

«Ich habe bei Männern keinen Favoriten.» Die Worte klangen bitterer, als Pomponia es beabsichtigt hatte.

Er erwiderte nichts. Dann sagte er leise und vertraulich: «Pomponia ...» Doch er riss sich zusammen und verstummte.

Die unerwartete Sanftheit seiner Stimme traf Pomponia heftiger, als sie es sich hätte vorstellen können. Seit ihrer Kindheit hatte kein Mann ihren Namen ohne Ehrentitel ausgesprochen. Sie spürte, wie sich tief in ihrem Bauch etwas regte, und es schnürte ihr die Kehle zusammen, als würden gleich Tränen fließen.

Durch die Art, wie er ihren Namen sagte, hatte Quintus sein Inneres preisgegeben. Und in diesem Augenblick hatte er all die Jahre ungeschehen gemacht, in denen sie sich und einander etwas vorgespielt hatten.

KAPITEL VII

Der Altar der Juno

Rom, 40 v. Chr.
(später im selben Jahr)

«Die Vorzeichen stehen gut für eine Hochzeit. Nur schade, dass der Bräutigam bereits so betrunken ist wie Bacchus an den Liberalia.»

Die Vestalis Maxima lachte über ihren eigenen Scherz kaum weniger zurückhaltend als in früheren Zeiten. Pomponia lächelte sie an. Es war ein Geschenk der Göttin, Fabiana so weit genesen zu sehen, dass sie ihr Bett verlassen und ins öffentliche Leben zurückkehren konnte. Es war ein noch größerer Segen, einen Anklang ihrer früheren Unverfrorenheit unter der Krankheit hervorschimmern zu sehen, die sie monatelang ans Bett gefesselt hatte.

Die Hochzeit des frisch aus Ägypten zurückgekehrten Generals Marcus Antonius mit Caesars Schwester Octavia war eine durch und durch politische Verbindung. Alle wussten, dass die Ehe Caesars Idee gewesen war. So wollte er eine Brücke über die aufgewühlten Wogen des Bündnisses zwischen Antonius und ihm selbst schlagen.

Doch Antonius hatte nicht abgelehnt. Nachdem Caesar die Verbindung vorgeschlagen hatte, hatte Antonius gleich am nächsten Tag Alexandria und Königin Kleopatra verlassen und war nach Rom aufgebrochen. Das war ein gutes Zeichen.

Die Versammlung der Hochzeitsgäste spiegelte die politische Natur der Ehe wider: Senatoren, Armeegeneräle, hochrangige Priester, Roms reichste und edelste Familien, ein paar Würdenträger aus weiterer Ferne und natürlich die Priesterinnen Vestas. Die Männer waren in ihre elfenbeinweißen Togen gehüllt, die Frauen in ihre leuchtend bunten Stolen und mit Schmuck behängt. Selbst Fabiana und Pomponia hatten ihre weißen Stolen und Schleier zur Feier des Tages mit ihrem besten Schmuck drapiert.

Marcus Antonius und Octavia Minor standen unter einem himmelblauen Baldachin vor dem Altar der Juno, der Göttin der Ehe, während ein Priester im Kapuzengewand Jupiter anrief.

Auf dem Altar stand eine bronzene Feuerschale, in der Vestas Feuer brannte. Pomponia hatte es eigenhändig mit einer Flamme aus dem heiligen Herd entzündet. Neben der Schale standen ein goldener Becher mit Wein und der Hochzeitskuchen, und dort lag auch der Ehevertrag. Zu beiden Seiten des Altars brannten Hochzeitsfackeln.

Octavia war eine schöne, eine vollkommene Braut. Sie sah frisch und pflichtbewusst aus, ein Inbild römischer Tradition. Das war schließlich ihre Bestimmung: Als Verkörperung traditioneller römischer Werte für ihre Familie und insbesondere für ihren mächtigen Bruder Caesar dazustehen. Das, und Kinder zu gebären. Vorzugsweise Jungen.

Sie trug ein hübsches, weißes Kleid, das in der Taille mit

dem *nodus Herculaneus* gebunden war, dem Knoten des Herkules, einem Symbol ihrer ehelichen Treue. Man hielt den Knoten für so stark, dass nur der Halbgott Herkules oder ein liebender Ehemann ihn öffnen konnte, um die durch ihn geschützten Freuden zu genießen. Ein leuchtend orangeroter Schleier bedeckte Octavias Gesicht, und den Kopf zierte ein Kranz aus Blumen und duftenden Kräutern.

Ihr Haar war zu *seni crines* geflochten und, wie es der Sitte entsprach, mit einem Speer gescheitelt worden. Nicht nur war der Speer Juno heilig, mit ihm gedachte man auch der ersten Ehen in Rom, jener ersten Generation römischer Männer, die – unter Androhung tödlicher Speerstöße – Frauen aus dem benachbarten Stamm der Sabiner geraubt hatten.

Der Bräutigam schaute resigniert drein. Er trug eine weiße Toga mit einem roten Streifen. Die breiten Goldbänder um seine Unterarme sahen aus wie Handfesseln. Sein Lidschlag war ein wenig zu träge. Offensichtlich spürte er die Wirkung seiner vorehelichen Schwelgerei.

Pomponia erschauderte. *Es ist, als sähe man Europa mit dem Stier. Möge Juno sie beschützen,* dachte sie.

Der Priester sprach ein letztes Gebet zu Juno, während Octavia königlich erhoben vor ihm stand und Antonius auf den Fersen schaukelte. Octavian stand hinter seiner Schwester, die Handflächen zu den Göttern erhoben. Einem allmächtigen Aufseher gleich, verfolgte er, wie der Priester Wein über den auf dem Altar stehenden Hochzeitskuchen goss, ein Trankopfer an die Götter, und die rechten Hände der Braut und des Bräutigams zusammenlegte.

Der Priester wand ein weißes Stoffband um Antonius' und Octavias Unterarme und band sie damit als Mann und Frau zusammen. Mit einem Schritt nach vorn hob Octavian den Kranz aus Blumen und Kräutern von Octavias Haupt und lüftete den Schleier über ihrem Gesicht, damit sie und Antonius das traditionelle römische Ehegelöbnis aussprechen konnten.

«*Ubi tu Gaius, ego Gaia*», sagte Octavia. Wie du Gaius bist, so bin ich Gaia.

«*Ubi tu Gaia, ego Gaius*», antwortete Antonius. Wie du Gaia bist, so bin ich Gaius.

Zwei Menschen, die zu einem verschmolzen.

Oder wenigstens ist es so gedacht, überlegte Pomponia. *Bei den Göttern, ich kann mir nicht vorstellen, dass Antonius sie wirklich liebt. Andererseits geht es bei der Ehe ums Geschäft und nicht ums Vergnügen.*

Antonius ergriff Octavias Linke und streifte ihr einen Goldring auf den Mittelfinger, wo die *vena amoris* verlief – die Liebesader – die vom Mittelfinger direkt zum Herzen führte. Dann versuchte seine Angetraute dasselbe bei ihm, doch die dicken, von Kämpfen vernarbten Finger des Generals schienen sich der Fessel zu widersetzen. Schließlich drückte er sich den Ring selbst auf den Finger.

Als Nächstes streckte der Priester den Arm nach Octavian aus, als Zeichen, dass die Zeit für den *pater familias*, das männliche Oberhaupt der Familie, gekommen war, seine Schwester ihrem Ehemann zu übergeben. Über den Altar gebeugt drückte Octavian das rote Wachssiegel Caesars auf den Ehevertrag.

Zum Zeichen, dass die Zeremonie vollendet war, setzte der Priester seine Kapuze ab, und die Hochzeitsgäste applaudierten. Falls diese Ehe Bestand hatte, würde auch das Bündnis zwischen Caesar und Antonius weiter bestehen. Und solange dieses Bündnis währte, würde in Rom Frieden herrschen.

Viele standen auf und bewarfen das frischgebackene Paar mit Getreide, um seine Fruchtbarkeit zu fördern.

«Sollte der Weizen sprießen, wird der Keim nur eine Bürde sein», flüsterte Fabiana Pomponia zu. «Führ mich zu meiner *lectica*, meine Gute. Ich werde mich auf dem Weg zu Caesars Palast ausruhen, und dort drücken wir dann unser Beileid aus» – sie zwinkerte ihr schalkhaft zu – «ich meine natürlich, wir *gratulieren* dort.»

«Es wärmt mir das Herz, dich gesund zu sehen», sagte Pomponia. Sie hakte sich bei Fabiana unter. Dabei fiel ihr auf, wie gebrechlich die oberste Vestalin in den letzten Monaten geworden war.

Ein plötzliches Krachen ließ beide herumfahren, und sie sahen, wie Antonius sich an einem Tisch festklammerte. Er rang darum, das Gleichgewicht zu wahren, während zwei Sklaven eilig die Scherben einer zerbrochenen Amphore zu seinen Füßen aufsammelten und den vergossenen Wein aufwischten. Octavia entschuldigte sich bei den Gästen, deren Togen und Gewänder bespritzt worden waren.

Bei Juno, dachte Pomponia. *Sie ist noch nicht lange genug verheiratet, um ein Ei zu kochen, und schon entschuldigt sie sich für ihren Mann.*

Als sie Fabiana in die *lectica* half und hinter ihr einstieg, dankte Pomponia der Göttin dafür, dass sie sie zur Priesterin gemacht und von der Verpflichtung zu heiraten befreit hatte. Sollte sie später den Wunsch hegen, sich aus dem Orden zurückzuziehen, würde sie als ehemalige Vestalin Wohlstand, eigenen Besitz und Privilegien genießen.

Als solche würde sie niemals gezwungen sein, einen Mann zu heiraten, den sie nicht wollte, und würde sich auch niemals den Wünschen und Launen eines Ehemannes unterordnen müssen. Und sie würde auch nicht gezwungen sein, wieder und wieder Kinder für ihn auszutragen, bis ihr Körper von dem Bemühen, ihm den perfekten Sohn zu schenken, den er als seinen Erben herumzeigen konnte, völlig ausgelaugt war.

Wie viele Frauen hatte sie gesehen, die die Härten der Schwangerschaft ertragen hatten, nur um bei der Geburt in Angst und schreiend vor Qual von Pluto in die Unterwelt gezerrt zu werden, mitsamt dem Kind oder auch ohne es. Und nur allzu oft hatte der trauernde Witwer eine neue Ehefrau im Bett, bevor die Asche der vorherigen auch nur ausgekühlt war.

Pomponia zog ihre Stola zurecht und warf einen Blick auf Fabiana. Die Oberpriesterin hatte den Kopf an die gepolsterte Wand der *lectica* gelehnt und bereits Mühe, die Augen offen zu halten.

«Schlaf nur, Fabiana», sagte Pomponia.

Leise wies sie die *lecticarii* an, die Sänfte noch nicht anzuheben. Sie wollte, dass die Oberpriesterin sich ausruhte. Es blieb ihnen noch mehr als genug Zeit, sich vor dem Empfang frisch zu machen. Danach zu urteilen, wie der Wein strömte und die Leute ins Gespräch vertieft waren, würde es eine Weile dauern, bis alle Hochzeitsgäste in Caesars Haus angelangt waren. Sie seufzte zufrieden, lehnte sich zurück und beobachtete den Rummel aus der bequemen *lectica*.

Mit einem rauen Lachen löschte Antonius eine der Hochzeitsfackeln und reichte sie Octavia, die sie fröhlich hoch in die Luft warf. Die geladenen Männer und Frauen stürzten sofort los, um sie aufzufangen. Es galt als gutes Omen, wenn man eine Hochzeitsfackel fing. Und falls der Fänger oder die

Fängerin noch unverheiratet war, sagte dieses Vorzeichen eine baldige Hochzeit voraus.

Pomponia rümpfte die Nase. *Nicht einmal Herkules könnte mich zwingen, das verdammte Ding zu fangen*, dachte sie. *Mag es auch mit Vestas Flamme brennen.*

Das Erste, was Pomponia stets an Octavians Anwesen auffiel, war seine bescheidene Unauffälligkeit.

Caesars auf dem Palatinhügel gelegenes Privathaus befand sich in der Nähe der uralten Hütte des Romulus, des legendären Gründervaters Roms. Die Hütte war öfter beschädigt und wieder instand gesetzt worden, als irgendjemand im Gedächtnis hatte, doch wie seit Jahrhunderten stand sie noch immer: ein kleines, rundes Bauernhaus mit nur einem Raum, das Romulus selbst einst sein Zuhause genannt hatte.

Caesars Palast war weit bescheidener als viele der Häuser von Senatoren oder anderen Patrizier- oder Ritterfamilien. Das vergleichsweise schlichte Zuhause spiegelte seinen Wunsch nach Reinheit in allen Dingen wider.

Doch Pomponia wusste, dass Octavians Hang zur Bescheidenheit nicht nur einer persönlichen Vorliebe entsprach, sondern ebenso sehr die Beeinflussung der öffentlichen Meinung zum Ziel hatte. Er ging mit gutem Beispiel voran und versprach dem römischen Volk, dass seine Herrschaft Roms geachtetste Tugenden in den Mittelpunkt stellen würde, also zum Beispiel die *pietas* – die heilige Treue gegenüber den Göttern sowie der Vergangenheit und Gegenwart der eigenen Familie – und die *gravitas*, die Entwicklung eines würdigen, rücksichtsvollen und starken Charakters.

Nach den unsicheren und gewalttätigen Jahren, die Rom

nach der Ermordung Julius Caesars und während der blutigen Proskriptionen heimgesucht hatten – eine Zeitlang hatte jeder nur für sich gekämpft –, strebten die Römer aller Stände nun wieder diesen Traditionen nach und hielten sie als die Tugenden hoch, der die Ewige Stadt ihren Ruhm zu verdanken hatte. Rom war aus der Dunkelheit wieder ins Licht zurückgekehrt.

Und Octavian hielt die Fackel. Er trug die traditionelle Toga und bestand darauf, dass alle männlichen Bürger es ihm gleichtaten. Er verlangte von den weiblichen Mitgliedern seiner Familie und insbesondere seiner Schwester Octavia, dass sie sich in die traditionelle Stola kleideten, und ermutigte alle römischen Frauen, mehr Kinder zu gebären. Mehr Römer!

Er sang das Lob der traditionellen römischen Ehefrau und schlug gleichzeitig Gesetze und politische Maßnahmen vor, die die Rechte achtbarer Frauen verbesserten. Sein Vorbild war dabei die alte Republik, und er zitierte Cato den Älteren, Cato den Weisen, der gesagt hatte, ein Mann, der seine Frau schlage, entweihe das heiligste aller heiligen Dinge.

Aus Octavians Sicht trafen in Rom Frömmigkeit, Tradition, Tugend und Familie zusammen. Und bei den Göttern, er war fest entschlossen, dafür zu sorgen, dass seine Vision Roms Wirklichkeit wurde. Nicht dass jemand dem eine andere Vision entgegengesetzt hätte. Es war lange her, seit Rom so einig und hoffnungsvoll war. Während seines Aufstiegs zur Macht war Octavian ein gnadenloser Schlächter gewesen. Nachdem er seine Position als Caesar gefestigt hatte, war er jedoch ein bemerkenswert gütiger und sogar gut gelaunter Herrscher geworden.

Wie der Gott Janus mit seinen zwei Gesichtern, dachte Pomponia. *Wollen wir hoffen, dass sein freundliches Gesicht keine Maske ist.*

Zweifellos hegten andere ähnliche Hoffnungen. Trotz der gemeinsam gezeigten Front und des politischen Bündnisses zwischen Octavian und Antonius entwickelte Octavian sich eindeutig zum Leitwolf des Rudels. Pomponia hatte immer gewusst, dass das unvermeidlich war. Der Name *Caesar* hatte etwas Königliches. Und die meisten Könige hatten einen bestimmten Charakterzug gemein: Sie herrschten am liebsten allein.

Vielleicht konnte Octavia diesen Zug mildern. Vielleicht würde ihre Ergebenheit gegenüber Antonius Caesars Ehrgeiz dämpfen. Vielleicht würde es ihr gelingen, Antonius endlich an die Leine zu nehmen und den Bann zu brechen, mit dem Königin Kleopatra ihn, wollte man den Gerüchten und den Senatoren glauben, belegt hatte. Doch selbst falls Octavia das gelänge, wie lange würde der stolze General sich damit zufriedengeben, der Zweite hinter dem Emporkömmling Octavian zu sein, der – Schwager hin oder her – zwanzig Jahre jünger war als er und kaum irgendwelche Kampfnarben mitbrachte? Wie lange, bis der eine Wolf dem anderen an die Gurgel ging und Rom erneut wie ein wildes Tier zuckte, dem man den Kopf abgeschlagen hatte?

Die Sänfte der Vestalinnen näherte sich dem Portikus von Caesars Haus und hielt vor der Säulenkolonnade, die ihn schmückte. Das rauschende Hochzeitsfest war in vollem Gang. Aus den offenen Fenstern drangen die leckeren Düfte des Festessens und die fröhlichen Klänge der Musik.

Pomponia wies die *lecticarii* an, weiter zu gehen und die Sänfte etwas näher beim Eingang abzusetzen, als normalerweise angebracht gewesen wäre. Die Oberpriesterin, die gerade aus ihrem Schlummer erwachte, geriet leicht außer Atem.

Pomponia stieg aus der *lectica* und begrüßte Medousa, die vorausgegangen war und sie pflichtbewusst vor Caesars Haus erwartete. Ihr langes, kastanienbraunes Haar wehte im Wind, und sie versuchte, es sich aus dem Gesicht zu streichen.

«*Salve*, Domina», sagte Medousa. «Hat die Hochzeitszeremonie auf die Tränendrüsen gedrückt? Oder hat nur die Braut geweint?»

«Die Braut hatte keine Zeit zu weinen», antwortete Pomponia. «Sie hatte zu viel damit zu tun, sich den von ihrem betrunkenen Gatten verschütteten Wein von den Sandalen zu wischen.» Sie verließ die *lectica* und hielt den Vorhang für die Oberpriesterin auf, die ebenfalls ausstieg.

«Du solltest deiner Sklavin Hiebe für ihr freches Mundwerk geben», sagte Fabiana, die wusste, dass Pomponia das niemals tun würde. «Und jetzt reißt euch zusammen. Hier kommt Octavia.»

Octavia trat aus dem Haus, um die Vestalis Maxima so zuvorkommend zu empfangen, wie man es von Caesars Schwester erwartete. Sie hatte ihr Hochzeitskleid abgelegt und trug statt der edleren Seide eine hellorangerote Stola aus Leinen. Um die Taille war sie lose gegürtet, und ihr einziger Schmuck waren zwei unauffällige Goldohrringe und ein Armband. Sie war nur noch leicht geschminkt, und das Rot, das während der Hochzeitszeremonie ihre Wangen und Lippen gefärbt hatte, hatte sie zum größten Teil abgewischt.

«Oberpriesterin Fabiana.» Octavia verbeugte sich tief. «Ich habe zur Göttin gebetet, dass du gesund genug bist, um an der Feier teilzunehmen.» Ihre Worte waren vollkommen ehrlich gemeint. «Ich freue mich sehr, dich zu sehen.»

«Es tut mir leid, dass wir zu spät kommen, meine Liebe»,

antwortete Fabiana. «Leider bin ich in der *lectica* eingeschlafen, und Pomponia hat mich nicht geweckt.»

«Sie sorgt sich um dich wie um eine Mutter», sagte Octavia.

«Und macht ein Theater um mich wie um ein Kind», erwiderte Fabiana. Sie nahm Octavias Hand in die ihre. «Ich gratuliere dir zu deiner Hochzeit und zum Erfolg deiner Familie, liebe Octavia. Du hast einen von Roms großen Männern geheiratet, und dein Bruder ist Caesar. Fortuna ist dir hold.»

«Möge sie es weiterhin sein», gab Octavia zurück. «Die Götter können unzuverlässig sein. Und jetzt lasst uns hineingehen. Für Oktober ist es recht warm, nicht wahr? Und Priesterin Fabiana, ich weiß, dass sich jemand ganz besonders freuen wird, dich zu sehen.»

Sie schlenderten an den Säulen des Portikus vorbei in die Eingangshalle, die zum Atrium des Hauses führte, wo sie die Kühle des *impluvium* – des in den Boden eingelassenen Regenwasserbeckens – und das üppige Grün darum herum genossen.

Zwei Spatzen zankten sich lautstark um ein paar Samen, die unter einem Rosenbusch verstreut lagen, bis einer von ihnen aus dem nach oben geöffneten Innenhof davonflog.

Das *lararium* – der Hausaltar, der bei Reich und Arm jedes römische Haus schmückte – stand als Zeichen der Frömmigkeit unmittelbar beim Eingang zum Atrium. Hier verlieh er dem Kommen und Gehen der Familienmitglieder seinen Segen.

Auf dem *lararium* standen Statuen der Haushaltsgötter sowie eine Statue Vestas, und neben diesen brannte eine weiße Tonlampe mit der heiligen Flamme des Tempels. Außerdem schmückten Erinnerungsstücke an lebende und verstorbene Familienmitglieder den Altar, und dort lag auch eine schützende Schlange aus Elfenbein. Die Diamanten, mit denen der lange Rücken der Schlange besetzt war, funkelten im Licht der Öllampe.

An der heiligen Wand hinter dem *lararium* hingen mehrere Totenmasken von Octavians bedeutenden Vorfahren. Die herausragendste unter ihnen war selbstverständlich die Maske seines Adoptivvaters *Divus Julius*, des vergöttlichten Julius Caesar.

Obgleich Caesars Gesicht bei seiner Ermordung Stichwunden erlitten hatte, war es dem äußerst geschickten Maskenmacher gelungen, die ernsten Gesichtszüge des Diktators in Wachs einzufangen und mit Gold zu überziehen. Das schmale Gesicht mit der scharfen Nase und dem ausgeprägten Kinn, die durchdringenden Augen und der zurückweichende Haaransatz, alles war da und beeindruckte im Tod nicht anders als im Leben.

Die Wirkung war meisterhaft. Besucher wurden von dem allmächtigen, gottähnlichen Gesicht des verehrten Julius Caesar begrüßt, eines Mannes, dessen Name in den kurzen Jahren seit seinem Tod eine fast mythische Qualität erlangt hatte. Die Präsenz dieses Großen war spürbar und sandte eine unmissverständliche Botschaft an alle, die das Heim des neuen Caesar betraten: *Du befindest dich hier im bedeutendsten Haus Roms.*

Während Pomponia und Medousa respektvoll hinter Octavia und der Vestalis Maxima hergingen, um sich zu den Hochzeitsgästen zu gesellen, die die ausgelassene Stimmung im *triclinium* genossen, betrachtete Pomponia die bunten Fresken, die die Wände und Decken in Octavians Heim mit Theaterszenen, Parklandschaften, exotischen Tieren, Vögeln, Blumen und sinnenverwirrenden geometrischen Mustern schmückten.

Was Octavians Heim an Größe oder Marmorstatuen fehlte, machte es mit der Pracht seiner Fresken wett. Bei jedem Schritt konnte das Auge sich am leuchtenden Blau, Rot, Gelb und Türkis der Bilder sattsehen, die von gemalten Säulen gesäumt waren und, umspielt von den lebhaften Klängen der Musik, im flackernden Licht der Öllampen lebendig schienen.

Octavian war ein entschiedener Förderer der Künste und rühmte sich oft, die besten Künstler in der römischen Welt engagiert zu haben. Für einen Mann, der selten prahlte, wollte das etwas heißen. Seine Liebe zur Kunst und seine Bereitschaft, sie mit Geld zu unterstützen, war nicht auf seinen eigenen Besitz beschränkt. Von den Tempeln und Brunnen bis zu den *basilicae* und Badehäusern erfuhr Rom nach und nach eine dringend benötigte Erneuerung. Und das alles mit Octavians Denaren.

Der neue Caesar hatte den Vestalinnen bereits eine beträchtliche Summe für den Ausbau und die Erweiterung ihres Hauses geschenkt. Neue Räume waren angebaut worden, das *triclinium* und das *tablinum* hatte man mit Fresken geschmückt und den Boden des Atriums mit einem kunstreichen Mosaik ausgelegt. All das war so schnell geschehen, als wäre der Götterbote selbst am Werk gewesen.

Am Ende hatte Caesar persönlich fünf weitere Marmorstatuen von Vestalinnen für das Peristyl in Auftrag gegeben, die Säulenhalle, die den Innenhof umlief, und auf eigene Kosten Baumeister engagiert, um den Tempel mit weißem Marmor aus den Bergen von Carrara zu erneuern. Er hatte sogar einen Antrag im Senat gestellt, die bereits großzügigen Pensionen und Landzuteilungen zu erhöhen, die die Vestalinnen für ihren Dienst an der Göttin erhielten.

Seine Großzügigkeit hatte ihre Gründe. Zum Teil hatte er aus Dankbarkeit dafür gehandelt, dass die Vestalinnen Octavia in die Sicherheit ihres Hauses aufgenommen hatten, als

Octavian und Antonius fern von Rom Julius Caesars Mörder jagten. Gerüchten zufolge hatten Unterstützer der Mörder es auf seine Schwester abgesehen, und so hatte er sie als Vorsichtsmaßnahme zu den Vestalinnen geschickt. Doch Pomponia hegte den Verdacht, dass noch mehr dahintersteckte, mehr als Dankbarkeit und Frömmigkeit. Eines Tages würde Octavian etwas von ihr benötigen. Das wusste sie. Und trotz seiner Freundschaft fürchtete sie es.

Als sie von einem Sklaven einen mit Rubinen besetzten Goldbecher mit Rotwein annahm, erinnerte sich Pomponia plötzlich an ein Gespräch, das sie vor Jahren mit Octavian geführt hatte. Ein Gespräch in den finsteren, feuchten Tiefen eines steinernen Gefängnisses. *Mein vergöttlichter Vater hegte große Achtung vor dem Vestalinnenorden. Als Caesar beabsichtige ich, auf diese Freundschaft zu bauen.*

Sie trank den süßen Wein und nahm wahr, welche Hochzeitsgäste im Speisezimmer anwesend waren. Wie bei allen von Octavian ausgerichteten Feiern präsentierte die Gästeliste eine Versammlung von Roms einflussreichsten Bürgern, die Pomponia alle gut kannte. Octavians engste Freunde und Berater Agrippa und Maecenas sowie sein Verbündeter Lepidus, der derzeit das Amt des Pontifex Maximus innehatte, befanden sich in einer hitzigen Diskussion über Finanzangelegenheiten.

Ganz in der Nähe standen drei angesehene Senatoren zusammen, der Rex Sacrorum und die Oberpriester der Kollegien des Mars und des Jupiter. Lachend und Wein trinkend sahen sie zu, wie Marcus Antonius die Tunika einer sehr hübschen Sklavin anhob, zwischen ihre Beine zeigte und wohlgefällig nickte. Pomponia hörte Medousas leises Stöhnen des Mitgefühls.

In der Mitte des Speisesaals mischten sich vornehm gekleidete römische Damen untereinander und amüsierten sich mit Klatsch und Tratsch. In ihren eleganten blauen, grünen, safrangelben, goldenen oder violetten Gewändern sahen sie wie ein beweglicher Regenbogen aus. Trotz ihres Geplappers, das mit jedem Becher Wein noch lauter wurde, hörte Pomponia das leichte Klirren und Klingeln des Goldschmucks an Armen und Beinen, der bei jeder Bewegung mitschwang.

«Ah, da kommt dein besonderer Freund, Priesterin Fabiana», sagte Octavia. «Er hat dich schrecklich vermisst.»

Fabiana stieß einen entzückten Schrei aus, und Pomponia schluckte die Gereiztheit herunter, mit der sie sah, wie ein kleiner, weißer, flauschiger Hund mit hängender Zunge und über den Boden klickenden Krallen stürmisch hinter einer Säule hervor auf die Oberpriesterin zurannte. Er schob die spitze Schnauze in die Falten von Fabianas Stola und winselte vor Begeisterung, als sie sich zu ihm hinunterbeugte und ihn sanft an den Ohren zog.

«Perseus!», rief Fabiana aus. «Ach mein kleiner Freund! Octavia, seit dem Tod deiner Mutter habe ich ihn nicht mehr gesehen.»

«Das weiß ich, Fabiana. Er war ihr Liebling, aber sie wusste, dass sein Herz dir gehörte.»

Fabiana lachte, und Pomponias Ärger über den unruhig auf und ab hüpfenden Hund, dessen schrilles Winseln ihr in den Ohren weh tat, verflog.

Sie wandte sich Medousa zu. «Perseus, hm? Der Held, der die Gorgone Medusa erschlug. Halte besser Abstand.»

«Sehr schlau, Domina», gab Medousa so leise zurück, dass nur Pomponia es hören konnte.

Die Frau des Oberpriesters des Mars, eine würdige Dame

namens Cornelia, bemerkte die Anwesenheit der Vestalis Maxima, und ehe Pomponia sich's versah, war Fabiana von Damen umringt, die sich nach ihrer Gesundheit erkundigten und über die Mätzchen des kleinen Hundes kicherten.

Hungrig beäugte Pomponia die Tische, die mit gebratenem Fleisch, Käse, gegrillten Siebenschläfern und anderen Delikatessen überladen waren – dank Fabianas längerem Schlummer in der Sänfte hatte sie das Mittagessen versäumt. Sie entschuldigte sich diskret bei ihrer Gesprächsrunde und füllte mehr Essen auf ihren Teller, als sich für eine Dame gehörte, geschweige denn eine Vestalin.

Medousa stand nur wenige Schritte hinter ihr. Pomponia hätte ihr gern ebenfalls etwas angeboten, aber es war schon schlimm genug, dass sie selbst sich den Bauch wie ein Bauer vollschlug. Da konnte sie nicht auch noch zulassen, dass man sah, wie ihre Sklavin von Caesars Tisch aß.

«Wenn wir daheim sind, kannst du dich vollstopfen wie die Zyklopen», flüsterte sie Medousa zu, und die zog die Augenbrauen hoch, als wollte sie sagen: *Oh, das werde ich.*

Pomponia hatte sich gerade ein Stück in Öl getauchtes Brot in den Mund geschoben – einen ganzen Brocken auf einmal –, als sie plötzlich voll Unbehagen spürte, dass jemand neben ihr stand. Ein Tuch vor die Lippen gedrückt und in der Hoffnung, dass ihre Wangen sich nicht wie Hamsterbacken wölbten, drehte sie sich um und blickte in das reizende Gesicht der jungen Valeria. Quintus' Frau.

Sie trug ein ärmelloses rosa Kleid, das reich mit winzigen Blumen bestickt war, und einen langen, violetten Schleier, der an ihrem Hinterkopf festgesteckt war und ihr über den Rücken hing. Um ihre Oberarme wanden sich Goldarmbänder, und die langen, goldenen Ohrhänger streiften ihre Schultern. Zwischen ihren schwarzen Locken blickten kleine, rosa Blüten hervor, und ihre Augen waren mit schwarzem Kajal mandelförmig umrandet, was Pomponia sofort an Königin Kleopatra erinnerte.

Valeria streichelte ihren sanft gewölbten Bauch auf die übertriebene Weise, die viele Schwangere an den Tag zu legen schienen, wenn sie in Gesellschaft von Frauen waren, die sie für unfruchtbar hielten.

«Priesterin Pomponia», sagte sie freundlich. Mit hochgezogenen Augenbrauen betrachtete sie Pomponias von Öl glänzende Lippen. «Meine Güte, du siehst aber gesund aus.»

Pomponia wischte sich den Mund ab, überrumpelt von Valerias kaum verhüllter Bissigkeit. Quintus' Frau hatte unübersehbar zu viel Wein getrunken. Bevor die Priesterin über eine Antwort nachdenken konnte, stieß Valeria ein leises Seufzen aus und rieb sich erneut den fruchtbaren Bauch.

«Oh, ich wünschte, ich könnte auch so essen», sagte sie. «Aber zu Beginn meiner Schwangerschaft verliere ich immer den Appetit. Ich weiß nicht, was Quintus' Kinder an sich haben. Sie sind genauso hart zu meinem Körper wie ihr Vater.» Sie lächelte die Vestalin breit und herausfordernd an.

Pomponia spürte, wie Medousa sich hinter ihr vor Ärger anspannte. Sie erwiderte das Lächeln. «Meinen Glückwunsch zu deiner erneuten Schwangerschaft», sagte sie. «Vielleicht wird Juno diesmal deinen Bauch mit dem Sohn segnen, um den dein Mann sicherlich betet. Aller guten Dinge sind drei, nicht wahr?»

Das Lächeln wich aus Valerias Gesicht. Sie verbeugte sich vor der Vestalin. «Ich fühle mich unwohl. Wenn du gestattest, Priesterin, verabschiede ich mich von dir und schnappe im Innenhof etwas frische Luft.»

«Aber natürlich», antwortete Pomponia. «Ich habe nie Einwände, wenn du dich von mir entfernst, edle Valeria.»

Medousa sah der stolzen Schwangeren nach, die in Richtung Atrium davonging. Dann wandte sie sich ihrer Herrin zu: «Was für ein elendes kleines Flittchen», presste sie wütend heraus. «Du hättest dafür sorgen können, dass sie vom Tarpejischen Fels geworfen wird, Domina.»

«Medousa, du knirschst so laut mit den Zähnen, dass ich es hören kann. Dabei war das eben völlig belanglos.»

«Ich könnte sie persönlich mit einem Fußtritt dort hinunterbefördern.»

«Du bist ein Ungeheuer, wenn du einen leeren Magen hast, Medousa. Hier – mir egal, wer es sieht –, iss diesen Siebenschläfer.»

«Hast du gesehen, wie sie ihren Bauch gestreichelt hat? Bei den Göttern! Sie tut so, als trüge sie einen Halbgott aus, einen Sohn des Zeus!» Medousa schluckte einen Mundvoll Fleisch herunter, und ihre Schultern entspannten sich. «Wenn nicht der Tarpejische Fels, Priesterin, dann wenigstens eine öffentliche Auspeitschung? Ich spreche mit dem Magistrat ...»

«Untersteh dich», sagte Pomponia.

«Ersparst du ihr die Bestrafung, oder ersparst du ihrem Mann die Demütigung?»

«Ich würde mich selbst erniedrigen, würde ich auf die jämmerlichen Provokationen einer ganz normalen Hausfrau reagieren, Medousa. Ihr Leben ist Strafe genug. Überleg doch nur. Immer die Untergebene, immer auf Befehle reagieren.»

«Ja, das ist wirklich schrecklich», gab Medousa schnippisch zurück.

«Du könntest es schlechter haben. Jetzt komm und hilf mir,

dieses neue Fresko zu finden, von dem Octavia wollte, dass ich es mir anschaue ... eine Gartenszene mit blauen Vögeln. Sie sagte, ich würde das Bild erkennen, wenn ich es sehe. Wir bleiben nicht lang. Ich habe Tuccia und Caecila versprochen, rechtzeitig zurückzukommen, damit sie noch zu den Rennen gehen können.»

Pomponia schlenderte durch Octavians Haus, begrüßte ihre Freundinnen und Bekannten, plauderte leichthin mit Senatoren und ihren Frauen und nahm das ehrfürchtige Nicken und Lächeln der wenigen Leute entgegen, die sie nicht persönlich kannte. Wie immer ging Medousa mehrere Schritte hinter ihr, schien zu verschwinden, wenn Pomponia sich im Gespräch befand, und tauchte danach wieder auf, um ihrer Herrin pflichtschuldig zu folgen.

Die Vestalin mochte solche Anlässe. Ohne für eine Zeremonie oder ihre üblichen Pflichten verantwortlich zu sein, konnte sie sich nach Herzenslust mit Freunden und Bekannten unterhalten. Es war angenehm, selbst Gast zu sein, statt sich mit jedem Detail eines Rituals herumzuplagen, gleichzeitig darum bemüht, nicht darauf zu achten, wie die wollene *infula* unter ihrem förmlichen Schleier kratzte oder die vielen Schichten ihrer Kleidung sie einengten. Unter einem einfachen, weißen Schleier und in einem schlichten Kleid, wie sie es jetzt trug, fühlte sie sich viel freier.

«Ah, das muss es sein», sagte Pomponia lächelnd, als sie auf das gesuchte Fresko stieß. In der heiteren, ein wenig abgelegenen Nische von Octavians Haus wirkte es besonders passend. Es stellte den Garten im Innenhof der Vestalinnen dar.

Auf dem Gemälde umfassten weiße Rosenbüsche eines der rechteckigen Becken, in dessen Mitte eine Marmorstatue der

Vesta stand. Die Göttin leerte eine Schale mit rötlich lodernden Flammen aus, die wie ein Wasserfall nach unten fielen und sich auf magische Weise in das türkisfarbene Wasser verwandelten, das das Becken füllte. Im Becken flatterte ein Dutzend fröhlicher Vögel herum und schüttelte sich das Wasser aus dem Gefieder.

Pomponia trat dicht heran, um die raffinierten Details des Freskos zu studieren. «Es ist wunderschön», sagte sie zu Medousa, die direkt neben ihr stand.

«Wenn einem so etwas gefällt.» Eine Männerstimme.

Sie schrak zusammen und warf einen Blick zur Seite. Nicht Medousa stand neben ihr, sondern Quintus.

Wie immer war sein Gesichtsausdruck nicht zu deuten. Verärgerung? Missbilligung? Verwirrt und voller Unbehagen über die körperliche Nähe runzelte sie die Stirn.

Seine Toga war elfenbeinfarben und mit einem Streifen bestickt: teurer Schmuck, den nur die oberen Stände sich leisteten. Er war frisch rasiert und roch leicht nach Öl – zweifellos hatte er erst am Morgen gebadet. Erneut fiel Pomponias Blick auf den Silberring an seiner Hand – jenen Ring, den eine Gemme mit einer Vesta schmückte.

«Wir beide haben schon einmal ein anderes Geschöpf gesehen, das in diesem Becken herumplanschte», sagte er.

«Was denn für ein Geschöpf?»

«Den Bräutigam.»

Pomponia biss sich auf die Lippen, um nicht zu lachen. Quintus legte den Kopf schief und sah sie neugierig an, und zum ersten Mal kam Pomponia der Gedanke, dass sie für ihn vielleicht ein ebensolches Rätsel war wie er für sie.

Sie gestattete sich einen längeren Blick in sein Gesicht:

dunkles Haar und dunkle Augen, die raue Haut und die Narbe an seinem Ohr, die bis ins Haar reichte. Er schien sie ebenso ausführlich zu betrachten mit ihrem kastanienbraunen Haar, den haselnussbraunen Augen und den weichen Gesichtszügen.

«Wie ich höre, hat Caesar dir das Amt eines *quaestor* übertragen», bemühte sie sich so gleichmütig wie möglich zu sagen. «Herzlichen Glückwunsch, Magistrat.»

«Das war, als mein Vater sich in den Ruhestand zurückgezogen hat.»

«Du hast die Position mit Sicherheit verdient.»

Quintus sah sie mit hochgezogenen Augenbrauen kühl an. «Etwas anderes habe ich auch nie gedacht.»

Pomponia versteifte sich. «Nun, kein Mann kann an alles denken.»

Ein unbehagliches Schweigen entstand.

«Ich habe verfolgt, was in deinem Tempel geschieht», sagte Quintus vorsichtig. «Die Verbesserungen, die Caesar vorgenommen hat, sind ... brauchbar.»

«Brauchbar?», fragte Pomponia. «Ja, Magistrat. Das stimmt wohl. Aber sag mir, was ist mit dem Bau des neuen Marstempels? Leider haben mich meine Pflichten in letzter Zeit davon abgehalten, Caesars neues Forum zu besuchen. Findest du den Bau ... brauchbar?»

Quintus sah sie an, und Pomponia hielt seinem Blick stand. *Ich weiß nicht, ob er mich gern anlächeln oder mich am liebsten schlagen würde*, dachte sie.

Der Priester des Mars und die Priesterin der Vesta sahen sich in der stillen Nische in die Augen. Obgleich sie sich seit ihrer Kindheit kannten, war dies das erste Mal, dass sie als Erwachsene einen wirklich privaten Moment miteinander erlebten, eine kurze Zeitspanne, in der kein anderer sie sah.

Pomponia spürte das vertraute Kribbeln im Bauch, dieses Gefühl, das sie seit einiger Zeit überkam, wenn Quintus in der Nähe war. In einer nervösen Geste hob sie die Hand, um ihren Schleier glatt zu streichen, dabei fiel ihr Ärmel zurück und gab den Blick auf das Goldarmband frei, das Valeria ihr vor Jahren geschenkt hatte, nachdem sie Quintus aus dem Carcer freibekommen hatte.

Quintus' Blick fiel auf das Armband, und bevor Pomponia reagieren konnte, streckte er die Hand aus und packte sie am Handgelenk. Pomponia schnappte nach Luft und riss die Hand zurück, doch Quintus hielt sie weiter so fest umklammert, dass es weh tat.

«Lass mich sofort los», fuhr sie ihn an. «Oder ich sorge dafür, dass du in ebendasselbe schwarze Loch geworfen wirst, aus dem ich dich habe herausziehen lassen.»

Sein Griff lockerte sich, doch dann glitt seine Hand unter ihren Schleier und umfing die nackte Haut ihres Oberarms. Sein Gesicht hatte einen wütenden, fast schmerzlichen Ausdruck, der einen inneren Kampf verriet, die Zerrissenheit zwischen dem Wunsch, sie festzuhalten, und dem Wissen, dass er sie loslassen sollte. Seine Nasenflügel bebten bei jedem seiner tiefen, entschlossenen Atemzüge.

«Quintus, du tust mir weh.»

Plötzlich wurden seine Züge weich, und er zog sie an sich, die eine Hand noch immer um ihren Oberarm gelegt, während er mit der anderen ihren Nacken umfasste. Pomponia spürte, wie er seine warmen Lippen auf ihre drückte. Mit den Fingern ergriff er in ihrem Nacken den Stoff des Schleiers und drückte ihre Lippen noch fester an seine. Seine Zunge glitt in ihren Mund, und sein heißer Atem mischte sich mit ihrem.

Die Reaktion ihres Körpers überflutete sie wie eine Woge und wusch das Gefühl heftiger Empörung weg, das sie gerade eben noch empfunden hatte. Stattdessen hämmerte ihr Herz, und sie überließ sich seinem Mund, seiner Zunge und seiner Kraft.

«Pomponia», sagte er atemlos. «Was denkst du von mir?»

Sie schluckte. «Ich denke, dass du ein mit einer edlen Toga bekleideter Wilder bist, der jede Situation kontrollieren möchte und sich daran ergötzt, mir zu sagen, was ich tun soll.»

Er lächelte, und sein Gesicht öffnete sich, wie Pomponia es nie zuvor gesehen hatte. «Da hast du mich erwischt», sagte er. «Sag mir, dass ich der einzige Mann bin, den du jemals lieben wirst. Schwör es mir auf dem Altar der Juno.»

War das *Liebe?* Pomponia öffnete den Mund, aber sie konnte nichts sagen.

Quintus fuhr mit der Hand unter ihren Schleier und betastete ihr Haar. Seine Finger glitten ihren Nacken hinauf und liebkosten ihre Kopfhaut. Sie erschauerte.

Plötzlich wurden sie getrennt. Wie aus dem Nichts tauchte Medousa auf und trat zwischen sie. Die Sklavin wandte sich Quintus zu und stieß ihn mit beiden Händen weg, sodass er rückwärts taumelte. Ihr schönes Gesicht ließ nichts von dem üblichen Sarkasmus oder der distanzierten Belustigung erkennen. Vielmehr waren ihre Augen von nacktem Entsetzen erfüllt.

Gleichzeitig hallte ein Schrei von den freskengeschmückten Wänden des Alkovens wider.

«Verflucht sollst du sein!» Quintus' Frau Valeria stand mit vor Wut bebenden Lippen am Eingang der Nische, ihre Augen glühten vor Bestürzung und Groll. Sie deutete auf ihren Mann und die Vestalin. «*Incestum!*»

Obgleich sie sich in einer abgelegenen Nische des weitläufigen Hauses befanden, hatten einige Hochzeitsgäste den Ruf vernommen und eilten herbei. Ein solcher Ausbruch konnte nur eines bedeuten: Man würde bald eine wunderbare Klatschgeschichte zu erzählen haben.

Als Erstes kam Caesar selbst. «Bist du wohlauf, edle Valeria?», fragte er Quintus' Frau. Sein Blick war kühl, doch er hatte das Gesicht ein wenig verzogen. Ein solches Benehmen konnte Octavian bei einer vornehmen römischen Ehefrau nicht billigen.

Mit offenem Mund schüttelte Valeria den Kopf und deutete dabei immer noch auf ihren Mann und die Vestalin. Ihr gesamter Körper zitterte. «Mein Mann», lallte sie, «und diese ... diese *Frau* ...»

Sie murmelte etwas Unverständliches, deutete mit dem Kinn auf Pomponia und schrie Quintus direkt an. «Ich wusste es! Du hast behauptet, ich wäre verrückt, aber ich wusste es! Jedes Mal wenn es eine Krise gibt, wo bist du dann? Bestimmt nicht zu Hause, um deine Frau und Töchter zu beschützen! Oh nein, du bist dann beim Tempel der Vesta und eilst *ihr* zu Hilfe. Du bist krank, Quintus, krank von einer Verdorbenheit, die dir ins Herz gedrungen ist. Jeden Tag gehst du am Tempel vorbei, jeden Tag stehst du vor dem Haus der Vestalinnen und starrst auf das Eingangsportal, als stünde dort Venus selbst nackt vor dir!» Der Wein stieß ihr sauer auf, und sie schluckte. «Ich sage dir, es ist eine Krankheit und eine Verdorbenheit! Und du bist ein treuloser Ehemann!»

«Oh, hör auf, du betrunkene Närrin», sagte Marcus Antonius, obgleich er selbst gerade Wein aus seinem Becher trank und lallend sprach. Dieser Widerspruch entging den Umstehenden nicht, und sie brachen in Gelächter aus, genauso wie er selbst. «Jupiter allein weiß, hinter welcher Frau dein Hund von Ehemann hergeschnüffelt hat, aber es ist ausgeschlossen, dass er Wolf genug ist, eine Vestalin zu erjagen.»

«Du irrst dich. Er ...»

«Nein, *du* irrst dich», mischte sich Medousa ein. «*Ich* bin diejenige, die er liebt, und zwar schon seit Jahren.» Zornig wie eine Gorgone durchbohrte sie Valeria mit ihrem Blick. «Und wer kann ihm das vorwerfen, bei einer Ehefrau wie dir? Kein Wunder, dass er zuerst an mich denkt. Kein Wunder, dass er jeden Tag zu mir kommt. Welcher Ehemann würde denn zu dir nach Hause kommen wollen?»

Valeria blinzelte benommen. «Nein, du bist nicht ...» Sie schüttelte schwach den Kopf.

«Ah, jetzt lichtet sich der Nebel», sagte Antonius. Er spitzte die Lippen und maß Medousa mit einem anerkennenden Blick. «Quintus, ich gratuliere dir zu deiner Wahl einer Geliebten. Du bist ein wahrer Kenner.» Er ging einen taumelnden Schritt auf Medousa zu, die Hand nach ihrem Haar ausgestreckt. «Aber wie konnte ein solches Geschöpf meiner Aufmerksamkeit entgehen?» Plötzlich wandte er sich Octavian zu und schlug ihm kräftig auf die Brust. «*Attat!* Bei Vulcanus' heißem, rotem Schwengel, mein Junge, du hast recht! Ich muss aufmerksamer sein!»

Bei diesen Worten stieß er ein gutmütiges Gelächter aus, drehte sich um und kehrte zur Musik und zur Feierlaune im *triclinium* zurück. Die wenigen Gäste, die sich versammelt hatten, um die Szene zu beobachten, folgten ihm. So gut war die Klatschgeschichte nun doch nicht. Eine betrunkene Ehefrau, die vor Eifersucht über die Schönheit der Bettsklavin ihres Mannes raste. Etwas zum Lachen. Kein Skandal.

Nur Octavian blieb in der Nische zurück. Medousa sah ihn an und wandte sich wieder der sprachlosen Pomponia zu. «Ich unterwerfe mich deiner Gnade, Domina», sagte sie. «Meine Unbesonnenheit ist unverzeihlich.»

«Caesar, der Fehler liegt bei mir», sagte Quintus. «Ich hätte meiner Frau nicht erlauben sollen, heute an der Feier teilzunehmen. Der Arzt sagt, sie leidet unter Stimmungsschwankungen und ich soll dafür sorgen, dass sie im Haus bleibt. Ich werde sie für ihr Benehmen bestrafen. Bitte entschuldige die Störung.»

«Aber nicht doch», antwortete Octavian. «Ohne die eine oder andere Streiterei wäre es keine Hochzeitsfeier. Schick sie nach Hause und bleib hier, Quintus. Im Verlauf des Abends wird es noch zu anderen kleinen Dramen kommen.»

Quintus lächelte liebenswürdig. «Danke, Caesar.» Er wandte sich Pomponia zu. «Priesterin, bei dir entschuldige ich mich ebenfalls. Bitte verzeih mir.»

Ohne ein weiteres Wort oder einen Blick auf Pomponia oder Medousa legte Quintus seiner erschütterten Frau die Hand auf den Rücken und führte sie davon.

Octavian trat näher zu Pomponia. «Soll ich Valeria hinrichten lassen? Es könnte in aller Stille geschehen, wenn dir das lieber wäre. Wir könnten auf die öffentliche Auspeitschung verzichten …»

«Nein», unterbrach ihn Pomponia. Nur mit Mühe konnte sie ihre Fassung wahren und war erstaunt, dass anscheinend niemand das Hämmern ihres Herzens hörte. «Ich habe es bereits vergessen, Quintus und ich sind schon zu lange Priesterkollegen. Seiner Frau geht es nicht gut ... und ich bin nicht ohne Schuld ...»

«Vergib mir, Domina», stieß Medousa heraus. Ihre Augen waren feucht, was Octavian für ein Zeichen von Scham hielt, Pomponia wusste jedoch, dass sie voller Angst war. «Ich hätte dich niemals in diese Lage bringen dürfen. Ich habe dich angefleht, mir zu erlauben, ihn zu sehen, und du hast es aus Liebe zu mir gestattet. Es tut mir leid.»

Pomponia nahm Medousas Hand in ihre. Es gab so vieles, was sie gerne gesagt hätte. *Nein, mir tut es leid, Medousa. Ich bereue es, dass meine Schwäche und Dummheit dich zu diesem Schritt gezwungen haben. Du bist die beste Freundin, die ich auf der Welt habe.*

Aber sie musste schweigen. Um ihr eigenes und Quintus' Leben zu retten und den Vestalinnenorden vor einem Skandal zu bewahren, musste sie bei der Geschichte bleiben, die Medousa erfunden hatte.

Octavian zupfte geistesabwesend an seiner Toga und ordnete eine Falte neu. «Deine Sklavin hat die Zuneigung ausgenutzt, die du für sie empfindest. Es ist immer unvorteilhaft, ihnen eine zu lange Leine zu lassen. Ich habe diesen Fehler selber begangen, Priesterin, insbesondere gegenüber jenen Sklaven, die ich seit meiner Kindheit kannte. Aber für eine gebildete griechische Sklavin habe ich in meinem Haushalt immer Verwendung. Du kannst sie hierlassen. Man wird sie gut behandeln.»

«Ja», antwortete Pomponia. Eine andere Möglichkeit gab es nicht. Sie konnte von Glück sagen, dass sie Valerias Anklage entgangen war. Es würde zwangsläufig zu Misstrauen Anlass geben, sollte sie, eine Priesterin der Vesta, wissentlich eine Sklavin behalten, die sich eines ungehörigen Verhaltens schuldig gemacht hatte. Der Tempel der Vesta und das Haus der Vestalinnen waren beständige Symbole der Reinheit. Medousa ließ sich damit nicht länger in Verbindung bringen. «Danke für diesen Gefallen, Caesar. Sie wird dir mit Sicherheit gut dienen.»

Nie zuvor hatte sie eine solche Flut widersprüchlicher Gefühle empfunden. Da war die Erregung, die die Nähe zu Quintus in ihr geweckt hatte, und ihr Wunsch, ihm erneut nahe zu sein. Da waren Schreck und Entsetzen, ausgelöst durch Valerias Anschuldigung, gefolgt von der sofortigen Erleichterung, dass niemand die Frau des Priesters ernst genommen hatte. Und da waren die Schuldgefühle wegen Medousas Opfer und die Trauer, eine langjährige Freundin und Gefährtin zu verlieren.

«Daran hege ich keinen Zweifel.»

Bevor Pomponia sich von ihrer Sklavin verabschieden oder unter vier Augen mit ihr über den Vorfall reden konnte und wie es dazu gekommen war, dass sie nun Caesar gehörte, führte eine von Octavians Haussklavinnen Medousa geräuschlos weg. Caesar war nicht für seine Sentimentalität bekannt. Und Sklaven galten nicht als Menschen. Sie waren Besitz.

Pomponia gelang es, sich zu beruhigen, indem sie die Gnade Vestas anrief und auf ihre jahrelange Ausbildung zurückgriff, in der man sie gelehrt hatte, in allen Lagen würdevoll zu bleiben und einen klaren Kopf zu bewahren, seien es nun Bankette oder ein Barbarenüberfall.

Eine Stimme drang ihr in die Ohren, vertraut, obwohl sie sie lange nicht mehr gehört hatte.

«Julius hatte an jedem Markttag ein neues Sklavenmädchen. Ihr habt nicht gesehen, dass ich deswegen auf den *rostra* eine Szene gemacht hätte, oder? Ich schwöre bei den Göttern,

Priesterin Pomponia, die römischen Ehefrauen sind auch nicht mehr das, was sie einmal waren.»

Es war Calpurnia, Julius Caesars Witwe. Aus sicherer Entfernung hatte sie die Entwicklung des Dramas verfolgt. Sie war eine Frau, die vieles sah, aber nie gesehen wurde. Das war ihr Talent. Mehr noch, durch diese Gabe hatte sie das Leben an der Seite des Diktators überstanden.

«Mein vergöttlichter Vater hatte seine Fehler», sagte Octavian zu ihr. «Was für ein Glück für ihn, dass seine Frau sich jederzeit schicklich und würdevoll betragen hat. Ich wünschte, meine Ehefrau Scribonia würde deinem Beispiel folgen, Calpurnia.»

Caesar hatte die wohlhabende Scribonia vor Jahren in aller Stille geheiratet. Doch wie so viele Ehen der Patrizier war auch diese lieblos und wurde eher von Politik als von der Leidenschaft zusammengehalten. Die beiden sahen einander selten, da Scribonia es vorzog, auf dem Land zu leben und Rom nur zu besuchen, wenn es unvermeidlich war. Pomponia war ihr erst ein einziges Mal begegnet, als Scribonia anlässlich der Bestattung von Octavians Mutter für einige Tage nach Rom zurückgekehrt war.

«Scribonia ist durchaus pflichtbewusst, Caesar», sagte Calpurnia. «Und sie tut, was sie soll, oder? Sie hat eine große Mitgift eingebracht und dir eine gesunde Tochter geschenkt.»

«Ja, Juno sei Dank konnte ich ihr dazu nahe genug kommen», sagte Octavian. «Aber ich würde mich noch heute von ihr scheiden lassen, wenn ich stattdessen dich bekäme, Calpurnia.»

Calpurnia lachte. «Ich hatte genug Caesaren. Aber wäre es nicht ein fabelhafter Skandal?»

«Und nützlich.» Octavian grinste. «Es würde die Leute ablenken. Dann könnten sie mir die Schuld an etwas anderem als der Getreideknappheit geben.»

Pomponia zwang sich, etwas zu dem Gespräch beizusteuern. «Ich habe gehört, dass Sextus Pompeius' Marinestreitkräfte den Transport mit einer Seeblockade behindern.»

«Das stimmt», antwortete Octavian. «In seinem Geschacher um Macht nutzt er die leeren Mägen der Landsleute. Sein Großvater würde sich seiner schämen. Antonius und ich werden ihm irgendeine symbolische Position anbieten, damit er Ruhe gibt.»

«Was ist mit Königin Kleopatra?», fragte Pomponia. «Schickt sie immer noch Getreide aus Ägypten?»

«Ja, vorläufig. Aber diese Frau ist völlig unzuverlässig.»

«Auf eines kannst du dich allerdings verlassen», sagte Calpurnia. «Kleopatra wird sich nicht freuen, von Antonius' Hochzeit mit Octavia zu hören. Ich bete zu den Göttern, dass diese Ehe dein Bündnis mit Antonius festigt, aber bis der General nach Alexandria zurückkehrt, wird ihretwegen vielleicht noch weniger Getreide in römischen Bäuchen landen.»

«Stabilität in Rom hat oberste Priorität», sagte Octavian. «Ein hungriger Römer ist besser als ein toter Römer.»

Er wollte noch weiterreden, doch da näherte sich die massige Gestalt von General Agrippa. Er nickte Calpurnia und Pomponia höflich zu, bevor er Octavian etwas ins Ohr flüsterte.

Verärgert presste Octavian die Lippen zusammen. «Bitte entschuldigt mich, meine Damen. Anscheinend sind ein paar Senatoren wegen einiger Auszahlungen, die ich in der Subura vorgenommen habe, in ein Handgemenge geraten.»

«Natürlich, Caesar», sagte Pomponia.

«Ein Handgemenge», bemerkte Calpurnia missbilligend.

«Möge Concordia dich beschützen, Caesar. Senatoren zeigen vielleicht ihre Fäuste, aber sie verstecken ihre Dolche.»

Octavian küsste sie auf die Wange. «Du und ich, wir beide wissen das nur zu gut», sagte er im Weggehen.

Als Pomponia und Calpurnia zur Hochzeitsgesellschaft zurückkehrten, lag Antonius in dem großen, mit Fresken geschmückten *triclinium* auf einer Liege und plauderte laut, aber müßig, mit Octavia und Maecenas. In offensichtlicher Erwartung der Hochzeitsnacht musterte er seine Braut unverhohlen von Kopf bis Fuß.

«Glaubst du, dass zumindest ein wenig Zuneigung zwischen ihnen besteht?», fragte Pomponia Calpurnia.

«Nein», antwortete Calpurnia. «Aber mit der Zeit kommt sie vielleicht. Antonius hat noch nie eine Frau wie Octavia gehabt. Seine bisherigen Ehefrauen waren ehrgeizig und schamlos. Kratzbürsten, insbesondere diese Fulvia. Keine einzige war von richtigem römischen Schlag. Eine von Antonius' Haussklavinnen hat mir einmal erzählt, Fulvia habe sich gern in eine Toga gekleidet! Bei den Göttern, kannst du dir so etwas vorstellen, Männerkleidung? Octavia ist anders. Bescheiden, tugendhaft und bereit, sich ihrem Mann unterzuordnen – das sind Eigenschaften, die Antonius vielleicht liebgewinnen wird.» Sie trank einen Schluck Wein. «Das heißt, falls er diese geschminkte Hurenkönigin des Nils vergessen kann.»

«Das mögen die Götter geben», sagte Pomponia. «Ach, Calpurnia, schau – da ist Priesterin Fabiana mit diesem grässlichen kleinen Hund. Sie will sich nicht von ihm trennen. Er macht ihre Stola schmutzig, und aus ihrem Mund kommen alberne Laute, als schäkerte sie mit einem Säugling, aber es fällt ihr gar nicht auf. Nicht einmal der Geruch seiner gelben Zähne stört sie.»

«*Amare et sapere vix deo conceditur*», erwiderte Calpurnia mit einem nachsichtigen Lächeln. Nicht einmal den Göttern gelingt es, Liebe und Weisheit zu vereinen.

Pomponia fühlte, wie ihr plötzlich das Herz schwer wurde. «Vielleicht.» Sie berührte Calpurnias Schulter. «Es war nett von dir, mich zu begleiten, Calpurnia. Geh doch jetzt ein wenig zu Oberpriesterin Fabiana und ihrem kleinen Cerberus. Das würde ihr gefallen. Ich habe noch Pflichten im Tempel und muss bald aufbrechen.»

Als Calpurnia sich verabschiedet hatte, atmete Pomponia zum ersten Mal seit dem Zwischenfall in der Nische tief durch. Sie mischte sich pflichtbewusst unter Freundinnen und Priesterkollegen, erleichtert, dass Valeria nicht mehr zu sehen war. Ihr Mann hatte sie nach Hause geschickt.

Doch Quintus war noch da. Lebhaft ins Gespräch vertieft stand er mit Agrippa, einigen weiteren Beratern Caesars und dem Oberpriester des Mars bei einem Brunnen. Er lächelte und trank Wein, als wäre gar nichts vorgefallen. Unbeteiligt. Kühl.

Sie schaute kurz zu ihm, und er begegnete einen Moment lang ihrem Blick, nur um gleich darauf auf gewohnt überlegene und gleichgültige Weise die Lippen zu verziehen. Dann wandte er sich ab und stimmte in das Gelächter seiner Gefährten ein, die sich über einen Witz Agrippas amüsierten.

Pomponia legte die Hand auf den Bauch, um die in ihr tobende Verwirrung zu lindern. Valerias Worte gingen ihr nicht aus dem Kopf. *Du bist krank, Quintus, krank von einer Verdorbenheit, die dir ins Herz gedrungen ist.*

Vielleicht hatte sie recht. Pomponia wusste, dass viele Männer es darauf anlegten, eine unerreichbare Frau zu erobern. Für diese Männer war die Verführung einer solchen Frau ein Lausbubenstreich, der ihrem Selbstbewusstsein guttat.

Und es gab keinen Zweifel, dass Quintus so selbstbewusst wie Herkules persönlich war. Das hatte sie oft genug gesehen. Jeder finstere Blick, jede Kritik, jede Ermahnung und jeder herablassende Tadel, alles das, was sie im Laufe der Jahre von ihm eingesteckt hatte, stiegen mit erneuter Klarheit aus ihrem Gedächtnis auf.

Vielleicht war seine Frau gar nicht so verrückt, wie sie schien. Pomponia dachte an Valerias Bluterguss am Auge und ihre unterwürfige Art. Ihr Mann musste sie nur anschauen, und schon duckte sie sich weg und war gehorsam.

Langsam wich das Gefühl der Verwirrung, das Pomponia schwer im Magen lag, der Empörung, und sie verfluchte ihre eigene Schwäche und weibische Unbesonnenheit. Sie hatten sie nicht nur ihre Würde gekostet. Sondern auch die Gesellschaft ihrer Gefährtin Medousa.

Es gehörte sich nicht für eine Priesterin, wegen des Verlusts einer Sklavin zu weinen, doch plötzlich kam Pomponia die Erinnerung an den Tag ihres *captio*-Rituals. An jenem Tag hatte Julius Caesar, der damalige Pontifex Maximus, sie abgeholt, damit sie Vestalin wurde. Am selben Tag hatte er auch Medousa vom Sklavenmarkt abgeholt oder vielmehr dort gekauft.

Als Pomponias Haare geschnitten wurden, damit sie unter den Vestalinnenschleier passten, hatte sie beim Anblick ihrer langen, kastanienbraunen Locken, die auf den schwarz-weißen Mosaikboden fielen, zu weinen begonnen. Medousa – damals selbst noch ein Kind von zwölf oder dreizehn Jahren – hatte die Haare aufgehoben und sich vors Gesicht gehalten, als trüge sie einen Bart. Dann hatte sie allen um sie herum scherzhaft Befehle zugerufen, bis Pomponia lachen musste. In jener Nacht, Pomponias erster Nacht im Haus der Vestalinnen, hatte sich Medousa zu ihr ins Bett gelegt und ihr ein Lied ins Ohr gesummt, bis sie aufhörte zu schluchzen und einschlief.

Diese Erinnerung brachte sie aus der Fassung. Bevor ihr gleich die Tränen kommen würden, verabschiedete Pomponia sich knapp und wies die Träger einer von Caesars Sänften an, sie zum Tempel zurückzubringen. Fabiana genoss den Abend und würde später in der Sänfte der Vestalinnen folgen.

Fabiana. Pomponia wusste genau, was sie sagen würde, wenn sie von Medousa hörte. *Zum Glück sind wir sie los. Diese Frau sieht nicht nur aus wie Helena von Troja, sie verursacht auch genauso viel Ärger.*

Die Vestalis Maxima hatte Medousa nie gemocht. Fabiana hatte ohnehin nicht viel für Sklavinnen übrig, aber für Medousa noch weniger. Wenn sie nur die Wahrheit erfahren dürfte.

Pomponia trat in die Stille des Atriums und sog die frischere Luft ein. In der Ecke neben dem *lararium* brannte die heilige Flamme in einer bronzenen Feuerschale. Die Priesterin nahm eine heilige Oblate aus der Tonschale, die danebenstand, und zerbröselte sie über dem Feuer als Opfer für die Göttin.

Divina Vesta, beschütze Medousa in ihrem neuen Haushalt.

Erbittert über ihre eigene Dummheit und einsamer als je zuvor in ihrem Leben verließ die Priesterin Caesars Haus und stieg in die wartende *lectica*.

Irgendwo in dem schwach erhellten Raum zischte und spuckte eine Öllampe. Andere Lampen brannten kräftiger, und ihre hohen, orangegelben Flammen warfen flackernde Schatten auf die mit Fresken verzierten Wände.

Auf einem der Gemälde lag Amor auf seiner wunderschönen Geliebten Psyche, liebkoste mit den Flügeln ihre nackte Haut und erforschte mit den Händen ihren Körper.

Ein anderes Fresko erweckte den erotischen Mythos von Leda und dem Schwan zum Leben: In der Gestalt eines Schwans legte Zeus den langen Hals zwischen die bloßen Brüste Ledas und liebte sie im Schlaf. Dieser Vereinigung würde Helena von Troja entspringen, die schönste Frau der Welt. Helena, die griechische Königin, deren Affäre mit dem trojanischen Prinzen Paris den Trojanischen Krieg auslöste. Helena, deren Schönheit dazu geführt hatte, dass ein Geschwader von Schiffen in den Krieg zog.

Ein Fresko lief jedoch den anderen den Rang ab. Es prangte an der Wand gegenüber dem großen, üppig weichen Bett. Darauf lag der Gott Mars mit der Vestalin Rhea Silvia vor einer lodernden Feuerstelle. Mit der einen Hand drückte er sie in seiner Erregung nach unten, während er mit der anderen Hand am Stoff ihrer weißen Stola zerrte.

Medousa kannte die Geschichte gut.

Caesars leitende Haushaltssklavin, eine Griechin in den mittleren Jahren namens Despina, die Octavian schon gedient hatte, als er noch ein Kind war, setzte sich neben Medousa aufs Bett. «Bist du noch Jungfrau?», fragte sie.

«Nein.»

«Wer hat dich gehabt?»

«Julius Caesar hat mich entjungfert. Er hat mich mehrmals genommen. Er war der Einzige.»

«Ich verstehe.» Despina hielt inne. «Du wirst feststellen,

dass dieser Caesar ein aggressiverer, weniger auf Gegenseitigkeit bedachter Liebhaber ist. Du wirst unter allen Umständen still bleiben. Sag nichts. Tu nichts. Es wird nicht zu lange dauern, und hinterher wird man sich um dich kümmern.» Die Worte waren unverblümt, aber freundlich.

Eine Schönheitssklavin betrat das Schlafgemach mit einem Tablett voller Pflegeutensilien. Sie wies Medousa an, sich auf einen Stuhl zu setzen, und machte sich dann mit einer Schere an ihrem Kopfhaar zu schaffen. Lange, kastanienbraune Locken fielen auf den Boden. Eine andere Sklavin wischte sie rasch auf.

Ohne ihre dichte Haarmähne fühlte Medousas Kopf sich eigenartig leicht und luftig an. Sie biss die Zähne zusammen. Sie würde nicht weinen. Weinen war sinnlos. Es würde nichts ändern.

«Steh auf und zieh dich aus», sagte Despina.

Medousa erhob sich lautlos und schlüpfte aus ihrem schönen Tunika-Kleid. Als sie nackt dastand, führte die Schönheitssklavin die Klinge an ihr Schamhaar und entfernte es restlos. Sie befahl Medousa, die Arme zu heben, und rasierte auch ihre Achseln.

«So, jetzt kleiden wir dich ein.» Despina schnippte mit den Fingern, und eine junge Dienerin näherte sich mit einer reinweißen Stola. Medousa stand stumm da und streckte die Arme aus, während die Sklavinnen sie gemeinsam in die Stola kleideten. Ein weißer Schleier folgte. Er bedeckte Medousas kurzes Haar und fiel ihr auf den Rücken hinunter.

«Caesar wird dich besser behandeln, wenn er dich für eine Jungfrau hält», sagte Despina. «Er ist Mars, verstehst du, und du bist Rhea Silvia. Auf diese Weise wird es geschehen.» Sie streckte Medousa die Hand hin. Darin lag ein kleiner, mit Blut vollgesaugter Schwamm.

«Steck ihn in dich rein», sagte sie. «Wenn Caesar in dich eindringt, wird das Blut herauslaufen. Du musst dann so tun, als empfändest du Schmerz. So wird er schneller zum Ende kommen, und du hast es bald hinter dir.»

«Danke für deine Güte», sagte Medousa. Sie spreizte die Beine und führte den Schwamm in sich ein. *Nicht weinen*, ermahnte sie sich. Despina wischte ihr das Blut von den Fingern.

Eine Tür knarrte, ein Lichtstrahl fiel ins Zimmer. Octavian betrat das Schlafgemach so hoheitsvoll und energisch wie jeden Raum und schlenderte selbstbewusst und voller Überlegenheit zum Bett. Die Sklavinnen und Dienerinnen wichen unterwürfig zurück und verschwanden.

Medousa senkte den Kopf, sagte aber nichts. Sie hörte, wie Octavians Toga zu Boden glitt. Ein störrischer Sandalenriemen veranlasste ihn zu einem knurrenden Laut, doch gleich darauf stand er vor ihr, nackt und mit vollständig erigiertem Glied. Mit den Augen maß er sie von Kopf bis Fuß.

Er schob sie sanft zum Bett, warf sie dann grob auf den Rücken, bestieg sie rasch und zerrte an ihrer Stola und ihrem Schleier. Beim Anblick ihres kurz geschnittenen Haars und ihres haarlosen Schambereichs sog er scharf die Luft ein und drang dann energisch, kräftig und mit voller Macht in sie ein.

Medousa schrie vor Schmerz auf, das musste sie nicht vorspielen.

KAPITEL VIII

Audentes fortuna iuvat.
«Fortuna ist mit den Kühnen.»
VERGIL

Rom, 39 v. Chr.
(ein Jahr später)

Livia Drusilla packte ihren kleinen Sohn am Arm und zerrte ihn in die Kutsche. Der kleine Satansbraten pinkelte schon wieder auf die Sandalen des Sklaven. Sie würde Urin riechen, bis sie zum nächsten Meilenstein gelangten. Welcher böse Geist hatte ihr ein solches Kind aufgehalst? Welche Schuld verbüßte sie gegenüber Dis, dem unglücklichen Gott des Missmuts, dass sie einen so durch und durch furchtbaren Sohn ertragen musste?

Benannt war der Bengel nach seinem Vater Tiberius, doch damit hörten die Ähnlichkeiten nicht auf. Er war genauso dumm und stumpf, hatte denselben hirnlosen Humor und denselben Quadratschädel.

Ein Priester Dianas hatte ihr einmal gesagt, die Fähigkeiten eines Kindes seien denen seiner Eltern immer überlegen. Livia gelobte sich, sollte sie diesem Scharlatan noch einmal begegnen, würde sie ihm mitten auf der Straße die Kleider vom Leib reißen und ihn mit dem erstbesten Nachttopf erschlagen, den sie finden könnte.

Doch trotz allem besserte sich ihre Lage nun. In Rom waren die Proskriptionen vorüber, und Caesar hatte für jene Römer, die in dieser Zeit geflohen waren, eine allgemeine Amnestie verkündet. Dank der Heirat zwischen Caesars Schwester Octavia und General Marcus Antonius herrschte zumindest vorläufig Frieden in Rom.

Athen lag hinter ihr, und damit auch die Gesellschaft dieses stinkenden, schmuddeligen griechischen Schweins Diodorus. Nie wieder würde sie seine obszönen Scherze ertragen oder Krankheit vorschützen müssen, um seinem Gefummel zu entgehen. Der Gestank seiner ungewaschenen Geschlechtsteile hing ihr noch immer in der Nase. Und der Geschmack seines schlechten Weins und der salzigen Oliven steckte noch in ihrem Hals.

Wütend starrte sie auf ihren dösenden Mann, der ihr in der Kutsche gegenübersaß. Tiberius, der selbst in den besten Zeiten ein miserabler Ehemann war, hatte sich in den Jahren des Exils in Griechenland als grauenhafter Versager erwiesen. Wenn Diodorus in ihr Schlafzimmer stolperte, um mit dem Zartgefühl eines Rammbocks in sie einzudringen, hätte er jedes Mal außer sich vor Zorn sein sollen.

Stattdessen hatte er sich blind und taub gestellt. Der Feigling. Nicht nur war er aus Rom geflohen wie ein jammernder Lustknabe, er war auch zu hasenfüßig gewesen, um die Stimme gegen das dicht behaarte Scheusal zu erheben, das er seinen Wohltäter nannte.

Aber das Leben war natürlich für ihn nicht so unerträglich

gewesen wie für sie. Der Wein schmeckte wie Abwasser, und das Essen war zum Kotzen, doch es hatte genug von beidem gegeben. Und auch mehr als genug Sklavenmädchen. Livia, einer Frau, die nicht zum Mitgefühl neigte, schon gar nicht gegenüber Sklavinnen, hatten sie trotz allem leidgetan.

Sie hatte sie Nacht für Nacht aus Tiberius' Schlafzimmer kommen sehen, manchmal zu dritt oder zu viert, und der Ausdruck des Abscheus in ihren Gesichtern war ihr wohlvertraut gewesen.

Denn ebendiesen Ausdruck hatte sie in ihrem eigenen Gesicht entdeckt, wenn sie in den Spiegel schaute. Die Götter mochten wissen, zu welchen Handlungen an ihm, aneinander und an sich selbst er sie gezwungen hatte.

Der Kutscher rief einen Befehl, und die Pferde setzten sich wieder in Bewegung. Livia hielt den Vorhang auf und sah hinaus. Beim Anblick der hohen Zypressen, die die lange, gepflasterte Straße säumten, seufzte sie zufrieden. Der kleine Tiberius trat gegen ihr Schienbein, als er auf den Platz neben seinem schnarchenden Vater kletterte, doch Livia achtete nicht darauf. Sie fuhr nach Hause.

Nach Hause. Sie runzelte die Stirn. In welchem Zustand würde sich ihr Heim befinden? Welche Wertgegenstände mochten nach Jahren der Abwesenheit dort verblieben sein? Schon vor Monaten war der letzte Brief ihres Hausklaven gekommen. Es war anzunehmen, dass zumindest einige Schätze geplündert worden waren, vielleicht auch von dem Sklaven selbst. Entweder das, oder er war bei der Verteidigung des Besitzes seines Herrn getötet oder geraubt worden.

Lautlos betete sie zu Vesta. *Tiberius' jämmerliche Marmorstatuen und das goldene Essservice sind mir vollkommen egal, aber mein Schmuck! Meine guten Kleider! Hoffentlich sind sie noch dort, wo ich sie versteckt habe.*

Bei der Erinnerung an ihr Lieblingsgewand – eine gelbe Stola, die mit roten und orangefarbenen Vögeln bestickt war – musste sie lächeln, doch das Lächeln ging schnell in ein besorgtes Stirnrunzeln über.

Vor Monaten hatte sie zum letzten Mal geblutet. Es würde eine Ewigkeit dauern, bis sie wieder in dieses Kleid passen würde. Doch ihr zunehmender Körperumfang war nicht ihre schlimmste Sorge.

Würde das Kind Tiberius' Quadratschädel oder Diodorus' behaarten Rücken erben? Sie konnte nur zu Juno beten, dass es wieder ein Junge werden würde. Mochten die Götter sich gnädig erweisen und kein Mädchen mit den körperlichen Eigenschaften eines der beiden Männer beladen. Man würde eine Mitgift von der Größe des Olymps brauchen, um ein solches Wesen zu verheiraten.

Die Kutsche fuhr langsamer, Livia streckte den Kopf nach draußen und erblickte die mächtigen Steinblöcke der Servianischen Mauer vor sich. Sie ragte zehn Meter hoch auf und umschloss Rom von allen Seiten, um die Ewige Stadt vor den Barbaren und Eindringlingen zu schützen, die immer vor den Toren zu lauern schienen.

Die Porta Collina, ein bedeutendes in die Stadt führendes Tor, war in der Ferne zu sehen. Allerdings blieb der Kutscher vor dieser Engstelle im Stau stecken, da dort Scharen von Menschen, Tieren, Wagen, Sänften und Transportwagen aller Arten langsam an den Kontrolleuren vorbei durchs Tor in die riesige Stadt krochen.

Normalerweise hätte ein solcher Aufenthalt Livia verärgert.

Heute dagegen nicht. Sie hatte Jahre gewartet, um nach Rom zurückzukehren. Da spielten ein oder zwei zusätzliche Stunden vor dem Tor keine Rolle.

Ein schmutziges Kind schaffte es, an den Sklaven vorbeizuschlüpfen, die die Kutsche bewachten, und mit seiner dreckigen, ausgestreckten Hand um eine Münze zu betteln. Livia wollte gerade eine Haarnadel hineinstechen, da fiel ihr der Tempel ins Auge, der nicht weit von der Porta Collina stand – der Tempel der Fortuna. Es würde Unglück bringen, ein Kind so nah beim Tempel zu verletzen, sei es auch nur ein Bauernkind. Das würde der Göttin nicht gefallen.

Stattdessen griff Livia nach einem kleinen Beutel mit Münzen, der auf dem Boden der Kutsche lag, und schüttete sich ein paar *denarii* in die Hand. Der Bauernjunge riss die Augen auf, als sie die Münzen nach draußen warf. Sie verfolgte, wie er sich auf den schlammigen Boden warf und grob zwei weitere Kinder wegschubste.

Ein Schnarchlaut und ein Husten von Tiberius. «Bei Junos straffem Arsch, Frau! Wirfst du etwa Geld weg?»

«Bemerkenswert», sagte Livia zu ihrem Mann. «Du schaffst es, ein Getümmel von betrunkenen Dakern zu verschlafen, die unter Kriegsgeschrei hinter der Kutsche herjagen, wachst aber vom leisen Klingeln einiger weniger Münzen auf.»

Tiberius schnaubte, und Livia machte es sich erneut auf ihrem gepolsterten Sitz bequem, während der Kutscher etwas rief und die Pferde anzogen, nur um gleich darauf wieder zu halten. Doch langsam, aber sicher arbeitete der Wagen sich durch den Lärm und das Hufgeklapper des Verkehrschaos zum Tor vor.

Die Reise ist um so viel angenehmer, wenn er schläft, dachte Livia.

Schließlich passierten sie die Porta Collina. Unmittelbar hinter den Mauern Roms verkündete die dröhnende Stimme eines Stadtausrufers die neuesten Nachrichten, die für heimkehrende Bürger oder Besucher der Stadt von Belang sein mochten: bevorstehende Markt- und religiöse Feiertage, jüngst vom Senat erlassene Gesetze, Spiele und Wagenrennen, Caesars Bauvorhaben, Straßensperrungen und so weiter ...

Tiberius stieß seinen Sohn mit dem Ellbogen an und deutete auf das Gelände jenseits der Straße. «Das ist das Feld des Frevels», sagte er. Das Kleinkind mit dem Quadratschädel quietschte vor Aufregung. «Weißt du, was man dort macht?», fragte er das Kind, das seinen Vater mit dümmlich klimpernden Augen ansah und den Mund auf- und zuklappte wie ein Karpfen. «Dort begräbt man Priesterinnen der Vesta bei lebendigem Leibe!» Tiberius schnitt eine unheimliche Grimasse, und das Kind quietschte erneut. Seine Stimme tat Livia in den Ohren weh.

«Tja», stöhnte sie in sich hinein. «Auch auf diese Weise kann man Ruhe bekommen.»

«Ave Caesar!» Heil dir, Caesar.

Octavian stand an der Balustrade des großen, reich verzierten Marmorbalkons, den man eigens für ihn und seine Gäste entworfen hatte. Er schaute in die Arena hinunter und nickte den beiden Gladiatoren zu, die ihn von unten grüßten.

«Avete», rief er zu ihnen hinunter. Viel Glück.

Octavian ließ sich wieder neben seinem gepflegten Freund nieder, einem gewissen Titus Statilius Taurus. Taurus war der reiche Senator, der den Bau des neuen Amphitheaters in Auftrag gegeben hatte, in dem die Spiele abgehalten wurden. Der Mann genoss den Tag sehr.

Die neue Arena auf dem Campus Martius war das erste dauerhafte Amphitheater seiner Art in Rom. Das aus Stein errichtete, riesige Oval war eine bemerkenswerte Verbesserung gegenüber den stets nur vorläufigen, halbkreisförmigen Holzbauten, die man bisher als Austragungsort für die Spiele errichtet hatte.

Obgleich das Bauwerk in nachgeordneten Bereichen noch nicht ganz fertiggestellt war, genügte es doch jetzt schon, um vielen Tausenden Besuchern eindrucksvoll Platz zu bieten. Seine überwölbten Gänge, schönen Skulpturen, mit leuchtenden Farben bemalten Wände und die rot-goldenen Fahnen fügten dem Blutvergießen ihre Schönheit hinzu.

Die ovale Wettkampfarena war mit Sand bedeckt, damit die Gladiatoren nicht auf dem vergossenen Blut – ihrem eigenen oder dem ihres Gegners – ausrutschten. Der Sand machte auch das Säubern einfacher, da er das Blut der Tapferen und Urin und Exkremente der weniger Tapferen aufsaugte.

«Das Bauwerk ist außerordentlich, Taurus», sagte Octavian. «Rom ist hocherfreut über deine Großzügigkeit.»

«Ich hätte einen Tempel errichten lassen, aber die hast du mir schon alle weggeschnappt», erwiderte Taurus grinsend. «Und zwar blitzschnell, wie ich hinzufügen könnte. Vielleicht solltest du ja dem schnellfüßigen Merkur einen Tempel bauen? Mir scheint, er ist der einzige Gott, den du ausgelassen hast.»

«Ich werde darüber nachdenken», antwortete Octavian. «Ich muss zugeben, dass die Religion mir näher steht als der Sport. Du weißt, dass ich die Spiele nicht besonders schätze, aber mir ist sehr wohl bewusst, wie beliebt sie beim Volk sind.

Und wenn das Volk gut unterhalten wird, ist es leichter zu regieren.»

«Das ist seit jeher der Zweck des Sports, Caesar. Und auch wenn ich weiß, dass du ein frommer Mann bist: Vielleicht ist das auch der Zweck der Religion.»

Caesar erwiderte Taurus' Lächeln. «Für einen von den Göttern gesegneten Mann ist das keine kluge Philosophie.»

Taurus hob lachend die Hände zum Himmel. «Ich nehme es zurück, mächtiger *Jupiter*!» Er klatschte aufgeregt in die Hände und bewunderte das sie umgebende Stadion. «Meine Architekten haben das Theater dem von Capua nachempfunden. Dieses hier ist natürlich viel größer und moderner. Für das Caput Mundi, die Hauptstadt der Welt, ist das Beste gerade gut genug. Du wirst sehen, dass die Drainage besser ist als bei jedem anderen Bauwerk. Und wenn du dort drüben hinschaust», er drehte sich um und zeigte auf einen Teil des Theaters hinter ihnen, «wirst du außerdem sehen, dass weitere private Balkons im Bau sind. Einer für deine Gäste und daneben einer für die Vestalinnen. Es wird viele versteckte Falltüren für Raubtiere und die Wiederaufführung berühmter Schlachten geben. Und wenn es regnet, werden wir ein großes Schutzdach über die Tribüne spannen, und ... ah, schau, Caesar. Endlich sind die Formalitäten beendet, und sie sind zum Kampf bereit.»

Der *summa rudis*, ein ehemaliger Gladiator, der jetzt den formalen Teil der Kämpfe beaufsichtigte, schrie den Gladiatoren die letzten Regeln und Warnungen zu und zog sich rasch zurück, als die beiden Krieger sich Auge in Auge aufstellten.

Die Zuschauermenge brach in Jubel aus. Adlige und Freigelassene, Patrizier und Bauern, Ehefrauen und Kinder – alle riefen inbrünstig im Chor den Namen des einen Gladiators: «Flamma! Flamma! Flamma!»

Flamma. Die Flamme. Der berühmte Gladiator wurde in der gesamten römischen Welt als Idol gefeiert, weil er die längste Siegesserie in der jüngeren Geschichte aufwies. Er hatte mehr als zwanzig Zweikämpfe nacheinander gewonnen, jeder Sieg war blutiger und dramatischer als der vorhergehende. Und Taurus war der Mann der Stunde, weil es ihm gelungen war, ihn für diesen Kampf zu reservieren, der damit der wichtigste des Tages wurde.

Als Antwort auf den Beifall der Menge stieß Flamma seinen *gladius* – das Gladiatorenschwert – in die Luft und brach in ein mordlustiges Gebrüll aus. Die Menge wurde wild.

«Bei den Göttern, er klingt wie der Nemeische Löwe!», sagte Taurus.

«Nach allem, was ich gehört habe, könnte nur Herkules persönlich ihn töten», antwortete Octavian.

Der große Gladiator Flamma kämpfte als *secutor*. Bis auf ein Lendentuch nackt, bestand seine einzige Schutzausrüstung aus einer metallenen Schiene an seinem linken Schienbein, einem Lederschutz um seinen rechten Arm und einem eng sitzenden Helm. Zusätzlich zum *gladius* führte er einen schweren, gewölbten Schild namens *scutum*.

Wie immer war der Gegner des *secutor* ein *retiarius* – ein mit einem Netz bewaffneter Kämpfer. Als solcher war er schneller und beweglicher als sein Feind, und zusätzlich zu dem Netz schwang er noch einen Dreizack.

Der Kampf war so einfach wie brutal. Der *secutor* jagte den *retiarius* durch die Arena und versuchte, ihn mit seinem *gladius* zu töten. Der *retiarius* wich seinem Gegner aus, bemühte sich aber gleichzeitig, ein Netz über ihn zu werfen. Gelang es ihm, den *secutor* zu fangen, stach er ihn anschließend mit dem Dreizack tot.

Flamma griff den Gegner in einem Ausbruch von Gewalt an wie ein feuriger Vulcanus, der von einem aufberstenden Vulkan hervorgeschleudert wurde. Der Netzkämpfer verdrehte seinen Körper seitlich und entging dem Stoß des *gladius* nur haarscharf. Er rannte so schnell los, dass der Sand unter seinen Füßen aufstob, und die Menge schrie gellend, dann aber rutschte er aus und fiel zu Boden. Er landete schmerzhaft auf dem Rücken.

Das Gebrüll der Menge war ohrenbetäubend. Der Geruch des bevorstehenden Todes lag in der Luft, und wie eine Schar wilder Tiere kehrten die Zuschauer zu brutalen Instinkten zurück – töte ihn! Mach es blutig! Wir wollen es sehen!

Wut loderte in dem Netzkämpfer auf. So schnell zu sterben, wäre entehrend. Er sah, wie der Schimmer von Flammas Schwert auf ihn niederfuhr wie ein silberner Blitzstrahl aus einer schwarzen Wolke. Mit einem Japsen drehte er im letzten Augenblick den Kopf zur Seite, doch die spitze Klinge zischte auf seinen Hals hinunter.

Der *retiarius* kam taumelnd auf die Beine und tastete instinktiv nach der Wunde an seinem Hals – da war jedoch kein Blut! Flammas Klinge hatte ihn um Haaresbreite verfehlt.

Doch das wusste Flamma nicht. Nach seinem Stoß war er aufgesprungen, hatte seinen Helm weggeworfen und sich seinen Bewunderern zugewandt. Wie ein Pfau war er zu einer Gruppe von Frauen stolziert, die seinen Namen riefen und ihm nach dem Kampf Gefälligkeiten versprachen. Im Überschwang seines Gefühls von Überlegenheit machte er sich nicht die Mühe, sich nach dem gestürzten *retiarius* umzusehen, den er tot im Sand wähnte.

Die *Flamme* streckte in Siegerpose die Arme hoch, und die Menge sprang auf. Rufe hallten von den Steinwänden des Amphitheaters wider, und Tausende von Menschen winkten ihm zu, zur Feier seines zweiundzwanzigsten Sieges ... aber Moment mal ... was riefen sie denn? Es klang nicht, als bejubelten sie einen Sieger.

Das Netz fiel über Flammas Kopf, als wäre es von Jupiter persönlich aus dem Himmel herabgeworfen worden. Sein Gewebe war schwerer, als es aussah, und die an den Ecken befestigten Gewichte hielten es überraschend wirksam unten. Er kämpfte darum, eine lose Stelle zu finden, eine Öffnung, die er sich über den Kopf streifen könnte, doch einer seiner Füße verfing sich in den Maschen, und er fiel auf den Sand des Arenabodens.

Im Gegensatz zu Flamma scherte der Netzkämpfer sich kein bisschen um einen großartigen Auftritt. Für ihn zählte nur eines, das Überleben, und Fortuna hatte ihm eine winzige Chance geschenkt.

Es kam sogar ihm selbst surreal vor, wie er die Spitze seines Dreizacks wieder und wieder in das Netz stieß. Blut sprühte daraus hervor, während der berühmteste Gladiator der römischen Welt sich darin wand und zappelte. Von den hintersten Plätzen des Amphitheaters aus hätte es ein Netz voll Fische sein können, die zuckend am Strand lagen.

Und dann ließ das Zappeln und Zucken nach. Die Menge verstummte für einen Augenblick. Hatte man wirklich beobachtet, wie ein namenloser *retiarius* die *Flamme* besiegte? Die Zuschauer brachen in wahnwitzigen Jubel aus. Sie waren gekommen, um zu sehen, wie Flamma seine Siegesserie fortsetzte. Sein Sieg war gewiss gewesen. Doch nun hatten die Schicksalsgöttinnen einen Lebensfaden durchschnitten, den jeder für unverletzlich gehalten hatte.

«Oh ja», sagte Octavian mehr zu sich selbst. «Daraus kann man etwas lernen.»

Blumen und Palmwedel, mit denen die begeisterten Zuschauer den Sieg des Niemands feierten, übersäten den Sand der Arena. Der *lanista* des *retiarius* stürmte in die Arena und warf die Arme um die Schultern seines Gladiator-Stars. Er umarmte ihn und versprach ihm als Belohnung Geld, Essen, Alkohol und Frauen oder Jungs, was auch immer er vorzog.

Unterdessen machten sich mehrere Arenasklaven an der Leiche Flammas zu schaffen. Sie lösten ihn aus dem Netz und wälzten seinen riesigen, blutigen Körper auf eine Tragbahre. Ein Horn erschallte, und die großen Tore der Arena öffneten sich weit. Neugierig geworden verstummte die Menge. Was geschah jetzt?

Langsam schritt eine erschreckend verwahrloste Gestalt auf den Sand der Arena und begab sich zu Flammas Leiche. Sie trug zerrissene schwarze Lumpen und hielt einen langen Pfahl in der Hand, den ein menschlicher Schädel krönte. Diese Gestalt war der totenähnliche Fährmann Charon, der die Seelen der Sterblichen über den Styx setzte, den Fluss, der die lebende Welt vom Hades trennte, dem Reich der Toten.

Die bedrohliche Erscheinung hob die Arme und rief mit tiefer, rauer Stimme: *«Flamma est mortuus!»* Die Flamme ist erloschen.

Die Sklaven hoben die Tragbahre an und setzten sich in Bewegung, begleitet von dem dunklen, strengen Charon, der den gefeierten Gladiator auf seinem letzten Weg aus der Arena geleitete. In der Stille des Amphitheaters stieg eine leise Totenklage von den Rängen auf, und ein paar Schluchzer brachen sich an den Steinwänden.

«Mein Kompliment, Taurus», sagte Octavian. «Deine Leute haben ein Talent dafür, ein Ereignis wirkungsvoll in Szene zu setzen.»

«Danke, Caesar», antwortete Taurus. «Du weißt ja, dass ich das griechische Theater liebe. Ein Anklang daran macht einen guten Kampf noch dramatischer.» Er deutete mit dem Finger auf Flammas Leichnam, der gerade aus der Arena getragen wurde. «Wusstest du, dass man ihm vier Mal die *rudis* angeboten hat? Und doch hat er jedes Mal abgelehnt und wollte lieber weiterkämpfen. Stell dir das einmal vor! Er hätte sich als reicher Mann zurückziehen können, doch stattdessen überquert er nun den schwarzen Fluss.» Er schnalzte mit der Zunge. «Warum nur trifft jemand eine solche Entscheidung?»

«Der Kampf war nicht seine Entscheidung», antwortete Octavian. «Er war seine Natur.»

«Aber dass ein so großartiger Kämpfer von einem mageren Leichtgewicht zu Fall gebracht wird! Ich habe Hühner gesehen, die kräftigere Knochen hatten als dieser *retiarius*. Anderseits habe ich auch einmal gesehen, wie ...» Er brach mitten im Satz ab und folgte Octavians Blick, der über Taurus' Schulter hinwegstarrte: Dort ging eine außergewöhnlich schöne, junge Frau an der Seite eines deutlich älteren Mannes durch den überwölbten Gang, der an Caesars Balkon vorbeiführte.

Taurus erkannte es, wenn er einen Hinweis bekam. Er stand auf und winkte dem Paar zu. «Setzt euch doch zu uns», sagte er und gab gleichzeitig den Soldaten, die Caesars Balkon bewachten, ein Zeichen, dem Paar das Eintreten zu gestatten.

Der ältere Mann wirkte von dieser Einladung bestürzt, doch die junge Frau gab sich unbeeindruckt. Sie betrat Caesars Balkon, als wäre er eigens für sie erbaut worden.

«Caesar», sagte Taurus. «Darf ich dir Tiberius Claudius Nero und seine reizende Frau Livia vorstellen? Sie sind vor kurzem nach einem ausgedehnten ... *Urlaub* in Griechenland zurückgekehrt.»

Octavian betrachtete Tiberius. «Wir kennen uns bereits. Ich hoffe, es geht dir gut, Tiberius. Willkommen daheim in Rom. Deine Frau wird gewiss feststellen, dass es hier nun friedlicher ist als zur Zeit eurer Abreise.»

«Danke, Caesar.» Die Anrede Caesar blieb Tiberius fast im Hals stecken, doch er zwang sich, sie auszusprechen. Er hatte keine andere Wahl. Beide Männer wussten, dass Roms Frieden und Tiberius' Rückkehr in die Stadt ihren Preis gefordert hatten.

Genau wie vielen anderen Adligen, die Caesars Mörder Brutus und Cassius unterstützt hatten, hatte Octavian Tiberius einen großen Teil seines Wohlstands und seines Besitzes abgenommen. Tiberius hatte nach Rom zurückkehren dürfen, doch er war nun viel ärmer als vorher. Außerdem war er gezwungen worden, einen Eid der Bündnistreue gegenüber dem neuen Caesar abzulegen. Das war der Preis der Amnestie.

«Was für ein reizendes Geschöpf du an deinem Arm führst, Tiberius», sagte Octavian, dessen Blick zu Livia wanderte. «Du bist die Tochter von Livius Drusus Claudianus, nicht wahr?»

«Solange er lebte ja», antwortete Livia. «Mein Vater hat sich bei Philippi in seinem Zelt das Leben genommen.»

Octavian hielt ihren Blick. Er wusste, dass der Vater dieser jungen Frau an der Seite von Julius Caesars Mördern gekämpft hatte. Außerdem war bekannt, dass der Mann es nach der Niederlage vorgezogen hatte, sich in sein Schwert zu stürzen, um nicht einen zweiten Caesar in Rom regieren zu sehen.

«Dein Vater war ein prinzipienfester Mensch», sagte er. «Wenn nur alle römischen Männer so wären.»

«Er war ein weiser Vater, aber ein dummer Mann», entgegnete Livia. «Du musst mir verzeihen, Caesar. Ich will nicht unehrerbietig über meine bedeutende Familie sprechen, aber mein Vater hatte keinen Sinn für Strategie. Wenn er in irgendeiner Situation die Wahl hatte, seinen Kopf oder sein Herz zu benutzen, hat er sich regelmäßig für das Falsche entschieden.» Sie warf einen Seitenblick auf ihren Mann. «Das liegt in der Familie.»

Tiberius biss die Zähne zusammen. Sein kleines Flittchen von Ehefrau schmeichelte sich bei Caesar ein, indem sie ihm Seitenhiebe verpasste. Nur durch die Vorstellung, wie er sie nach der Heimkehr verprügeln würde, gelang es ihm, seine Wut zu zügeln.

«Solch ein Urteilsvermögen ist bei Frauen ungewöhnlich», sagte Octavian bewundernd, «und wertvoller als das Goldene Vlies.» Er blickte auf ihren runden Schwangerschaftsbauch. «Lass uns bei Juno hoffen, dass das Kind ein ebenso politisch kluger Kopf wird.»

«Bei Juno», antwortete Livia. Sie musterte Octavian unverhohlen. Dies war also der *divi filius*? Der Sohn des vergöttlichten Julius Caesar?

Wegen seiner Jagd nicht nur auf Julius Caesars Mörder, sondern auch auf alle, die zu ihnen gehalten hatten, war sie gezwungen gewesen, nach Griechenland zu fliehen und die Beine für Diodorus breit zu machen. Wegen seines Machtstrebens hatte ihr Vater Selbstmord begangen. Wegen seines Ehrgeizes war die Hälfte ihres Vermögens und die Gesamtheit ihrer Mitgift verloren.

Doch Livia Drusilla hatte eigene ehrgeizige Ziele. Als Caesar ging und sich von ihr und Tiberius verabschiedete, nahm sie ihren Mut zusammen und ließ den Blick über ihn wandern. Gleichzeitig liebkoste sie ihren schwangeren Bauch und streifte dabei mit dem Handrücken unter ihren vollen Brüsten entlang.

Caesars Reaktion war nicht zu deuten; Tiberius dagegen benahm sich so auffällig und unelegant wie immer. Sobald Caesar außer Sicht war, packte er seine Frau am Arm und zerrte sie ohne viel Federlesen aus dem Amphitheater und zu der Sänfte, die sie auf der Straße erwartete.

«Du bist eine verleumderische kleine Schlampe», sagte er, als er sie in die *lectica* schubste.

«Gib mir einen Grund, anders zu sein», schoss sie zurück.

Auf dem Heimweg wechselten sie keinen Blick, doch sobald der Portikus ihres Hauses in Sicht kam, sprang Tiberius aus der kaum abgesetzten Sänfte und stürmte ins Haus.

«Schließt die Türen ab», schrie er seinen Sklaven zu. «Soll die Schlampe draußen schlafen wie alle römischen Wölfinnen.»

Livia ließ sich gegen das Polster der *lectica* sinken. Sie würde ihm nicht die Befriedigung gewähren zu erleben, wie sie an die Tür hämmerte oder um Einlass bettelte. Notfalls würde sie die ganze Nacht draußen schlafen.

Doch wie sich zeigte, war das nicht nötig.

Denn als die Nacht hereinbrach und Tiberius endlich die Tür öffnete, um seine Frau hineinzurufen, stellte er zu seiner großen Überraschung fest, dass die *lectica leer* war.

«Wo ist sie?», fragte er eine bleich gewordene Sklavin.

«Domine», die Sklavin fiel auf die Knie. «Eine Sänfte hat sie abgeholt. Es war Caesars Sänfte. Wir haben Befehl erhalten, niemandem etwas zu sagen.» Die Sklavin bereitete sich auf einen Hieb ihres Herrn vor, doch der blieb aus.

Langsam drehte Tiberius sich um und ging ins Haus. Obwohl er angesichts der Demütigung vor Wut kochte, staunte er doch über die Unverfrorenheit seiner jungen Frau. *Es stimmt, was man über Fortuna sagt*, dachte er. *Sie ist immer mit den Kühnen.*

KAPITEL IX

Aut viam inveniam aut faciam.
«Ich werde entweder einen Weg
finden oder einen schaffen.»
HANNIBAL

Rom, 39 v. Chr.
(später im selben Jahr)

Die Vestalinnen bildeten sich ein Urteil über sie. Das spürte Livia Drusilla. Sie erkannte es an der Art, wie ihre Augen von ihrem Bauch, der nach der erst wenige Tage zurückliegenden Geburt von Tiberius' Kind noch vorgewölbt war, zu ihrem safrangelben Hochzeitsschleier wanderten – den sie heute angelegt hatte, um Caesar zu heiraten.

Sie wünschte, Caesar hätte nicht darauf bestanden, die Priesterinnen zum Hochzeitsempfang in sein Heim einzuladen, aber sie hatte bereits begriffen, dass es wenige private oder öffentliche Anlässe gab, zu denen er die Vestalinnen nicht mitschleppte. Ihr war klar, dass sie einen Umgang mit ihnen finden musste.

Sie tat so, als schaute sie sich in dem Raum voller Gäste nach ihrer Schwester um, doch tatsächlich musterte sie heimlich die Priesterinnen. Sie standen in der Mitte des *triclinium*, umgeben von einigen der bedeutendsten Bürger Roms. Caesar erzählte ihnen gerade eine lustige Anekdote, fuchtelte dabei mit den Armen und schaute zur Decke hinauf.

Livia verdrehte die Augen. Wahrscheinlich war es eine Geschichte wie die über den Traum, den sein Vater nach seiner Geburt gehabt hatte, ein Sonnenstrahl sei aus Octavians Mutter hervorgebrochen, oder über den Traum eines Senators, Jupiter werde das Siegel Roms einem ganz bestimmten Mann übergeben, nur um Jahre später diesen Mann in Caesar zu erkennen.

Mein Mann gibt zu mehr Männerträumen Anlass als Helena von Troja, dachte Livia. Sie merkte, dass sie finster schaute, als eine der Vestalinnen, sie hieß Tuccia, ihren Blick auffing. Die Priesterin lächelte, rief sie aber nicht zu sich. Livia zwang sich, das Lächeln zu erwidern.

Sie sind einfach nur neidisch, sagte sie sich. *Sie sind neidisch, weil Caesar sich von seiner Frau Scribonia hat scheiden lassen, um mich zu heiraten. Sie wissen, dass sie einfach nur ein Haufen vertrockneter alter Weiblein sind, die kein Mann würde heiraten wollen.*

Das Problem war, dass sie keineswegs alt und vertrocknet aussahen. Zumindest nicht alle. Die Vestalis Maxima Fabiana und die Priesterin Nona waren so alt wie Rom selbst, doch die vier Priesterinnen, die der Hochzeit und dem Empfang beiwohnten – Pomponia, Caecilia, Lucretia und insbesondere diese Tuccia mit den bernsteinbraunen Augen –, waren für Livias Geschmack viel zu attraktiv.

Sie konnte sich noch nicht einmal über die Unfruchtbarkeit der Priesterinnen lustig machen, um sich besser zu fühlen. Livia hatte zwar zwei Kinder zur Welt gebracht, doch beide stammten von ihrem ersten Mann Tiberius und nicht von ihrem neuen Mann Caesar. Und Kinder von einem Trottel wie Tiberius zu haben, war kaum besser, als überhaupt keine Kinder zu haben.

Doch Fortuna hatte immer auf Livias Seite gestanden. Sie dachte zurück. Nicht einmal ihre Schwangerschaft hatte Caesar davon abgehalten, sie zu begehren. Octavian hatte Tiberius befohlen, sich von ihr scheiden zu lassen, und sie bis zu den letzten Tagen ihrer Schwangerschaft im Bett genommen.

Sobald das Kind ihren Leib verlassen hatte, noch bevor man ihm auch nur das Blut aus dem faltigen Gesicht gewischt hatte, hatte Caesar es wegbringen lassen, zu Tiberius und ihrem ersten Sohn, dem Quadratschädel. Erst später hatte sie erfahren, dass das Kind ein Junge war. Tiberius nannte es Drusus.

Natürlich hatte Livia dagegen keine Einwände. Die neue Ehe war ein Aufstieg. Doch es gab auch Probleme. Zunächst einmal war da die irritierende Tatsache, dass Caesars Kind von seiner Ex-Frau Scribonia unerfreulich niedlich war. Caesar bestand darauf, dass seine Tochter Julia bei ihm und Livia lebte, und er war so in das Mädchen vernarrt, als wäre sie dazu geboren, Kaiserin Roms zu werden. Und wenn er nicht mit ihr herumschäkerte, pries er seinen Neffen Marcellus in den höchsten Tönen. *Schau nur, wie er das Schwert hält! So geschickt für ein Kind.*

Livias zweites Problem war, dass sie nicht länger den geachteten Status der *univira* für sich beanspruchen konnte, der tugendhaften Frau, die nur einmal geheiratet, nie mit jemand anderem als ihrem Ehemann geschlafen und nur von ihm Kinder hatte. Als ob eine Frau in dieser Hinsicht das geringste Mitspracherecht hätte.

Über solche unsinnigen Vorstellungen von Schicklichkeit konnte Livia nur lachen. Waren Schläue und ein schönes Gesicht, insbesondere in Verbindung mit einem adligen Familiennamen, bei einer Frau nicht begehrenswerter als irgendeine künstliche Vorstellung von Tugend?

Ihre ältere Schwester Claudia, die sich inzwischen gern in herrschaftlichen Purpur kleidete, um ihren neuen Status zu betonen, schien ihre Gedanken zu lesen.

«Reiß dich zusammen, Livia», sagte sie leise, als sie näher trat. «Du bist jetzt Caesars Ehefrau. Wir befinden uns in seinem Haus, in *deinem* Haus. Dein erhabener Mann berät sich gerade mit den wichtigsten Männern Roms – den Generälen Antonius und Agrippa, den Oberhäuptern der Priesterkollegien und den hochrangigsten Senatoren und Beamten. Überlege doch nur. Noch vor wenigen Monaten hast du in einer grässlichen griechischen Villa gehockt, und unsere Familie war verraten und verkauft. Welche Ungerechtigkeiten dir damals auch immer widerfahren sind, nun hast du deine Ehre und unseren Familiennamen wieder reingewaschen.»

«Hoffen wir, dass es dabei bleibt», sagte Livia. «Caesar ist ein launischer Liebhaber, Schwester. Er mag Spiele, wird ihrer aber schnell überdrüssig.»

«Dann musst du dafür sorgen, dass die Spiele weitergehen», antwortete Claudia. «Oder zumindest als Siegerin aus ihnen hervorgehen.»

Wildes Gekläff hallte von den reich mit Fresken verzierten Wänden wider, beide Schwestern fuhren zusammen. Der kleine weiße Hund Perseus zappelte bellend in den Armen von Caesars Schwester Octavia, während die Vestalin Pomponia unangenehm berührt den Kopf zurückzog.

Octavia rief ihre neue Schwägerin heran. «Livia, komm, damit du Perseus kennenlernst. Allerdings wird die Begrüßung gleichzeitig ein Abschied sein.»

«Warum denn das, liebe Schwester?», fragte Livia betont herzlich und trat zu ihnen.

«Weil Perseus das Haus meines Bruders am selben Tag verlässt, an dem du einziehst», antwortete sie. «Er soll künftig im Haus der Vestalinnen leben. Und schau, edle Pomponia, passend zum Dienst an der Göttin trägt er bereits Weiß.» Octavia lachte über Pomponias abwehrend verzogene Lippen.

«Er wird die Oberpriesterin aufmuntern», sagte Pomponia, «und dafür bin ich dankbar. Aber wie du weißt, Octavia, wird einer Vestalin das Haar geschnitten, wenn sie in den Orden eintritt. Wir werden sehen, wie Perseus das Tempelleben gefällt, wenn er rosig bis auf die Haut ist.»

Tuccia nahm Octavia den kleinen Hund aus dem Arm. «Ach, Pomponia», sagte sie. «Wir wissen alle, dass du ein Herz wie ein Lamm hast. Bis zu den *Lupercalia* bist du so weit, dass du Perseus das Futter kleinschneidest.»

Livia lachte.

Ihre Schwägerin Octavia war die Verkörperung einer würdigen römischen Ehefrau: gut erzogen, fromm und ihrem Ehemann Marcus Antonius treu ergeben. Tatsächlich war sie bereits mit dem ersten gemeinsamen Kind schwanger. All das war keine Überraschung. Sie wusste, was ihr mächtiger Bruder von ihr wollte, und tat es.

Die Vestalin Tuccia wirkte ebenfalls so, wie man es erwarten würde. Sie schien etwa in Livias Alter zu sein und war bei weitem die hübscheste der Priesterinnen. Allerdings wirkte sie harmlos und schien nichts anderes im Sinn zu haben als den hässlichen kleinen Hund, der in ihren Armen zappelte, und Gespräche über die Wagenrennen.

Die Vestalin Pomponia war da schon interessanter.

Als Livia vor einigen Jahren Rom in Richtung Griechenland verlassen hatte, war Pomponia eine untergeordnete Vestalin gewesen, doch während ihrer Abwesenheit war die Priesterin anscheinend aufgestiegen. Von Caesar bis zu den Hausklaven schien jeder ihr mehr Ehrerbietung entgegenzubringen als den anderen.

Pomponia kraulte dem Hündchen den Kopf und wich dabei seinen Bemühungen aus, die Schnauze in ihre Handfläche zu drücken. «Entschuldigt mich bitte, meine Damen», sagte sie. «Ihr wisst ja, dass meine ehemalige Sklavin Medousa inzwischen Caesar dient. Ich möchte vor meinem Aufbruch noch mit ihr sprechen.»

Als die Vestalin gegangen war, flüsterte Claudia ihrer Schwester ins Ohr: «Mit dieser Priesterin musst du dich anfreunden. Allein durch die Nähe zu ihr wirst du einen Ruf der Tugendhaftigkeit gewinnen. Die Leute sind leicht zu beeinflussen. Wenn sie dich mit einer Vestalin sehen, vergessen sie deine Vergangenheit.»

Livia nickte und beobachtete, wie die Vestalin durchs *triclinium* ging, um mit Medousa zu sprechen. Die Sklavin begrüßte ihre ehemalige Herrin vertraulicher, als es Livia angemessen erschien.

Andererseits gab es an dieser Sklavin namens Medousa viel, was Livia nicht gefiel. Das schloss Caesars Vorliebe für sie mit ein.

«Domina, du siehst gut aus.»

«Medousa», begann Pomponia. Sie blickte besorgt auf die

Kleidung der Sklavin – die weiße Stola und den Schleier – und verzog beunruhigt die Lippen. «Warum bist du ...?»

«Alles ist gut, Priesterin.» Medousa strich mit den Fingern über den weißen Schleier, der ihren Kopf bedeckte, und sprach so leise, dass nur Pomponia sie hören konnte. «Es ist nicht so, wie es den Anschein hat. Mach dir keine Sorgen um mich. Ich habe dir als Kind einen Eid geschworen, erinnerst du dich? Dieser Eid galt auch der Göttin. Ich kann ihm treu bleiben, selbst in Caesars Haus.»

«Jetzt weiß ich, dass etwas nicht stimmt», antwortete Pomponia geradeheraus. «Es sieht dir nicht ähnlich, so opferfreudig zu sein.»

«Dann belohne mein Opfer», erwiderte Medousa, nun in einem härteren Tonfall. «Halte dich von Quintus Vedius Tacitus fern.»

«Ich habe die Göttin angefleht, mir zu vergeben», sagte Pomponia. «Er hatte mich im Griff wie ein Musikinstrument, und ich war zu sehr Frau, um der Musik Einhalt zu gebieten. Keine Angst, Medousa, ich werde nicht zulassen, dass das noch einmal geschieht.»

«Nicht ihn fürchte ich», sagte Medousa. «Hast du letzthin einmal Valeria gesehen? Unmöglich zu sagen, ob sie ein Kind austrägt oder aber das Trojanische Pferd verschluckt hat. Ihr Bauch ist riesig. Selbst zu den besten Zeiten ist sie ein Wrack, aber diese Schwangerschaft hat sie sogar noch verrückter gemacht, als sie es ohnehin ist. Meine Güte, was tut Juno dem Geist einer Frau an, wenn sie schwanger ist? Gib Valeria keinen Grund, ihre Stimme gegen dich zu erheben, Domina.»

«Ich werde nicht in Angst vor einer gewöhnlichen Frau leben, Medousa.»

«Es geht nicht um Angst», erwiderte die Sklavin. «Sondern um Vorsicht.»

«Genug, Medousa. Jetzt sag mir, wie ist das Leben unter Caesar?»

Medousa schnaubte. «Du hast den Nagel auf den Kopf getroffen. Ich lebe *unter* Caesar. Das Leben ist anders als im Tempel, aber das Essen und der Wein sind genauso gut, und er ist kein boshafter Herr.» Sie deutete mit dem Kinn auf Livia. «Es ist besser geworden, seit er mit der dort zusammen ist. Meiner ist er allmählich überdrüssig, aber sie ist noch neu.»

«Es tut mir leid, dass er dich entehrt hat, Medousa.»

«Ein Caesar kann eine Sklavin nicht entehren, Domina.» Medousa lachte, und einen Moment lang war ihr Gesicht fast so schelmisch wie früher. «Wie dem auch sei, Spes lässt mich nicht im Stich. Caesar sagt, dass ich weiterhin in deinem Besitz bleibe. Wenn deine Dienstjahre für die Göttin einmal vorüber sind, kannst du mich wieder für dich beanspruchen. Solltest du dich entscheiden, im Orden der Vestalinnen zu bleiben, kann ich in einer der Villen leben, die du auf dem Land besitzt.»

«So wird es sein.» Pomponia ergriff Medousas Hände. «Nur noch vierzehn Jahre, und dann spazieren wir gemeinsam über die grünen Wiesen Tivolis.»

Die Sklavin erwiderte den Händedruck ihrer Herrin. «Halte dich von ihm fern, Domina», wiederholte sie. «Oder wir spazieren stattdessen gemeinsam über die grünen Wiesen des Elysiums.»

KAPITEL X

Plutoni hoc nomen offero.
Diesen Namen bringe ich Pluto dar.

Rom, 39 v. Chr.
(später im selben Jahr)

Valeria spürte den vertrauten schmerzhaften Krampf tief im Bauch. Blut rann ihr an der Innenseite der Beine hinunter, doch sie hörte nicht auf. Sie packte den Griff der Peitsche fester und schlug erneut auf den Rücken der Sklavin ein.

Gut. Jetzt war sie nicht mehr die Einzige, die blutete.

Quintus betrat den Raum und biss gelassen in eine Birne. «Warum schlägst du sie? Es war nicht ihre Schuld.»

«Die Bettlaken sehen jetzt schlimmer aus als vor der Wäsche!», heulte Valeria. «Sie sind hinüber. Sie hat das Blut nicht herausbekommen!»

«Jupiter sind die Bettlaken scheißegal», gab Quintus zurück. Er wandte sich zum Gehen, doch Valeria warf die Peitsche weg und eilte ihm nach.

«Wohin gehst du?»

«Nicht, dass dich das etwas anginge, aber ich gehe zum *tabularium*.»

«Lass mich raten, mein Mann. Unterwegs kommst du am Tempel der Vesta vorbei.»

Quintus schmiss seine Birne auf den Boden, und die Sklavin mit dem blutigen Rücken kroch hinüber, um sie aufzuheben und wegzuwerfen. Er wischte sich den Mund mit dem Handrücken ab und deutete auf den mit einer Decke abgedeckten Korb in der Ecke des Zimmers.

«Sollte dieses Dings nicht weg sein, wenn ich heimkomme, werfe ich es persönlich in den Tiber. Und dich gleich mit, mögen die Götter mir helfen.»

«Ja, wirf es in den Fluss, Vater.» Die siebenjährige Tochter Quintina kam ins Zimmer, gemeinsam mit ihrer kleinen Schwester Tacita, die sie halb über die teuren Bodenfliesen trug und halb schleifte.

Valeria deutete auf Quintus. «Seht ihr, Töchter, wie wenig euer Vater sich um seine Kinder schert?» Mit zitternder Hand drohte sie ihm mit dem Finger. «Wir müssen bald einen Ehemann für euch finden, damit ihr sein Haus verlassen könnt.»

«Ich will keinen Mann», entgegnete Quintina. «Ich möchte Priesterin werden wie die Tante meiner Vorfahren, Tacita. Ich möchte das heilige Feuer behüten und bei Feiern zu Caesar nach Hause eingeladen werden.»

«Sprich mir nicht vom heiligen Feuer!» Valeria stampfte quer durchs Zimmer und spuckte in die Flamme einer Öllampe.

Quintus wandte sich an die Sklavin. «Kümmere dich um die Kinder», sagte er. «Lass meine Frau heute nicht mehr zu ihnen.»

«Ja, Domine.» Die Sklavin führte die Kinder davon.

«Du kannst mich nicht von meinen Kindern fernhalten,

Quintus. Dir ist es vielleicht gleichgültig, ob sie leben oder sterben, aber mir nicht!»

Quintus ging kopfschüttelnd weg. Nur das Krachen, mit dem die Öllampe gegen die Wand flog und zerbrach, veranlasste ihn, stehen zu bleiben und sich umzudrehen.

«Ich scheiße auf die heilige Flamme», sagte Valeria.

Gleich darauf fand sie sich auf dem Boden wieder. Ihr Kiefergelenk schmerzte, und Tränen strömten ihr aus den Augen. Sie blinzelte, um wieder klar zu sehen, und versuchte aufzustehen, doch der Raum drehte sich um sie. Sie setzte sich aufrecht und starrte hinauf zu ihrem Mann.

«Schaff dieses elende Dings heute noch weg», sagte er und deutete wütend auf den Korb. «Es ist schon seit einer Woche tot. Bald werden die Ratten es fressen.»

«Dieses *Dings* ist dein Sohn!», schrie Valeria.

Doch er hatte ihr bereits den Rücken zugekehrt und das Haus verlassen, bevor sie wieder auf den Beinen war. Sie rutschte auf Händen und Knien über den Boden zum Korb. Langsam zog sie die Decke zurück.

Das Baby war inzwischen grau, und sein Gesicht wirkte eingefallen, während Hals und Körper aufgeschwollen waren. Vom aufsteigenden Gestank wurde ihr übel. Sie berührte sein Haar und zuckte zurück, als seine weiche Kopfhaut sich unter ihren Fingern ablöste. Sie durfte nicht länger warten. Sie musste ihren Sohn zu Pluto schicken.

Sanft legte sie die Decke auf seinen kleinen Körper und schlug die Ecken an den Seiten des Korbs ein. Sie blickte auf die zerbrochene Öllampe, die am Boden lag.

All das war die Schuld von Priesterin Pomponia. Valeria war sich sicher. Die Priesterin hatte ihr Kind verflucht. Sie hatte

Vesta angefleht, Valerias Heim zu zerstören, weil sie sich vor Begierde nach Quintus verzehrte.

Pomponia hatte mit Sicherheit der Göttin geopfert, und Vesta hatte deshalb dafür gesorgt, dass das Kind, der Sohn, den Quintus sich so verzweifelt wünschte, zu lang in Valerias Leib blieb. Als das Kind nicht zur richtigen Zeit kam, war Quintus misstrauisch geworden. Er behauptete, es sei nicht von ihm.

Außerdem gab er Valeria die Schuld an dem Tod. Die Hebamme hatte ihm gesagt, zu viel Wein habe das Kind geschwächt, und der Narr glaubte ihr. Valeria versuchte, ihm klarzumachen, dass Pomponia die Schuldige war – dass sie ihren gemeinsamen Sohn durch schwarze Magie getötet hatte! –, doch seine einzige Antwort war gewesen, ihr erneut ein blaues Auge zu verpassen.

Wie pervers und lüstern er nach der Priesterin schmachtete! Das hielt seinen Verstand gefangen. Etwas musste geschehen.

Sie blickte sich im Zimmer um. Die Sklavin, jene eine, mit der Quintus, wie sie wusste, regelmäßig ins Bett ging und der er befohlen hatte, ihr nachzuspionieren, befand sich mit den Kindern anderswo im Haus.

Rasch hüllte sie sich in ihre Palla, lud sich den Korb auf die Arme und schlüpfte ungesehen aus dem Haus. Quintus war zu Fuß zum Forum aufgebrochen. Es würde leicht sein, ihm zu folgen.

Nun ja, an einem normalen Tag wäre es leicht gewesen. Heute jedoch zog ihr Unterleib sich von Krämpfen zusammen, und das getrocknete Blut an den Innenseiten ihrer Schenkel ziepte an ihrer Haut, als sie Quintus über die gepflasterten Straßen folgte.

Valeria schlüpfte in Portiken, um nicht gesehen zu werden.

Sie versteckte sich hinter Säulen und dicken Bäumen, die vor den schönen Villen die Straße säumten, und als sie ihm noch weiter folgte, verbarg sie sich hinter der Wäsche, die von den Fenstern der *insulae* herabhing. Die gesamte Zeit über hielt sie den Korb fest in den Armen. Von einem Krampf erfasst, biss sie die Zähne zusammen, verharrte einen Moment, bis der Schmerz nachließ, schöpfte Atem und eilte ihm dann weiter nach.

Allerdings war sie verwirrt. Anscheinend ging Quintus gar nicht zum Forum Romanum. Das bedeutete, dass er auch nicht den Tempel der Vesta zum Ziel hatte. Vielleicht traf er seine Geliebte an einem anderen Ort. Geheim, womöglich in einem Bordell oder einer Mietwohnung. Viele Männer der Oberschicht unterhielten an solchen Orten unerlaubte Affären.

Schließlich folgte sie ihm durch die neueren Straßen des Forums des Julius Caesar, jenes kleineren Forums, dessen Bau der Diktator einige Jahre vor seiner Ermordung in Angriff genommen hatte. Der jetzige Caesar nahm Verbesserungen vor, und an verschiedenen Stellen waren neue Projekte im Bau.

Quintus schlängelte sich unter Gerüsten durch, wich einem herabfallenden Hammer aus und setzte seine Schritte vorsichtig, um nicht in die Nägel zu treten, die in der Nähe der Bauarbeiten herumlagen.

Ein neuer Krampf erfasste sie. Mit zusammengebissenen Zähnen humpelte Valeria in sicherem Abstand hinter Quintus her, bis ihr Mann vor den hohen Stufen des Tempels der Venus Genetrix stehen blieb.

Nachdenklich blickte er auf die Statuen, die zu beiden Seiten des Tempeleingangs standen. Eine zeigte Venus, wie sie ein Kind segnete. Die andere stellte Julius Caesar dar.

Valerias Herz schlug schneller. Venus Genetrix, die Göttin der Mutterschaft und der Häuslichkeit: Quintus war dort, um für die Gesundheit seiner Frau und die Seele seines Sohnes zu beten.

Doch statt die Stufen hinaufzusteigen und den Tempel zu betreten, ging Quintus in eine Seitenstraße, in der an der Marmorwand des imposanten Tempels verschiedene Venus geweihte Altäre errichtet worden waren.

Vor einem von ihnen blieb er stehen. Valeria versteckte sich hinter einem schlampig errichteten Baugerüst, an dem Arbeiter ihre staubigen Mäntel aufgehängt hatten. Sie war Quintus wahrscheinlich näher, als klug war, aber sie musste sehen, was er tat. Sie musste hören, was er sagte.

Der Altar bestand aus zwei Marmorsockeln, die einen mächtigen, aus Holz gehauenen Block trugen. Oben war er mit Goldintarsien geschmückt. An den Sockeln hingen Bündel von getrockneter Myrte und Rosen. Als Opfer für die Göttin war an der Wand vor dem Heiligtum ein ausgestopfter Schwan befestigt worden. Der Präparator hatte die Augen des Tiers durch blaue Perlen ersetzt, um Venus' Geburt aus dem Meer zu symbolisieren. Mehrere große Kammmuscheln lagen schmückend auf dem Altar, und in jeder brannte eine hohe Kerze.

Ein Mann in einer weißen Tunika, über der er einen blauen Mantel trug, verbeugte sich tief vor Quintus, als der sich dem Altar näherte. Sie wechselten ein paar Worte, und dann reichte Quintus dem Mann einige Münzen.

Quintus kniete sich vor dem Altar nieder, legte die Hände darauf und blickte in die meerblauen Augen des ausgestopften Schwans.

«*Venus Dea*», sagte er. «Du hattest bisher keine Gelegenheit, mich kennenzulernen, aber ich bin Quintus Vedius Tacitus, ehemaliger loyaler Soldat deines Abkömmlings Julius Caesar und Priester des mächtigen Vaters Mars. Höre mich an, Göttin. Ich bringe dir dieses schöne Opfer dar, im Austausch für das Herz der Priesterin Pomponia.»

Quintus nahm einen Dolch, der auf dem Altar lag. Gleichzeitig griff der Mann im blauen Mantel in einen auf dem Boden stehenden Käfig und holte eine gut genährte, weiße Taube heraus. Den Kopf aus Respekt vor dem Ritual feierlich gesenkt, reichte er die Taube Quintus.

«Venus, ich bringe dir dieses Opfer dar, damit Pomponias Zuneigung zu mir wie Glut im heiligen Feuer weiterbrennt, bis wir zusammen sein können.»

Quintus zog in einer einzigen Bewegung die Klinge über die Kehle der Taube, und ihr winziger Kopf sackte auf seine Finger. Ihr Blut rann an seinem Arm herab und bildete einen kleinen, roten Tümpel auf dem Straßenpflaster.

Valeria hielt sich an dem Gerüst fest. In all den Jahren ihrer Ehe mit Quintus hatte sie ihn nie so demütig gesehen. Sie hatte nie erlebt, dass er sich weich zeigte, und gewiss hatte sie niemals so etwas wie Liebe von ihm erfahren. Nicht sie. Sie warf einen letzten Blick auf ihn – er hatte den Kopf zum Gebet gesenkt, und Blut rann ihm am Arm hinunter –, dann wandte sie sich ab und ging.

Auch als die gepflasterten Straßen des Forum Julius in das Forum Romanum übergingen, lief sie noch weiter. Von allen Emotionen entblößt, aber äußerst zielgerichtet, setzte sie einen Fuß vor den anderen, bis sie zum Heiligtum des Pluto gelangte, des Gottes der Unterwelt.

Eine magere Frau, deren Wangen mit Blut bemalt waren und die eine schwarze Palla um die Schultern gelegt hatte, betrachtete Valeria und den Korb.

«Domina», rief sie. «Komm.»

Valeria folgte der Frau gehorsam zu einer aus Holz errichteten Ladenzeile in der Nähe des Heiligtums und betrat mit ihr ein Geschäft, das mit purpurrotem und schwarzem Tuch verhängt war.

Sie befand sich nun in einem Raum, der das Tageslicht nicht hereinließ. Er war mit Öllampen schwach erhellt und roch stark nach Weihrauch. Wortlos nahm die magere Frau Valeria den Korb aus den Armen und stellte ihn auf den Tisch.

Sie hob die Decke hoch und betrachtete das Baby darunter ohne erkennbare Reaktion – sie war es gewohnt, tote Babys zu sehen.

Valeria griff in den Korb und brachte einen kleinen Beutel mit Münzen zum Vorschein, den sie unter der Decke verborgen hatte. Sie drückte der Frau ein paar Bronzestücke in die Hand und legte dem Baby eine glänzende Goldmünze – einen Aureus – in den zahnlosen Mund, um den Fährmann für die Überfahrt zum Hades zu bezahlen.

«Es wird nicht lange dauern, Domina», sagte die magere Frau, die das tote Baby sanft aus dem Korb nahm. «Und natürlich wird alles mit größter Ehrerbietung durchgeführt.»

Sie trug das Baby weg. Als sie sicher hinter einem schwarzen Vorhang verschwunden war, nahm sie ihm die Goldmünze aus dem Mund und ersetzte sie durch eine bronzene. Für einen so kleinen Fahrgast verlangte Charon gewiss nicht so viel.

Mit einem Gefühl, gleich aus diesem Albtraum zu erwachen, setzte Valeria sich auf einen Stuhl. Sie wartete auf die

Asche des Kindes. Den Blick auf die Flamme einer Öllampe gerichtet, wanderten ihre Gedanken zu Quintus Vedius Tacitus zurück.

Sie war ihm noch als Jugendliche zur Braut gegeben worden. Er hatte Monate gewartet, bis er zum ersten Mal mit ihr schlief. Selbst danach hatte er seine Sklavinnen seiner Ehefrau vorgezogen, was sie nie verstanden hatte. Alle sagten, sie sei die schönste Frau, die seit Generationen in ihrer Familie geboren worden sei. Sie hatte ihre Pflichten als Ehefrau hingebungsvoll und sorgfältig erfüllt. Sie hatte ihm zwei gesunde Töchter geschenkt. Doch wenn sie es wagte, ihn zu fragen, warum er weder für seine Frau noch seine Töchter Liebe empfand, erfolgte seine Antwort in Form von Fausthieben.

Doch nun war alles klar. Schon bevor Quintus und sie selbst auch nur geheiratet hatten, hatte seine auf die Vestalin gerichtete Liebesbesessenheit Besitz von ihm ergriffen. Das war schon damals geschehen, als er und die Priesterin noch Kinder waren. In der Zeit, in der sie in Roms Marmortempeln lernten, ihre heiligen, Mars und Vesta geweihten Aufgaben zu verrichten, hatte er sich in sie verliebt.

Doch besser als jeder andere wusste Quintus, dass diese Liebe sich unmöglich verwirklichen ließ. Die Priesterin war für dreißig Jahre an den Vestalinnenorden und ein Leben in Keuschheit gebunden. Sie konnten niemals ein gemeinsames Leben führen. Und doch, wann immer er sie sah, flackerte ein Phantasiebild dieses Lebens vor seinen Augen auf.

Diesen Wettkampf konnte Valeria unmöglich gewinnen. Wie könnte die Wirklichkeit seiner allzu vertrauten Ehefrau, deren Körper er nehmen oder verschmähen konnte, wie es ihm beliebte, es mit dem Phantasiebild einer Frau aufnehmen, die er niemals auf diese Weise kennenlernen konnte? Es war ungerecht.

Es war auch nicht gerecht, dass sein erster Gedanke in Zeiten von Gefahr oder öffentlichem Zwist der Priesterin galt. Es war nicht gerecht, dass er davoneilte, um sie zu beschützen, ohne sich um seine Frau und seine Kinder zu scheren, die auf der Straße auf Gnade oder Ungnade einem Mob ausgeliefert waren oder zu Hause von einer Meute bedroht wurden, die durch die Tür ins Haus stürmen könnte.

Vor Erbitterung schnürte es Valeria die Brust zusammen. Wie sie sich danach sehnte, Priesterin Pomponia die Leiter in die schwarze Grube auf dem Feld des Frevels hinuntersteigen zu sehen. Wie sie sich danach sehnte, dass ihr Mann auf dem Forum ausgepeitscht würde, zur Strafe nicht nur für sein Sakrileg, sondern auch für die Jahre der Grausamkeit und Gleichgültigkeit, die er ihr angetan hatte.

Ihre Brust schmerzte vor anschwellendem Zorn. Sie konnte die Priesterin nicht beschuldigen, ihr Gelübde gegenüber der Göttin gebrochen zu haben. Es gab keinen Beweis dafür, dass die Vestalin und Quintus sich vereinigt hatten – tatsächlich bezweifelte Valeria das –, und die Priesterin hatte mächtige Freunde. Caesar selbst hatte einen Narren an ihr gefressen. Außerdem hielt man Valeria wegen ihres Wutanfalls bei Octavias Hochzeitsempfang in Rom ohnehin schon für verrückt.

Und obgleich sie es nicht gern zugab, wünschte sie sich nicht Quintus' Tod. Sie wollte einfach nur, dass er sie als seine Ehefrau liebte und seine Kinder als Segen betrachtete und nicht als Bürde.

So stand ihr nur ein einziger Weg offen.

«Bring mir ein Bleiblech und einen Griffel», sagte sie zu dem vielleicht zehn- oder elfjährigen Jungen, der sich mit ihr in dem Raum aufhielt. Er legte rasch beide Dinge in eine Schale und stellte diese vor die verzweifelte Frau. Ihre Bitte war nichts Ungewöhnliches. Wen es zum Heiligtum des Pluto zog, hatte oft Grund, eine Fluchtafel zu benutzen.

Valeria strich das dünne Bleiblech glatt und nahm den Griffel. Sie drückte die Spitze in das weiche Metall und zog einen Kreis mit senkrechten Linien darauf – eine grobe Darstellung des runden Tempels der Vesta mit den ihn umschließenden Säulen. Dann schrieb sie ihren Fluch darunter.

«Ich rufe den schwarzen, von Schatten verfinsterten Pluto an», flüsterte sie. «Ich rufe die dunkle und verborgene Proserpina an. *Plutoni hoc nomen offero: Virgo Vestalis* Pomponia, das weiß verschleierte Scheusal. Ich verfluche ihr Essen, ihr Trinken, ihre Gedanken und ihre Jungfräulichkeit.»

Valeria zeichnete einen Feuerstrudel in die Mitte des Kreises und zog den Griffel so über das Blech, dass um sich greifende Wirbel entstanden wie Flammen, die den gesamten Tempel umfingen. «Ich verfluche ihre Wache über das heilige Feuer und ihren Dienst an der Göttin. Ich scheide die Braut von Rom und gebe sie Pluto zur Frau.»

Lautlos tauchte die magere Frau wieder auf und stellte eine Terrakotta-Urne neben die Fluchtafel auf den Tisch. Valeria nahm den Deckel ab, tauchte ihre Finger hinein und schaufelte ein feuchtes Häuflein grauer Asche heraus. Die Asche ihres Sohnes. Die schmierte sie auf die Bleitafel und rollte diese dann wie eine Schriftrolle zusammen.

Mit einem kleinen Hammer klopfte der Junge einen Nagel in die Rolle, um den Fluch zu versiegeln.

Valeria stand auf. Sie hielt die Urne in der einen Hand und umklammerte die Bleirolle mit der anderen.

«Du kannst mit der Fluchtafel tun, was dir beliebt», sagte die Frau. «Aber ich empfehle dir, sie wenn möglich in den Lacus Curtius zu werfen oder im heiligen Hain Plutos zu vergraben oder beim Tempel der Ceres. Dann kommt sie den dunklen Göttern schneller vor Augen.»

«*Gratias tibi ago*», sagte Valeria, «aber ich weiß genau, wo ich sie vergraben werde.»

KAPITEL XI

Vestalis Maxima

Rom, 38–37 v. Chr.
(ein Jahr später)

«*Salvete*, Caesar und edle Octavia.» Pomponia hieß Octavian und seine Schwester im Hof des Hauses der Vestalinnen willkommen. «Man hatte mir nicht mitgeteilt, dass ihr uns mit eurem Besuch beehrt. Ich lasse etwas Zitronenwasser bringen.»

«Es ist bereits unterwegs», sagte Fabiana, die aus dem Peristyl trat. «Danke für euer Kommen.» Sie deutete auf die Polsterbänke neben einem der Becken. «Setzt euch doch.»

Als die beiden ihrer Bitte nachkamen, ließ Fabiana sich neben Pomponia nieder. Sie legte der jüngeren Vestalin die Hand aufs Knie. «Pomponia Occia», sagte sie unter Verwendung des vollständigen Namens der Vestalin, um die Bedeutung dessen zu unterstreichen, was sie gleich sagen würde. «In Gegenwart Caesars wirst du mich ausreden lassen und nicht unterbrechen.»

Pomponia war überrascht. «Natürlich, Fabiana.»

«Ich bin dreiundachtzig Jahre alt», sagte die Oberpriesterin, «und ich habe Vesta in dieser Zeit siebenundsiebzig Jahre gedient.»

«Nein», Pomponia stand auf. «Das ist nicht richtig.» Sie riss sich zusammen – Fabiana kannte sie zu gut – und setzte sich wieder.

Doch statt sie zu tadeln, nahm Fabianas Stimme einen nachsichtigen Tonfall an. «Die Zeit ist gekommen, Pomponia. Die Göttin möchte, dass ich mich ausruhe.»

«Es ist nicht richtig, dass eine Vestalis Maxima ...»

«Es gibt in den Archiven Beispiele dafür, dass schon andere oberste Vestalinnen von ihrem Amt zurückgetreten sind», sagte Fabiana. «Das weißt du. Ich bleibe im Orden aktiv, aber du wirst ihn leiten.» Sie ergriff Pomponias Hände. «Das ist keine geringe Pflicht. Der Vestalinnenorden darf nicht von einer schwachen und gebrechlichen Priesterin geleitet werden. Er braucht – und *verdient* – eine starke und energische Vestalis Maxima. Wie das heilige Feuer neu entfacht wird, so muss auch die Flamme unseres Ordens neu entfacht werden.»

Pomponia runzelte die Stirn. «Ich bin zu jung. Priesterin Nona ist die Nächste in der ...»

«Priesterin Nona würde lieber ihre Hände in einen Topf mit kochendem Öl stecken, als Vestalis Maxima zu werden. Öffentliche Gebete und Zurschaustellungen hat sie nie gemocht. Wenn sie könnte, würde sie wahrscheinlich den Tempel schließen und zu den Tagen zurückkehren, als Vesta nur im eigenen Heim verehrt wurde. Nona unterstützt meine Entscheidung und wird dir eine unschätzbare Hilfe sein. Priesterin Arruntia wäre die Nächste in der Reihe gewesen, aber leider ist Charons Boot für sie zu früh gekommen. Ich habe vertraulich mit Caesar und dem Pontifex Maximus gesprochen. Und ebenfalls mit Tuccia, Caecilia und Lucretia. Wir sind alle derselben Meinung. Seit Jahren versiehst du *de facto* den Dienst als oberste

Vestalin, bist stets gewissenhaft und würdevoll. Deine Schwestern hier und die Priester der anderen Kollegien respektieren dich. Das Volk liebt dich, und der Senat vertraut dir. Die Wahl fällt auf dich. Mehr ist dazu nicht zu sagen.»

Pomponia öffnete den Mund, wollte erneut Widerspruch einlegen, doch Octavian räusperte sich und sah die ältere Vestalin an.

«Wir alle schulden dir Dank für ein Leben im Dienst am Tempel und an Rom», sagte er zu Fabiana. «Du hast die heilige Flamme über viele Jahre erhalten und geholfen, den Pax Deorum zu wahren, aber zusätzlich hast du mit Witz und Schlagfertigkeit das Volk aufgemuntert. Ich verstehe, warum du meinem vergöttlichten Vater so sehr am Herzen lagst. Tatsächlich», Octavian legte den Kopf schief, «hättest du Julius Caesar nicht vor all diesen Jahren Zuflucht geboten, wäre er vielleicht als unbedeutender Soldat gestorben, statt zum Gott erhoben zu werden. Und ich würde mich vielleicht immer noch um das Amt eines *quaestor* bemühen, statt Caesar zu sein.»

«Unsinn», sagte Fabiana. «Ein entschlossener Mann findet immer seinen Weg. Aber ich danke dir für deine freundlichen Worte. Es war ein gutes Leben, und ich habe es als Privileg empfunden, Rom zu dienen. Wenn ihr mich jetzt entschuldigt, ziehe ich mich in den Schatten zurück.» Sie drückte Pomponias Knie. «Siehst du? Schon jetzt habe ich gelernt, meine Pflichten zu umgehen. Ich muss noch einige Briefe lesen, die heute Morgen für mich eingetroffen sind. Meine Großnichte hat erneut geheiratet – zum vierten Mal, *Mea Dea!* –, und sie bittet mich entweder um Rat oder um Geld. Ich ahne, welches von beidem.»

Als Fabiana sich zum Gehen erhob, erschien eine Sklavin

mit einem Tablett, auf dem Becher mit Zitronenwasser standen. «Es wird allmählich Zeit», tadelte Fabiana sie, nahm sich einen Becher und ging davon.

Octavia zog die Augenbrauen hoch. «Oberpriesterin Pomponia, du siehst aus, als hättest du unter deinem Bett einen Basilisken entdeckt.»

«So fühle ich mich auch», antwortete Pomponia. «So alt ist sie doch gar nicht, oder?»

«Priesterin Fabiana wird noch viele Jahre bei uns bleiben», versicherte ihr Octavia.

Octavian leerte einen Becher kühles Wasser und stellte ihn auf das Tablett zurück. «Diese Frau würde Charon mit seinem eigenen Ruder verprügeln, wenn er sie holen käme. Alles läuft richtig, Priesterin. Schon am Tag unserer ersten Begegnung wusste ich, dass du meine Vestalis Maxima werden würdest.»

Seine Vestalis Maxima, dachte Pomponia. *Nicht die Roms.*

Es war ein vielsagender Versprecher, aber Octavian korrigierte sich nicht. Er streckte die Hand aus, und ein Sklave legte eine Schriftrolle hinein. «Hier ist deine erste offizielle Aufgabe als Leiterin des Ordens. Eine Liste von zwanzig Mädchen, die meiner Meinung nach Potenzial besitzen.»

«Ah, wir sind einer Meinung.» Pomponia freute sich, dieser Aufgabe ihre volle Aufmerksamkeit widmen zu können. «Ich habe darüber nachgedacht, dass wir mindestens eine weitere Novizin brauchen.»

«Ich habe die Namen aus den besten Familien Roms berücksichtigt», fuhr Octavian fort, «und ich habe mir die Mädchen persönlich angeschaut. Sie alle haben einen lebhaften Geist und keine körperlichen Gebrechen.» Er überreichte Pomponia die Schriftrolle.

«Ich werde mich mit allen Mädchen und ihren Familien unterhalten», sagte sie. «Bis zu den Kalenden kannst du mit meiner Empfehlung für den Pontifex und den Senat rechnen.»

«Sehr gut», antwortete Octavian.

«Bruder», sagte Octavia. «Wenn ihr mit den Tempelangelegenheiten fertig seid, würde ich meinen Besuch gern noch ein wenig ausdehnen. Ich lasse mich danach in einer Sänfte der Vestalinnen nach Hause tragen.»

«Wie du wünschst, Schwester.» Er wandte sich wieder Pomponia zu. «Du und die anderen Oberpriester, ihr werdet mich morgen früh zum Senat begleiten, wo ich deinen Aufstieg offiziell verkünden werde. Im Anschluss wird die Nachricht an die Tür des Senats geschlagen, und der öffentliche Verkünder wird sie von den *rostra* rufen.» Er machte Anstalten zu gehen, fügte aber noch in einem etwas persönlicheren Tonfall hinzu: «Es ist wohlverdient, Priesterin.»

«Danke, Caesar.»

Kaum hatte er den Innenhof verlassen, brach seine Schwester in Tränen aus.

«Ach, edle Pomponia», weinte sie. «Deine Ernennung ist nicht das Einzige, was der Verkünder von den *rostra* rufen wird.»

«Was noch? Was ist los?»

Octavia seufzte und wischte sich die Augen. «Du weißt, dass Antonius schon seit einiger Zeit wieder in Ägypten weilt. Mein Bruder hat ihn dorthin zurückgeschickt, um die Provinz zu verwalten.»

«Ja, das weiß ich.»

«Er hatte mir versprochen, von Kleopatra zu lassen. Aber es hat nichts gebracht, und nun hat er sogar die Kinder anerkannt, die sie ihm geboren hat. Zwillinge!» Ein Schluchzen löste sich aus ihrer Kehle. «Einen Jungen und ein Mädchen. Alexander Helios und Kleopatra Selene. Die Namen bedeuten *Sonne* und *Mond.*» Sie krallte die Finger um das Glas Wasser in ihren Händen. «Ist das nicht süß?»

«Süß wie Gift, Octavia. Was wird Caesar unternehmen?»

«Gar nichts. Im Moment gibt es nichts, was er tun könnte.» Octavia gewann ihre Fassung zurück. «Antonius hat sich mir gegenüber als untreuer Ehemann erwiesen, aber vorläufig steht er zu seiner Übereinkunft mit Caesar. Steuern und Getreide treffen ein. Nicht immer pünktlich, aber immerhin werden sie geliefert. Das ist Caesars Hauptsorge. Antonius' Untreue ist kaum von Bedeutung, auch wenn sie für mich demütigend ist.»

«Das römische Volk wird dich wegen Antonius' Herumtreiberei nicht geringer achten», sagte Pomponia. «Die Leute lieben dich. Antonius wird als Einziger in ihrem Ansehen sinken.»

«Das hat mein Bruder ebenfalls gesagt. Wenn ich ehrlich sein soll, glaube ich, dass die Nachricht ihm sogar gefällt. Je schlechter Antonius in den Augen des Volks und des Senats dasteht, desto höher wird man ihn selbst schätzen.»

«Er ist ein Politiker und ein Caesar. Das ist also zu erwarten.» Die Vestalin rieb liebevoll die Schulter ihrer Freundin. «Aber du darfst niemals an seiner Liebe für dich zweifeln.»

Octavia faltete die Hände im Schoß. Pomponia fiel etwas auf – in den letzten Monaten hatte sie Octavia kaum je anders bekleidet gesehen als mit einer bescheidenen weißen Stola und wenig Schmuck – eine seltsam zurückhaltende Wahl für eine Frau, die mehr Gold als Midas besaß. Vielleicht, so Pomponias Gedanke, konnte Caesars Schwester ihre Kleidung genauso wenig auswählen wie ihren Ehemann.

«Kommt nicht in Frage, dass ich an deinem großen Tag

noch mehr Tränen vergieße», sagte Octavia. Sie stieß ihre Schulter leicht gegen Pomponias. «Schauen wir uns doch einmal die Namen auf der Liste an. Wer wird Roms nächste vestalische Novizin?»

Pomponia entrollte die Liste und versuchte, sich nichts anmerken zu lassen, als ihr Auge auf den ersten Namen fiel: Quintina Vedia: Quintus' älteste Tochter. Sie war inzwischen acht Jahre alt und stammte aus einer adligen Familie – Pomponia hätte nicht überrascht sein sollen.

Octavia spähte der Vestalin über die Schulter, um die Schriftrolle zu lesen. «Ach, die kleine Quintina», sagte sie sinnierend. «Ich habe sie schon gesehen. Eine gute Kandidatin, das ist sicher. Ihr Vater hat einen beachtlichen politischen und religiösen Hintergrund, und in ihrer Familie haben schon andere Frauen der Göttin gedient.»

«Ja.» Pomponia hatte einen trockenen Mund und trank einen Schluck Wasser. «Sie stammt von einer Seitenlinie der Vestalin Tacita ab.» Sie grinste. «Tacita hat vor langer Zeit einen Gallier mit einem eisernen Schürhaken erschlagen, als er in den Tempel eindrang, um das heilige Feuer zu löschen.»

«Diese Geschichte habe ich viele Male gehört.» Octavia lächelte. «Eine wahre Vestalin und eine echte Römerin. In diesem Mädchen fließt gutes Blut.»

«Ich weiß», sagte Pomponia, deren Stimme rauer als beabsichtigt klang. «Ich werde wohl mit ihr sprechen müssen.»

Eine Tempelsklavin begleitete Quintus und seine aufgeregte Tochter Quintina durch das Haus der Vestalinnen in die Schreibstube der Vestalis Maxima.

Fest an die Hand des Vaters geklammert, nahm das Mädchen die sie hier umgebende Schönheit in sich auf: an den Wänden bunte Fresken mit Szenen aus der Natur, komplizierte Mosaiken auf dem Boden, Kolonnaden mit ionischen und korinthischen Säulen, die mit Blumengirlanden umwunden waren, Goldornamente, bemalte Statuen und schwere Vorhänge aus rotem, grünem und gelbem Stoff. In der Luft hing der Duft von Weihrauch und frischem Grün. Und das Plätschern von Brunnen brach sich an den Marmorwänden.

Die neue Oberpriesterin saß an ihrem langen Schreibtisch, um sich herum mit Fresken bedeckte Wände, die sämtliche Götter und Göttinnen des römischen Pantheons vor blauem Hintergrund zeigten. Sie hatte den Kopf gesenkt und war damit beschäftigt, etwas auf einer Schriftrolle zu notieren, während sie mit der anderen Hand eine lose Haarsträhne hinters Ohr zurückstrich.

«Domina», sagte die Sklavin. «Quintus Vedius Tacitus und seine Tochter Quintina sind da.»

Pomponia stand auf. Sie sah, wie Quintus' Blick über ihren Körper wanderte, und ihr kam der Gedanke, dass er sie selten anders als mit einer Stola bekleidet und in förmlicher Aufmachung erblickte. Wenn sie miteinander zu tun hatten, dann fast immer bei religiösen Zeremonien oder mehr oder weniger offiziellen Feiern. Heute war ein förmlicher Aufzug dagegen nicht erforderlich, und sie trug eine lässige, lange, weiße ärmellose Tunika, die unter ihren Brüsten mit einem goldenen Bindegürtel zusammengefasst war. Ihr Haar war zu einem Knoten hochgesteckt, ihr Kopf nicht von einem Schleier bedeckt.

«*Salve*, Quintus», sagte sie so schlicht wie möglich und lächelte dann seine Tochter an. «Ich freue mich, dich kennenzulernen, Quintina. Ich heiße Pomponia.»

Das Mädchen verneigte sich tief. «Oberpriesterin Pomponia», sagte sie. «Ich würde gern dem Orden der Vestalinnen beitreten. Dieses Haus hier finde ich wunderschön.»

Quintus riss scharf an ihrem Arm. «Was hatte ich dir gesagt? Antworte nur, wenn du gefragt wirst.»

Pomponia trat hinter ihrem Schreibtisch hervor und nahm Quintinas Hand aus der ihres Vaters. Sie sah die Ähnlichkeit: das schwarze Haar, die dunklen Augen und die ausgeprägten Gesichtszüge, die für ein so hübsches Kind fast zu erwachsen wirkten. «Sprich so frei heraus, wie es dir gefällt», sagte sie zu dem Mädchen, das nun die Augen noch weiter aufriss. Sie schien noch nie erlebt zu haben, dass jemand sich den Wünschen ihres Vaters widersetzte, geschweige denn eine Frau. Noch bestürzender war wohl, dass ihr Vater vor der Provokation zurückwich.

«Ich zeige dir, was mir in diesem Haus besonders gut gefällt», sagte Pomponia zu Quintina. Sie sah Quintus an. «Du kannst hierbleiben oder uns begleiten. Entscheide selbst.»

«Ich komme mit.»

Pomponia führte sie durchs Haus, entlang des Peristyls in den Innenhof und von dort zu einem der Becken. Es war von weißen Rosenbüschen eingefasst, und in seiner Mitte stand eine Marmorstatue der Vesta, die aus einer Schale Flammen ins Wasser schüttete. Mehrere blaue Vögel nutzten am Rand des Beckens das Wasser, um ihr Gefieder zu putzen.

Es war dieselbe Szene, die in dem Fresko an Caesars Wand dargestellt war, jenem Fresko, das Pomponia in der abgelegenen Nische bewundert hatte, bevor Quintus ihren Arm ergriffen, sie geküsst und von Liebe gesprochen hatte. Das war jetzt beinahe zwei Jahre her.

«Das ist eine hübsche Statue der Vesta», sagte Quintina.

«Wenn einem so etwas gefällt», erwiderte Quintus.

«Ja, es gefällt mir, Vater.» Eine winzige Andeutung von Aufmüpfigkeit.

Pomponia unterdrückte ein Lächeln. In dem Mädchen glomm noch ein Funke ihrer legendären Ur-Tante. Zweifellos hatte sie auch etwas vom starken Willen ihres Vaters geerbt, doch mit der richtigen Ausbildung konnte sich das als positiv erweisen. Was war jedoch mit ihrer Mutter?

Einen Moment lang überlegte Pomponia, wie Valeria wohl damit fertigwerden würde, dass ihre Tochter dem Vestalinnenorden beitreten würde. Andererseits spielte das eigentlich keine Rolle.

Die *patria potestas* verlieh römischen Vätern absolute Gewalt über ihre Kinder. Wenn ein Mädchen oder eine Frau heiratete, ging diese Gewalt auf den Ehemann über.

Es gab natürlich Ausnahmen, Fälle, in denen römische Frauen rechtliche und finanzielle Unabhängigkeit genossen. Die Vestalinnen waren eine dieser Ausnahmen.

Sollte Quintina zum Dienst an der Göttin und im Tempel ausgewählt werden, würde Quintus seine Gewalt über sie verlieren. Sollte sie sich nach ihren Dienstjahren zu einer Heirat entschließen, würde sie ihre rechtliche Unabhängigkeit und ihren Wohlstand behalten. Die Vorstellung, von einem Ehemann beherrscht zu werden, würde Quintina dann ebenso fernliegen und mit ebensolchem Abscheu erfüllen wie Pomponia.

«Es gibt hier etwas, was dich vielleicht sogar noch mehr interessiert», sagte Pomponia zu Quintina. «Komm.»

Die Vestalin führte Quintina und ihren Vater in den hinteren Bereich des Innenhofs. Dort, im Schatten des Peristyls, hieben gerade staubbedeckte Bildhauer die lebensgroße Statue einer Priesterin aus einem großen Marmorblock. Meißel, Hämmer, Bohrer sowie verschiedene Schaber und Schleifsteine lagen um die Bildhauer verstreut, die kopfschüttelnd über etwas diskutierten, was sie als Unvollkommenheit an ihrem Werk empfanden.

Der leitende Bildhauer bemerkte die kleine Gruppe. «Priesterin», sagte er. «Wir arbeiten sorgfältig. Du wirst mit dem Werk zufrieden sein.» Er wischte sich Staub aus den Augen.

«Das weiß ich, Agessander», antwortete Pomponia leichthin. «Priesterin Fabiana stiftet mich immer dazu an, mich nachts mit ihr in den Hof zu schleichen und eure Fortschritte bei Fackelschein zu verfolgen. Macht weiter.»

Der Bildhauer lachte und wandte sich wieder dem Marmorblock zu. Zwar war Caesar der Auftraggeber für die neuen Statuen, doch Priesterin Fabiana hatte darauf bestanden, dass die Arbeiten im Hof ausgeführt wurden und nicht in der Bildhauerwerkstatt. Pomponia wusste warum. Fabiana wollte dabei sein, wenn die Gesichter der Priesterinnen, die sie gekannt hatte, die Gesichter ihrer Schwestern, wieder zum Leben erwachten.

Sie gingen weiter. Vor einer Vestalinnenstatue blieb Pomponia stehen. Die tiefbraunen Augen der Figur sahen so lebendig aus, als würden sie gleich blinzeln. Um ihren Hals hing eine Goldkette. «Das ist die Priesterin Tacita», sagte Pomponia zu Quintina. «Die Tante deiner Vorfahren.»

Im Gesicht des Mädchens zeichneten sich so starke Emotionen ab, dass Pomponia meinte, sie selbst fühlen zu können. Ohne um Erlaubnis zu bitten, pflückte Quintina eine Blume aus dem Garten und legte sie der Statue zu Füßen.

Die Unverfrorenheit seiner Tochter verärgerte Quintus. All die Jahre hatte er sein Bestes gegeben, das anmaßende Wesen des Kindes zu unterdrücken, doch nun schien die Priesterin es zu ermutigen.

«Kennst du die Geschichte von Tacita und dem Gallier?», fragte Pomponia.

«Oh ja», antwortete Quintina stolz. «Vater sagt, das sei das wichtigste Ereignis in unserer Familiengeschichte. Er erzählt sie oft.»

Es lag daran, wie Quintina zu ihrem Vater aufschaute. *So vertraut mit ihm.* Plötzlich trat Pomponia ein neues Bild Quintus' vor Augen: Er war zu Hause, plauderte mit Valeria und erzählte seinen Kindern Geschichten. Den Kindern, die er mit ihr in der Dunkelheit der Nacht im warmen Bett gezeugt hatte. Sie konnte sich vorstellen, wie er Valerias Arm auf dieselbe Weise ergriff, in der er einmal den ihren gepackt hatte.

Es waren eine Welt und ein Leben, die sie nie kennengelernt hatte, und diese Vorstellung rief unterschiedliche Gefühle in ihr hervor. Traurigkeit. Neugier. Neid. Die Sehnsucht, Quintus auf eine Weise kennenzulernen, die nicht dem Protokoll und all den Traditionen unterworfen war, die sie trennten. Auf die private, vertraute Art, in der Valeria ihn kannte.

Quintina rief sie in die Gegenwart zurück. «Kann ich meine Eltern noch treffen, falls ich in den Orden aufgenommen werde?»

«Ja, natürlich. Du wirst dein Zuhause häufig sehen dürfen, und wir haben regelmäßige Besuchstage für die Familien.»

«Besuchen deine Eltern dich auch?»

«Leider nein. Sie sind gestorben, als ich noch klein war.»

«Wie denn?»

«Meine Mutter ist bei der Geburt meines Bruders Pomponius gestorben. Und mein Vater ist beim Feldzug gegen Pompeius den Großen gefallen.» Pomponia fragte sich plötzlich, ob Quintus sich noch an die roten Blumen erinnerte, die er ihr damals als Kind geschenkt hatte.

«Wie lange bist du schon Vestalin?»

«Ich wurde ausgewählt, als ich sieben Jahre war, und ich diene seit siebzehn Jahren als Vestalin. Es bleiben mir also ...», Pomponia tat so, als zählte sie es an den Fingern ab, «noch dreizehn offizielle Dienstjahre.»

Quintina kicherte. «Willst du danach heiraten, oder bleibst du Priesterin?»

Pomponia fühlte Quintus' Blick auf sich ruhen. «Die Parzen haben diesen Faden noch nicht gesponnen.»

«Wie viele Priesterinnen leben hier?»

«Es gibt sechs Vestalinnen, die sich der Aufgabe widmen, die heilige Flamme im Tempel zu hüten und öffentliche Riten und Rituale zu vollziehen», antwortete Pomponia. «Außerdem sind noch drei ältere Vestalinnen hier, deren Dienstzeit abgelaufen ist, die aber im Orden bleiben. Sie helfen uns oft, die Novizinnen zu unterrichten, jüngere Mädchen wie dich, und ihnen die Durchführung ihrer Pflichten beizubringen. Falls du als Novizin angenommen wirst, wirst du eines von mehreren Mädchen sein, die wir ausbilden.»

Quintina nickte, als fände sie das gut. «Reisen die Priesterinnen, die hier ausgebildet worden sind, auch zu anderen Tempeln? Was ist mit dem Tempel der Vesta in Tivoli? Oder den Tempeln in Afrika und den anderen Provinzen?»

«Unsere Priesterinnen werden oft mit dem Auftrag losgeschickt, Tempel in anderen Städten oder Regionen zu leiten, insbesondere in Zeiten von Veränderungen oder Krisen, aber wir versuchen, jeden Tempel so unabhängig wie möglich zu machen.»

«Weil ihr schon genug zu tun habt, nicht wahr?»

Pomponia lachte. «Ja, das stimmt.» Das Mädchen hatte eine Veranlagung zum praktischen Denken, die sehr an Quintus erinnerte. «Wir müssen uns hier um viele wichtige Aufgaben kümmern. Wir unterrichten die Novizinnen, sorgen für den Unterhalt des Tempels und die Vorratshaltung, holen das Quellwasser, vollziehen tägliche Rituale, verwahren bedeutende Testamente und Dokumente, schreiben die priesterlichen Bücher in der Bibliothek ab, beraten Caesar und den Senat, empfangen den Besuch von Würdenträgern aus fremden Ländern, erstatten Bericht über unsere Buchhaltung und – hmm, was habe ich vergessen? – oh ja, sorgen dafür, dass das heilige Feuer nicht erlischt!»

Quintina kicherte, und die Vestalin blickte sich nach einer lächelnden Novizin um, die in ihrer weißen Tunika geduldig darauf wartete, dass sie sprechen durfte.

«Was ist, Sabina?», fragte Pomponia.

«Priesterin, darf ich ihr den Tempel von innen zeigen?»

«Unbedingt. Aber geh zuerst zu Nona, sie soll euch führen.»

Quintus sah seiner Tochter nach, die aufgeregt mit dem anderen Mädchen davonrannte. «Sie ist zu vorlaut für ein Mädchen», sagte er. «Sie wird schwer zu lenken sein.» Er sah Pomponia direkt an, als verbäte er sich einen Widerspruch.

Unter seinem herausfordernden Blick wurde Pomponia plötzlich bewusst, dass ihre Arme nackt waren. Sie griff nach einer Palla, die auf einem Stuhl im Peristyl lag, und bedeckte beiläufig Kopf und Schultern, als wäre ihr kalt. «Manche

Frauen bestimmen gern über sich selbst», sagte sie. «Ist das für einen Mann wirklich so schwer zu verstehen?»

Er trat einen Schritt näher. «Und was ist mit dir, edle Pomponia? Bestimmst du über dich selbst?»

Pomponia trat zurück. Seit seiner Ankunft hatte sie gemeint, die Kontrolle über das Geschehen zu haben, aber seine plötzliche Kühnheit und das vertraute Flattern in ihrem Bauch drohten, die Fassade ihres Selbstvertrauens zu zerstören.

Er senkte die Stimme. «Die *regia* steht nach Einbruch der Dunkelheit leer», sagte er. «Wenn ich dich bäte, mich dort heute Nacht allein zu treffen, würdest du das tun?»

Ihr Gesicht lief rot an. «Nein.»

Quintus lächelte sie herablassend an. «Dann bestimmst du nicht über dich selbst, Priesterin.»

Ihre Pupillen waren riesig, und ihre Stimme klang lallend. Ihre Bewegungen waren langsam und ungeschickt. Aber wenigstens war sie still. Wenigstens hatten ihre Wutausbrüche und Tobsuchtsanfälle sich gelegt. Wenigstens ließ sie ihn den größten Teil der Zeit in Ruhe.

Quintus stand im *triclinium* und betrachtete seine Frau, die auf einer Liege ruhte und den Rest ihres Weins trank. Er wusste, dass das Mittel, das der Arzt ihr in das Getränk gemischt hatte, sie bald einschlafen lassen würde. Für ihn konnte es nicht schnell genug gehen.

Doch im Moment widersetzte sie sich noch der Wirkung. «Hat man ihr das Haar geschnitten?», fragte sie ihn.

«Ja.»

«Wer hat es geschnitten?»

«Die Vestalis Maxima.» Er erzählte ihr nicht, dass inzwischen Pomponia die Oberpriesterin war. Valeria ging davon aus, dass noch immer Fabiana dieses Amt innehatte. Sie hatte das Haus seit Wochen nicht mehr verlassen und daher nichts anderes erfahren können. Erzählen wollte er es ihr nicht. Dann würden sie nur wieder streiten.

«Hat sie geweint?»

«Nein.»

«Was hat sie getan?»

Er stieß einen verärgerten Seufzer aus. «Sie hat ihr Haar selbst an den Capillata-Baum gehängt.»

«Und was noch?»

«Der Pontifex hat sie zur Braut Roms erklärt, und sie hat ihr Gelübde gesprochen. Sie trug eine weiße Tunika und hatte einen Schleier angelegt. Als ich sie hinterher sah, sah sie ... ich weiß nicht ... wie eine von ihnen aus.»

Valeria setzte ihren Weinbecher an die Lippen, merkte aber, dass er leer war. Sie ließ ihn auf den Boden fallen. «Was noch?»

«Das weiß ich nicht, Valeria», schnauzte Quintus sie an. «Die meisten *captio*-Riten finden innerhalb des Tempels statt.» Er leerte seinen eigenen Becher in einem einzigen Zug. «Dort wird sie glücklicher sein.»

«Das Glück deiner Tochter ist dir doch völlig egal», lallte Valeria. «Dir geht es doch nur um deinen eigenen Aufstieg und eine gute Ausrede, um das Haus der Vestalinnen zu besuchen.»

Quintus ballte die Faust und holte zum Schlag aus.

Valeria zeigte wütend mit dem Finger auf ihn. «Du bist widerlich durchschaubar, Quintus, aber weißt du was? Ich bin dankbar, dass Quintina im Tempel ist. Ich bin dankbar, dass sie sich niemals einem Mann wie dir unterwerfen muss. Ich bin dankbar ... wirklich.»

Ihr Kopf wackelte und fiel dann auf die Liege zurück. Quintus ließ sich schwerfällig neben sie auf das Polster sacken. Valeria hatte recht. Er war durchschaubar. Und wenn er es nicht schaffte, Pomponia aus seinen Gedanken zu verbannen, war es nur eine Frage der Zeit, bis jedermann seine Gefühle für sie erkennen konnte.

Er hatte sich bereits vom größten Teil seiner religiösen Aufgaben zurückgezogen, um seinen öffentlichen Kontakt mit ihr zu beschränken, und sich stattdessen auf seine bürgerlichen Aufgaben als Senator konzentriert. So würde er es auch weiter halten müssen. Er konnte es nicht riskieren, in ihrer Gegenwart von so vielen Menschen beobachtet zu werden.

Eine Sklavin schlüpfte leise ins Zimmer. «Domine, soll ich die edle Valeria zu Bett bringen?»

«Nein», antwortete Quintus. «Lass sie liegen.»

Er warf der Sklavin einen Blick zu, sie verstand und nickte gehorsam. «Natürlich, Domine. Ich mache mich fertig und erwarte dich in deinem Schlafzimmer.»

Es gibt immer eine Möglichkeit zu vergessen, dachte Quintus bei sich.

KAPITEL XII

Militiae species amor est.
«Liebe ist eine Art von Krieg.»
OVID

Rom, 36–33 v. Chr.
(ein Jahr später)

«Bei den Titten der heiligen Luna», fluchte Livia lautlos. Schon wieder floss ihr Blut. Jeden Monat kam ihre Menstruation so gewiss und vorhersehbar wie der Vollmond.

Seit beinahe drei Jahren versuchte sie, von Octavian ein Kind zu empfangen. Schließlich brauchte Caesar einen Sohn. Sein Neffe Marcellus war bereits zu seinem Erben ernannt worden, doch Livia würde auf keinen Fall zulassen, dass der verzogene Bengel und Octavia diese Vorrangstellung behielten. Es wurde jedoch immer schwerer, die Hoffnung zu bewahren. Früher hatte ihr Mann sie jeden Monat gefragt: «Erwartest du ein Kind?» Aber das war vorbei. Inzwischen machte er sich nicht einmal mehr die Mühe zu fragen. Denn ihm war klar geworden, dass der Schoß seiner Frau so unfruchtbar war wie ein Fass voll Salz.

Die Sklavin Medousa reichte ihr das Wollvlies, um ihr

Menstruationsblut aufzusaugen, und Livia schob es sich zwischen die Beine. Die Krämpfe erfassten sie, und sie ließ sich von der Sklavin einen heißen Wickel um den Leib legen, bevor sie mit einem gequälten Stöhnen aufs Bett zurücksank.

«Medousa, sag mir etwas.»

«Was denn, Domina?»

«Hat Caesar dich in letzter Zeit öfter genommen?»

«Ja, Domina.»

«Oh, das hatte ich mir gedacht.»

Medousa legte ein Kissen unter Livias Kopf. In den vergangenen Jahren hatte sich zwischen ihnen eine besondere Beziehung entwickelt, was vor allem daran lag, dass Medousa noch immer als das Eigentum der Vestalis Maxima Pomponia betrachtet wurde.

Das Alltagsleben wurde von dieser Besitzfrage nicht berührt. Medousa war eine Sklavin im Haus Caesars, und von ihr wurde erwartet, dass sie alles tat, was man von ihr verlangte, wozu auch die Befriedigung von Caesars sexuellen Gelüsten gehörte. Doch diese Sonderregelung bedeutete, dass sie oft der härteren Behandlung entging, die Livia anderen Haussklaven angedeihen ließ.

Medousa hatte früh entdeckt, dass Livia zu den Herrinnen gehörte, die ihre Sklaven nur zum Vergnügen fast totprügelten. Caesar dagegen missbilligte ein solches Verhalten und äußerte sich oft öffentlich gegen die unverhältnismäßige Misshandlung von Sklaven.

Dennoch war Livia bekannt dafür, dass sie gerne einmal die Haut von ein oder zwei Rücken in Fetzen hieb, wenn er nicht da war.

Livia zog mit einem Ruck eine Decke über ihre Beine.

«Wenn du mit ihm schläfst, was musst du dann für ihn tun?», fragte sie. «Gibt es irgendetwas ... Ungewöhnliches? Etwas, das mich überraschen würde?»

Medousa setzte sich auf die Bettkante. Für diese Formlosigkeit würde jede andere Sklavin ausgepeitscht werden, bis das Rückgrat weiß hervorblitzte.

«Als er mich zum ersten Mal nahm, hielt er mich für eine Jungfrau», begann sie. «Er hatte die Phantasie, ich sei Rhea Silvia und er Mars. In letzter Zeit hat er diese Phantasie wieder öfter. Ich verwende einen blutgetränkten Schwamm, und wenn er in mich eindringt, täusche ich Schmerzen vor, und das Blut quillt heraus. Das scheint er sehr lustvoll zu finden, Domina.»

Livia runzelte die Stirn, aber nicht vor Verärgerung. Sie dachte nach. «Bin ich die Einzige, Medousa, der es auffällt, oder betrachtet Caesar manchmal seine Schwester mit Begehren?»

«So etwas habe ich nicht bemerkt, Domina. Aber er scheint sich zu Reinheit und Tugend hingezogen zu fühlen. Das ist wohl der Grund, aus dem er die edle Octavia bittet, sich so anzuziehen, wie sie es tut. Sie hat so viele weiße Stolen im Schrank hängen, dass ich mir manchmal so vorkomme, als wäre ich wieder im Tempel.»

Livia schnaubte. Die Sklavin hatte ein freches Mundwerk, aber wenigstens war es ein nützliches Mundwerk. «Wirf deinen Umhang über, Medousa. Du musst etwas für mich erledigen.»

Als Medousa zum letzten Mal auf einem Sklavenmarkt gewesen war, war sie selbst die Ware gewesen. Diesmal kaufte sie ein. Trotzdem überfielen die Erinnerungen sie erneut.

Das Gedränge und die herausgeschrienen Gebote bei den Versteigerungen. Die Holzkäfige, in denen schmutzige Männer, Frauen und Kinder kauerten. Manche von ihnen starrten mit leerem Blick durchs Gitter. Das waren die Sklaven, die schon früher einmal verkauft worden waren. Sie wussten, wie es lief. So war das Leben. Sie konnten nur abwarten, bis sie sahen, welchem Herrn sie am Abend dienen würden.

Andere weinten, beteten oder zitterten vor Angst. Das waren die Menschen aus fremden Ländern, die man dort aus ihrem Zuhause fortgerissen hatte – Beute von Kriegen oder Piraterie – und die nun in Rom waren, um als Sklaven verkauft zu werden. Familien klammerten sich aneinander, als könnte ihre Umarmung die Sklavenhändler daran hindern, sie auseinanderzureißen und ihnen jede Hoffnung zu nehmen, einander in diesem Leben noch einmal zu begegnen.

Sie riefen Worte in fremden Zungen: «Nehmt mir nicht mein Kind!» «Ich will meine Mutter behalten.» «Halt! Ich bin kein Sklave!» «Habt Erbarmen!» «Ihr Götter, helft mir!»

Eine Stimme aus ferner Zeit erklang in Medousas innerem Ohr: *Ich liebe dich, Penelope. Mutter liebt dich. Vergiss das nie. Was auch immer geschieht, vergiss das nie.*

Es fühlte sich so an, als würde eine Wunde in ihr aufreißen. Sie versuchte, sich das Gesicht ihrer Mutter vorzustellen, doch nichts trat vor ihre Augen, abgesehen von einem inneren Bild des Medusen-Amuletts, das sie immer um den Hals trug, und einer unbestimmten Erinnerung an dichtes, kastanienbraunes Haar.

Das Gesicht ihres Vaters konnte sie jedoch noch heraufbeschwören. Dunkel, bärtig und stark. Er hatte Würde und Mut bewahrt, bis er gesehen hatte, wie seine Frau auf dem

Auktionspodest nackt ausgezogen worden war. Erst da hatte er gegen seine Ketten gewütet, die ihn fesselten wie ein wildes Tier in der Arena.

Nur Hera wusste, was aus den beiden geworden war.

«Medousa, bist du das?»

Die Stimme holte sie in die Gegenwart zurück. Sie wandte den Kopf und blickte in das Gesicht von Quintus Vedius Tacitus. Er trug eine praktische, jedoch teure kurzärmlige Tunika, die in der Taille gegürtet war, hielt eine abgenutzte Wachstafel in der einen Hand und einen Griffel in der anderen. Der neben ihm stehende Sklave war mit einem Armvoll Schriftrollen beladen.

«Ja, ich bin es», antwortete sie knapp. «Ich wusste gar nicht, dass du im Sklavengeschäft tätig bist.»

«Bin ich auch nicht. Ich bin im öffentlichen Auftrag hier.» Mit dem Kinn deutete er auf die Schriftrollen, die der Sklave trug. «Steuerprüfung von Sklavenhändlern.»

«Aha.» Sie sah ihn eisig an. «Gibt es sonst noch etwas?»

Er wandte verlegen den Blick ab und hob dann erneut die Augen. Einen Moment lang glaubte Medousa, er werde sich vielleicht bei ihr entschuldigen oder zumindest eingestehen, dass sein Sakrileg sie von Pomponia getrennt hatte. Aber nein, dieser widerliche Mann konnte an nichts anderes denken als sich selbst.

Er trat unbehaglich von einem Bein aufs andere. Medousa wusste, dass er sich bei ihr nach der Oberpriesterin erkundigen wollte, doch diese Gelegenheit würde sie ihm nicht bieten.

«Wenn du mich jetzt bitte entschuldigst.» Ohne ihn noch eines Blickes zu würdigen, ließ sie ihn stehen. Auch sie hatte hier ganz offiziell zu tun.

Medousa sah sich mit gerecktem Hals in der Menge um, bis sie schließlich das Gesuchte entdeckte: ein großes Holzschild mit der groben Zeichnung einer nackten Frau. Darunter stand *Virgo*, Jungfrau. Unter dem Schild war ein Podest errichtet worden, auf dem gerade ein nacktes Mädchen von etwa sechzehn Jahren feilgeboten wurde.

Sie wollte die Arme vor die nackten Brüste legen, doch der Sklavenhändler stieß mit einem Stock nach ihr, und sie ließ sie wieder sinken. Er schnauzte sie an und deutete erneut mit dem Stock auf sie, und sie drehte sich langsam um, damit die Bieter ihr Hinterteil sehen konnten.

«Dreitausend *denarii* sind geboten», rief der Sklavenhändler. «Höre ich da dreieinhalbtausend? Es sollte mehr sein, fünf- oder sechstausend zuallermindest! Schaut euch das Mädchen an, was für eine Schönheit. Und so gefügig. Wie ein Lämmchen. Spricht passabel Latein. Garantiert unversehrt und fruchtbar.» Er stieß sie mit dem Stock, und sie drehte sich erneut um.

«Beweise es», schrie ein zahnloser Alter in der Menge. «Mach ihr die Beine breit!»

Der Sklavenhändler warf einen Stein, der ihn am Kopf traf. «Verschwinde von hier, du Sack Scheiße, sonst rufe ich die Wachen. Hier sind nur ernsthaft interessierte Käufer zugelassen. Geh in die Subura, wenn du gratis etwas zu sehen bekommen willst.»

«Dreieinhalbtausend *denarii*», rief Medousa.

«Wo ist dein Mann, Herzchen?», fragte der Sklavenhändler.

«Privatkäufer», antwortete sie und hielt den schweren Geldbeutel hoch, den Livia ihr gegeben hatte.

«Dreieinhalbtausend», verkündete der Händler. «Vier? Hatte ich schon gesagt, dass sie ein bisschen lesen kann?» Doch die

Menge zerstreute sich bereits und hielt nach einem billigeren Angebot Ausschau. Der Sklavenhändler zuckte mit den Schultern. Dreieinhalbtausend waren immerhin ein halbes Tausend mehr als das, womit er gerechnet hatte. Die Leute waren derzeit einfach geizig. Das zunehmend angespannte Verhältnis zwischen den Verbündeten Caesar und Antonius und die Gerüchte, dass die Getreidespeicher nicht mehr richtig gefüllt waren, schadeten dem Geschäft. In unsicheren Zeiten gaben die Leute nicht gern Geld aus. Er warf dem Mädchen eine fleckige Tunika zu, und sie zog sie sich über.

Medousa legte ein paar zusätzliche Münzen auf den klapprigen Schreibtisch des Sklavenhändlers, um die Abwicklung des Geschäfts zu beschleunigen, und bald schon folgte ihr die junge Sklavin gehorsam über die gepflasterten Straßen zu Caesars Haus auf dem Palatin.

Als sie dort ankamen, brach bereits die Nacht herein. Medousa führte das Mädchen, das sich Maia nannte, ins Badehaus der Sklaven, wo Despina sie bereits Seite an Seite mit der Schönheitssklavin erwartete, die mit einem Tablett voller Pflegeutensilien bereitstand.

Sie schnitt dem Mädchen das Haar, entfernte ihre Körperhaare und schrubbte sie sauber. Dann bekleidete sie sie mit einer weißen Stola und einem Schleier.

«Ein Mann wird in dich eindringen», sagte Medousa zu dem Mädchen, das sie mit ängstlich aufgerissenen Augen ansah.

Sie nickte.

«Es wird schmerzhaft sein, aber versuch nicht, deinen Schmerz zu verbergen. Er soll ihn sehen. Es wird nicht lange dauern, und danach wird man dich versorgen und dir zu essen geben. Hast du noch Fragen?»

Das Mädchen schüttelte den Kopf, und in diesem Augenblick kam Livia ins Zimmer. Sie betrachtete das Mädchen von Kopf bis Fuß, als wäre sie ein Stück Rindfleisch zum Braten. «Ist sie noch Jungfrau?», fragte sie Medousa.

«Ja, Domina. Der Arzt des Marktes hat es bestätigt.»

«Gut.» Sie hob die Stola der Sklavin an, um darunter zu schauen, ließ sie wieder sinken und sagte: «Komm mit.»

Mit dem Mädchen im Schlepptau marschierte Livia durch das schummrig beleuchtete Haus auf direktem Wege zu Octavians und ihrem gemeinsamen Schlafzimmer. Bevor sie die Tür einen Spalt weit öffnete und um die Ecke spähte wie ein schalkhaftes Kind bei einem Spiel, zwang sie sich, ihre nüchterne Miene abzulegen und ein flirtendes Lächeln aufzusetzen.

«Hallo, Liebes», sagte Octavian. Er lag auf ihrer beider schwelgerisch weichem Himmelbett, dessen Baldachin aus roter Seide sich leicht im Luftzug regte, der durch ein geöffnetes Fenster hereindrang. Als er ihren Gesichtsausdruck bemerkte, legte er die Schriftrolle, in der er gerade las, beiseite und betrachtete ihr spitzbübisches Lächeln. «Was führst du im Schilde, du kleines Luder? Du siehst aus wie Discordia, bevor sie Zwietracht sät.»

«Ich habe ein Geschenk für dich, mein Mann.»

Er verschränkte die Hände vor der Brust und schnalzte mit der Zunge. «Was mag das sein?»

Livia öffnete die Tür weiter und führte die junge Sklavin zum Fußende des Bettes. «Lieber Mann, das Geschenk ist strahlend weiß verpackt.» Liebevoll strich sie über den Schleier, der dem Mädchen über den Rücken fiel. «Und das hat einen Grund, den du bald entdecken wirst.»

«Ach ja?» Octavian bemühte sich, eine leidenschaftslose Miene aufzusetzen, doch Livia erkannte an einer Ausbuchtung seiner Tunika, dass seine Erregung sich bereits aufbaute. «Sag mir, meine Frau, möchtest du, dass wir uns dieses Geschenk teilen?»

«Eher nicht», antwortete Livia schalkhaft. «Aber ich trinke gern einen Becher Wein mit meinem Mann, wenn er damit fertig ist.» Sie legte der Sklavin die Hand auf die Schulter, drückte sie aufs Bett und tänzelte ausgelassen zur Tür zurück. Beim Hinausgehen zwinkerte sie ihrem Mann zu. «Heil dir, Caesar», sagte sie.

Als die Tür sich hinter ihr schloss, stieß Livia die Luft aus und lehnte sich dagegen. Medousa erwartete sie bereits im Korridor.

«Es wird schneller vorüber sein, als man braucht, um ein Ei zu kochen, Domina.»

«Wenn es vorbei ist, führ das Mädchen zum Übernachten in den Sklaventrakt. Und gleich morgen früh bringst du sie zum Markt zurück und verkaufst sie.»

«Jetzt ist sie viel weniger wert.»

«Das ist mir egal», sagte Livia. «Und nächstes Mal, Medousa, such ein Mädchen aus, das nicht ganz so hübsch ist.»

«Ja, Domina.»

«Halte frische Bettlaken bereit», befahl Livia. «Ich möchte, dass die Bettwäsche gleich im Anschluss gewechselt wird. Und bring auch eine Waschschale für Caesar mit.»

«Jawohl, Domina.»

«Und dann komm mit ein paar Erfrischungen zurück. Wein. Vielleicht ein paar Birnen oder Feigen und ein wenig kalter Braten. Ich esse etwas mit Caesar.»

«Das wird geschehen, Domina.»

Livia sah Medousa nach. Dann presste sie das Ohr an die

Tür. Ein lustvolles Stöhnen. Ein Schmerzensschrei. *Weniger Zeit, als man braucht, um ein Ei zu kochen.*

Livia wusste, dass sie in ihrer Hauptaufgabe als Ehefrau Caesars versagt hatte: Ihrem mächtigen Mann einen Sohn und Erben zu schenken.

Als geschiedene Frau mit den Kindern eines anderen Mannes konnte sie sich auch nicht auf die *univira*-Tugend berufen, von der Caesar so gern predigte. Auch wenn sie einen guten Familiennamen besaß, verlieh ihre persönliche Vergangenheit seiner öffentlichen Rolle als Mann, der die traditionelle römische Moral und die sexuellen Werte hochhielt, wenig zusätzliches Gewicht.

Doch es gab noch eine andere Art, ihm nützlich zu sein. Und solange sie ihm solche Jungfrauen ans Bett brachte – in strahlendes Weiß gekleidet und rein wie Alpenschnee –, war ihr Status als Caesars Frau sicher.

«Pfui.» Die Stola über die Knöchel gerafft, umging Pomponia eine Schlammpfütze im Stall der Vestalinnen. Sie sah mehrere Stallsklaven, die zu ihr eilten, aufgebracht an. «Warum wurde das nicht gesäubert?»

«Wir bitten aufrichtig um Entschuldigung, Oberpriesterin, aber gestern Nacht hat es geregnet.»

«Im Oktober regnet es jede Nacht», schalt sie. «Das ist wohl kaum ein übernatürliches Ereignis.» Sie biss sich auf die Lippen. Jeden Tag klang sie mehr wie Fabiana.

Als sie sich auf eine Bank setzte, eilte eine Sklavin mit einem Waschbecken zu ihr. Sie schnürte die Sandalen der Priesterin auf und stellte ihre schmutzigen Füße ins warme Wasser. Pomponia winkte die Sklavin unwirsch weg.

«Beweg dich», sagte sie. «Ich sehe nichts.»

Sie schaute zum Reitplatz, wo Quintina im Galopp weite Kreise mit einem Pferd zog. Das Mädchen hatte eine rasche Auffassungsgabe, und das galt auch fürs Reitenlernen.

Für den Fall einer eiligen Flucht aus Rom – sei es wegen eines Brandes, einer Überflutung oder eines Überfalls – lernte jede Vestalin, ein Pferd zu satteln und zu reiten, und für Ausbildungszwecke besaß der Vestalinnenorden nicht weit vom Tempel entfernt eigene Stallungen.

Zu den vielen Privilegien, die die Vestalinnen genossen, gehörte auch das Reiten um des Vergnügens willen. Tuccia konnte man recht oft bei den Ställen finden. Pomponia hatte jedoch nur selten Zeit für so etwas. Und sie besaß auch nicht die Neigung. Sie hatte die Schriftrollen immer dem Sattel vorgezogen.

Der Stallmeister – ein hochgewachsener, muskulöser Freigelassener namens Laurentius – winkte Pomponia bei seiner Annäherung höflich zu. Neben ihm ging Quintus, und die beiden Männer plauderten miteinander. Dass Quintus beim Reitunterricht seiner Tochter als Zuschauer anwesend war, kam inzwischen häufig vor und war nichts Ungewöhnliches.

«Oberpriesterin», sagte der Stallmeister. «Quintus Vedius Tacitus ist gekommen, um Quintina zu sehen.»

«Danke, Laurentius.»

Der Stallmeister ging, und Quintus schabte mit der Sandalensohle über den niedrigen Querbalken eines Zauns und hinterließ einen Klumpen Matsch darauf. «Du solltest deine Sklaven auspeitschen lassen», knurrte er.

«Vielleicht sollte ich die Peitsche ja dir in die Hand drücken», antwortete Pomponia. «Dann würde sich deine Stimmung vielleicht bessern.»

Quintus hielt im Abkratzen seiner Sandalen inne und sah ihr in die Augen. «Das ist meine übliche Stimmungslage.»

«Das weiß ich.» Sie rieb die Füße im Wasser aneinander, um den Rest von Schmutz abzuwaschen, während Quintus sich in angemessenem Abstand von ihr niederließ. Die Arme auf die Beine gestützt, beugte er sich vor.

So saß Quintus immer, wenn er sich in ihrer Nähe befand. Noch immer verlegen und unsicher, obwohl Quintina inzwischen im vierten Jahr ihrer Ausbildung bei den Vestalinnen war und er seine Besuche in den Ställen immer so eingerichtet hatte, dass er kam, wenn er wusste, dass Pomponia anwesend sein würde.

In den letzten Monaten waren diese Besuche häufiger geworden. Und außerdem persönlicher. Ihr beiderseitiges Interesse an Quintina hatte eine Gemeinsamkeit geschaffen, auf deren Grundlage sich nach den vielen Jahren, die sie einander schon kannten, nun eine vorsichtige Freundschaft entwickelte.

Es war eine andere Beziehung als in den Jahren, in denen sie bei gemeinsamen öffentlichen Auftritten während religiöser Rituale immer steif und befangen gewesen waren. Doch da nun nicht mehr ganz Rom jede Begegnung mit Pomponia beobachtete, konnte Quintus ein wenig freier atmen. Natürlich blieb er immer er selbst. Hart, kritisch und autoritär. Falls er lernte, wie ein richtiger Mensch mit Pomponia zu reden, dann nur nach und nach.

«Wie geht es Priesterin Fabiana?», fragte er.

Pomponia zuckte mit den Schultern. «Sie hat bessere und schlechtere Tage. Sie wird allmählich vergesslich.»

«Und wie geht es Perseus?»

«Der fiese kleine Höllenhund gräbt die Blumen um und

zerkaut meine Sandalen. Er muss inzwischen hundert sein. Er ist unsterblich.»

Quintus lächelte breit.

Pomponia hasste es, wenn er das tat. Sein Gesicht war dann ungewöhnlich offen, und für einen flüchtigen Moment wirkte der sonst entweder kühle oder cholerische Quintus zugänglich und sogar einladend. Es war immer entwaffnend, und sie fand es schwer, den Blick abzuwenden. Es erinnerte sie an jenen Tag vor Jahren. In Caesars Haus bei dem Fresko in der Nische.

Pomponia. Was denkst du von mir?

Ich denke, dass du ein mit einer edlen Toga bekleideter Wilder bist, der jede Situation kontrollieren möchte und sich daran ergötzt, mir zu sagen, was ich tun soll.

Da hast du mich erwischt. Sag mir, dass ich der einzige Mann bin, den du jemals lieben wirst. Schwör es mir auf dem Altar der Juno.

Seit damals hatten sie nicht mehr von jenem Tag gesprochen. Und auch nicht von jenem anderen, als Quintus seine Tochter zu Besuch in den Tempel gebracht hatte. Damals, als er alle Verstellung aufgegeben und Pomponia aufgefordert hatte, sich nach Einbruch der Dunkelheit mit ihm in der *regia* zu treffen.

Sie sprachen nie von diesen Vorfällen, doch die Erinnerung war Teil jedes Gesprächs, jedes Blicks und jedes Austauschs zwischen ihnen. Von den Worten, die sie wählten, bis zu ihrer Art, beieinander zu sitzen, begleitete sie die Anspannung. Die unausgesprochene Vergangenheit war allgegenwärtig.

«Deiner Frau und deiner jüngeren Tochter Tacita geht es gewiss gut?» Pomponia planschte mit den Füßen im Wasser, um zu betonen, wie beiläufig die Frage war.

Quintus' Lächeln verwandelte sich plötzlich in ein boshaftes Kichern. Das war nichts Neues. In einem Moment konnte er nett und freundlich sein. Und im nächsten kehrte er zu seiner üblichen finsteren, zänkischen Art zurück. Er war unberechenbar.

Selbst in seiner duldsamsten Stimmung konnte er Pomponia jederzeit einen tadelnden Blick zuwerfen oder sie für einen echten oder eingebildeten Missgriff schelten. Sie hatte gelernt, damit zu leben. Es zu übergehen.

Er schüttelte verärgert den Kopf und wandte sich ihr zu. «Warum musst du Fragen stellen, deren Antwort du kennst?»

«Warum musst du so reizbar sein?»

Er schmollte kurz und sagte dann: «Meiner jüngeren Tochter geht es gut. Und meine Frau ist ...» Er schüttelte erneut den Kopf. «Ohne Belang.»

«Das würde sie sicherlich sehr gern hören.»

In der Erwartung, dass Quintus aufstehen und davonstürmen würde, zwang Pomponia sich, gelassen die Füße aus dem Becken zu nehmen, als wäre es ihr völlig egal, was er tat. Sie griff nach dem Handtuch, doch Quintus entriss es ihr.

Ihr blieb vor Bestürzung der Mund offen stehen, als er sich vor ihr niederkniete. Er breitete das Handtuch auf seinem Schoß aus, stellte Pomponias nackte Füße darauf und trocknete sie ihr fast ehrfürchtig ab.

Dieses Verhalten war aus tausenderlei Gründen verboten.

«Quintus ...» Sie ermahnte sich, ihm die Füße zu entziehen, doch aus irgendeinem Grund fühlten diese sich zu schwer an, um sie von seinem Schoß zu heben. Ihre nackten Fußsohlen kribbelten von der warmen Berührung seines Körpers. Beim Anblick seiner arbeitenden Hände ging ihr Atem schneller.

«Ich habe Medousa erneut auf dem Markt gesehen», sagte er, als ginge gar nichts Ungewöhnliches vor sich.

Pomponia hielt den Atem an. «Was hat sie getan?»

«Einfach noch ein paar Sklaven für Caesars Haushalt gekauft, nehme ich an.» Er hielt das Handtuch in der einen Hand und fuhr damit über ihre Fußknöchel nach oben, um sie auch dort abzutrocknen.

Gleichzeitig liebkoste er mit der anderen Hand ihre Wade und arbeitete sich langsam ihr Bein hinauf, bis seine Finger in ihre Kniekehle glitten und dort die weiche, empfindsame Haut streichelten.

«Quintus, hör auf.»

Natürlich hörte er nicht auf. Er tat nie das, was sie ihm sagte. Aber diesmal war es kein Trotz. Er war in das Gefühl der Berührung verloren. Er hörte auf, sie zu streicheln, und packte ihr Bein fester.

«Caesar schickt mich nach Ägypten», sagte er unvermittelt. «Königin Kleopatra hat ihre Steuerzahlungen an Rom eingestellt. Schlimmer noch, die Getreidelieferungen gehen zurück. Caesar hegt den Verdacht, dass Marcus Antonius sich mit Sextus Pompeius verschwört, um in Rom eine Hungersnot auszulösen und ihn zu stürzen. Ich soll mich mit General Antonius treffen, um mir ein Bild der Lage zu machen.» Er lockerte seinen Griff und liebkoste sie nun wieder sanfter. «Zwischen Caesar und Antonius bahnt sich ein Krieg an. Bald ist es so weit. General Agrippa plant bereits seinen Feldzug.»

«Ich wusste, dass es schlimm ist», sagte Pomponia. «Aber nicht, wie sehr.» Sie drückte ihre Füße auf seinen Schoß nieder. Er reagierte, indem er seine Hände um ihre Knöchel schlang. «Wann brichst du auf?», fragte sie rau.

«Morgen.»

«Morgen schon? Warum hast du mir nicht früher Bescheid gesagt?»

«Ich habe es selbst erst heute Morgen erfahren.»

«Wie kann er dich so unvermittelt losschicken? Ohne Vorankündigung?»

«Er ist Caesar. Er kann tun, was ihm beliebt.»

Sie presste die Lippen zusammen. «Wie lange musst du dort bleiben?»

«Für unbestimmte Zeit.»

Pomponia legte die Hände an die Wangen. «Dann bist du da, wenn der Krieg zwischen Ägypten und Rom ausbricht?»

«Zweifellos», antwortete er. «Aber das ist nicht die erste Schlacht, die ich sehe.»

«Eine solche hast du noch nicht erlebt. Caesar wird gnadenlos sein, und Antonius wird wie ein Tier kämpfen.»

«So ist es in jeder Schlacht, Pomponia.» Er bemerkte, dass er ihren Namen, wie schon einmal, ohne den Titel *Priesterin* ausgesprochen hatte, entschuldigte sich aber nicht dafür. Stattdessen stand er auf, sodass sie nun zu ihm aufschauen musste, um seinem Blick zu begegnen. «Du triffst dich heute Abend nach Einbruch der Dunkelheit mit mir in der *regia*», sagte er. Es war keine Bitte. «Wir verabschieden uns dort.»

Und dann ging er davon und suchte sich seinen Weg zwischen den Schlammpfützen hindurch zum Reitplatz, wo seine Tochter noch immer das Reiten übte.

Eine Sklavin kehrte mit Pomponias gewaschenen und getrockneten Sandalen zurück. Sie kniete sich vor ihr nieder, um sie ihr zu schnüren, doch Pomponia winkte sie weg. «Ich mache es selbst.»

Rasch schnürte sie die Riemen und ging dann zum Stallgebäude, vor dem Laurentius gerade auf einer Werkbank ein Pferdegeschirr reparierte.

«Ich muss jetzt los», sagte sie zum Stallmeister. «Quintinas Leibwächter bringen sie nach ihrer Reitstunde nach Hause. Und Laurentius, schick ein paar zusätzliche Stallsklaven zur Begleitung mit. Bewaffnete Männer.»

«Gibt es Probleme, Domina?»

«Nein, ich fühle mich heute einfach nur ein wenig unruhig.»

«Es ist immer klug, auf solche Gefühle zu hören, Oberpriesterin. So sprechen die Götter zu uns. Ich lasse die Sänfte von meinen besten Männern begleiten.»

«Danke.»

Pomponia stieg in die Sänfte und ließ sich gegen die Kissen zurückfallen, bevor die Träger auch nur die Griffe gepackt hatten.

Sie würde Quintus auf keinen Fall auf die Weise treffen, die er vorgeschlagen hatte. Seine Worte und seine Anmaßung waren grob kränkend für sie, und schlimmer noch, sie waren ein Sakrileg gegenüber der großen Göttin und dem Vestalinnenorden selbst.

Falls das als Urteil noch nicht reichte, war da sein barbarischer Mangel an Urteilsvermögen und seine Achtlosigkeit gegenüber der Gefahr, in die er sie beide brachte. Ihrem Unwillen, sehen zu müssen, wie er auf dem Forum zu Tode gepeitscht wurde, kam nur ihr Unwille gleich, sich lebendig auf dem Campus Sceleratus begraben zu lassen.

Doch jetzt brach Quintus nach Ägypten auf und würde vielleicht niemals zurückkehren.

Im schneidenden Bewusstsein der verstreichenden Stunden erledigte sie den Rest ihrer täglichen Pflichten. Sie überprüfte den Bestand an Feuerholz und heiligen Oblaten und kontrollierte dann die Backstube. Sie schrieb Briefe an andere Tempel. Sie sah sich Caecilias Stundenplan für die Novizinnen an, kontrollierte das Vorhandensein der Dokumente in den Schließfächern und verbrachte einige Zeit in den Archiven. Sie schaute nach den Bauarbeiten, die in verschiedenen Bereichen des Hauses der Vestalinnen vorgenommen wurden. Und sie teilte Tuccia, Caecilia und Lucretia für die bevorstehenden Rituale, Feste und öffentlichen Anlässe ein.

Doch womit sie auch beschäftigt war, in Gedanken kehrte sie immer wieder zu den Stallungen und Quintus zurück.

Zum Gefühl, wie seine kräftigen Hände ihre Fußgelenke umfangen hatten. Zum Klang seiner Stimme. Zu dem Gedanken, dass er bald aus ihrem Leben verschwinden und das *Mare Nostrum* überqueren würde, den Dingen entgegen, die das Schicksal für ihn bereithielt.

Es war einer dieser langen Tage, in denen ihre Pflichten als Vestalin sie nicht einmal in die Nähe des Tempelfeuers führten. Einer jener Tage, in denen sie sich nach den einfacheren Zeiten sehnte, als sie stille Stunden im Tempel verbracht und das heilige Feuer mit eigener Hand gehütet hatte.

Vor Fabianas Rücktritt war das Leben einfacher gewesen. Und bevor es Quintus gegeben hatte, ebenfalls.

Sie sagte sich, dass sie ihn heute Abend treffen würde, aber nur, um ihm Lebwohl zu wünschen. Nur um ihm zu sagen, dass sie trotz seiner vulgären Unverschämtheit und ihrer heiligen Gelübde aus tiefstem Herzen wünschte, dass er nicht in Gefahr geraten möge. Sie würde täglich beten und der Göttin zu diesem Zweck Opfer darbringen.

Schließlich senkte sich die Abenddämmerung über Rom wie eine leuchtend orangefarbene Decke, unter der die Stadt schlafen gelegt wurde. Pomponia wanderte durch das stille Haus der Vestalinnen. Die anderen Priesterinnen hielten entweder Wache im Tempel oder hatten sich in ihre Privaträume zurückgezogen. Von einigen wenigen Sklaven abgesehen, deren Arbeit niemals endete, war Pomponia als Einzige noch wach. Oder das dachte sie zumindest. Mit auf dem Boden klackenden Klauen und heraushängender Zunge trottete Perseus durch einen Flur heran und begrüßte sie.

Sie beugte sich über ihn und kraulte ihn am Ohr. «Ich fürchte mich davor, allein zu gehen, Perseus», flüsterte sie. «Du kannst mich begleiten.»

Pomponia schlüpfte aus dem Portikus auf das Straßenpflaster der menschenleeren Via Sacra. Sie blickte sich um. Die untergehende Sonne hatte den weißen Marmor des Rundtempels der Vesta in eine tief orangerote Glut getaucht. So sah er sogar noch schöner aus als sonst. Sie beobachtete, wie der Rauch des heiligen Herdes aus der Öffnung in der Bronzekuppel des Dachs quoll und in Kräuseln zum Nachthimmel aufstieg, der Göttin entgegen.

Sie hörte, dass Caeso und Publius auf der anderen Seite des Vestatempels beim Tempel von Castor und Pollux standen und lachend mit anderen Forumswächtern verfängliche Witze austauschten. Das Forum Romanum war von einer Mauer umschlossen und nach Einbruch der Dunkelheit für die Öffentlichkeit gesperrt, ihre Nachlässigkeit stellte also kein Problem dar. Tatsächlich erwies sie sich als Vorteil, da die beiden sie von dort, wo sie sich befanden, nicht sehen konnten.

Pomponia zögerte einen Augenblick, doch dann zog Perseus

an der Leine, als forderte er sie auf, ihren Entschluss durchzuziehen, und sie schritt mit erneuerter Zielstrebigkeit los.

Es stand zweifelsfrei fest, dass sich in der *regia*, die nur einige Schritte vom Tempel der Vesta entfernt lag, zu dieser Stunde niemand aufhalten würde. Als historische Residenz der ersten Könige Roms, darunter auch Numas, und als gegenwärtiger Amtssitz des Pontifex Maximus wurde sie nur tagsüber benutzt, und dann auch nur, wenn Lepidus sich in Rom befand, was derzeit nicht der Fall war.

Als Pomponia sich dem Portikus der *regia* näherte, wanderte ihr Blick zum benachbarten Tempel des Kometensterns. Diesen Tempel hatte Octavian vor einigen Jahren Caesar geweiht. Er stand an der Stelle, an der der außer Rand und Band geratene Mob damals einen Scheiterhaufen errichtet und die Leiche des Diktators verbrannt hatte, mit Feuer aus der heiligen Flamme der Vesta.

Pomponia erinnerte sich gut daran. Als die durch Antonius' Bestattungsrede aufgestachelte Menschenmenge sich vorgedrängt hatte, um Caesars Leiche von den *rostra* zu holen, war Quintus an ihrer Seite aufgetaucht. Er hatte sie durch den Aufruhr im Forum zur Sicherheit der Tempelstufen geleitet. Aber dort hatte bereits Valeria gewartet und ihren Mann wütend am Mantel gepackt: *Wusste ich doch, dass du hier sein würdest!*

Ein Anfall von Schuldgefühlen überkam Pomponia. Während sie ihr religiöses Gelübde durch das Treffen mit Quintus streng genommen nicht brach – sie würden sich nur unterhalten –, bedeutete die wechselseitige Zuneigung, dass sie das Ehegelübde entehrte, das er mit Valeria ausgetauscht hatte.

Sie wickelte sich Perseus' Leine so straff um die Hand, dass diese weiß wurde und zu pulsieren begann.

Ich verliere den Weg, schalt sie sich selbst. *Ich verliere den Blick auf das, was ich bin. Ich muss Gemeinschaft mit der Göttin suchen.*

Sie lockerte die um die Hand gewickelte Leine und drehte sich um, sie wollte zum Haus der Vestalinnen zurückkehren. Doch in diesem Augenblick öffnete Quintus von innen die Tür der *regia*.

«Komm», sagte er.

Pomponia blickte sich nervös um. Abgesehen von den abgelenkten Tempelwächtern und den wenigen Reinigungsarbeitern, die die Straßen fegten und im Licht ihrer Fackeln Müll einsammelten, schienen Quintus und sie die einzigen Menschen zu sein, die noch wach waren.

Sie stieg die Stufen der *regia* hinauf und trat ein. Quintus schloss die schwere Tür hinter ihr, und sie strengte die Augen an, um im Licht der einzigen Fackel, die an einer der blutroten Wände befestigt war, etwas zu erkennen.

In ihrem flackernden Schein wirkte das Gemälde des Kriegsgottes Mars, als wollte es gleich zum Leben erwachen, zum Töten bereit und erpicht auf die Erregung, die die Schlacht mit sich brachte.

Pomponia war schon oft in diesem düsteren Gebäude gewesen. Hier befand sich ein besonders eindrucksvoller und heiliger Altar des Mars, in seiner Bedeutung erhöht durch uralte Reliquien – ein mächtiger Schild und ein Speer –, die wuchtig auf dem Marmoraltar lagen.

Es hieß, diese hätten Mars selbst gehört, und der Gott habe sie vom Himmel herabgeworfen, um das Volk Roms zu schützen. Frühere Oberpriester und Priester des Mars hatten behauptet, der Speer liege in Zeiten von Bedrohungen für Rom bebend und klappernd auf dem Altar, als fordere er, zur Hand genommen zu werden.

Perseus winselte und setzte sich dann gehorsam vor den Altar. Zu jeder anderen Zeit hätte der Anblick des kleinen Hundes in Gemeinschaft mit dem großen Kriegsgott Pomponia zu lautem Gelächter gereizt. Doch jetzt hämmerte ihr Herz in der Brust, und in ihrem Bauch rührte sich eine eigenartige Mischung aus Befürchtungen und Erregung.

Plötzlich kam Quintus auf sie zu. Seine starken Arme umschlossen sie und zogen sie an sich, bis ihr Gesicht an seiner festen Brust ruhte. Wärme durchflutete sie, und sie spürte etwas Eigenartiges, Hartes, das sich gegen ihren Unterleib presste.

«Das ist mein Begehren für dich», sagte er mit sanfterer Stimme, als Pomponia es je von ihm gehört hatte. «Ich schäme mich dessen nicht.» Er senkte den Kopf und drückte das Gesicht an ihren Nacken. «Jetzt gehörst du Rom», sagte er in ihr Haar. «Aber ich schwöre auf dem Altar des Mars, dass du eines Tages mir gehören wirst.» Er zog sich zurück und umfing ihr Gesicht mit den Händen. «Möge Mars dich beschützen, solange ich es nicht kann.»

Sie legte die Hände auf seine und spürte, wie Blut von seiner Handfläche auf ihre Wange tropfte. Er hatte dem Kriegsgott sein eigenes Blut dargebracht. Als Opfergabe, um sie zu beschützen. «Möge Vesta dich nach Hause zurückführen», sagte sie.

Dann verschwand er durch die Tür nach draußen, und sie hörte nur noch seine davoneilenden Schritte und das Geräusch, mit dem die Besen über das Straßenpflaster fegten.

KAPITEL XIII

Auribus teneo lupum.
«Ich halte einen Wolf bei den Ohren.»
TERENZ

Ägypten und Rom, 32 v. Chr.
(ein Jahr später)

Königin Kleopatra saß am spiegelglatten, blauen Rand des Beckens im Palasthof und schaute nachdenklich in das türkisfarben leuchtende Wasser. Das *wiit-wiit-wiit* einer Schnepfe schallte von irgendeinem der Wassertümpel des großen Parks herüber, und bei diesem angenehmen Klang lächelte sie versonnen. Heute hatte sie Grund dazu.

Sie konnte sich Octavias Gesicht vorstellen, wenn ihr Bruder ihr die Nachricht mitteilte: *Dein Ehemann Marcus Antonius hat dich verlassen. Er hat die ägyptische Königin geheiratet.*

Für Kleopatra war es ein schwer errungener Sieg gewesen. Antonius hatte sich nicht als so nachgiebig wie erwartet erwiesen. Trotz seines jungenhaften und ungehobelten Charakters hatte er sich als echter Römer gezeigt. Jedes Mal, wenn er einen Brief seiner römischen Ehefrau Octavia las, war er erfüllt von römischem Stolz und Pflichtgefühl durch die Wüste geeilt und nach Hause in ihr Bett zurückgekehrt. Und jedes Mal, wenn er das tat, wurde sein Bündnis mit Octavian erneuert und gestärkt.

Diese verdammten Briefe. Sie hatten immer einen Weg in Antonius' Hände gefunden, wie viele Wächter Kleopatra auch darauf angesetzt hatte, sie im Hafen, in der Wüste und im Palast selbst abzufangen. Dafür war vermutlich Octavians Gesandter Quintus verantwortlich. Was für ein freudloser, prüder Mensch.

Kleopatra hatte Antonius niemals Briefe geschrieben. Sie hatte stattdessen Botinnen nach Rom geschickt, die sie sorgfältig ausgesucht hatte. Das war eine viel persönlichere und überzeugendere Herangehensweise.

Zunächst einmal wurden sie unter den schönsten Frauen Ägyptens ausgewählt. Dann wurden sie in Schauspielkunst unterwiesen, damit ihre Tränen echt wirkten und ihre Worte ehrlich. Sie weinten, wenn sie beschrieben, wie sehr Antonius Kleopatra das Herz gebrochen habe, die nun kurz davor stünde, sich die Pulsadern zu öffnen, und wie sehr die Kinder Alexander Helios und Kleopatra Selene Tag und Nacht weinten, weil sie ihren bedeutenden Vater vermissten.

Doch ihre Ausbildung ging über die Schauspielkunst hinaus, denn sie überbrachten Antonius zudem eine ganz persönliche Nachricht, die unmittelbar von den Lippen der Königin stammte. Und wenn er in seinem römischen Schlafzimmer allein war, knieten sie sich vor ihm nieder und überbrachten sie mit ihren eigenen Lippen.

Es hatte funktioniert. Antonius war nach Ägypten zurückgekehrt. Und diesmal war Kleopatra entschlossen, dafür zu sorgen, dass er endgültig blieb. Das musste sie. Ihr Leben, das Leben ihrer Kinder und ihr Thron hingen davon ab.

Ihre Spione in Rom hatten ihr alles über Antonius' Frau Octavia erzählt, die den Berichten zufolge in allem dem Ideal einer römischen Ehefrau entsprach. Gehorsam. Gefügig. Bereit, sich ihrem Mann unterzuordnen. Frei von Lastern oder Ehrgeiz. In jeder Hinsicht tugendhaft und schicklich. Offensichtlich zog sie sich auch entsprechend an. Wenn sie keine weiße Stola trug, dann eine Tunika in der gleichen Farbe. Wäre sie nicht von ihrem Mann befleckt worden, könnte sie eine jungfräuliche Vestalin sein.

Statt zu versuchen, Octavias Gefügigkeit und Gefälligkeit zu überbieten, verlegte Kleopatra sich auf das genaue Gegenteil. Wo Octavia sich Antonius' Weisheit gebeugt hätte, forderte Kleopatra ihn heraus. Wo Octavia ihn beschwichtigt hätte, schalt Kleopatra ihn. Wo Octavia still davongeschlüpft wäre, wenn er sich betrank, schenkte Kleopatra Wein nach und spielte Trinkspiele mit ihm.

Statt sich wie die römische Dame in schlichte, weiße Stoffe zu hüllen, wählte Kleopatra lebhaft bunte Kleider, die sich eng um ihre weiblichen Formen schmiegten. Ihre Ohrhänger streiften die nackten Schultern, und ihre Halskette verschwand zwischen den Brüsten und lenkte Antonius' Blick auf die Stelle, die sein Interesse fesseln sollte. Ihr exotisches Parfüm füllte seine Nase, sodass sich sein Atem beschleunigte.

Wenn er sie schließlich nahm, lag sie nicht still in tugendhafter Unterwürfigkeit da, wie Octavia es Kleopatras Spioninnen zufolge tat. Oh nein, sie gab Schreie schamloser Lust von sich, schlug ihn ins Gesicht und setzte sich auf ihn. Es war eine riskante Strategie gewesen, aber sie hatte wie mit Zauberkraft gewirkt.

Ihre erfolgreichste Strategie war allerdings jene, die bei jedem ihr bekannten Mann immer funktioniert hatte und umso mehr bei einem römischen Mann. Sie huldigte seiner angeblichen Größe.

Sie sagte ihm wieder und wieder, dieser kümmerliche Emporkömmling Octavian sei kein Caesar, sondern vielmehr ein wimmernder Schwächling, der Antonius' Kraft und Talent nichts entgegenzusetzen habe. Und sie wiederholte stets aufs Neue, Octavians bubenhafter General Agrippa könne vor Antonius' militärischem Genie einpacken.

Wie könnten diese verwöhnten Bübchen es wagen, dem großen römischen General Marcus Antonius zu sagen, was er tun solle! Wie könnten sie es wagen, Gesandte nach Ägypten zu schicken, die Rechenschaft über Getreide und Geld verlangten!

All das hatte in Antonius ein Feuer der Empörung und ein wachsendes Bedürfnis nach Gewalt entfacht.

Sie hörte Schritte hinter sich, und als sie sich umdrehte, sah sie Antonius – vollständig nackt, aber nur teilweise betrunken – in den Hof schlendern. Er entdeckte sie beim Becken, hickste und kam auf sie zu.

«Hallo, Liebster», begrüßte sie ihn. «Komm, leg deinen Kopf in den Schoß deiner lieben Frau.» Er kam der Aufforderung nach, und sie streichelte sein Haar. «Du solltest nicht nackt durch den Palast schlendern», sagte sie. «Die Diener könnten dich mit Herkules verwechseln und ihre Pflichten vergessen.»

«Du hast das Mundwerk einer Schlangenbeschwörerin, Kleopatra.»

Sie kraulte ihm die Kopfhaut mit den Fingernägeln, und er stöhnte vor Lust. «Heute ist mir ein Gedanke gekommen», sagte sie. «Ein Gedanke über Julius Caesars Testament.»

«Was ist damit?»

«Caesar war von Zuneigung zu dir erfüllt. Das hat er mir oft gesagt. Er war von deinem militärischen Talent und deiner persönlichen Loyalität ihm gegenüber überzeugt. Ist es nicht eigenartig, dass er Octavian zu seinem Alleinerben gemacht hat?»

«So eigenartig ist das nicht. Caesar neigte nicht zur Sentimentalität.»

«Das ist Unsinn», forderte sie ihn sanft heraus. «Er hat dich wie einen Sohn betrachtet. Den jungen Octavian hat er dagegen kaum gekannt.»

«Worauf willst du hinaus?»

Sie spitzte die Lippen und strich mit ihren weichen Handflächen über seine Wangen. «Ich hege schon lange den Verdacht, dass Caesars Testament gefälscht war.»

«Ausgeschlossen. Das Testament wurde im Tempel der Vesta aufbewahrt. Es war unantastbar.»

«Vielleicht», sagte sie und fuhr fort, als sei ihr der Gedanke gerade erst gekommen. «Aber andererseits sind Octavian und seine Schwester beide mit der Vestalin Pomponia befreundet, oder nicht? Vielleicht reicht diese Freundschaft weiter zurück, als du denkst. Keiner kann wissen, was hinter den verschlossenen Türen des Tempels mit dem Testament geschehen ist, vor allem in dem Chaos, das der Ermordung Caesars folgte.»

«Ich kenne die Priesterin seit Jahren», sagte Antonius. «Das ist ausgeschlossen. Das Testament ist auf keinen Fall eine Fälschung.»

«Wie du meinst», antwortete Kleopatra leichthin. Sie warf einen Blick auf Charmion, die stumm beim Becken stand. Die Sklavin bedeutete durch ein unauffälliges Nicken, dass sie verstanden hatte, und ging.

Gleich darauf kehrte sie mit einer Servierplatte voller Leckereien und einer Amphore Wein zurück. Antonius war nicht mehr in der Verfassung, so etwas zu bemerken, doch der Wein strudelte noch vom Einrühren der Opiumtinktur, die ihm beigemischt worden war. Antonius setzte sich auf und kippte zwei Becher hintereinander.

Kleopatra wartete geduldig ab. Dann versuchte sie es erneut.

«Ich erinnere mich, wie Caesar von dir gesprochen hat», sagte sie. «Voller Zuneigung und Lob. Als ich hörte, dass Octavian in seinem Testament als Einziger bedacht wurde, konnte ich es nicht glauben. Ich sagte mir: ‹Kleopatra, hier geht es nicht mit rechten Dingen zu. Irgendein ehrgeiziger und skrupelloser Mensch hat das Testament gefälscht.› Der Caesar, den ich gekannt und geliebt habe, hatte die Absicht, sowohl sein Vermächtnis als auch sein Vermögen seinem engsten Freund und Verbündeten Marcus Antonius zu hinterlassen.»

Antonius blinzelte langsam und sah sie dann schielend an. «Es ist wirklich ein bisschen eigenartig, dass mir gar nichts hinterlassen wurde», sagte er.

«Octavian hat keine Skrupel.»

«Und er hat auch keinen Mumm», griff Antonius den Faden auf. «Er ist ein feiger Hund, der eine Frau dazu anstiftet, die schmutzige Arbeit für ihn zu erledigen. Und meine Frau ... meine ehemalige Frau, meine ich ... na ja, sie war immer seine eifrige, kleine Dienerin. Wenn er sie aufgefordert hätte, ein gefälschtes Testament in den Tempel zu schmuggeln, hätte sie Jupiter persönlich einen geblasen, um damit durchzukommen.»

«Ah. Jetzt denkt Roms großer General endlich klar.»

Antonius sprang auf, plötzlich voll von gewalttätiger Energie. «Ich halte einen Wolf bei den Ohren», sagte er. «Ich verfüge über Ägyptens Reichtümer und seine Armee. Ich verfüge über die Getreidespeicher. Ich entscheide, ob Octavian seine Legionen bezahlen kann und ob in Rom Essen auf dem Tisch steht.» Er schüttelte den Kopf, denn nun kam ihm ein neuer Gedanke. «Aber irgendwann muss ich den Wolf loslassen. Und dann wird er mich beißen.»

Kleopatra kniete sich auf den Boden und schlang die Arme um seine nackten Beine. «Mein Liebster», sagte sie. «Wir werden ihn töten, bevor er uns beißen kann. Und wenn der Wolf namens Rom tot ist, wird Ägypten die Welt beherrschen.»

Er hockte sich zu ihr und nahm sie in seine muskulösen Arme. «Das siehst du falsch», sagte er. «Antonius und Kleopatra werden die Welt beherrschen.»

Er war seit einem Jahr weg. Trotzdem kam mindestens einmal im Monat zuverlässig ein Brief, immer von demselben verschwiegenen ägyptischen Sklaven überbracht, den Quintus in Alexandria gekauft hatte, immer an die Vestalis Maxima adressiert und immer mit Caesars Siegel verschlossen. Quintus' Pflichten in Ägypten gestatteten ihm die Verwendung des Siegels, und dieses kleine, mit einem Stempel versehene Stück rotes Wachs war das sicherste Schloss für alle Geheimnisse, das Pomponia sich nur hätte wünschen können. Schließlich war die Strafe für das unrechtmäßige Erbrechen des Siegels nicht nur der Tod – es war der Tod mittels der schmerzhaftesten, grässlichsten Methoden, die Roms Scharfrichter ersinnen konnten. Und das waren kreative Köpfe.

Pomponia saß an ihrem Schreibtisch und öffnete die Schriftrolle. Quintus schrieb ihr stets auf feinstem ägyptischem Papyrus, und vielen seiner Briefe lagen kleine Geschenke bei.

Ein Päckchen exotischer Gewürze. Ein winziges, aus Binsen geflochtenes Kätzchen oder Püppchen. Getrocknete Blumen oder Kräuter. Kleine Halbedelsteine wie Granat, Karneol oder geschliffener Lapislazuli.

Einmal hatte er ihr sogar einen toten Käfer geschickt, einen Skarabäus. Zweifellos hatte er geglaubt, sie werde das ägyptische Insekt interessant finden, doch als das schwarze Geschöpf plötzlich aus der Schriftrolle auf ihren Schoß purzelte, hatte sie mit einem Aufschrei die brennende Bienenwachskerze auf ihrem Schreibtisch umgestoßen und hätte damit den Brief beinahe vor der Lektüre in Brand gesteckt.

Inzwischen öffnete sie die Schriftrollen vorsichtiger.

Meine Allerliebste,
diese Ägypter sind nicht ganz richtig im Kopf. Ihre Götter sind oben Tiere und unten Menschen. Doch ihre Tempel sind so prachtvoll wie nur irgendein Tempel in Rom, mögen die Götter mir diese Bemerkung vergeben. Du wärest allerdings in Versuchung, ihre Priester und Priesterinnen zu kreuzigen, denn ich habe einige Tricks, eine Art Tempelmagie, entdeckt, die sie verwenden, um die Menschen zur Anbetung ihrer Götter zu nötigen.
So habe ich die Kolossalstatue von Isis im großen Tempel gesehen. Die Göttin vergießt echte Tränen, doch nach einigen Minuten frommer Gebete der Versammelten trocknen ihre Augen. Die Menschen sind überzeugt, dass ihr Glaube die Göttin beschwichtigt hat. Doch bald fließen die Tränen von neuem, und die Leute sind genötigt, sogar noch mehr zu beten.
Zu meiner Verärgerung muss ich sagen, dass ich zunächst selbst auf den Schwindel hereingefallen bin, doch als ich dem Pries-

ter ins Allerheiligste gefolgt bin, wurde alles offenbar. Die Statue hat ein verstecktes Loch im Hinterkopf. Der Priester fügt einer Amphore voll Wasser eine magische Substanz hinzu und füllt dann den Kopf der Statue damit. Zunächst bewirkt die Substanz gar nichts, doch bald schon verfestigt sie sich und blockiert für kurze Zeit den Weg des Wassers. Es wäre genial, wäre es nicht ein solches Sakrileg. Dennoch habe ich dir etwas von dieser Substanz geschickt – sie stammt aus einem bestimmten Blatt –, damit du dich selbst überzeugen kannst.

Im Tempel des Horus gibt es ähnliche verborgene Künste. Wenn eine Flöte eine Melodie spielt, öffnet der falkenköpfige Gott weit die Arme, und ein Paar gefiederter Flügel kommt aus ihnen hervor. Wenn die Melodie abbricht, gleiten die Flügel zurück in die Arme des Gottes. Die Wirkung ist meisterlich und wirklich ein bemerkenswerter Anblick. Ich habe von anderen Tempeln gehört, in denen die Statuen tatsächlich Speere werfen, habe es aber nicht mit eigenen Augen gesehen. Ich kann mich nicht entscheiden, ob die Götter solche Bauernfängerei loben oder verfluchen sollten.

Anfang des Monats hatte ich Anlass, die alte ägyptische Stadt Gizeh zu besuchen. An diesem uralten Ort stehen ungeheuer eindrucksvolle Monumente. Über einer ausgedehnten Nekropole erheben sich drei Pyramiden, die so riesig sind, dass ein Besucher den Kopf in den Nacken legen muss, um sie komplett sehen zu können. Das Auge kann sie nicht auf einmal erfassen. Keiner scheint zu wissen, wofür diese Pyramiden ursprünglich bestimmt waren. Einige sind der Meinung, sie seien die Gräber vor Urzeiten verstorbener Pharaonen. Andere wiederum glauben, sie entsprächen der Position der Sterne am Firmament und stellten daher Botschaften an die Götter dar. Ich habe sogar sagen hören, wenn der Wind aus einer bestimmten Richtung wehe, erzeugten die Pyramiden ein Geräusch, das zu den Göttern spreche.

Neben den Pyramiden liegt ein riesiger Monolith in Gestalt einer Sphinx – eines Ungeheuers mit einem Menschenkopf und einem Löwenkörper. Die Einheimischen nennen dieses Wesen den Vater des Schreckens. Es heißt, die Sphinx und die Pyramiden seien über zweitausend Jahre alt. Nicht einmal dem Schwarzen Stein schreibt man bei uns ein solches Alter zu! Mein Sklave Ankhu ist sehr talentiert, und ich habe ihn die Szene für dich auf das Leder eines Kamels zeichnen lassen (übrigens ein äußerst widerspenstiges Tier). Leider wird die Skizze noch nicht trocken sein, wenn ich ihn mit diesem Brief losschicke, und so sende ich sie dir erst beim nächsten Mal.

Meine geliebte Pomponia, glaube nur nicht, dass ich solche Exotik genieße. Ich vertreibe mir damit nur die Zeit, um dir später davon schreiben zu können. Den größten Teil meiner Zeit verbringe ich jedoch damit, mich vor der sengenden ägyptischen Sonne zu verkriechen, den Stoff meiner Tunika aus den Krallen der verdammten Katzen der Königin zu winden und mich an dem katastrophalen Zustand der königlichen Finanzen abzurackern. Insanos Deos! Wie eigenartig, dass diese Ägypter in Astronomie, Mathematik, Naturwissenschaft und der Baukunst glänzen, es aber nicht fertigbringen, eine Truhe mit Münzen für Rom zu füllen.

Heute Morgen bin ich aufgewacht und dachte einen Moment lang, ich hätte den Duft deines Haars erhascht. Aber dann habe ich gemerkt, dass es nur der Duft einiger Lotusblüten war, der durchs offene Fenster meines Schlafzimmers hereinwehte. Das Erlebnis hat mir jedoch zu denken gegeben, denn die

Ägypter glauben, der starke Duft von Blüten zeige die Nähe einer Göttin an. Kein Wunder also, dass ich an dich gedacht habe.
Ich opfere Mars jede Woche für deine Sicherheit. Und ich bete zu Venus um deine Liebe.
Quintus

Pomponia beendete die Lektüre. Dann las sie den Brief erneut. Und noch ein weiteres Mal. Persönlich konnte Quintus so übellaunig wie der Minotaurus sein. Auf Papyrus gab er sich jedoch so romantisch und lyrisch wie ein verliebter Amor.

Als sie den Brief praktisch auswendig kannte, rollte sie ihn zusammen und hielt ihn mit der Spitze in die Bienenwachskerze, die auf ihrem Schreibtisch brannte. Die Worte auf dem brennenden Papyrus stiegen zur Göttin auf. Vor ihr hatte Pomponia keine Geheimnisse.

Sie warf die Asche in eine Silberschale, entrollte den leeren Papyrusbogen, den Quintus in seinen Brief eingeschlossen hatte, und nahm einen Pinsel zur Hand.

Quintus,
wie eigenartig und wunderbar die Pyramiden und die Sphinx sein müssen. Ich bezweifle, dass ich jemals selbst vor ihnen stehen werde, doch in deinen Briefen sehe ich sie durch deine Augen, und das gefällt mir sehr. Was die durch die Ägypter praktizierte Tempelmagie angeht – nun, darüber müssen wohl die Götter richten. Allerdings erinnern solche Possen eher an eine Komödie als an Frömmigkeit.
Du klingst wohlauf, Quintus, wenn auch ungehalten über die ägyptische Königin. Keine Sorge, in dieser Hinsicht befindest

du dich in guter Gesellschaft. Wie Caesar dir gewiss in seinen Briefen mitgeteilt hat, kehrt sich die Stimmung in Rom zunehmend gegen Kleopatra. Das Volk ist überzeugt, dass sie Antonius mit einem Zauberbann belegt hat und dass er deswegen in Ägypten bleibt. Die Leute lieben den General seit jeher, und obwohl ihnen die Mägen knurren, bringen sie Entschuldigungen für ihn vor und sagen, nicht er blockiere die Getreidezufuhr, was auch immer Caesar Gegenteiliges dazu erklären mag.

Aber nun zu fröhlicheren Nachrichten. Deine Tochter Quintina gedeiht weiterhin im Tempel der Vesta. Mir scheint, als hätte sich Vesta selbst in ihr verkörpert. Ihr Gesicht wird jede Woche reizender, und sie meistert jedes Ritual gleich beim ersten Versuch. Ihre Lehrerinnen staunen über ihren scharfen Verstand. Ich berichte dir gern, dass sie dein mürrisches und finsteres Naturell nicht geerbt hat – was für eine Erleichterung! – und fast immer fröhlich und anregend ist. Sie ist ein Segen für den Tempel und auch für mich persönlich, Quintus. Inzwischen empfinde ich große Liebe für sie, und ich bin so frei zu behaupten, dass sie mich ebenfalls liebt.

Quintina erzählte mir, dass sie dir über das Wohlergehen ihrer jüngeren Schwester Tacita geschrieben und gefordert hat, bis zu deiner Rückkehr nach Rom ihr Vormund zu sein. Ich weiß, dass du deine Töchter nicht sehr gut kennst, Quintus, und dass du lange Zeit fort warst, aber ich dränge dich, den Rat Quintinas anzunehmen. Sie ist inzwischen eine junge Frau von vierzehn Jahren, ist ihrem Alter aber an Weisheit und Urteilsvermögen weit voraus.

Die unerfreuliche Wahrheit ist, dass die Mutter des Mädchens sich auf den Bacchuskult eingelassen hat. In unseren Kreisen und in der höheren Gesellschaft ist es wohlbekannt, dass sie mit

anderen Bacchanten ein skandalöses Verhalten pflegt, wozu auch gewisse körperliche Riten gehören, die sich für eine Frau ihres Standes nicht geziemen. Deine jüngere Tochter ist noch Jahre von der Heirat entfernt, doch ihr Ruf muss gewahrt werden, wenn sie einen standesgemäßen Ehemann bekommen soll. Mehr sage ich zu dieser Angelegenheit nicht, da es mir nicht ansteht. Ich erwähne es nur, damit du die Worte deiner älteren Tochter ernst nimmst.
Ich bringe Vesta tägliche Opfer dar, damit sie dich nach Hause zurückführt, und ich danke dir für deine Opfer an Mars. Du brauchst Venus nicht mit zu vielen Gebeten zu belasten, denn meine Zuneigung zu dir ist so, wie es sich gehört.
Pomponia

Sie legte den Pinsel aus der Hand und las ihre Worte noch einmal durch, während die Tinte trocknete. Quintus sprach in seinen Briefen offen von seiner Liebe für sie, manchmal so voll Liebeskummer und Hingabe, wie sie es ihm niemals zugetraut hätte. Ihre Antworten waren immer geziemender. Sie beide waren schon einmal nur knapp davongekommen, und sollte der Verdacht entstehen, dass sie eine allzu vertraute Beziehung pflegten, insbesondere eine körperlich intime, wäre die Strafe für beide unausdenkbar.

Außerdem war sie als Vestalis Maxima trotz ihrer Gefühle für ihn der Göttin, ihrem Orden und ganz Rom verpflichtet. Wie sehr auch immer ihr Herz beim Gedanken an Quintus schmerzen mochte, diese Pflicht kam als Erstes.

Es spielt ohnehin keine Rolle, was ich schreibe, dachte sie, als sie den Brief zusammenrollte, versiegelte und in den dafür vorgesehenen Kasten schob. *Quintus wird die Worte lesen, die er sehen möchte. Er weiß von der geheimen Liebe, die ich für ihn hege.* Wider Willen lächelte sie über seine typische Anmaßung und rief nach dem ägyptischen Botensklaven.

Es waren die *Vestalia*, Vestas jährliche öffentliche Festzeit im Juni, und seit zwei Monaten hatte keine der Priesterinnen ausreichend geschlafen. Die vor den Feierlichkeiten liegenden Wochen waren genauso geschäftig wie die Festtage selbst.

Einer der Gründe dafür war die Herstellung der *mola-salsa*-Mischung und der heiligen Oblaten: Man musste Wasser aus den Quellen holen, Mehl mahlen und das Salz segnen. Und all das musste im Rahmen jener strengen heiligen Riten geschehen, die die Vestalinnen seit Jahrhunderten befolgten.

Die heiligen Oblaten wurden auf die Altäre, Heiligtümer und bestimmte andere Orte in ganz Rom verteilt. Da die Bevölkerung der Stadt mehr als eine Million Menschen umfasste, war dies keine geringe Aufgabe.

In früheren Jahren waren die Leute während der religiösen Festtage oder in unruhigen Zeiten zum Tempel gekommen, um die Oblaten zu erbitten, doch als das Gedränge, das während der *Vestalia* auf dem Forum herrschte, zu stark geworden war, hatte Fabiana ihre Verteilung in der Stadt organisiert. Das war nur eine der Gelegenheiten, bei denen die ehemalige Vestalis Maxima die Praxis des Ordens erneuert hatte, um der wachsenden Einwohnerzahl der Stadt Rechnung zu tragen.

Die Römer opferten die Oblaten in ihren eigenen Herden als reine Nahrung für die Göttin, damit diese blieb und ihr Heim zu einem heiligen Ort machte. Gewiss, die Leute opferten auch andere Dinge – ein Stück Brot, Obst, etwas Öl oder Wein –, doch die Oblaten waren etwas Besonderes, und so stellten die Vestalinnen weiterhin beträchtliche Mengen für die Öffentlichkeit her.

Dennoch begaben sich immer noch viele Leute während der *Vestalia* zum Forum, denn sie wollten in den vor dem Tempel stehenden Feuerschalen opfern und ihre Glut mit nach Hause nehmen. Außerdem war es Frauen, und ausschließlich Frauen, während der *Vestalia* gestattet, das Allerheiligste zu betreten, um dort das heilige Feuer zu betrachten und der Göttin vor Ort ein Opfer darzubringen.

Sie kamen in feinste Seide oder gröbste Tuniken gekleidet und streiften ihre Sandalen am Fuß der Marmorstufen des Tempels ab, um das Heiligtum barfuß zu betreten. Sie hatten Teller voll Essen dabei, um es der Göttin darzubringen. Auf manchen lagen üppige Delikatessen, auf anderen nur ein paar Krusten trockenes Brot. Mit geneigten Köpfen gingen sie über den schwarz-weißen Mosaikboden, betrachteten die *aeterna flamma* im Herd und spürten ihre Wärme im Gesicht. Begleitet vom Prasseln und Knacken des Feuers stellten sie die Teller an der runden Innenwand des Tempels auf den Boden. Den Vestalinnen, die über das Feuer Wache hielten, schenkten sie Schmuck, süße Leckereien, Schnitzereien aus Holz oder schöne Stoffe.

Als Oberpriesterin hatte Pomponia den größten Teil des Festtags im Tempel verbracht, mit Tuccia neben dem heiligen Herd gestanden und die Gebete und Opfer von Vestas Gläubigen entgegengenommen.

Da sie ein wenig frische Luft schnappen wollte, übergab sie ihren Platz Nona. Beim Hinabsteigen der Tempelstufen – stets unter den wachsamen Blicken ihrer Leibwächter Caeso und Publius – fühlte sie sich vom Duft des Lorbeers und der

Blumengirlanden erfrischt, die die Tempelsäulen umwanden und vom Tempelfries herabhingen. Rund um den heiligen Bereich der Vesta spielten Musiker muntere Flötenmelodien.

Die Priesterin Caecilia stand neben einer der bronzenen Feuerschalen vor dem Tempel und segnete alle, die gekommen waren, um eine Vestalin von Angesicht zu Angesicht zu treffen. Pomponia trat zu ihr, um ein paar Worte mit ihr zu wechseln.

«Rom wird allmählich zu groß», sagte sie. «Nächstes Jahr werde ich vorschlagen, dass wir den Tempel während der *Vestalia* ein oder zwei zusätzliche Tage geöffnet halten. Ich habe manche Leute sagen hören, dass sie es nicht in den Tempel schaffen.»

«Das erscheint mir klug», sagte Caecilia. «Eine notwendige Veränderung.» Sie warf einen Blick auf Fabiana, die einige Schritte entfernt auf einem gepolsterten Stuhl saß. «Allerdings wirst du vielleicht auf Widerstand stoßen.»

«Ich weiß nicht recht. Fabiana scheint sich dieser Tage nur wenig um die Sitten und Gebräuche zu scheren. Schau sie dir nur an! Ein heiliger Tag wie dieser, und dieses übelriechende Tier macht ihre Stola dreckig. Wann hat es denn das schon gegeben?»

Beide betrachteten lächelnd die ehemalige Oberpriesterin der Vestalinnen, die auf einem hochlehnigen Stuhl vor dem Tempel saß, einen Baldachin im königlichen Purpurrot über sich. Perseus lag zusammengerollt auf ihrem Schoß.

Caecilia lachte. «Und doch bist du diejenige, die jeden Abend mit diesem ‹übelriechenden Tier› einen Spaziergang auf dem Forum macht. O ja, Pomponia, wir haben dich alle mit ihm auf den Stufen der *regia* sitzen und nach den Sternen schauen sehen.»

Der Hund hob den Kopf und betrachtete jeden Mann, jede

Frau und jedes Kind, die nacheinander vor Fabiana niederknieten und um ihren Segen baten oder mit ihr zur Göttin beteten.

Pomponia wusste wie alle anderen, dass dies vielleicht die letzten *Vestalia* waren, die Fabiana mit ihnen zusammen feiern würde. Die alte Vestalin schien es ebenfalls zu wissen und hatte sich wohl deshalb gezwungen, ihr kühles Schlafzimmer zu verlassen und den ganzen Tag vor dem Tempel in der Sonne zu sitzen. Pomponia versuchte, nicht daran zu denken, dass dieses Erscheinen wohl die Art war, wie die ehemalige Oberpriesterin sich vom römischen Volk verabschiedete.

Pomponia wippte auf den Fersen und blickte um sich. Priesterin Lucretia ging in einer Menge von Männern und Jungen umher, die ihr mit Essen beladene Teller reichten. Nur Frauen durften den Tempel betreten, doch da die Parzen vielen Frauen bei einer Geburt den Lebensfaden abschnitten, gab es in manchen Familien keine Ehefrau oder Mutter, die Vesta im Tempel ein Opfer hätte darbringen können.

Die Männer und Jungen solcher Familien warteten darum draußen und baten eine Vestalin, das Opfer in ihrem Namen darzubringen. Heute war Lucretia mit dieser Aufgabe betraut. Sie ging ihr unermüdlich nach, obwohl die Sonne heiß auf ihren weiß verschleierten Kopf brannte.

Auf der Stufe vor einer weiteren bronzenen Feuerschale stand Quintina und beugte sich über einen großen Terrakotta-Topf – er war beinahe so groß wie sie selbst. Darin wurde der Rest des Mehls aufbewahrt, mit dem die heiligen Oblaten gebacken worden waren. Sie schöpfte eine volle Kelle heraus und gab die Mischung in eine angeschlagene Schale, die ein hungrig aussehender Junge ihr hinhielt.

«Gib nicht alles der Göttin», sagte sie zu dem Jungen. «Vesta ist satt. Iss es selbst.»

«Jawohl, Priesterin!» Der Junge rannte davon, und der Nächste in der Reihe näherte sich Quintina mit seiner leeren Schale.

Ein Stück weiter hinten in der Schlange hatten drei Männern eine halb scherzhafte Rauferei begonnen, und in ihrem Verlauf war ein kleines Mädchen aufs Pflaster gefallen. Sie stand auf, und eine Frau wischte ihr das Blut von den Knien.

Ein grimmig blickender Centurio, einer von vielen, die um den Tempel herum aufgestellt waren, um die üblichen Wächter zu unterstützen, warf den Männern einen warnenden Blick zu und legte die Hand ans Schwert. «Zurück in die Schlange, ihr Scheiße-Fresser!» Die Männer ließen die Köpfe hängen wie schmollende Kinder und taten wie geheißen.

Pomponia betrachtete die drangvolle Enge in der Umgebung des Tempels der Vesta. Getreu der Sitte hingen Girlanden von Brot und Blumen von den Geschäften, Markthallen und den *rostra* sowie den anderen Gebäuden und Tempeln. Ähnliche Girlanden schmückten Privathäuser in ganz Rom. Doch Pomponia war aufgefallen, dass dieses Jahr mehr Blumen als Brot draußen hingen.

Ein plötzliches Aufbranden von aufgeregten Rufen und Applaus erregte ihre Aufmerksamkeit, und als sie zur Via Sacra schaute, sah sie, dass Caesars große Sänfte langsam durch das Gedränge zum Tempel getragen wurde. Läufer eilten voraus, um die Straße von Menschen frei zu machen und alles zu beseitigen, worauf die schön gekleideten *lecticarii* ausrutschen könnten.

Aus der großen *lectica* flogen Münzen auf das Kopfsteinpflaster, und die Leute sprangen hinzu, um sie aufzuheben. Andere winkten voll Ehrfurcht und setzten sich ihre Kinder auf die Schultern, damit auch sie einen Blick auf Caesar erhaschen konnten.

Concordia steh uns bei, dachte Pomponia. *Gerade als ich dachte, ich hätte das Chaos im Griff.*

Die Sänfte wurde in der Nähe des Tempels abgesetzt. Während Caesars Liktoren und Soldaten sich um sie herum aufbauten, stieg Octavia aus der *lectica*, von ihrem Bruder gefolgt. Manche Leute applaudierten mit Klatschen und Rufen, doch andere gafften nur, mit bestenfalls ausdruckslosen und schlimmstenfalls vorwurfsvollen Blicken. Der Hunger hatte ihr Vertrauen in Caesar beschädigt. Mochte er Münzen werfen, so viel er wollte, es gab immer weniger Brot, das man damit hätte kaufen können.

Octavian begrüßte Pomponia als Erster. Er deutete mit dem Kinn auf zwei Frauen, die sich auf der Straße um einen *denarius* stritten. «Schade, dass sie kein Silber essen können», sagte er, als hätte er die Gedanken der Vestalin gelesen.

Die in eine weiße Stola gekleidete Octavia neigte den Kopf vor Pomponia. «Ich bin hier, um Vesta ein Opfer darzubringen», sagte sie. Sie hatte einen schlichten Terrakotta-Teller in der Hand, auf dem Obst und in Öl getauchtes Brot lagen.

«Die Göttin wird erfreut sein», sagte Pomponia.

Gleich darauf stieg noch jemand aus der *lectica*: Caesars Frau Livia. Im Gegensatz zu ihrer bescheidenen Schwägerin trug sie ein leuchtend grünes Kleid und Ohrhänger, die ihr auf die Schultern herunterbaumelten. Mit einem goldenen Teller in der Hand, auf dem sich exotische Fleischspeisen türmten, trat sie vorsichtig auf das Straßenpflaster und neigte den Kopf vor der Vestalin. «Priesterin Pomponia», sagte sie. «Hoffentlich macht unsere Anwesenheit euch heute keine zusätzliche Mühe. Wir bringen unsere Opfer dar und gehen wieder.»

«Oh nein», antwortete Pomponia. «Vollzieht eure Opfer, und dann setzen wir uns mit etwas gesüßtem Zitronenwasser in den Hof.»

Pomponia musterte Livia, während die beiden Frauen ihre Sandalen am Fuß der Tempelstufen auszogen und durch die geöffnete Tür ins Allerheiligste traten. In ihrer Zeit beim Vestalinnenorden hatte sie schon viele ehrgeizige Männer und Frauen erlebt, doch Caesars junge Frau hatte etwas an sich, das sie von den anderen abhob. Es war etwas ganz Spezielles an ihrem Lächeln und der Art, wie sie jeden Gesichtsausdruck und jedes Wort aus Gründen, die nur sie kannte, strategisch zu wählen schien.

Kein Zweifel, Livia war Ehrgeiz pur. Aber unter diesem Ehrgeiz lag noch etwas anderes: Unsicherheit. Das war die unsichtbare, aber nicht aufzuhaltende Unterströmung, und Pomponia spürte, dass sie alles wegschwemmen würde, was sich ihr in den Weg stellte.

Nachdem die beiden Frauen ihre Opfer im Tempel dargebracht hatten, geleitete Pomponia sie und Caesar durch den Portikus des Hauses der Vestalinnen in den Innenhof. Dort bot der Halbschatten der Bepflanzung Zuflucht vor der stechenden Hitze, und sie deutete auf zwei von Baldachinen beschattete Liegen neben einem der Becken. Octavia und sie selbst setzten sich auf die eine, Octavian und Livia auf die andere.

«Zitronenwasser», sagte Pomponia zu einer Hausklavin. «Süß. Und mit Eis, falls wir noch welches haben.»

«Sofort, Domina.»

«Ich kann mich nicht erinnern, dass es schon jemals so früh im Jahr so heiß geworden wäre», sagte Octavian.

«Es macht die Leute gereizt, Caesar», bemerkte Pomponia. «Heute ist es recht geordnet zugegangen, aber ich spüre es trotzdem.»

«Hitze und Hunger», sagte Octavian. «Eine ungute Kombination, insbesondere mit Hinblick auf die öffentliche Ordnung.»

Octavia sprach das aus, was alle dachten. «Die Schuld daran trägt mein Ehemann.»

«Wie kommst du mit alldem zurecht, Octavia?», fragte Pomponia.

«Es gibt gute Tage und schlechte, liebe Freundin. Juno gibt mir Kraft.»

«Das höre ich gern.» Pomponia schüttelte bekümmert den Kopf. «Am Tag von Julius Caesars Ermordung hat Antonius sich hier versteckt. Er stand genau hier, an diesem Becken, und hat daraus getrunken. Hier habe ich ihm Caesars Testament übergeben ... ach, hätte ich damals nur gewusst, zu was für einem Menschen er sich entwickeln würde. Dann hätte ich Quintus veranlasst, ihm zu Vestas Füßen die Kehle aufzuschneiden. Vergebt mir, die Hitze macht auch mich gereizt und entflammt meinen Zorn. Es ist kaum zu fassen, was Antonius seiner Frau und seinem eigenen Volk antut.»

«Wir alle haben schon viel Schlimmeres gesagt und gedacht», erwiderte Octavian. Die Sklavin kam mit honiggesüßtem Zitronenwasser. Minzeblättchen schwappten in dem hohen Glaskrug, und in den bereits gefüllten Gläsern klirrten Eisstückchen. Octavian nahm einen großen Schluck des kühlen

Getränks. «Das Problem ist, dass Antonius noch immer einige Unterstützer im Senat hat. Das einfache Volk glaubt nicht, dass er gegen die Senatoren handeln würde.»

«Wenn es nur eine Möglichkeit gäbe, Antonius' Illoyalität zu beweisen», sagte Livia.

Octavian zerkaute ein Eisstückchen zwischen den Zähnen und warf ihr einen Blick zu. Seine Frau war mit den Andeutungen noch nicht so geschickt wie er selbst oder seine Schwester.

Pomponia sah Octavian an. «Worum bittest du mich, Caesar?»

Er begegnete ihrem Blick. «Antonius' Testament wird im Tempel aufbewahrt. Meiner Überzeugung nach wird es zeigen, dass seine Zuneigung und Treue seiner ägyptischen Familie gilt und nicht seiner römischen.»

Octavia ergriff die Hand der Vestalin. «Die Leute müssen wissen, wie es in seinem Herzen aussieht.»

«Und wozu soll das gut sein?», fragte Pomponia. «Es wird ihn nicht verändern. Und es wird auch nicht dafür sorgen, dass die Steuern oder das Getreide hereinkommen.»

«Nein», antwortete Octavian. «Aber wenn ich beweisen kann, dass seine Loyalität Kleopatra gilt, bekomme ich vom Senat die Unterstützung, die ich brauche, um ihr den Krieg zu erklären, Antonius als Verräter zu töten und selbst die Kontrolle über Ägypten zu übernehmen.»

Pomponia stockte. Hier war er also – der Preis für die Freundschaft mit Caesar. Sie wählte ihre Worte sorgfältig. «Ich fühle mich Antonius durch nichts verbunden. Ich konnte nie viel mit diesem Mann anfangen. Aber ihr wisst, dass ich das, worum ihr mich bittet, nicht tun kann. Der Tempel ist unantastbar. Roms bedeutendste Männer vertrauen dem Vestalinnenorden seit Jahrhunderten ihre Testamente an, und Antonius ist ein römischer General. Der Senat und die Priesterkollegien würden das Sakrileg und mich als Vestalis Maxima streng verurteilen. Und dich ebenfalls, Caesar, insbesondere dann, sollte das Testament nichts enthalten, was gegen Antonius spricht.» Sie drückte Octavias Hand. «Ich treffe diese Entscheidung aus religiösem und juristischem Pflichtgefühl. Hätte ich die Freiheit, sie aus Freundschaft zu treffen, würde sie anders ausfallen.»

«Natürlich», sagte Octavia. «Vergib uns.»

«Ja, vergib uns», bekräftigte Octavian. «Die Bitte war aus Verzweiflung geboren. Wir werden einen anderen Weg finden, zu tun, was getan werden muss.»

Daraufhin trank man noch etwas Zitronenwasser und plauderte, bis Livia mit einem Schnaufen aufstand. «Lieber Mann», sagte sie, «und liebe Schwägerin. Leider macht die Hitze mir sehr zu schaffen.»

«Wir sollten aufbrechen», griff Octavian ihre Worte auf. «Ich entschuldige mich erneut für meine fehlgeleitete Bitte. Es war nicht richtig von mir, politischen Druck auf unseren heiligsten Orden auszuüben.»

«Es gibt nichts zu entschuldigen», erwiderte Pomponia. «Du bist der Caesar und machst die Arbeit eines Caesars.»

Livia verneigte sich vor der Vestalin. «Danke für deine Zeit an diesem geschäftigen Tag. Hättest du vielleicht Lust, nach den *Vestalia* mit Octavia und mir in Caesars Haus zu speisen? Unser neuer Koch bereitet die vorzüglichsten Siebenschläfer zu, die du je gekostet hast, nicht wahr, Octavia? Er ist mit Sicherheit der sterbliche Sohn Edesias.»

«Ja, sehr gern», antwortete Pomponia. «Unsere Siebenschläfer schmecken wie gekochtes Leder. Ich habe allerdings gerade einen neuen Koch vom Land gekauft, und wir machen uns große Hoffnungen.» Sie begleitete die drei aus dem Haus zu Caesars Sänfte, die sie auf der Straße vor dem Portikus erwartete.

Sie wechselten Abschiedsworte. Von Octavia gefolgt, stieg Livia in die Sänfte, doch Octavian blieb noch stehen. Er schien etwas Ernstes sagen zu wollen, verabschiedete sich dann aber nur leichthin von Pomponia und stieg hinter seiner Frau und seiner Schwester ein. Als die Oberpriesterin nach einem Winken zum Tempel zurückkehrte, schloss er die roten Vorhänge der *lectica* und ließ sich ins Polster sinken.

«Ich habe dir ja gesagt, dass sie es nicht tun wird», erklärte er Livia.

«Es war den Versuch wert, mein Mann.»

«Vielleicht.» Er klang nicht überzeugt.

Octavia wischte sich eine Träne aus den Augen und legte den Kopf an die Schulter ihrer Schwägerin.

Livias Brust schnürte sich vor Gereiztheit zusammen – seit Antonius' Heirat mit Kleopatra war ihre Schwägerin unerträglich weinerlich geworden –, doch sie unterdrückte ihre Abwehr und strich Octavia sanft übers Haar. «Na, na, liebe Schwägerin», sagte sie. «Wir werden einen Weg finden, diesen barbarischen Ehemann für seine Untreue bezahlen zu lassen.»

«In der Tat», bekräftigte Octavian. «Priesterin Pomponia ist bewunderungswürdig», fuhr er dann nachdenklich fort. «Sie ist eine pflichtbewusste oberste Vestalin, und doch begünstigt sie uns politisch. Das kann sich als nützlich erweisen.»

Livias Brust schnürte sich noch enger zusammen. *Mala Fortuna! Die Vestalin widersetzt sich dir, doch deine Achtung vor ihr steigt?* Sie leckte sich die Lippen. Sie hatte durchaus damit gerechnet, dass die Vestalis Maxima Caesars Bitte ablehnen würde, und insgeheim gehofft, diese Weigerung würde ihren Mann gegen die Vestalinnen einnehmen. Doch zu ihrer Bestürzung schien die Wirkung genau umgekehrt.

«Wer ist dieser Quintus, von dem die Oberpriesterin sprach?», fragte sie scheinbar unschuldig. «Ist er derselbe Quintus, den du nach Ägypten geschickt hast? Der Mann, dessen Ehefrau sich dem Bacchuskult hingibt?»

«Ja, genau der», antwortete Octavian.

«Ich wusste nicht, dass die beiden so gute Freunde sind», sagte Livia. Das musste sie sich merken.

Doch ihr Mann hörte ihr nicht zu. Er war bereits durch einen Korb voll Schriftrollen abgelenkt und ärgerte sich grummelnd über überfällige Steuerzahlungen, verstopfte öffentliche Latrinen und eine Epidemie sexuell übertragener Hautblasen in den Bordellen der Subura. Alle Probleme Roms schienen zu ihm hinaufzugelangen.

«Anscheinend trifft mich nicht nur die Schuld an ihrem nagenden Hunger, sondern auch an den Warzen auf ihren Schwänzen», knurrte er.

«Ach je.» Als die langsamen, rhythmischen Bewegungen der Sänfte ihre Schwägerin in den Schlaf wiegten, spürte Livia deren Kopf schwerer auf ihrer Schulter lasten. Sie schob Octavia jedoch nicht weg, sondern gab einen beruhigenden Laut von sich und streichelte weiter ihr Haar. Caesar mochte es, wenn seine Frau gegenüber Octavia schwesterliche Liebe zur Schau stellte.

Am Portikus des Hauses angelangt, stieg Octavian, der noch immer in Gedanken bei den Verwaltungsangelegenheiten war, aus der Sänfte und erteilte seinem Sekretär Befehle, bevor Livia ihre Schwägerin auch nur wach gerüttelt hatte.

«Ach, entschuldige bitte Livia», sagte Octavia blinzelnd. «Anscheinend macht die Hitze auch mir zu schaffen.»

Sie folgten Octavian ins Haus. Während Octavia zu Bett ging, wandte Livia sich zum Badehaus der Sklavinnen, wo Medousa gerade beaufsichtigte, wie neun Jungfrauen für die Nacht vorbereitet wurden – Livias jüngstes Geschenk an ihren Mann, eine Jungfrau für jede Nacht der *Vestalia*.

Fünf von ihnen saßen bis zum Kinn im Badewasser und bemühten sich nach bestem Vermögen, sich in verschiedenen fremden Sprachen miteinander auszutauschen, während drei weitere still dasaßen und verfolgten, wie ihnen das Haar kurz geschnitten wurde. Eine stand mit gespreizten Beinen und erhobenen Armen in der Mitte des Raums, da die Schönheitssklavin ihr gerade die Körperbehaarung entfernte.

«Wie sind diese hier, Medousa?», fragte Livia.

«Sie sind sehr gut, Domina. Caesar wird seiner Frau dankbar sein.»

«So soll es sein.»

Medousa zögerte und ging dann das Wagnis ein. «Hast du heute die Vestalis Maxima gesehen?»

«Ja.»

«Wie hat sie ausgesehen?»

«So wie immer», knurrte Livia. «Sehr weiß.»

«Ja, Domina.» Medousa verfluchte sich selbst. Es war sinnlos, ihrer Herrin eine Frage zu stellen.

Dennoch empfand sie ein bittersüßes Heimweh, als sie sich Pomponia und die anderen Vestalinnen vorstellte, wie sie die heiligen Flammen nährten und zwischen den Scharen der Gläubigen umhergingen, die an diesem Tag, dem ersten der *Vestalia*, den Tempel besuchten.

Die *Vestalia* waren im Tempel eine geschäftige Zeit. Und obgleich Medousa nur eine Sklavin war, hatte man ihr doch stets viele wichtige Aufgaben anvertraut. Es hatte ihr große Freude bereitet, der Göttin auf ihre eigene Weise zu dienen, und selbst Fabiana, der die Sklavin von Anfang an missfallen hatte, hatte sie für ihren Fleiß während der Festtage gelobt.

Doch inzwischen war alles anders. In den letzten Jahren hatte sie die *Vestalia* damit zugebracht, Jungfrauen zu kaufen und für die Entjungferung durch Caesar vorzubereiten. Es war eine Beleidigung für die Göttin. Und wann immer ein Mädchen zerzaust und weinend aus Caesars Schlafgemach kam, bat Medousa Vesta um Vergebung.

Livia stemmte die Hände in die Hüften und musterte das nackte Mädchen in der Mitte des Raums. Unter ihren wachsamen Blicken kleideten Medousa und eine weitere Sklavin das Mädchen in eine strahlend weiße Stola und bedeckten ihr kurz geschnittenes Haar mit einem Schleier. Eine Träne rollte ihr die Wange hinunter.

«Juno, gib mir Kraft!», stöhnte Livia. «Weinende Frauen habe ich heute wirklich genug gehabt.» Sie ließ die Arme sinken und betrachtete nachdenklich die anderen acht Mädchen im Badehaus. «Wenn mein Mann in diesem Tempo mit den Jungfrauen weitermacht, werden wir den Tempel bis zu den Kalenden mit Huren betreiben müssen.»

Meine geliebte Pomponia,
die ägyptische Sonne verfolgt mich weiter. Es gibt hier nur zwei Sorten von Wetter: drückende Hitze und drückende Hitze in einem Sandsturm. Heute gilt das Letztere. Meine Augen brennen noch von der Ladung Sand, die sie heute Morgen

abbekommen haben, falls meine Buchstaben also schief sind, kennst du den Grund.

Zu Ehren der Vestalia hat Königin Kleopatra letzten Monat gestattet, im Tempel der Isis ein der Vesta geweihtes Altarfeuer zu entzünden. Viele römische Soldaten und Beamte sind zum Beten gekommen, ich selbst inbegriffen. Einige Beamte haben ihre Frauen mit nach Ägypten genommen, und diese haben den Tag über Opfer für den Schutz ihrer Männer dargebracht. Manche haben der Göttin Honig geopfert, denn das ist die Opfergabe der Ägypter für ihre Götter. Sie haben Vesta gebeten, alle römischen Männer in Ägypten nach Hause zu führen. Als ich diese Gebete hörte, habe ich gemerkt, wie stark ich dich vermisse.

Im Tempel habe ich mich unter vier Augen mit mehreren von Marcus Antonius' Soldaten unterhalten. In den Mannschaftsgraden wächst der Unmut, und viele Männer verlieren die Geduld mit dem General. Ihnen zufolge ist Kleopatra ein fatale monstrum, das Antonius mit einem Zauberbann belegt hat und seinen Untergang herbeiführen wird. Sie verabscheuen sie. Ich habe sogar einige von ihnen sagen hören, sie vergifte seinen Verstand mit einem exotischen Präparat, das ihn zu ihrem Geschöpf mache.

Es ist eigenartig, die beiden zusammen zu sehen. Litte ich nicht unter dem Fluch eines zynischen Naturells, könnte ich sagen, dass es eine echte Liebesehe ist. Andererseits ist Antonius dafür bekannt, dass er sich gern Frauen gesucht hat, die von sich meinten, genauso fähig wie ein Mann zu sein. Kein Wunder, dass er die edle Octavia verlassen hat. Sie ist eine tugendhafte römische Ehefrau, die weiß, wer der Herr im Haus ist, und seine Aufkündigung der Ehe hat seinen Soldaten nicht gefallen. Allen hier ist sehr bewusst, dass Antonius und Caesar einan-

der von Tag zu Tag feindseliger gesinnt sind. Antonius schickt kaum Münzen oder Unterstützung nach Hause, doch soweit ich weiß, verlassen die vereinbarten Getreidemengen tatsächlich den Hafen. Für meinen Teil sehe ich Antonius und Kleopatra auf ihren goldenen Thronen sitzen, als wären sie König und Königin der Welt. Das verblüfft mich, doch Kleopatra hat sowohl die Unterstützung als auch die Liebe ihres Volkes. Sie sagt den Leuten, dass Ägypten nicht einfach nur Roms Brotkorb ist, sondern eine großartige, unabhängige Nation mit eigenen Göttern und einer eigenen Geschichte. Was für eine Unverfrorenheit diese aufgetakelte Hure besitzt!
Ich fand deine Nachricht über die Mutter meiner Töchter nützlich und werde Quintina gestatten, die Vormundschaft über ihre jüngere Schwester zu übernehmen.
Diesen Monat ist mein Geschenk für dich ein silbernes Amulett, ein Shen-Ring. Ich habe ihn von einer Priesterin der Isis gekauft. Der Kreis ist ein Symbol der Ewigkeit. Als sie mir das sagte, dachte ich an meine Liebe für dich und das ewige Feuer in deiner Obhut.
Quintus

Nachdem sie seinen Brief erneut gelesen und in der Kerzenflamme verbrannt hatte, griff Pomponia nach einem Schreibpinsel und kaute nachdenklich auf seinem Ende herum. Es gab noch immer Zeiten, in denen sie nicht wusste, was sie von Quintus halten sollte. In einem Satz konnte er so schneidend wie eine Messerklinge sein – seine grollende Bemerkung, eine Frau müsse wissen, «wer der Herr im Haus ist» –, und gleich im nächsten war er so süß wie eine Honigwabe: *Ich dachte an meine Liebe für dich.*

Sie betrachtete das Silberamulett auf ihrem Schreibtisch, von Wärme erfüllt bei der Vorstellung, wie er es für sie ausgesucht hatte, und setzte dann die Pinselspitze auf den Papyrusbogen.

Quintus,
das Geschenk ist wunderschön, wie immer. Aber ermüdet Ankhu nicht allmählich davon, so viele Briefe zwischen Rom und Alexandria hin- und herzutransportieren, und das so rasch hintereinander? Entweder muss er Merkur mit den Flügelschuhen höchstselbst sein, oder er reitet auf Pegasus übers Meer. Ich beschwere mich nicht. Keine Frau in Rom freut sich so sehr über einen Boten wie ich. Ich kann dir sagen, dass Ankhu ein zuverlässiger, angenehmer Mensch ist, und deine Briefe treffen immer in perfektem Zustand ein.
Ich freue mich, dass Quintina die Sorge für ihre jüngere Schwester übernehmen wird. Sie hat mit deiner Zustimmung gerechnet und bereits die Absprache getroffen, dass Tacita künftig bei deinem Bruder und seiner Frau leben soll. Wie ich höre, sind beide über jeden Tadel erhabene, gute Menschen und empfinden echte Zuneigung zu ihrer Nichte.
Wie schön du mir Vestas Feuer geschildert hast, das im Tempel der Isis brannte. Auf dem Campus Martius steht ein Isis-Altar, und es gab für diesen Ort Gespräche über den Bau eines Isis-Tempels, den unser Orden hätte führen sollen, doch Caesar hat nun wegen Ägyptens Feindseligkeit Einspruch erhoben. Ich werde dennoch einen Grund finden, den Altar zu besuchen, und dann denke ich an dich, wie du unglücklich in der ägyptischen Sonne brätst.
Wie sehr ich mir wünsche, dass die angespannte Lage zwischen Antonius und Caesar endet, friedlich oder auch nicht. Vielleicht

wäre eine Schlacht besser als diese ewigen Spannungen und die grauenhafte Unsicherheit. So steht es zwischen Rom und Ägypten weiter auf Messers Schneide, und wir beide bleiben getrennt. Ich fürchte, dass die Situation auch meine Beziehung zu Caesar und seiner Schwester belastet hat. Es ist kaum zu fassen, aber sie haben mich gebeten, ihnen Antonius' Testament auszuhändigen, das im Tempel aufbewahrt wird. Caesar glaubt, dass sein Inhalt einen Krieg gegen seinen Widersacher rechtfertigen würde. Mir blieb keine andere Wahl, als ihm die Bitte abzuschlagen, auch wenn ich es ungern getan habe.

Natürlich blieb Caesar im Angesicht meiner Weigerung so diplomatisch und höflich wie immer. Aber nur die Göttin kann wissen, was er wirklich denkt oder was er tun wird. Ich fürchte, dass er der Wolf im Schafspelz ist, von dem der griechische Geschichtenerzähler Aesop in seinen Fabeln berichtet. Und ich fürchte, dass ich diesen Wolf bei den Ohren halte. Sollte ich als Vestalis Maxima irgendein Anzeichen von Schwäche erkennen lassen, wird er in den Tempel eindringen und seiner Heiligkeit das Herz herausreißen.

In Rom wird auch viel über Kleopatras Macht über Antonius spekuliert. Vor vielen Jahren, als Julius Caesar sie liebte, habe ich selbst gesehen, welchen Einfluss die ägyptische Königin auf römische Männer ausüben kann. Wenn römische Frauen das Recht hätten, so frei über sich selbst zu gebieten, wie Kleopatra es tut, würden der Charme und die Raffinesse der Pharaonin unsere Männer vielleicht nicht so sehr betören.

Doch genug von Politik und Philosophie. Lass uns stattdessen zu Vulcanus beten, dass der Rauch dieser Tage sich bald verziehen möge, und hoffen, dass der geschickte Gott eine Brücke aus Eisen schmiedet, auf der du heimkehren kannst.

Pomponia hob den Pinsel vom Papyrus und drehte das Schreibgerät nachdenklich zwischen den Fingern. Erneut fiel ihr Blick auf das Silberamulett, das auf dem Schreibtisch lag. Es gab so vieles, was sie Quintus hätte sagen wollen, so viele Arten, auf die sie gern ihre Liebe für ihn ausgedrückt hätte, doch sie zögerte, schreckte davor zurück.

Sie setzte den Pinsel aufs Papier und beendete den Brief mit einer solchen unverstellten Ehrlichkeit, dass ihr Tränen in die Augen traten.

Ich vermisse dich innig, lieber Quintus.
Pomponia

KAPITEL XIV

De fumo in flammam.
«Aus dem Rauch in die Flammen.»
RÖMISCHES SPRICHWORT

Rom, 31 v. Chr., Februar
(ein Jahr später)

Der Stadtausrufer stand auf seinem Podium vor den *rostra* und brüllte für die, die auf dem Forum um ihn versammelt waren, die jüngsten Entwicklungen in Ägypten heraus.

Sobald er mit der Verkündigung fertig war und bevor er noch mit der nächsten begonnen hatte, breitete die Nachricht sich wie ein Lauffeuer in der Stadt aus, denn die Leute eilten über das Kopfsteinpflaster davon und setzten die offiziellen Nachrichten so rasch in Umlauf wie sonst Gerüchte. Nachrichten – gute wie schlechte – gingen in Rom schnell herum.

«Königin Kleopatras exotischer Bannfluch aus den ewigen Wüsten Ägyptens über den einstmals großen General Marcus Antonius hält noch immer. Caesars Spione sagen uns, dass die Pharaonin so dekadent wie berechnend ist, denn sie hat Dutzenden von Antonius' Soldaten sexuelle Gefälligkeiten erwiesen.»

«Sag Caesars Spionen, sie sollen Getreide schicken», rief eine verärgerte Frau. «Und nicht diesen schmutzigen Klatsch!»

Hitzige Rufe des Beifalls ertönten.

Der Nachrichtenschreier beachtete sie nicht. Zwischenrufe waren nichts Neues.

«Auf Befehl des Senats und Caesars», fuhr er fort. «Während der *Lupercalia* sind Vandalismus an öffentlichen Gebäuden, das Stören öffentlicher Zeremonien, das Unterbrechen religiöser Rituale und öffentliche sexuelle Unanständigkeit streng verboten. Derartiges Verhalten wird als Hochverrat betrachtet, und wer sich dessen schuldig macht, wird zur öffentlichen Auspeitschung oder Hinrichtung in den Carcer verbracht.» Er strich sich mit dem Finger über die Kehle und riss die Augen weit auf, um die Wirkung seiner Worte zu verstärken. «Ohne jede Ausnahme!»

Ein leises Grollen in der Menge.

«Und zuletzt», er deutete auf die Schar der Versammelten, «wird den Bürgern der Rat erteilt, die Bordelle in der Subura aufgrund des Ausbruchs schwerer Geschlechtskrankheiten zumindest bis nach den *Veneralia* zu meiden.» Er warf der Menge einen warnenden Blick zu, reichte die Schriftrolle seinem Schreiber und stieg vom Rednerpodium herunter.

Valeria sah dem Verkünder nach, wie er über die Pflastersteine zu einer Weinschenke in der Basilica Aemilia ging. Sie legte sich die wollene Palla um die Schultern. Es war ein kühler, nasser Tag. Vielleicht nicht das angenehmste Wetter für die *Lupercalia*, doch in diesen Tagen galt Regen als gutes Vorzeichen. Es symbolisierte eine Säuberung, eine Art von Reinigung, die der Gesundheit und Fruchtbarkeit Roms zuträglich war.

Die *Lupercalia* ehrten mit mehreren Festtagen die Lupa genannte Wölfin, die Romulus und Remus gerettet und gesäugt hatte, die beiden Zwillingssöhne der Vestalin Rhea Silvia und des Gottes Mars.

Früher hatte Valeria den Geist und die einzigartigen Rituale dieses Fests geliebt. Es schenkte ihr Hoffnung, denn es hieß, eine Frau, die während der *Lupercalia* ein Kind empfange, werde einen kräftigen Sohn zur Welt bringen. Sie schluckte die Traurigkeit herunter, die ihr bei der Erinnerung an ihren kleinen, grauen Sohn in seinem Totenkörbchen kam. Sie ging die Via Sacra entlang, achtete aber kaum auf das Gedränge der Menschen, die die großartigen bunten Tempel und Markthallen besuchten, im Gebet vor den großen Statuen der Götter knieten oder bei einigen der improvisierten Altäre und Verkaufsstände stehen blieben, die während der Festlichkeiten an den Straßenrändern des Forums geduldet wurden.

Schließlich näherte sie sich dem Palatinhügel, der an diesem Tag teilweise für die Öffentlichkeit zugänglich war, und stieg eine Treppe zu seiner Kuppe hinauf. Für ein paar Schlucke Wasser blieb sie kurz an einem Brunnen stehen, doch eine grobe, stämmige Frau schubste sie weg und warf einen Stapel Becher in das Becken mit sauberem Wasser.

«Für wen hältst du dich, Kleine?», gackerte die Frau. «Für Königin Salacia? Trink und schaff deinen schicken Arsch aus dem Weg. Hier gibt es Leute, die arbeiten müssen.»

In früheren Zeiten hätte Valeria sie vielleicht mit der Schöpfkelle geschlagen. Doch inzwischen war ihr so etwas egal. Sie ging weiter, bis sie zu dem Heiligtum gelangte, um das die *Lupercalia* kreisten: die Höhle, in der die Wölfin die Zwillinge gesäugt hatte und in der sie Romulus mit der wölfischen Wildheit und innigen Hingabe erfüllt hatte, die nötig gewesen waren, um die große Stadt Rom zu gründen.

Der Eingang der Höhle war verschlossen, da man fürchtete, sie könnte einbrechen, doch der neue Caesar hatte gelobt, die besten Baumeister der Welt damit zu beauftragen, die Höhle zu stabilisieren und ihr die Pracht zu verleihen, die sie verdiente. Natürlich musste der Mann erst noch einen Bürgerkrieg gewinnen. Das war der traurigere Teil des Vermächtnisses der Zwillinge: Bruder gegen Bruder. Dieser Kampf hatte Rom seit seinen frühesten Tagen geprägt.

Unter den Augen einer Schar von Männern, Frauen und Kindern standen der Pontifex Maximus Lepidus und zwei weitere Priester bereits vor einem Altar der Lupa und leiteten die öffentliche Opferung – die Gabe bestand aus zwei Ziegenböcken und einem Hund.

Valeria entdeckte einige der anderen Bacchanten, die an einer großen Säule lehnten und sich ein wenig zu laut unterhielten. Sie ging durch die Menge, um sich zu ihnen zu gesellen. Der Wein schwappte über den Rand ihrer Becher, und sie lachten, scheinbar ohne das nur wenige Schritte entfernte Ritual zu beachten.

Als der Opferhund in einem Tümpel seines Blutes zusammenbrach, verneigte sich der Pontifex Maximus vor einer weiß verschleierten Gestalt, die zum Altar schritt, wo das Feuer in einer großen Bronzeschale brannte. Die Vestalis Maxima Pomponia hielt eine *patera* hoch und spritzte ein paar Tropfen Milch in die Flammen, bevor sie den Rest über dem Altar ausgoss.

Valeria sah die Vestalin böse an. Ihr Blick war so gefangen von der Frau, die ihr den Mann abspenstig gemacht hatte, dass sie die Soldaten gar nicht bemerkte, von denen sie und ihre lärmenden Gefährten umzingelt wurden. Die Soldaten packten die Unruhestifter im Genick. Nur einer war so unklug, sich zu wehren, was dafür sorgte, dass ihm ein Helm ins Gesicht krachte und seine Nase auf eine besonders scheußliche Weise brach.

Valeria gab Fersengeld. Sie schlängelte sich durch die Menge der Feiernden auf dem Palatin und vorbei an der Arkade von Geschäften entlang des Circus Maximus. Schließlich befand sie sich auf einer sehr belebten Geschäftsstraße in der Stadt. Keuchend riskierte sie einen Blick zurück. Der Soldat verfolgte sie noch immer.

Sie rannte schneller, flitzte hinter Säulen und zwischen Geschäften und Verkaufsständen hindurch und versteckte sich hinter einem dicken, schnaubenden Esel, doch dann leerte sich die Straße vor ihr überraschenderweise. Sie hob ihren Rock und hetzte über das Pflaster, ohne den Schlamm und die Abfälle zu beachten, die sich an ihre Sandalensohlen hefteten.

Schließlich entdeckte sie eine Art Versteck – eine öffentliche Latrine. Sie schlüpfte hinein, zog den Rock über die Hüften hoch und wählte rasch eine Stelle neben zwei Frauen, offensichtlich Mutter und Tochter, die sich über den Freund der Tochter stritten, während sie sich erleichterten. Hier war sie in Sicherheit. Nur der eifrigste aller Soldaten würde einer einfachen Unruhestifterin in die widerlichen öffentlichen Toiletten folgen.

Doch zu Valerias Pech litt der Soldat, der ihr nachgejagt war, unter solchem Übereifer. Er stürmte in die Latrine wie der kretische Stier, ohne das empörte Geschrei der Mutter und der Tochter zu beachten, und warf sich Valeria über die Schulter.

«Setz mich ab, ich bin eine Adlige!»

«Du bist eine Betrunkene, nichts anderes», erklärte der

Soldat. «Und du hast ein öffentliches Ritual gestört. Ich habe meine Befehle.»

Er trug sie zu einem mit Eisenstäben vergitterten Gefängniswagen, der nach Erbrochenem stank, und warf sie hinein. Sie wollte aufstehen, rutschte aus, weil ihre Sandalen noch immer mit Schlamm verschmiert waren, und stieß sich den Kopf.

Die Stimme des Soldaten klang sonderbar gedämpft, und in ihren Ohren klingelte es. Dann versank die Welt lautlos in Finsternis.

Langsam kehrte ihr Gehör zurück. Das Klirren von Metall. Ein trockenes, gequältes Husten irgendwo in der Ferne. Das Rasseln von Ketten und das Klicken eines Eisenschlosses. Der Widerhall von Männerstimmen in einem engen Raum.

Kurz darauf konnte sie wieder besser sehen, zunächst verschwommen, dann aber klar. Der Raum, in dem sie sich befand, war düster. Er hatte dicke Wände. Die Decke schien zu tief unten zu hängen, wie eine schwere Last. Der Kopf tat ihr weh, und ihre Kehle war rau.

«Trinke etwas Wasser, edle Valeria.»

Sie schob sich in eine sitzende Position, und ihr Blick begegnete dem der Priesterin Pomponia.

Die Vestalin reichte ihr einen Becher Wasser. Sie nahm ihn entgegen und trank.

«Du befindest dich im Carcer», sagte Pomponia. «Du wurdest wegen Störung der öffentlichen Ordnung verhaftet. Es ist nicht deine erste Festnahme dieser Art, und wahrscheinlich wird man dich diesmal zum Tod verurteilen. Die Priester der *Lupercalia* werden die Störung ihres Rituals als schlechtes Omen betrachten und die Hinrichtung empfehlen.»

Valeria erwiderte nichts.

«Deine Tochter Quintina wartet draußen in der Sänfte. Soll ich sie hereinschicken?»

«Nein.» Valeria schüttelte den Kopf. «Ich möchte nicht, dass sie mich so sieht.» Ihr Kleid und ihr Haar waren mit braunem Dreck verkleistert, und sie spürte, dass ihre Unterlippe geschwollen war. «Liebt mein Mann dich?»

Sonderbarerweise überraschte diese unverblümte Frage Pomponia nicht. «Ja», antwortete sie.

«Hast du mit ihm geschlafen?»

«Nein. Ich würde niemals mein heiliges Gelübde brechen. Und er würde mich nie darum bitten.»

«Aber wenn er dich liebt …»

«Liebe ist einer Vestalin nicht verboten», sagte Pomponia. «Der Beischlaf sehr wohl.»

Valeria strich sich das zerzauste Haar aus dem Gesicht. «Mich hat er nie geliebt», erklärte sie nüchtern. «Glaubst du, dass er seine Töchter liebt?»

«Ohne jeden Zweifel.»

«Wie geht es ihnen?», fragte Valeria. «Wie geht es meinen Mädchen?»

«Sie wachsen wie Rosen im Mai», antwortete Pomponia. «Sie sind glücklich und werden umsorgt.»

Valeria reckte sich und zuckte angesichts des Schmerzes zusammen, der ihr das Rückgrat hinunterschoss. «Ich habe zu viele Jahre damit verschwendet, ihn dazu zu bringen, mich zu lieben», sagte sie. «Wie dumm ich doch war.» Sie lachte bitter. «Ich klinge wie eine Schauspielerin in einer griechischen Tragödie. Erst am Ende weiß man die eigene Lage richtig einzuschätzen.»

«Es muss nicht das Ende sein, Valeria. Ich kann dich begnadigen, aber dann darfst du nicht in Rom bleiben. Deine Laster sind wohlbekannt, und du bist zum Gegenstand des Gespötts geworden. Ich darf nicht zulassen, dass dein Ruf Quintinas Ansehen als Mitglied unseres Ordens beschädigt. Außer dem Exil gibt es keine Alternative.» Pomponia blickte sich in der kleinen, gemauerten Zelle um. «Das hat auch Vorteile. Du kannst ein neues Leben beginnen. Du wirst dein Auskommen haben, und ich werde Briefe zwischen Quintina und dir gestatten. Wer weiß, welchen Schicksalsfaden die Parzen dir spinnen werden? Vielleicht kannst du eines Tages noch einmal eine Rolle im Leben deiner Töchter spielen.»

«Warum solltest du das für mich tun?»

«Quintina ist die gescheiteste junge Priesterin, die unser Orden seit vielen Jahren gesehen hat», erklärte Pomponia. «Ich habe in den Archiven nachgeschaut, aber seit Generationen hat es kein Mädchen mehr mit dieser Auffassungsgabe für die Rituale gegeben. Vielleicht liegt es am Blut, das sie von der großen Vestalin Tacita geerbt hat. Doch Mutter Vesta hat dich ausgewählt, um sie zu uns zu bringen. Du musst einen höheren Maßstab an dich selbst legen. Du hast deine eigenen Pflichten gegenüber der Göttin.»

«Ja.»

Die Vestalin stand auf. «Ich werde die Anordnungen treffen. Du wirst in Kürze entlassen. Geh nach Hause und warte ab, was man dir bezüglich deiner Abreise sagt. Du musst Rom sehr schnell verlassen, bevor Caesar von der Sache erfährt und die Begnadigung rückgängig macht.»

Ohne ein weiteres Wort verließ die Vestalin die Gefängniszelle und verschwand im dunklen Korridor. Ein Wärter schlug die mit Stahlstäben vergitterte Zellentür hinter ihr zu.

«Du hast hochstehende Freunde, edle Dame», sagte er zu seiner Gefangenen.

Valeria lehnte sich an die kalte Mauer und schloss die Augen. Als sie wieder zu sich kam, stand das Stahlgitter der Tür offen, der Wärter schrie sie an.

«Los, los», rief er. «Aufwachen. Beweg deinen edlen Arsch, du musst los.»

Und dann wölbte sich erneut der blaue Himmel über ihr. Als hätte es die letzten Stunden – die entsetzlichsten, aufwühlendsten und unwirklichsten Stunden ihres Lebens – nie gegeben. Sie trat aus der Gefängnistür, stieg eine Treppe hinunter und kam dabei an den Leichen zweier hingerichteter Verbrecher vorbei – sie würden als Warnung für den Rest des Tages hier liegen bleiben. Dann ging Valeria wie so oft über das Straßenpflaster des Forum Romanum.

Sie wollte nach Hause. Sie wollte sich in ihre Bettdecke wickeln wie eine Raupe in einen Kokon und auf das Klopfen an der Tür warten, das bedeutete, dass ein Schiff mit ihr in ein Land davonsegeln würde, in dem sie ein neues Leben beginnen könnte. Wenn sie ihre Kinder jemals wiedersehen und ihre Liebe zurückgewinnen wollte, musste sie Rom verlassen.

Doch zuerst musste sie noch etwas erledigen.

Mitten zwischen den Klängen und den Festlichkeiten der *Lupercalia* begab sie sich zum Tempel der Vesta. Wie an allen Festtagen waren dessen Säulen vom Sockel bis zum Kapitell mit frischen grünen Girlanden und Blumenkränzen umwunden. Der Rauch aus Vestas ewigem Feuer stieg aus der Öffnung im Bronzedach und wehte zur Göttin hinauf. Die Flammen, die in den bronzenen Feuerschalen vor dem Tempel brannten, prasselten und knackten.

Valeria ging am Tempel und an seinen Wächtern vorbei – trotz ihres verdreckten Äußeren hielt man sie glücklicherweise nicht auf –, bis sie zur Rückseite des weitläufigen Hauses der Vestalinnen gelangte. Dort lag ein kleiner Baumhain.

Sie näherte sich einem der Bäume und bückte sich. Nahe seinen Wurzeln entdeckte sie einen breiten, flachen Pflasterstein im Gras, der von früheren Bauarbeiten zurückgeblieben war.

Kniend zog und zerrte sie an dem Stein, bis er sich löste und die schwarze Erde darunter zum Vorschein kam. Mit den Fingernägeln grub sie den Boden auf und gelangte schließlich zu der eng aufgerollten Fluchtafel, die sie vor Jahren dort vergraben hatte.

«Was hast du da?»

Valeria sprang auf. Es war der Soldat, der sie während des *Lupercalia*-Rituals verhaftet hatte. Sein Übereifer hatte ihn dazu getrieben, ihr zu folgen, nur um sicherzugehen, dass sie auf direktem Wege nach Hause ging, wie die Priesterin es ihr aufgetragen hatte.

«Nichts Besonderes», stammelte Valeria. «Es geht dich nichts an.»

«Das beurteile ich selbst.» Er riss ihr die Tafel aus den Händen, hebelte den Nagel mit seiner Dolchklinge heraus und entrollte das Bleiblech.

Inzwischen hatte sich eine kleine Menschenmenge um sie versammelt. Eine ältere Frau in einer schwarzen Palla deutete auf die Bleirolle in der Hand des Soldaten. «Das ist eine Fluchtafel!», schrie sie. «Hier in Vestas Hain! Sie hat die Priesterinnen mit einem Fluch belegt!»

«Nein», rief Valeria aus. «Ich habe die Tafel entfernt. Ich habe den Fluch zurückgenommen.»

«Lies laut vor!», rief jemand dem Soldaten zu.

Als der Soldat die in das Bleiblech geritzten Worte vorlas, erbleichte sein Gesicht und seine Hände zitterten.

Ich rufe den schwarzen, von Schatten verfinsterten Pluto an. Ich rufe die dunkle und verborgene Proserpina an. Plutoni hoc nomen offero: Virgo Vestalis *Pomponia, das weiß verschleierte Scheusal. Ich verfluche ihr Essen, ihr Trinken, ihre Gedanken und ihre Jungfräulichkeit. Ich verfluche ihre Wache über das heilige Feuer und ihren Dienst an der Göttin. Ich scheide die Braut von Rom und gebe sie Pluto zur Frau.*

Als der Soldat von der Tafel aufblickte, war die Menge zu einigen Dutzend Umstehenden angewachsen.

Die alte Frau in der schwarzen Palla deutete mit ihrem gekrümmten Zeigefinger auf Valeria: «Du hast die Vestalis Maxima verflucht! Du bist schuld, dass die Göttin uns verlassen hat! In Rom herrscht Hunger, wir stehen am Rande eines Krieges, und alles nur wegen dir!»

Die Menge schloss sich um Valeria wie ein Rudel hungriger Wölfe, das ein verletztes Tier umkreist. Als der erste Stein sie traf, empfand sie vor Bestürzung nicht einmal den Schmerz. Doch dann folgten weitere Steine, und mit ihnen nun auch Panik und Pein. Sie wurde von allen Seiten umdrängt. Es gab keinen Fluchtweg. *Wer weiß, welchen Schicksalsfaden die Parzen dir spinnen werden?* Zum zweiten Mal an diesem Tag ertönte ein Klingeln in ihren Ohren, und die Welt versank in Stille und Dunkelheit.

Der Soldat zog sein Schwert, wusste aber nicht, gegen wen er es richten sollte. Die alte Frau? Den Patrizier in seiner teuren Toga? Die mit Schmuck behängte Dame? Den jugendlichen Plebejer? Den Kaufmann? Den bärtigen Juden? Er hatte sich gerade für Letzteren entschieden, da rief jemand: «Sie ist tot!», und die Menschen wichen auseinander und verstreuten sich auf dem Forum.

Er konnte die Tote wohl kaum im Hain der Vesta liegen lassen, also bückte er sich und hob die Leiche auf. Gleichzeitig kniete sich die Alte in der schwarzen Palla nieder und setzte dazu an, die auf die Bleitafel geschriebenen Worte mit der Kante eines Pflastersteins wegzukratzen.

Eine jüngere Frau mit ähnlich schwarzer Palla gesellte sich zu der Alten und schüttete den Inhalt eines kleinen Salzfläschchens, das sie am Hals trug, auf die Bleitafel. Beide Frauen rieben das Salz mit den Händen in das Blei ein und murmelten dabei leise Anrufungen an Proserpina, baten sie sanft, den Fluch zurückzunehmen.

«Wird es wirken?», fragte der Soldat. Über seiner Schulter hing die Leiche.

«Es wird den Fluch beseitigen», antwortete die jüngere Frau. «Aber allein die Götter wissen, wann.»

Je länger Livia das struppige, schwarze Haar ihres jüngeren Sohns Drusus betrachtete, desto stärker wuchs in ihr der Verdacht, dass er ein Nachkomme dieses reich behaarten Schweins Diodorus war.

«Wie alt sind deine Söhne jetzt, Domina?», fragte Medousa.

«Oh, das weiß ich gar nicht genau, Medousa. Der dicke mit dem Quadratschädel ist zehn oder elf, und der kleine mit dem struppigen Haar ist sieben oder acht.»

«Wie entzückend, Domina.»

Livia dachte kurz darüber nach, die Sklavin auszupeitschen, doch es war ihr zu lästig. In den acht Jahren, seit Medousa sie bediente, hatte sie gelernt, ihr vieles durchgehen zu lassen. Andernfalls würde der Sklavin die Haut in Fetzen vom Leib hängen, und Livia hätte vom Halten der Peitsche Blasen an den Händen.

Tiberius mit dem Quadratschädel und der struppige Drusus rannten mit lausbübischem Lächeln zu ihr. Tiberius öffnete seine Hand, und darauf zappelte der schwarze Rumpf einer Spinne – die Beine hatte er ihr bis auf zwei Stück ausgerissen. «Schau, was ich gemacht habe, Mutter», sagte er.

«Was bist du für ein Prinz», erwiderte Livia.

In diesem Augenblick schlenderte Octavians Tochter Julia ins *triclinium*. Sie warf einen Blick auf Tiberius' ausgestreckte Hand, verzog das Gesicht und schubste ihn so kräftig, dass er auf den Hintern fiel. «Du bist ein grausamer und gemeiner Junge, Tiberius», sagte das kleine Mädchen. «Kein Wunder, dass mein Vater dich so verabscheut.»

Tiberius stand auf und starrte Julia wütend an, kurz davor, seinem Jähzorn freien Lauf zu lassen. Er hob die Faust, als wollte er sie schlagen, doch sie lachte ihm ins Gesicht. «Als ob du den Mumm dazu hättest», sagte sie. Mit einem höhnischen Blick über die Schulter ging sie aus dem Raum, um ihren Vetter Marcellus zu suchen.

Tiberius stand stocksteif da, die Zähne vor Wut zusammengebissen. Genau wie seine Mutter hasste er seine Stiefschwester seit dem Tag, an dem er das aufgeblasene kleine Mädchen zum ersten Mal in der Wiege hatte schlafen sehen.

«Tiberius, geh raus!», fuhr Livia ihn an. «Und nimm Drusus mit.» Grummelnd packte er seinen Bruder am Arm und rannte davon, zweifellos um sich auf die Suche nach weiteren Spinnen zu machen, an denen er seine Verärgerung auslassen konnte.

Livia verfluchte ihren ehemaligen Mann Tiberius dafür, dass er die Jungen hierhergebracht hatte, in Caesars Haus. Normalerweise besuchte sie sie bei Tiberius. Wenn der die Jungen einmal nicht bei sich haben wollte, ließ sie sie zum Haus ihrer Schwester Claudia bringen und besuchte sie dort.

Nicht dass sie ein besonderes Interesse hegte, sie überhaupt zu sehen. In Bezug auf ihre Söhne war sie zwischen Scylla und Charybdis gefangen. Wenn sie sie nicht besuchte, musste Caesar sie für eine kalte und lieblose Mutter halten. Besuchte sie sie aber, erinnerte das Caesar an die Tatsache, dass sie ihrem ehemaligen Mann zwei Söhne geschenkt hatte, ihm dagegen keinen.

Sie ruhte auf einer Liege im *triclinium*, als Medousa eine Schale Trauben und einen Gast in das reich mit Fresken verzierte Zimmer brachte. «Domina, deine Schwester Claudia ist hier.»

Gekleidet in eines ihrer typischen purpurroten Gewänder rümpfte Claudia beim Betreten des *triclinium* die Nase über den Dreck auf dem Boden. «Mir scheint, deine lieben kleinen Ungeheuer sind zu Besuch?», fragte sie trocken und legte sich auf die Liege neben ihrer jüngeren Schwester.

«Dieser Schuft Tiberius», grollte Livia. «Er weiß, dass ich es nicht ausstehen kann, wenn er sie unangekündigt hier ablädt. Das tut er nur, um mich zu ärgern, weißt du. Es ist seine jämmerliche Art, mit seinem Schwanz vor Caesars Nase herumzuwedeln.»

«Es ist ja noch früh am Tag», erwiderte Claudia. «Vielleicht schickt er eine Sänfte, um sie vor Caesars Rückkehr abzuholen.»

«Das bezweifle ich. Der Senat tagt heute nicht, daher dürfte Caesar früher als üblich nach Hause kommen.»

«Kann er sich auch nur ein wenig für die Jungen erwärmen?», fragte Claudia.

«Er findet Drusus erträglich, verabscheut aber Tiberius.»

«Meinst du, er hat einen Verdacht?» Claudia senkte die Stimme. «Ich meine, dass sie verschiedene Väter haben könnten?»

«Ich glaube, er bemüht sich nach Kräften, überhaupt nicht darüber nachzudenken», erwiderte Livia, «und ich genauso. Du hast je gehört, wie hartnäckig er seine Reden über die Tugenden der römischen Ehefrau und die Wichtigkeit moralisch einwandfreier Sexualität hält. Egal, über wie viele der Frauen seiner Freunde er während seiner Abendgesellschaften auf der Anrichte lüstern hergefallen oder wie viele junge Sklavinnen er entjungfert hat, er würde an seinen moralischen Werten ersticken, wenn er wüsste, wie brutal Diodorus ihn mir reingeschoben hat.»

«Sexuelle Heuchelei ist der Luxus der Männlichkeit, liebe Schwester.»

Livia stieß die Luft aus. «Trotzdem ... die Jungen sind einander so wenig ähnlich, Claudia.» Sie war plötzlich nachdenklich geworden. «Da drängt die Frage sich einfach auf. Üble Wichte sind natürlich beide, aber Drusus besitzt wenigstens einen gewissen Ehrgeiz. Vorausgesetzt, Tiberius verleitet ihn nicht zur Trunksucht oder zur Hurerei, könnte er vielleicht etwas aus sich machen.»

«Wollen wir es hoffen.» Claudia nahm eine Traube in die Hand, pflückte sich eine besonders dicke Beere und steckte sie in den Mund. Sie sprach, während sie noch kaute. «Wie ich gehört habe, sind die Getreiderationen für die Zeit der *Lupercalia* aufgestockt worden.»

«Das hat der Senat angeordnet. Caesar hat sich nicht dagegen gewandt, war aber auch nicht glücklich darüber. Er sagte, ein voller Magen an einem Tag bedeute einen leeren Magen an zwei Tagen.»

«Und er lehnt es immer noch ab, Antonius' Testament aus dem Tempel der Vesta zu holen?»

«Seiner Meinung nach können die Vestalinnen nichts falsch machen.»

Claudia kaute eine weitere Traube. «Und die Jungfrauen, die du ihm zuführst? Wird er ihrer allmählich überdrüssig?»

«Wird ein Fuchs der Hühner überdrüssig?»

«Hmm.» Claudia spuckte einen Traubenkern auf den Boden. Livia könnte wahrhaftig die Geduld von Clementia auf die Probe stellen. Nun war sie also die Ehefrau Caesars und lag schon nicht mehr in seinem Bett. Claudia durfte nicht zulassen, dass die Lage sich für ihre Schwester noch weiter verschlechterte. Schließlich war ihr eigenes Geschick an das Livias geknüpft, und sie genoss die Bewunderung, die ihre Position als Caesars Schwägerin ihr verschaffte. Sie drehte eine Traube zwischen den Fingern. «Es scheint mir an der Zeit zu sein, deinem Mann diese abgöttische Verehrung der Vestalinnen auszutreiben.»

«Gute Idee, aber ich bezweifle, dass das gelingen wird. Als die Oberpriesterin sich weigerte, Caesar Antonius' Testament herauszugeben, nahm wider Erwarten seine Bewunderung für sie noch zu. Ich konnte es kaum glauben!»

«Er bewundert ihre Tugend», sagte Claudia. «Daher war er kaum verärgert. Je tugendhafter ihr Verhalten, desto mehr verehrt er sie. Seine Reaktion war daher nicht überraschend.»

«Wie du meinst.»

«Du hörst mir nicht zu, Livia.» Claudia beugte sich vor. «Das bedeutet nämlich, dass es umgekehrt genauso ist. Je weniger tugendhaft ihr Verhalten, desto weniger wird er sie verehren. Dein Mann muss sehen, dass die Vestalinnen nicht die keuschen Hüterinnen der heiligen Flamme sind, für die er sie hält.»

Livia setzte sich auf und sah ihrer Schwester direkt in die Augen. «Jetzt höre ich dir genau zu, Claudia.»

Meine geliebte Pomponia,
heute habe ich drei Dinge gesehen, die ich mir niemals hätte vorstellen können. Das Erste betrifft Marcus Antonius. Heute Morgen ist einer der größten Generäle, die Rom je gekannt hat, wie eine Frau geschminkt aus seinem Ankleidezimmer gekommen.
Es ist in Alexandria üblich, dass die Männer ihre Augen schwarz anmalen, um sie vor der tyrannischen ägyptischen Sonne zu schützen, und Antonius hat diese Gepflogenheit übernommen, wann immer er nach draußen geht. Er trägt Kajal auf, der seine Augenlider bedeckt und seinem Blick den Ausdruck einer Katze verleiht. Ich hoffe, dass ich dir bei dieser Beschreibung nicht weibisch vorkomme. Ich rede nicht gern über so etwas, aber ich wollte es dir erzählen. Er hat sich auch daran gewöhnt, Bier nach Art der Ägypter dem Wein vorzuziehen. Ich habe das Zeug probiert, kann es aber nicht ausstehen.
Bei der zweiten Sache geht es um Caesarion, den Sohn von Julius Caesar und Kleopatra. Du siehst ihn vielleicht noch als zwei- oder dreijähriges Kind vor dir, wie damals, als Kleopatra in Rom war, aber die Zeit verfliegt, und inzwischen ist er sechzehn Jahre alt.

Obgleich ich mich schon seit zwei Jahren in Alexandria aufhalte, habe ich Caesarion heute zum ersten Mal auf ägyptischem Boden gesehen, denn Römer lässt Kleopatra nur in seine Nähe, wenn sie ihr und Antonius einen Eid geschworen haben. Die Begegnung erfolgte zufällig. Ich sollte mit einem von Antonius' Männern in einer Sänfte transportiert werden, doch es gab ein Versehen, und ich stieg in die lectica, in der die Königin und Caesarion saßen.

Ich muss dir sagen, Pomponia, diesen Jungen anzuschauen, war, als hätte ich Julius Caesar vor mir gehabt. Zwar hat Caesar ihn nie anerkannt, und es ist spekuliert worden, das Kind wäre nicht seines, doch ich bin überzeugt, dass an seiner Abstammung kein Zweifel bestehen kann.

Antonius' Leute sagen mir, Caesarion habe das Zeug zu einem fähigen Anführer. Er besitzt die unbestreitbare Intelligenz seiner Mutter und das ausgeglichene Temperament seines Vaters. Doch falls Octavian Caesar jemals mit dem Schwert in der Hand nach Ägypten kommt, wird der junge Caesarion leider nicht mehr lang auf dieser Welt weilen. Ich kann mir nicht vorstellen, dass der Adoptivsohn des vergöttlichten Julius dessen leiblichen Sohn leben lassen würde.

Das dritte Erlebnis heute war die Einbalsamierung einer Mumie. Einer der Lieblingsastrologen der Königin ist gestorben, und Marius – ein Soldat des Antonius, mit dem ich mich angefreundet habe – hat die Priester gebeten, uns dabei zusehen zu lassen. Marius versteht sich recht gut mit den Einheimischen und hat viele ägyptische Sitten angenommen (zum Glück nicht das Tragen von Kajal, wofür ich sehr dankbar bin). Nun, Pomponia, du magst glauben, dass du in deinem Leben schon einige verstörende Dinge gesehen hast, doch nichts reicht an die Mumifizierung einer Leiche heran. Während wir Römer uns auf das vernünftige Wissen verlassen, dass nur unser Geist ins Elysium gelangt, glauben die Ägypter, dass ihr gesamter leiblicher Körper ins Leben nach dem Tod eingeht. Daher müssen sie den Körper bewahren, um dem Geist Obdach zu bieten.

Ich rate dir dringend, dich zu setzen, wenn du von diesem Vorgehen liest, damit dein weibliches Wesen nicht durch die Beschreibung verstört wird. Wenn die Priester ihre Anrufung der Götter beendet haben, entfernen die Einbalsamierer mit einem scharfen Haken, den sie durch die Nase einführen, Stück für Stück das Gehirn. Sollte das Gehirn eigensinnig festsitzen, schlägt ein Einbalsamierer die Leiche auf den Schädel, um es zu lockern. Sobald das Gehirn entnommen ist, füllen die Einbalsamierer flüssiges Harz durch die Nase ein, um den Raum zu füllen, in dem das Gehirn saß.

Die Leiche wird auf eine rituelle Weise aufgeschnitten, der Magen und weitere Organe werden herausgenommen und in eine Urne gelegt. Nur das Herz verbleibt im Körper. Die Ägypter glauben, dass ihre Seele mit allem, was sie ausmacht, im Herzen wohnt. Anschließend hüllen die Einbalsamierer die Leiche in weiße Mullbinden, die sie zuvor mit eigenartig riechenden Salben bestrichen haben, und unterdessen singen die Priester und legen der Leiche Amulette bei, um böse Geister abzuwehren.

Die Leiche wird dann in einen Sarkophag gelegt und zusammen mit Gegenständen, die der Verstorbene im Leben nach dem Tod braucht – zum Beispiel Nahrung und Liegen –, tief unter der Erde vergraben. Das hat mich mehr als alles andere verwirrt, denn ich fragte mich, wie es kommt, dass die Ägyp-

ter im Leben nach dem Tod so wenige Brauchbares vorfinden, dass die Toten ihre eigenen Möbel und Nahrungsmittel mitbringen müssen. Sonderbar ist außerdem noch, dass niemand der Leiche eine Münze beigegeben hat, um den Fährmann zu bezahlen. Die Priester sagten, an so etwas glaubten sie nicht, doch Marius und ich haben den Verdacht, dass es ihnen einfach um das Geld leidtat. Als gerade keiner hinschaute, habe ich eine Münze in den Sarkophag gelegt.
Wenn dieser Brief dich erreicht, werden die Lupercalia vorbei sein, aber ich gehe davon aus, dass er vor den Kalenden des März und der Erneuerung von Vestas ewiger Flamme im Tempel eintrifft. Mein größter Wunsch ist es, dich noch einmal mit eigenen Augen beim Durchführen eines heiligen Rituals zu beobachten. Vorläufig werde ich an den Kalenden eine Kerze entzünden und der Göttin ein Opfer darbringen. Ich werde ihr von meiner Liebe für dich berichten, und gewiss wird sie sehr bald meinen Heimweg erleuchten.
Quintus
PS: Ich habe Valeria geschrieben und die Scheidung von ihr ausgesprochen. Dir bleiben noch sechs Jahre im Vestalinnenorden. Wenn ich nach Rom zurückkehre, werde ich Vorbereitungen für unsere Zukunft treffen. Wir werden heiraten und in Tivoli leben.

Pomponia legte die Schriftrolle auf den Schreibtisch und lehnte sich zurück. Nach der Lektüre von Quintus' Briefen war ihr oft schwindelig. Sie steckten jedes Mal voller widersprüchlicher Gefühle und Botschaften: Wärme und Zuneigung in einem Satz, Hochmut und Herablassung im nächsten. An diesem Abend war das Schwindelgefühl noch stärker als sonst.

Sie las das Postskriptum erneut: *Dir bleiben noch sechs Jahre im Vestalinnenorden. Wenn ich nach Rom zurückkehre, werde ich Vorbereitungen für unsere Zukunft treffen. Wir werden heiraten und in Tivoli leben.*

Wie typisch. Keine Liebeserklärung und kein demütiges Anhalten um ihre Hand, sondern befehlsgleiche Worte.

Sie liebte Quintus. So viel war unbestreitbar. Doch sie hatte noch kaum je ernsthaft darüber nachgedacht, ob sie den Orden nach dem Ende ihrer dreißigjährigen Dienstzeit verlassen würde. Es gefiel ihr, dass Quintus eine solche Liebe für sie empfand, doch getreu seiner Art ging er davon aus, dass er über Pomponia verfügen konnte, wie es ihm beliebte. Ihr Wunsch, über sich selbst zu verfügen, verärgerte ihn nicht einfach nur, er war ihm unbegreiflich.

Sie las das Postskriptum ein zweites Mal durch, bevor sie den beschrifteten Bogen wieder zusammenrollte und mit der Spitze in die Flamme der Bienenwachskerze auf ihrem Schreibtisch hielt. Die Worte auf dem brennenden Papyrus wehten zur Göttin hinauf, und Pomponia fragte sich, was sie von ihnen halten würde. Was würde Vesta sich von ihr wünschen? Sollte sie die Braut von Quintus werden oder eine Braut Roms bleiben?

Der Gedanke an ein Leben mit Quintus war verlockend. Sie hatten kurze, intime Momente miteinander erlebt, die erahnen ließen, wie lustvoll das Zusammensein mit ihm werden könnte.

Viele Male hatte sie an seine vollen Lippen gedacht, an seine starken Arme und den Klang seines liebevollen Flüsterns in ihrem Ohr. Diese Momente waren Vorboten eines Lebens gewesen, das sie eines Tages vielleicht deutlich vor sich sehen würde. Jahrelang hatte sie sich vorgestellt, wie es wohl wäre, ihn auf eine vertraute Weise zu kennen. So wie Valeria ihn kannte.

Valeria. Quintina hatte ihrem Vater vom Tod ihrer Mutter geschrieben, doch diesen Brief hatte Quintus offensichtlich noch nicht erhalten. Pomponia fragte sich, wie er wohl reagieren würde. Er hatte nie Zuneigung für seine Frau erkennen lassen, und es war keine Überraschung, dass er jetzt, da sie nicht mehr für die beiden Töchter sorgte, die Scheidung ausgesprochen hatte. Aber würde die Nachricht von ihrem Tod Schuldgefühle oder Bedauern in ihm wecken?

Beim Gedanken an Valeria röteten sich Pomponias Wangen vor Empörung: eine hochgeborene Dame, Mutter einer gesegneten Priesterin, und doch war sie mit einer Fluchtafel angetroffen worden, die die Wacht der Vestalinnen über das heilige Feuer bedrohte. War es ihr völlig gleichgültig gewesen, welches Elend und wie viel Tod ein solcher Fluch über Rom und seine Bevölkerung bringen könnte?

Vestas Feuer war es zu verdanken, dass die Barbaren nicht nach Rom eindrangen und die römischen Bürger versklavten. Es schützte die römischen Frauen und Kinder vor der Vergewaltigung durch Invasoren und behütete die römischen Männer auf dem Schlachtfeld. Es segnete und heiligte jedes Zuhause. Einen solchen Fluch auszusprechen, war unverzeihlich, und Pomponia empfand kein Mitleid mit Valeria, obgleich sie so gewaltsam über Plutos Schwelle gestoßen worden war.

Als käme Pomponias Zorn in ihnen zum Ausdruck, hallten von irgendwo im Haus ferne Schreie heran. Ein Gezeter lauter Stimmen – zu jeder Zeit eigenartig, zu dieser späten Abendstunde aber umso mehr. Hastig verbrannte sie Quintus' Brief und eilte die Treppe hinunter zum Atrium, von wo der Lärm kam.

Als sie um die Ecke des Atriums bog, blickte sie in das Gesicht eines gänzlich unerwarteten Mannes. Lepidus.

Er wurde von zwei Soldaten begleitet, die verlegen bei ihm standen. Sie hatten die Köpfe gesenkt und wichen dem Blickkontakt mit den beiden Priesterinnen aus – Tuccia und Lucretia –, die ihnen mit in die Hüften gestemmten Händen empört entgegensahen.

«Pontifex», sagte Pomponia. «Bist du verrückt geworden? Was bedeutet dieser Hausfriedensbruch?»

Lepidus rieb sich die Schläfen und schüttelte den Kopf. «Ich kann es nicht glauben.»

«Was ist geschehen?»

«Priesterin Pomponia», sagte Lepidus. «Diese Pflicht ist mir verhasst, doch ich muss dir sagen, dass gegen den Vestalinnenorden eine Anklage wegen *incestum* vorgebracht wurde.»

Pomponia wich das Blut aus dem Gesicht. «Gegen welche Priesterin?»

Innehaltend leckte er sich über die Lippen, bevor er Pomponia eine Schriftrolle reichte. «Gegen Priesterin Tuccia.»

Tuccia schlug die Hände vors Gesicht und sank zu Boden. *«Protege me Dea!»*, stieß sie heraus. Beschütze mich, Göttin!

Lepidus trat einen Schritt auf Pomponia zu und senkte die Stimme. «Es tut mir leid, das macht mir keine Freude, aber sie muss mitkommen. Sie darf nicht in der Nähe des heiligen Feuers bleiben. Vielleicht ist ihre Unreinheit der Grund dafür, dass wir die Gunst der Göttin verloren haben. Ägyptens Macht über den Getreidenachschub bedroht die Unterstützungsration für die Mittellosen. Bald bricht hier Panik aus.»

«Pontifex», antwortete Pomponia streng und hielt die Schriftrolle, die Lepidus ihr gegeben hatte, hoch. «Falls diese Schriftrolle mit der Anklage gegen Tuccia nicht die Handschrift der Göttin in purem Gold enthält, können wir davon ausgehen, dass es eine falsche Anschuldigung ist. Wir stehen weiter in Vestas Gunst.»

«Dieses Risiko dürfen wir nicht eingehen», erwiderte Lepidus. «Ich bin der Pontifex Maximus, Priesterin. Die Entscheidung liegt bei mir. Tuccia muss mit uns kommen.»

«Pomponia, nein!», schrie Tuccia. «Es stimmt nicht, das schwöre ich!»

Pomponia zwang sich zum Nachdenken. Was für Regeln galten in einem solchen Fall?

«Steh auf, Tuccia.» Es war Fabianas Stimme. Die alte Priesterin ging an den Soldaten und dem Pontifex Maximus vorbei, als wären sie Luft, und blickte auf Tuccia hinunter. «Vergiss nicht, wer du bist, und steh sofort auf.»

Tuccia erhob sich. Ihre Beine zitterten, aber sie stand aufrecht mit erhobenem Haupt da und sah Lepidus mit Würde entgegen.

«Du wirst mit ihnen gehen», sagte Fabiana. Sie blickte Lepidus an. «Bringt sie zum Haus der ehemaligen Vestalin Perpennia auf dem Esquilin.»

«Jawohl, Priesterin.»

«Wir werden schauen, was zu tun ist, und dir morgen eine Nachricht schicken», sagte Fabiana zu Tuccia. «Mutter Vesta geht mit dir.»

Tuccia verschränkte die zitternden Arme vor der Brust und folgte dem Pontifex Maximus und den Soldaten aus dem Haus der Vestalinnen. Sie begegneten Nona und Caecilia, die gerade aus dem Tempel gekommen waren, neugierig zu erfahren, warum der Pontifex Maximus – dazu noch mit Soldaten – zu dieser späten Stunde das Haus der Vestalinnen besuchen mochte. Sie sahen der vorbeigehenden Tuccia entgegen, doch deren Augen waren auf den scharlachroten Umhang des Soldaten vor ihr geheftet.

Schweigend standen die Vestalinnen zusammen und ließen die erste Welle der Erschütterung und der Ungläubigkeit verebben. Pomponia kam der Gedanke, Nona und Caecilia dafür zu tadeln, dass die den Tempel unter der Obhut von Novizinnen zurückgelassen hatten, und sei es auch nur für kurze Zeit, doch dann überlegte sie es sich anders. In diesem Moment musste man deutlich Einigkeit zeigen. Außerdem scheute sie selbst als oberste Vestalin noch immer davor zurück, die ältere Nona zu korrigieren. Sie öffnete die Schriftrolle in ihrer Hand und las sie.

«Tuccia ist des *incestum* mit einem gewissen Gallus Gratius Januaris angeklagt.»

«Den kenne ich», sagte Lucretia. «Er ist ein Wagenlenker der Blauen.»

Pomponia fühlte ein Hämmern im Kopf. *Ein Wagenlenker.* Das war ein schlechtes Zeichen. Tuccias Vorliebe für die Rennen war in Rom bekannt, und die hübsche junge Priesterin freundete sich offen mit bekannten Wagenlenkern an. Pomponia las weiter. «Die Beschuldigung kommt von Claudia Drusilla.»

«Warum kommt mir dieser Name bekannt vor?», fragte Caecilia.

Nona schnalzte mit der Zunge. «Sie ist die Schwester von Caesars Frau», sagte sie, «und ein klatschsüchtiges, manipulatives kleines Luder.»

Die jüngeren Vestalinnen sahen die fromme ältere Priesterin erstaunt an. Hin und wieder, wenn es wirklich zählte, konnte Nona auch Funken sprühen.

Lucretia wischte sich eine Träne von der Wange, und alle verfielen in ein bedrücktes Schweigen, bis ein leises Klicken auf dem Marmorboden sie veranlasste, sich umzuschauen.

Perseus trottete zu Fabiana ins Atrium, gab ein gelangweiltes Gähnen von sich und ließ sich zu ihren Füßen nieder. Der mächtige Held kam, um das Ungeheuer zu erschlagen und alle Frauen zu retten. Caecilia nahm den Hund hoch und legte ihn Fabiana in die Arme.

«Lasst uns zum Tempel gehen», sagte Fabiana zu den Priesterinnen. «Ich muss euch eine Geschichte erzählen.»

KAPITEL XV

Die Geschichte der Vestalin Licinia

Rom, 31 v. Chr., Februar
(in derselben Nacht)

In der Abendkühle führte Fabiana die anderen Priesterinnen barfuß über das stille Forum Romanum und die Marmorstufen des Vestatempels hinauf.

Sobald sie durch die Bronzetür traten, wurde der schwarze, von Sternen übersäte Nachthimmel von der aufstrebenden, runden Kuppel des Allerheiligsten des Tempels abgelöst. Das ewige Feuer sang und prasselte in seinem Herd aus Marmor und Bronze, und der heilige Rauch stieg von ihm auf, quoll aus der runden Öffnung am höchsten Punkt der Kuppel und wehte zur Göttin hinauf.

Der Tempel war nicht nur durch das Feuer beleuchtet, sondern auch durch mehrere Öllampen, die an den Marmorsäulen rings um das Allerheiligste angebracht waren. Ihr Licht warf flackernde Schatten auf die gewölbten Wände. Das schwarz-weiße Bodenmosaik schmiegte sich kühl unter die nackten Füße der Vestalinnen.

Pomponia entließ die Novizinnen, die sich um das Feuer

gekümmert hatten, und die Mädchen gingen geräuschlos hinaus, die Augen voll Verwirrung und Furcht. Mit einer eisernen Feuerzange wählte die Oberpriesterin zwei Holzscheite aus einem Tonbehälter und legte sie sorgfältig in die heiligen Flammen. Lucretia stocherte mit einem eisernen Schürhaken in der Glut, das Feuer loderte von neuem auf und ließ Funken hoch in die Luft stieben.

Pomponia blickte in die Flammen. Erst gestern hatten Tuccia und sie darüber diskutiert, ob das göttliche Gesetz es gestattete, im Herd die länger brennende Holzkohle zu verwenden statt einfaches Holz. Nona hatte die Idee abgelehnt, doch zu Pomponias Überraschung hatte Fabiana sich zugunsten der Neuerung ausgesprochen.

«*Tempora mutantur, nos et mutamur in illis*», hatte sie gesagt. Die Zeiten ändern sich, und wir ändern uns mit ihnen.

Fabiana war eine gute Vestalis Maxima gewesen. Es war ihr immer gelungen, die uralten Sitten mit neuen Ideen ins Gleichgewicht zu bringen. Jeder Krise, politisch oder religiös, hatte sie gewandt und kenntnisreich getrotzt. Pomponia dankte der Göttin lautlos dafür, dass Fabiana trotz ihres Alters noch stark genug war, um beim Durchschiffen dieses wütenden Sturms zu helfen, der über die Vestalinnen hereingebrochen war.

Die Priesterinnen saßen auf schlichten Holzstühlen neben dem Herd. Fabiana streichelte Perseus, der auf ihrem Schoß schlief, und alle warteten darauf, dass sie sprechen würde. Als sie schließlich das Wort ergriff, vermischte sich ihre Stimme mit dem Prasseln des Feuers und hallte von den Marmorwänden wider. Pomponia hatte das Gefühl, dass die Göttin selbst Fabiana zuhörte.

«Als ich eine Novizin von nur acht Jahren war», begann Fabiana, «war meine Lieblingspriesterin eine Frau namens Licinia. Alle mochten sie. Zum Besitz ihres Vaters gehörte eine große Imkerei auf dem Land, und zu den *Vestalia* schickte er ihr immer riesige Kisten auskristallisierten Honigs. Sie verteilte ihn an die Novizinnen und an die römischen Kinder. Oh, ich erinnere mich gut daran. Der Honig war klebrig und unglaublich lecker. Manchmal konnte man einen Hauch von Thymian oder Rosmarin darin schmecken. Während Vestas Fest umschwirrten die Kinder damals den Tempel wie Bienen und warteten stundenlang auf ein einziges Stück.

Licinia hatte ein gewisses Talent als Gauklerin. Das machte sie unter den Novizinnen und dem Volk nur umso beliebter, trug ihr aber oft den Tadel der Vestalis Maxima ein. Diese hieß damals Tullia. Von Tullia habt ihr alle gehört. Ihre Statue steht seit Jahrzehnten im Peristyl. Tullia war eine gewissenhafte oberste Vestalin und eine wahre Dienerin der Göttin. Als ihre wichtigste Pflicht empfand sie es, die Würde unseres Ordens aufrechtzuhalten, und sie konnte recht streng sein, wenn sie es mit einer Abweichung von den heiligen Sitten zu tun bekam, wie unbedeutend auch immer.

Licinia stammte aus der wohlhabenden und edlen Familie Licinius, die damals reicher und bedeutender war als heute. Den Licinii gehörten einige der schönsten Ländereien in Italien, und Licinia vergrößerte ihren persönlichen Besitz, indem sie eine weitläufige Villa in Frascati und eine weitere auf Capri kaufte. Ich erinnere mich, dass sie einmal alle Novizinnen in ihr Haus in Frascati mitnahm und uns mit dem köstlichsten süßen Eis bewirtete, das ihr euch nur vorstellen könnt.

In jenen Tagen war Gallia cisalpina ein stetes Ärgernis. Es

gab dort einige größere römische Siedlungen, doch sie wurden ständig angegriffen. Der schlimmste unter den Barbarenstämmen war einer namens Cimbri, der drohte, nach Italien einzufallen. Nun habt ihr alle eure Geschichtslektionen gelernt – Konsul Gaius Marius und sein Legat Sulla haben die Cimbri letztlich besiegt und den Überfall zurückgeschlagen –, aber eine Weile war der Sieg keineswegs gewiss. Es war eine beängstigende Zeit, in der wir in beständiger Sorge vor einer Invasion lebten. Die Oberpriesterin Tullia brachte Vesta wieder und wieder Opfer für Roms Sicherheit dar.

Obgleich der Krieg letztlich gewonnen wurde, gab es am Anfang einige Verluste. Eine der schlimmsten militärischen Niederlagen ereilte die Legionen von Gnaeus Carbo. Befände ich mich nicht gerade auf heiligem Boden, würde ich beim Klang seines Namens ausspucken. Carbo war ein unfähiger Dummkopf, der zugelassen hat, dass beinahe tausend römische Soldaten von Barbaren niedergemetzelt wurden.

Nach seiner Rückkehr nach Rom wurde Carbo aus der Armee ausgestoßen und wegen seiner unglaublichen Verluste und seiner Dummheit geschmäht. Man erwartete, dass er Selbstmord begehen würde, doch er zog sich für einige Monate aus dem öffentlichen Leben zurück und machte Urlaub in der Villa eines Freundes auf Capri. Dieser Freund hieß Calidus, und seine Villa grenzte an die von Licinia.

Licinias Villa auf Capri habe ich nie gesehen, aber alle sagten, sie sei viel nobler gewesen als die Villa im Besitz von Calidus. Sie lag an der Küste und verfügte über großartige Weinberge. Es gab dort eine riesige Ölpresse, und Licinia ließ oft Olivenöl zum Tempel schicken, um es für heilige Rituale zu verwenden. Es gab Gerüchte, die Sirenen ruhten sich auf den

Klippen aus, die von Licinias Strand aus zu sehen seien, und in den heißesten Sommernächten könne man sie vom Untergang Trojas singen hören. Dann eilten die Sklaven furchtsam durchs Haus und schlossen alle Fenster.

Hm, wo war ich stehengeblieben? ... Ah ja. Als Carbo nach Rom zurückkehrte, war er nicht allein. Sein Freund Calidus begleitete ihn. Sie begaben sich auf direktem Wege zum Senat und verlangten Redezeit. Natürlich wurde ihnen diese Bitte zunächst abgeschlagen, doch Carbos Familie hatte damals in Rom einige Bedeutung, und daher hatte er noch immer ein gewisses Ansehen. Er versicherte den Senatoren, Roms Existenz hänge von dem ab, was Calidus und er zu sagen hätten, und sie kündeten mit einer solchen Dramatik von Vorzeichen des Untergangs, dass man ihnen Gehör schenkte.

Carbo erklärte dem Senat, an der verlorenen Schlacht trage er keine Schuld. Vielmehr sei diese Niederlage einer unkeuschen Vestalin zuzuschreiben – Licinia. Man habe sie mit einem Soldaten seiner Legion verkehren sehen, mit einem gewissen Marcus Sergius Rufus. Mit zitternden Händen und feuchten Augen schwor Carbo, das *incestum* der Priesterin habe Vesta veranlasst, Rom den Rücken zuzukehren.

Er rief, ihre Unzucht habe den Pax Deorum gebrochen und die Götter verärgert, und warnte, seine militärische Niederlage werde nur der Anfang sein, wenn man der Priesterin keine Buße für ihr gebrochenes Gelübde auferlege. Denn ohne den Schutz Vestas wären die Eroberung Roms und die Versklavung der Einwohner die sichere Folge.

Natürlich glaubte ihm keiner. Alle kannten Licinia, seit sie eine Novizin von sechs Jahren war. Doch Carbo erklärte, er habe bedeutende Zeugen, und Calidus, ein wohlhabender

Landbesitzer, sei einer von ihnen. Calidus bezeugte, dass er die Villa der Vestalin auf Capri mehrmals als Nachbar besucht und sie dort in den Armen des bereits genannten Legionärs Rufus gesehen habe. Die beiden Männer besorgten von einem griechischen Priester außerdem eine Sibyllinische Prophezeiung, die ihre Beschuldigung unterstützte.

Die widerliche Saat keimte, und manche Leute wurden unsicher. Es stimmte, dass Licinia die Lieblingsvestalin der Legion dieses bestimmten Soldaten war, und zwar schon seit ihrer Kindheit. Viele Soldaten schenkten ihr im Austausch für den Segen der Göttin Beutestücke aus ihren Feldzügen. Doch andere Legionen hielten es mit ihren jeweiligen Lieblingsvestalinnen genauso. Diese Sitte gab es, solange man denken konnte.

Der Zeitpunkt, zu dem die Anklage erfolgte, war jedoch fatal. Kurz darauf kam es in Gallien zu einer weiteren Niederlage durch die Cimbri, und ein feindlicher Einfall schien unmittelbar bevorzustehen. Ganz Rom wurde von einer Welle der Panik ergriffen. Das Volk brauchte ein Opfer. Und dieses Opfer war Licinia.

Ich weiß noch, wie die Männer mitten in der Nacht in die Unverletzlichkeit unseres Hauses stürmten ...» Bei der Erinnerung brach Fabianas Stimme, und sie verstummte. Mit ihrer Palla wischte sie sich Tränen aus den Augen und krault Perseus am Ohr.

«Der Pontifex Maximus war bei ihnen. Tullia warf eine kleine Statue nach ihm. Daran erinnere ich mich gut, weil ich glaubte, der Pontifex werde wütend werden, aber so war es nicht. Er entschuldigte sich und sagte ihr, Licinia müsse mit ihnen kommen. Wegen des Lärms schaute Licinia vorbei, um zu sehen, was los war. Als man ihr berichtete, worum es ging, fiel der Becher mit Wasser, den sie in der Hand gehalten hatte, zu Boden und zerbrach. Ich war noch so kindisch. Ich erinnere mich, dass ich dachte: *Jetzt wollen sie gleich von mir, dass ich das aufwische.*

Die arme Licinia, diese reizende Frau ... Man brachte sie in den früheren Tempel des Jupiter, der damals noch auf dem Kapitol stand, bevor das Feuer ihn zerstörte. Dieser Tempel besaß mehrere unterirdische Kammern, und dort, in einer dieser dunklen Höhlen, wurde sie gegeißelt. Dafür mussten sie einen Judäer holen. Kein Römer war dazu bereit, nicht einmal die, die sie verurteilten.

Die Oberpriesterin Tullia ließ uns vor dem Tempel des Jupiter auf sie warten. Wir hatten eine Öllampe mit der lebendigen Flamme entzündet und beteten. Ich sah Licinia, als sie sie herausführten. Ihr weißes Kleid war zerfetzt, und Ströme von Blut liefen ihre Beine hinunter. Sie konnte nicht mehr gehen, sondern wurde von zwei Priestern vorwärtsgeschleift.

Sie hielten ein Pferd und eine Karre bereit, um sie zum Campus Sceleratus zu fahren. Sie sah uns an – ach, niemals werde ich ihren Blick vergessen –, und dann banden sie ihr ein Stück Stoff vor den Mund, um ihr Schluchzen zu ersticken. Sie fesselten ihre Hände und steckten sie in eine Kiste. Damals habe ich sie zum letzten Mal gesehen. Die Oberpriesterin Tullia und Priesterin Flavia weigerten sich, in der Kutsche zu fahren, und stiegen stattdessen in die Karre mit der Kiste. Flavia kniete sich nieder und legte den Mund an die Kiste. Sie muss durch das Holz hindurch mit Licinia gesprochen haben.

Dann rollte die Karre los, und wir standen lange da und sahen ihr nach, wie sie auf der Straße davonfuhr. Cassia, erinnerst du dich, was du gesagt hast? Du sagtest ...» Fabiana brach ab. «Ach, was für ein Unsinn. Priesterin Cassia ist natürlich tot.» Sie streichelte Perseus, während die Vestalinnen unglückliche Blicke wechselten.

Pomponia ergriff Fabianas Hände und hielt sie fest. «Erzähl uns den Rest. Was war mit dem Soldaten?»

Fabiana nickte traurig. «Rufus diente seit fünfzehn Jahren als Legionär. Er war sehr groß, selbst für einen Legionär. Seine Frau war bei der Geburt seines Sohns gestorben, und dieser lebte bei Rufus' Schwester und ihrer Familie. Rufus war auch ein sehr stolzer Mann. Als der Pontifex Maximus ihn fragte, ob er die Vergebung der Göttin für sein Verbrechen erflehen wolle, fragte Rufus zurück, ob der Pontifex die Vergebung seiner Frau dafür erbitten wolle, dass sein Schwanz so klein sei.

Man zog ihn aus und band ihn vor den *rostra* an einen Pfosten. Er erhielt mehr Peitschenhiebe, als ich zählen konnte. Große Hautlappen lösten sich von seinem Rücken, wie Putz, der von einer Wand bröckelt. Er rief den Namen seiner verstorbenen Frau aus und gab dann keinen Laut mehr von sich. Der Mord an ihm war der Göttin ebenso widerwärtig wie der Mord an Licinia.

Als Tullia und Flavia vom Campus Sceleratus zurückkehrten, waren wir noch immer im Tempel und beteten für Licinia. Flavia ging in ihr Schlafzimmer, doch Tullia kam ins Allerheiligste. Sie stellte sich ans Feuer» – Fabiana deutete mit dem Finger auf die Stelle beim Herd – «genau dorthin, wo diese Stelle im Marmor ist. Ich kann sie immer noch vor mir sehen. Sie sagte nichts, begann aber zu weinen. Wir waren alle bestürzt. Wir hatten die Oberpriesterin noch nie weinen sehen, noch nicht einmal, als einige Monate zuvor ihre Schwester gestorben war.

Sie weinte wie ein Kind. Sie war untröstlich. Je mehr sie weinte, desto besser begriffen wir, dass das, was sie auf dem Feld des Frevels gesehen hatte, alles Entsetzen und allen Kummer überstieg. Ein Jahr verging, bevor sie darüber reden konnte. Sie erzählte, Licinia habe die Göttin um Schutz angefleht, dann aber ihre Würde zurückgewonnen. Sie sei so tapfer in das schwarze Loch hinabgestiegen, wie Perseus sich der Medusa entgegengestellt habe. Tullia erzählte uns, dass sie ihr die heilige Flamme mit in die Grube gegeben habe.»

Lucretia wischte sich Tränen aus dem Gesicht. «Was wurde aus den Beschuldigern?»

«Ah ja, richtig», sagte Fabiana. «Diese Männer – beide Fratzen des Bösen. Carbo wurde nicht länger als in Ungnade gefallener General betrachtet, sondern als der Retter Roms. Die Gezeiten des Krieges wendeten sich endlich zu Roms Gunsten, und viele behaupteten, Carbos Entdeckung des *incestum* der Vestalin habe die Stadt und ihre Bewohner gerettet.

Auch Calidus hatte allen Grund zu frohlocken. Licinias Besitzungen wurden verkauft, und er konnte die Villa in Capri für einen Bruchteil ihres Wertes ergattern.» Fabiana schnaubte. «Zum Zeitpunkt von Licinias Ermordung war eine Lieferung Olivenöl zum Tempel unterwegs. Könnt ihr euch vorstellen, dass dieses Ungeheuer versucht hat, Rom das Öl in Rechnung zu stellen, weil es angeblich sein Eigentum war?»

Fabiana seufzte. Ihre Schultern senkten sich, als wäre ein wenig von der Anspannung und Bitterkeit abgeflossen, die sie in sich aufgestaut hatte. «Aber Veritas schwimmt immer aus ihrem dunklen Brunnen hervor ans Tageslicht. Versteht ihr, Rufus hatte einen Sohn, der ihn liebte. Er glaubte die Anschuldigungen gegen seinen Vater nicht, und es dauerte nicht lange, da merkte ganz Rom, was angerichtet worden war. Das Grauen der Wahrheit war dann sogar noch entsetzlicher, als es die Lüge gewesen war.

Der junge Rufus fand Beweise für die Unschuld seines Vaters und der Vestalin. Es begann mit der Entdeckung mehrere Briefe von Calidus an Licinia, in denen er ihr anbot, ihre Villa auf Capri zu kaufen. Er wollte ihre Besitzung der seinen zuschlagen. Sie lehnte das Angebot ab, doch er schickte ihr weiter Briefe, jeder drohender als der vorhergehende.

Und dann war da der Priester, der die Sibyllinische Prophezeiung vorgelegt hatte. Wie sich herausstellte, war dieser Mann gar kein Priester. Der Mann wusste nur einfach genug, um glaubwürdig zu klingen. Bei seiner Befragung knickte er ein wie ein morsches Baugerüst.

Doch der Funke, der den Scheiterhaufen der beiden Männer endgültig in Brand steckte, war die Rückkehr eines Mannes namens Laenas nach Rom. Er war ein angesehener Centurio in Carbos Legionen. Während der Schlacht, die mit Carbos Schande endete, gehörte Laenas zu den wenigen Offizieren, die sich den Respekt ihrer Männer bewahrt hatten. Es gab viele Berichte über seine Tapferkeit und seine Taten, bei denen er sein Leben riskierte, um selbst den geringsten der Männer unter seinem Kommando zu retten. Zu der Zeit, als die Beschuldigungen vorgebracht wurden, kämpfte er mit Sullas Legionen in Gallien.

Als ihn die Nachricht über das Vorgefallene erreichte, kehrte Laenas so blitzschnell nach Rom zurück wie ein von Jupiter geworfener Donnerkeil, außer sich vor Zorn. Was er berichtete, erschütterte die Stadt. Er habe mit eigenen Ohren gehört, wie der betrunkene Carbo zu einem inzwischen gefallenen

Soldaten gesagt habe, sollte er die Schlacht verlieren, werde er die Schuld auf eine Vestalin schieben, die ihr Gelübde gebrochen habe, und wenn er sie dafür persönlich flachlegen müsse.

Und so habe ich zum zweiten Mal in einem einzigen Jahr zugesehen, wie ein Mann auf dem Forum ausgepeitscht wurde. Flavia zog es vor, im Tempel zu bleiben und das heilige Feuer zu hüten, doch Tullia bestand darauf, dass wir anderen bis hinunter zur jüngsten Novizin die Bestrafung verfolgten. Ich erinnere mich lebhaft daran. Tullia stellte ihren Stuhl eine Armlänge vor dem Pfosten auf, an den man Carbo gebunden hatte. Als man ihn auspeitschte, bespritzte das Blut ihre Stola. Sie hat kein einziges Mal den Blick von ihm gewandt.

Als er beinahe tot war, gebot Tullia der Auspeitschung Einhalt. Kurz glaubten wir, sie werde ihm Gnade gewähren. Doch stattdessen befahl sie, ihn auf den Tarpejischen Fels zu bringen und durch einen Sturz von der Klippe zu töten. So geschah es. So viel zu Carbo.

Doch Calidus entging der Peitsche des Scharfrichters. Der Mann war so reich wie Midas, und er bestach die Verantwortlichen, ihn aus dem Carcer freizulassen. Allerdings mag er sich später gewünscht haben, er wäre lieber dort geblieben. Der junge Rufus wusste, dass er es mit einer solchen Bestechung versuchen würde. Er und einige weitere Männer folgten Calidus zu Pferd übers Land. Sie nahmen ihn gefangen und kreuzigten ihn an der Via Appia. Man erzählte die Geschichte, Calidus habe bis zu seinem Tod zwei volle Tage gelitten, und während dieser Zeit hätten Rufus und seine Männer getrunken und gefeiert. Danach ließen sie die Leiche für die Krähen hängen.

Monatelang kamen die Menschen zum Tempel, um nicht

nur die Vergebung der Göttin, sondern auch der Priesterinnen zu erbitten. Der Pontifex bat Tullia, von den *rostra* eine öffentliche Erklärung des Verzeihens abzugeben, doch sie weigerte sich.

Flavia verließ den Orden weniger als einen Monat nach dem Abschluss ihrer dreißigjährigen Dienstzeit. Ein Jahr später heiratete sie einen ehemaligen Konsul, und wenn ich mich recht erinnere, bekamen die beiden eine Tochter, die später einen jungen Verwandten Sullas ehelichte. Sie kaufte ein Landhaus in der Nähe von Pompeji und schwor, niemals nach Rom zurückzukehren, nicht einmal für die Hochzeit ihrer Tochter. Alle mussten sich für die Zeremonie nach Pompeji begeben.»

Fabiana seufzte tief und legte die Hände auf die Armlehnen ihres Stuhls. «Lucretia, hilf mir auf.»

«Jawohl, Fabiana.» Die jüngere Vestalin nahm Perseus von Fabianas Schoß, setzte ihn auf den Boden und half Fabiana auf die Beine.

«Ich bin erschöpft», sagte die alte Priesterin. «Ich lasse die Angelegenheit in deinen Händen, Pomponia. Doch so viel sage ich dazu: In der schwarzen Grube auf dem Campus Sceleratus liegen schon genug Gebeine der unseren. Und auch wenn wir der Göttin dienen, kannst du dich nicht auf ihre Einmischung verlassen. Tuccias Leben hängt von dir ab.» Sie klatschte sich ans Bein, damit Perseus ihr folgte, und schlurfte aus dem Tempel.

Die Vestalinnen saßen lange schweigend da, das Prasseln des Feuers im heiligen Herd war das einzige Geräusch. Schließlich ergriff Pomponia das Wort.

«Unsere geliebte Schwester Tuccia ist von einem intriganten, boshaften Weib verleumdet worden», sagte sie. «Aber Pluto muss an uns vorbeigelangen, um sie in die Hände zu bekommen. Lasst mich heute Nacht über die Sache nachdenken. Morgen reden wir weiter.»

Sie stand auf, nahm eine Handvoll loses Salzmehlgemisch aus einer Terrakotta-Schale und streute es in Form eines V ins heilige Feuer. Die Flammen loderten auf, während Vesta das Opfer entgegennahm.

Pomponia ließ Nona und Caecilia zum Hüten des Feuers zurück und führte die anderen Priesterinnen aus dem Tempel ins Haus der Vestalinnen, wo jede von ihnen sich in ihre eigenen Räumlichkeiten zurückzog und sich den eigenen Gedanken überließ.

Nur Pomponia begab sich nicht in ihr Schlafzimmer. Sie ging durchs Peristyl und schlüpfte in den von einer Mauer umschlossenen Teil des Innenhofs, der der Vestalis Maxima vorbehalten war. Oft benutzte sie dieses Fleckchen Erde nicht, denn sie empfand es immer noch als Fabianas persönlichen Rückzugsort.

An der einen Wand stand ein Altar aus weiß geädertem, rotem Marmor. Darauf brannte Vestas Flamme in einer Feuerschale. Neben einigen Tonschalen lagen etwas Getreide, frischer Lorbeer, ein paar duftende Pinienzapfen und süße Früchte.

Pomponia wählte eine reife Aprikose und legte sie in eine kleine Schale. Sie bettete einen Pinienzapfen daneben, bestreute ihn mit einer Handvoll Getreide und breitete Lorbeerblätter darüber. Sie verschloss die Schale und stellte sie mit einem Gebet an Vesta in die niedrigen Flammen der bronzenen Feuerschale.

Als die Tonschale schwarz verkohlt war, schlug sie sie in ihre

Palla ein, um ihre Hände vor der Hitze zu schützen, und trug sie zu der Holztür gegenüber dem Altar. Sie entriegelte die Tür und stieß sie auf, um auf direktem Wege nach draußen in Vestas Hain zu treten.

Während ihre Augen sich an das Dunkel der Nacht gewöhnten, ging sie durch den Hain, bis sie zu einem ganz bestimmten Baum gelangte: Unter ihm hatte Valeria damals die Fluchtafel vergraben. Pomponia kniete sich nieder und hob den alten Pflasterstein am Fuß des Baums hoch. Ohne sich um die Flecken zu scheren, die Gras und Schmutz auf ihrer weißen Tunika hinterließen, grub sie mit bloßen Händen ein Loch in den Boden, tiefer und immer tiefer, bis ihre Fingerspitzen wund waren.

«Ich bringe dir diese Opfergabe dar, Mutter Vesta, damit du mir mein heimliches Begehren vergibst. Lass nicht zu, dass meine Schwester Tuccia, deine makellose Priesterin, für meine Fehler geopfert wird. Ich bringe dir diese Opfergabe dar, damit du den Fluch aufhebst, mit dem eine andere Frau deinen Tempel und dein Haus belegt hat.»

Pomponia setzte die Tonschale mit verbrannten Opfergaben in das Loch, füllte es wieder mit Erde auf und legte den Pflasterstein obenauf. Auf die Fersen ließ sie sich zurückwippen und versuchte nicht darüber nachzudenken, wie sehr der Stein einem Grabstein ähnelte.

Schließlich stand sie auf und kehrte ins Haus zurück. Erschöpft, aber überzeugt, dass sie unmöglich würde einschlafen können, stieg sie die Treppe zum Obergeschoss hinauf, begab sich in ihre Schreibstube und ließ sich auf den Stuhl hinter ihrem Schreibtisch sinken. Sie wischte sich die schwarze Erde von den Händen und ließ die Krümel auf den Boden fallen.

Draußen vor dem geöffneten Fenster hörte sie die Besen, mit denen die Straßenreiniger ihre Arbeit während der nächtlichen Ruhe bei Fackelschein verrichteten. Wenn sie diese Geräusche vernahm, musste sie stets an Quintus und die Nacht vor seiner Abreise nach Ägypten denken.

In jener Nacht hatte er seine blutige Handfläche an ihre Wange gedrückt und auf dem Altar des Mars geschworen, dass sie in der Zukunft ein Paar sein würden. Sie hatte bei seinem Aufbruch in der *regia* dem Verhallen seiner davoneilenden Schritte und den Kehrgeräuschen auf dem Straßenpflaster gelauscht.

Die Erinnerung daran und ihre Sehnsucht, Quintus eines Tages wiederzusehen, ließ ihr ein Schluchzen in die Kehle steigen. Sie blickte auf die Silberschale mit der Asche der verbrannten Briefe, die auf ihrem Schreibtisch stand, dann wanderte ihr Blick zu den Geschenken, die er ihr in den zwei Jahren seiner Abwesenheit geschickt hatte: ein kleines Gemälde der Pyramiden und der Sphinx, ein Shen-Ring, einige Schmucksteine und ein kleiner Krug mit exotischem Pflanzenextrakt, der für die ägyptische Tempelmagie verwendet wurde.

Und plötzlich hatte Pomponia, die heilige Priesterin der Vesta, eine äußerst unheilige Idee.

KAPITEL XVI

Mus uni non fidit antro.
«Die Maus verlässt sich nicht nur
auf ein einziges Loch.»
PLAUTUS

Rom, 31 v. Chr., Februar bis März
(am nächsten Tag)

Es war ein klarer, warmer Februartag, doch Gallus Gratius Januarius hatte keine Möglichkeit, davon zu wissen. Er hockte zwölf Fuß unter der lebendigen Welt zusammengekauert in der Ecke einer kalten, finsteren Zelle des aus Stein gemauerten Carcers.

Gallus war kein Mann, der an eine solche geräuschlose Einsamkeit gewöhnt war. Seine übliche Welt war laut, erfüllt vom Donnern der Pferdehufe auf dem Sand, vom Poltern der über die Bahn rasenden Wagenräder und von den aufgeregten Schreien Zehntausender Zuschauer.

Die Soldaten waren mitten in der Nacht zu ihm nach Hause gekommen. Ihr Hämmern an der Tür hatte wie ein Rammbock geklungen. Gallus hatte rasch eine Tunika übergestreift und sich schützend vor seine Frau gestellt, die voll Angst ihrer beider kleinen Sohn an die Brust gedrückt hielt, während der Hausssklave die Tür öffnete. Noch sah er vor sich, mit welchem Entsetzen sie dem Verlesen der Beschuldigung gelauscht hatte: eine Anklage des *incestum* mit der Vestalin Tuccia.

Er bedeckte das Gesicht mit den Händen. *Das kann einfach nicht wahr sein*, dachte er. Obwohl man sich Gespenstergeschichten von lebendig begrabenen Vestalinnen erzählte, hatte es während der langen Zeit der Existenz des Ordens nur eine Handvoll Anklagen wegen *incestum* gegeben, und selbst die waren von Ungewissheit umgeben.

Selbst wenn eine Vestalin diese Neigung besäße, würde es ihr schwerfallen, den entsprechenden Partner für ihr Verbrechen zu finden. Frauen gab es wie Sand am Meer. Wozu sollte man sich für eine, die Rom und die Götter mit einem strengen Verbot belegt hatten, die Haut vom Rücken peitschen und den Kopf von den Schultern schlagen lassen?

Gallus kaute an den Fingern. Claudia Drusilla. Wer beim Hades war sie? Eine Frau, der er irgendein Unrecht zugefügt hatte? Vielleicht die besessene Anhängerin einer gegnerischen Wagenlenkermannschaft? Außerhalb der Arena war er sich keiner Gegner bewusst. Er schuldete niemandem Geld.

Er kratzte sich erschreckt am Kopf, als ihn eine Erinnerung überfiel. *Nein ... Konnte es das gewesen sein?* Er schabte sich über die Kopfhaut, wo ein Insekt sich festgesetzt hatte, und verfluchte sich.

Am Ende des letzten Wettkampfs hatte man Priesterin Tuccia gebeten, dem siegreichen Wagenlenker die Siegespalme zu überreichen. Das war natürlich Gallus gewesen. Die Begeisterung der Vestalin für die Wagenrennen und für ein bestimmtes Pferd in seinem Gespann – Ajax – war allgemein bekannt, und sie hatte sogar die Stallungen aufgesucht, um dem Tier nahe zu sein.

Als sie Gallus die Siegespalme überreicht hatte, hatte er sie mit der Geste überrascht, ihr Ajax' goldenes Zaumzeug zu schenken. Die Menge war in Jubelstürme ausgebrochen. Jetzt aber fragte Gallus sich, ob diese harmlose Geste als Hinweis auf eine Schuld gedeutet worden war.

Ein schepperndes Geräusch erklang, und er spürte, dass das Gitter, das den Eingang der Zelle versperrte, geöffnet wurde. Gleich darauf landete eine schwere Gestalt krachend zu seinen Füßen, und das Gitter wurde wieder zugeschlagen.

Der Mann stöhnte einmal auf und verstummte dann. Im matten Schein der einzigen Fackel, die in der Zelle brannte, erkannte Gallus eine Pfütze dunklen Blutes, die sich unter dem Schädel ausbreitete. Aus einem Bein ragte weißer Knochen hervor. Gallus stand auf und trat weg. Er lehnte sich gegen die gemauerte Wand und wartete wie ein in den Gewölben unter der Arena gefangenes Tier auf das, was das Schicksal ihm bringen würde.

Er konnte nicht ahnen, dass die Schicksalsgöttinnen gerade in diesem Moment ihre Fäden spannen.

Das Forum Boarium zog sich am Ufer des Tiber entlang. An jedem normalen Tag wimmelte es auf diesem Rindermarkt nur so von Menschen und Vieh. Mit seiner Lage am Flussufer war er ein wichtiges Handels- und Geschäftszentrum, wo Schiffe beladen und entladen wurden, Schmiede mit klirrenden Schlägen Hipposandalen fertigten und Hufschmiede sich mit schmerzendem Rücken abmühten, Eisen auf die Hufe nervöser Pferde und muskulöser Zugochsen zu nageln. Jeden

Tag polterten und rumpelten mit Heu, Stroh, Futter oder Dung beladene Holzkarren über die Pflastersteine, und oft sah man ein schmutziges Kind, das einer entflohenen Ziege, einem Schwein oder einem Huhn nachjagte.

Heute war jedoch alles anders. Heute war das Forum Boarium für das Geschäftstreiben gesperrt. Trotzdem war es gerammelt voll mit Menschen – Menschen, die gekommen waren, ein unvorstellbares Schauspiel zu beobachten, von dem niemand gedacht hätte, dass er es je erleben würde. Eine des *incestum* angeklagte Vestalin würde die Göttin anrufen, ihr Schicksal zu entscheiden, entweder durch Beweis ihrer Unschuld oder durch Bestätigung ihrer Schuld.

Die aufgeregte Menge stand in der Nähe eines Rundtempels am Ufer des Tiber, in Schach gehalten durch eine lange Kette strenger Soldaten, deren glänzende Rüstung das Licht der Sonne reflektierte und deren Hände drohend auf dem Knauf ihrer Schwerter lagen.

Der Tempel war dem Herkules geweiht, der während einer seiner Arbeiten Rinder durch dieses Gebiet getrieben hatte. Wichtiger noch, er lag in der Nähe der Stelle, an der der Flussgott Tiberinus die Zwillinge Romulus und Remus sanft an Land getrieben hatte, sodass die Wölfin sie finden konnte.

Zwar brannte im Tempel keine ewige Flamme, doch die Vestalinnen nutzten das runde Heiligtum, um Wasser aus dem Tiber zu weihen. Als Gott, der die Zwillinge gerettet und deren priesterliche Mutter aus der Gefangenschaft befreit und später geheiratet hatte, wurde Vater Tiber aus gutem Grund während der Tibernalia besonders von den Vestalinnen geehrt.

In Anbetracht ihres Vorhabens hoffte Pomponia, dass der Flussgott der Vestalin Tuccia ebenso gewogen war wie einst der Vestalin Rhea Silvia. Als die Pferdekutsche der Vestalin ins Forum Boarium einfuhr, zog die Priesterin die Vorhänge beiseite, um hinauszuspähen.

Dicht beim Tempel stand eine Schar von Senatoren, Amtsträgern und Amtspersonen, die merklich beunruhigt aussahen. Der Stadtausrufer war mit seinem Schreiber ebenfalls gekommen. Die Senatoren unterhielten sich mit den Flamines Maiores, den Oberpriestern des Jupiter und des Mars, während die Seher die Szenerie mit ernster Sorge beobachteten. Die Priester Plutos waren gekommen, und ihre schwarzen Gewänder und düsteren Sprechgesänge, die vor dem Hintergrund des Lärms wie leise Musik erklangen, vergrößerten das diesem Anlass innewohnende Grauen noch.

Als die Pferdekutsche der Vestalinnen sich dem Rundtempel näherte und davor hielt, bedeckte Lepidus, der Pontifex Maximus, seinen Kopf mit der Amtsrobe und hob die Arme, um das Stimmengewirr zum Verstummen zu bringen und Aufmerksamkeit zu gebieten.

Banges Schweigen senkte sich über das Forum Boarium, als die Oberpriesterin Pomponia aus der Kutsche stieg, gefolgt von der älteren Priesterin Nona und der Priesterin Tuccia.

Alle drei waren in die weißen Stolen und Schleier der Vestalinnen gekleidet. Die schwarzhaarige Novizin Quintina, die eine lange, weiße Tunika und einen einfachen Schleier trug, stieg hinter den dreien aus der Kutsche und ließ sich rasch auf die Knie nieder, um den Saum ihrer Stolen geradezuziehen. Dann griff sie in den Wagenkasten, brachte ein rundes Holzsieb zum Vorschein, das sie der Vestalis Maxima reichte, und anschließend eine Terrakotta-Amphore, die sie der Vestalin Nona gab.

Pomponia wandte sich der Menge zu und maß jeden der Anwesenden mit demselben überlegenen und empörten Blick, sei er nun ein angesehener Priester, ein Amtsträger, ein wohlhabender Bürger oder ein gewöhnlicher Sklave. «Wir, die treuen Priesterinnen der Vesta Mater, die die ewige Flamme im Tempel hüten und unsere Jugend der Göttin und Rom als Opfergabe darbringen, treten heute vor dich, um die tugendhafte Priesterin Tuccia gegen die gotteslästerliche Beschuldigung des obszönen *incestum* zu verteidigen.»

Als sie sich sicher war, dass alle Augen auf ihr ruhten, hielt Pomponia das Sieb mit ausgestreckten Armen von sich, und Nona goss aus der Amphore Wasser hinein. Das Wasser lief hindurch und sammelte sich auf dem Boden zu einer großen Pfütze.

Pomponia trat mit zwei Schritten neben Tuccia. «Nur die Göttin kann die Reinheit der Priesterin beurteilen», sagte sie und reichte Tuccia das Sieb.

Tuccia erhob das Sieb über ihren Kopf. «Oh, heilige Vesta», rief sie. «Habe ich dein Feuer immer mit reinen Händen genährt, so bewirke jetzt, dass ich mit diesem Sieb Wasser aus dem Tiber schöpfen und es zum Tempel tragen kann. Lass das Wasser so in dem Sieb bleiben, wie mein Gelübde ungebrochen bleibt.»

Damit wandte sich Tuccia zum Tempel und ging an ihm vorbei zu einer Stelle, wo eine kleine Steintreppe zum Ufer des Tiber hinabführte. Gefolgt von den Oberpriestern stieg sie die Stufen hinunter, während die Zuschauer sich drängten und schubsten, um das Ereignis so gut wie möglich beobachten zu können.

Der Stadtausrufer diktierte leise murmelnd seinem Schreiber, der den Bericht des Geschehens fieberhaft notierte. Wie auch immer die Sache ausging, eines war sicher: Er würde diese Nachricht tagelang auf dem Forum verkünden.

Pomponia blieb neben Nona und Quintina vor dem Tempel stehen. Ihr Gesicht trug einen Ausdruck kühler Gewissheit zur Schau, doch ihr Herz hämmerte voller Angst und Zweifel.

Tuccia gelangte zu einer weißen Marmorplattform am Fuß der Treppe. Diese reichte bis zum Fluss hinab und gestattete den Vestalinnen, das fließende Wasser des Tiber zu schöpfen. Mitten auf der Plattform prangte ein goldenes Schild. Darauf stand: *An diesem heiligen Ort schöpfen die Vestalinnen das heilige Wasser des Vaters Tiber.*

Sanft tauchte Tuccia das Sieb in den Fluss, ließ das Wasser hineinlaufen und hielt es hoch. Obgleich der Pontifex und die Priester ihren Augen kaum trauten, nickten sie bestätigend: Das Sieb war tatsächlich voll Wasser. Es tropfte nicht heraus, sondern verblieb schwappend im Sieb, als Tuccia die Treppe hinaufstieg.

Mit dem Sieb in der Hand, kehrte sie zum Tempel zurück und stellte sich vor die gebannte Menge. Kein einziger Tropfen war durch die Maschen herausgeflossen.

Der Pontifex Maximus trat neben sie und blickte ins Sieb. Er formte mit den Händen eine Schale, füllte sie mit Wasser und trank einen Schluck. Es schien, als holten die Zuschauer wie mit einer einzigen Kehle tief Luft.

«Mutter Vesta», sagte Tuccia, «deine Priesterin ist so rein und treu, wie sie es stets war.» Sie reichte dem Pontifex Maximus das Sieb. Beinahe sofort begann das Wasser herauszutropfen. Einen Moment später strömte es durch die Maschen und durchweichte die Sandalen des Oberpriesters.

Der Pontifex Maximus hob das Sieb über den Kopf, obwohl ein letzter Rest Wasser auf ihn herabtröpfelte. *«Jure divino!»*, rief er. «Durch göttliches Recht ist unsere Priesterin unschuldig!»

Die Menge brach in lauten Jubel, Applaus und Gebete aus. Der Lärm vereinigte sich wie zu einem frohlockenden Lied. Lepidus deutete auf einen Centurio. «Geh sofort zum Carcer und lass Gallus Gratius Januarius frei.»

Jemand drückte Pomponias Hand. Tuccia. Ihre Augen waren feucht, und ihre Brust hob und senkte sich unter tiefen Atemzügen. In ihrem Gesicht spiegelte sich die Erfahrung, dem Tod zu nahe gekommen zu sein – sie war eine Frau, die in Charons Boot gestiegen und im letzten Moment von einer unsichtbaren Hand herausgezogen worden war.

Während Tuccia Pomponias Hand erleichtert umklammert hielt, wurde ihr Blick fragend. Sie war Pomponias hastigen und rätselhaften Anweisungen gefolgt, ohne nachzudenken. Ihr war keine andere Wahl geblieben, als ihr Leben in die Hände der Freundin, der Vestalis Maxima, zu legen und ihr zu vertrauen.

Fülle das Sieb vorsichtig mit Wasser vom Fluss und trage es zurück. Geh rasch. Die Göttin wird nicht gestatten, dass das Wasser herausfließt, und das wird der Beweis deiner Unschuld sein. Denk nicht darüber nach, tu es einfach.

Aber wie war es geschehen? Hatte Vesta wirklich eingegriffen? Es war jedenfalls undenkbar, dass Pomponia im Namen der Gottheit zu einem Betrug gegriffen hätte.

Als Pomponia die Frage in Tuccias Augen las, drückte sie ihre Hand. *«E duobus malis minus eligendum est»*, flüsterte sie, als sie mit Nona und Quintina in die Kutsche stiegen.

Von zwei Übeln muss man das kleinere wählen.

Nach dem *miraculum*, in dem Vesta ihre Göttlichkeit am Ufer des Tiber enthüllt hatte, wurde die Erneuerung der ewigen Flamme an den Kalenden des März als bedeutsameres Ritual empfunden als seit Jahren.

Trotz des Hungers und der andauernden Feindseligkeiten zwischen Caesar in Italien und Antonius in Ägypten gab sich ganz Rom der Zeremonie mit besonderem Eifer hin. Als die heilige Flamme erneut entzündet wurde, erneuerte sich der Glaube der Menschen an die Götter, den Vestalinnenorden und die Größe Roms. Die Hoffnung wurde erneuert.

Im Anschluss an die Erneuerungszeremonie blieben wie üblich zwei Vestalinnen im Tempel, während die anderen aufbrachen, um an Weihen und Feiern an anderen Orten teilzunehmen. Dieses Jahr blieben Lucretia und Caecilia zurück, während Fabiana Pomponia mit der Erklärung überrascht hatte, sie wolle ebenfalls gehen. Pomponia hatte nicht den Eindruck, dass die ehemalige Vestalis Maxima gesund genug war, aber Widerspruch war zwecklos.

Mit Fabianas Unterstützung wies Pomponia Tuccia und Nona an, sie zu diesen Anlässen zu begleiten. Da sie die drei Priesterinnen waren, die vor einer Woche miteinander am Tiber gestanden hatten, wollte sie ihre Gemeinsamkeit deutlich zeigen. Je öfter man sie stolz und zuversichtlich in der Öffentlichkeit sah, desto schneller würde die Prüfung, als die das *incestum* sich erwiesen hatte, in der Erinnerung der Römer verblassen.

Die Wagenrennen im Circus Maximus boten die ideale Gelegenheit für eine solche Zurschaustellung. Tuccia war fest entschlossen, sich so zu verhalten, als wäre nichts vorgefallen, und ihre geliebten Blauen anzufeuern, wie sie es schon seit ihrer Kindheit getan hatte. Sie war sogar noch einen Schritt weiter gegangen und hatte die Frau von Gallus Gratius Januarius eingeladen, sich zu ihr auf Caesars Balkon zu setzen.

Während Tuccia und Gallus' Frau ihren Mann, der den vordersten Wagen lenkte, anfeuerten und lange, blaue Bänder schwenkten, plauderte Pomponia mit Medousa. Trotz Pomponias Weigerung, Antonius' Testament aus dem Tempel herauszugeben, war Octavian so freundlich und zuvorkommend wie zuvor geblieben und nahm Medousa weiterhin mit, wenn er wusste, dass die Vestalis Maxima zu einem bestimmten Anlass erscheinen würde.

Doch hielt der Tag auch seine Spannungen bereit. Die schlimmste von ihnen trug den Namen Claudia Drusilla.

Diese saß neben ihrer Schwester Livia, bemüht, ihr Ansehen zurückzugewinnen, indem sie mit verschiedenen Senatoren, Priestern und Adligen verkehrte, und natürlich mit den Vestalinnen selbst. In purpurrote und blaue Gewänder gehüllt und mit Gold und Edelsteinen behängt, bildeten die beiden Schwestern einen krassen Kontrast zu den weiß verschleierten Priesterinnen, die einige Reihen vor ihnen saßen.

Nach Tuccias erstaunlichem Unschuldsbeweis hatte Claudia sich öffentlich bei ihr und dem Vestalinnenorden entschuldigt. Sie hatte die Beschuldigung zurückgezogen und sich darauf berufen, dass nur ihre tiefe Liebe zum römischen Volk und ihr Mitgefühl mit den hungrigen Menschen sie dazu veranlasst hätten, Schuld in den harmlosen Begegnungen der Priesterin mit dem Wagenlenker zu erkennen und sich Sorgen zu machen, ein Bruch des Pax Deorum hätte Vesta veranlasst, Rom im Stich zu lassen.

Gleichzeitig mit der Entschuldigung hatte sie einigen der

ärmsten Bezirke Roms einen Berg Getreide aus ihrem riesigen persönlichen Vorrat gespendet, alles im Namen Vestas. Diese rasche Geste der Zerknirschung schien sie im Verein mit ihrem Status als Caesars Schwägerin gerettet zu haben.

Natürlich glaubte keine der Priesterinnen, dass die Reue echt war. Doch selbst im gegenteiligen Fall hätte das nichts geändert. Der Schaden war geschehen, und die Vergebung des Vestalinnenordens würde sie niemals erlangen.

Diesen Verdacht hegte Claudia inzwischen auch selbst. Sie beugte sich zu ihrer Schwester vor, um ihr etwas zuzuflüstern, musste aber die Stimme erheben, um beim Schreien und Jubeln der außer sich geratenen Zuschauer verstanden zu werden.

«Von wie viel Getreide muss ich mich noch trennen, um wieder von ihnen akzeptiert zu werden?», fragte sie.

«Du könntest dich in die heilige Ceres verwandeln und ihnen Ägypten auf einem Silbertablett servieren, und trotzdem würden sie dir nicht vergeben», antwortete Livia. «Sie sind nicht umzustimmen.» Gereizt fingerte sie an ihrem mit Rubinen besetzten Goldarmband herum, während sie beobachtete, wie die von Pferden gezogenen Streitwagen über die ovale Bahn rasten. «Bei Medeas heißer Fotze, was für ein Schlamassel daraus geworden ist! Die Anklage des *incestum* sollte Caesar dazu bewegen, die Vestalinnen als unrein zu betrachten, aber nun hält er ihre Reinheit für *göttlich* und für von der Göttin bestätigt. Schlimmer noch, er verlangt nun ganz offen von mir, dass ich ihm Jungfrauen ins Schlafzimmer schicke, und ist verstimmt, wenn ich das nicht jeden Abend tue. Die Götter mögen wissen, wann er ihn mir noch mal reinsteckt.»

«Und was ist mit Antonius? Wird Caesar ihm den Krieg erklären?»

«Das kann er nicht. Es gibt immer noch Senatoren, die nicht glauben wollen, dass Antonius den Getreidenachschub blockiert.»

«Aber Agrippa hat Sextus Pompeius doch schon vor Jahren vernichtet», sagte Claudia. «Wer außer Marcus Antonius könnte also sonst noch verantwortlich sein?»

Livia sah ihre Schwester an und zuckte mit den Schultern. «Antonius hat Männer in Rom, und die verbreiten das Gerücht, Caesar habe Schiffsladungen voll Getreide im Meer versenkt und schiebe die Schuld daran Antonius in die Schuhe.» Sie verschränkte die Arme vor der Brust. «Ich wünschte, Antonius wäre tot. Dann wäre ich die bedeutendste Frau Roms und müsste mich nicht mehr zurückhalten, um sein Verhalten einzuschätzen. Dann bräuchte ich nicht mehr hinter diese jammernde, prüde Octavia zurückzutreten.»

Claudia trommelte mit den Fingern auf der hölzernen Armlehne des Stuhls herum. «Du brauchst Antonius' Testament aus dem Tempel.»

«Caesar wird es sich niemals mit Gewalt nehmen», antwortete Livia. «Schon gar nicht nach diesem Zeichen göttlicher Gunst am Tiber. Es wäre politischer Selbstmord, die Heiligkeit von Vestas Tempel jetzt noch zu verletzen.» Mit einem genervten Seufzer streckte sie den Rücken und reckte den Hals, um sich umzuschauen. «Wo ist dieser hässliche Sklave mit dem Wein? Ich weiß nicht, warum wir uns überhaupt die Mühe machen, Sklaven mit in den Circus zu nehmen. Sie tun so, als wären sie beschäftigt, während sie sich in Wirklichkeit davongeschlichen haben, um die Rennen zu verfolgen. Wir werden ja sehen, ob sie heute Abend mit blutendem Rücken immer noch glauben, es wäre die Sache wert gewesen. Na ja, ich hole mir den Wein selbst – vorausgesetzt, diese verdammten Auguren haben ihn nicht schon ausgetrunken.»

Livia stand auf und verließ ihren Platz. Gleich darauf nahm ihn die ehemalige Vestalis Maxima Fabiana ein.

Claudia lächelte sie verlegen an. «Priesterin, ich freue mich, dich so gesund und wohlauf zu sehen.» Als Fabiana nichts erwiderte, räusperte Claudia sich und verschränkte die Hände im Schoß. Sie würde sich von dieser gebrechlichen, alten Frau nicht aus der Fassung bringen lassen, mochte sie auch einst die oberste Vestalin gewesen sein. «Ich hoffe, dass du meine Entschuldigung angenommen hast.»

Fabiana tätschelte beschwichtigend Claudias Hand. Sie beugte sich vor und sprach leise: «Eine ehrenwerte Frau würde sich das Leben nehmen.»

Claudia blieb der Mund offen stehen.

Doch dann blickte Fabiana mit einem freundlichen Lächeln auf. «Oh, da kommt ja deine Schwester.» Mit der Hilfe ihrer Sklavinnen stand die alte Vestalin auf, um Livia ihren Platz zu überlassen. «Edle Livia, wie ähnlich ihr euch seid, deine Schwester und du. Wie Helena und Klytaimnestra. Wenn du mich jetzt entschuldigst, kehre ich zum Ausruhen nach Hause zurück.»

«Pass gut auf dich auf, Priesterin», sagte Livia. Als die Vestalin gegangen war, setzte sie sich neben Claudia und reichte ihr einen Becher Wein. «Ich habe ewig gebraucht, um den Weinsklaven zu finden», grummelte sie. «Er hat sich hinter einer Säule versteckt und die Rennen verfolgt, genau wie ich es mir gedacht hatte.»

«Hmm.» Claudia trank einen Schluck Wein. Und dann noch einen. Doch wie viel sie auch trank, ihr Mund war wie ausgetrocknet.

KAPITEL XVII

Aequitas enim lucet ipsa per se.
«Die Gerechtigkeit leuchtet aus sich selbst heraus.»
CICERO

Ägypten und Rom, 31 v. Chr., April
(später im selben Jahr)

Die Sonne würde erst in einigen Stunden aufgehen, doch das war Quintus gleichgültig. Er hatte mehr als zwei Jahre in diesem öden Wüstenland verbracht, wo man Tiere anbetete, wo Frauen über Männer herrschten und Männer Schminke trugen. Es war Zeit, nach Hause zurückzukehren. Nach Hause zu ihr. Zu Pomponia. Aber vorher musste er noch ein letztes ägyptisches Wunder besuchen, eines, das für Pomponia, die Oberpriesterin des heiligen Feuers, besonders faszinierend sein würde.

Der riesige Leuchtturm von Alexandria beherrschte die kleine Insel Pharos im Hafen und ragte Hunderte von Fuß in den Himmel auf. Nirgends in der Welt gab es ein höheres Gebäude. Der Leuchtturm war mit einer dicken, steinernen Plattform in der Erde verankert und reichte höher in den Himmel hinauf, als man einem Turm, der von Sterblichen erbaut war, zugestehen mochte.

Der mächtige, weiße Steinbau war mit den Statuen von Meeresgöttern geschmückt und gekrönt. Jedes Mal, wenn Quintus' ägyptischer Sklave Ankhu den Hafen von Alexandria verlassen hatte, um Pomponia eine Botschaft zu überbringen, hatte sein Herr auf dem Kai gestanden und mit einem stummen Gebet an Neptun und Triton auf den Leuchtturm geschaut. Besonders Triton hatte sein Gebet gegolten, dem Meeresboten, in der Hoffnung, dass er in sein Horn blasen und die Winde so weit beruhigen würde, dass das Schiff schnell vorankam.

Tagsüber wurden im Leuchtturm Spiegel verwendet, die das Sonnenlicht zurückwarfen und so den Schiffen auf dem Meer Leuchtsignale gaben. Es gab Gerüchte, dass diese Spiegel sengende Lichtstrahlen erzeugen konnten, sodass man damit feindliche Schiffe in Brand stecken konnte, bevor sie die Küste erreichten. *Ägyptischer Größenwahn*, dachte Quintus. *Wie typisch.*

Außerdem brannte in der Spitze des Leuchtturms Tag und Nacht ein Feuer. Tagsüber erzeugte es schwarzen Rauch, der weit oben durch eine Öffnung entwich und eine mächtige Säule bildete, die ebenfalls den Schiffen half, einen sicheren Weg zum Hafen zu finden. Sie erinnerte Quintus an die Rauchwolke, die aus der Öffnung in der Kuppel des Vestatempels quoll.

Nachts und während der dunklen Stunden bis zum Sonnenaufgang loderte dieses Feuer stärker und erzeugte lebhaft orangerote Flammen, die von den Schiffen, die übers Meer segelten und den Hafen anlaufen wollten, aus großer Entfernung zu sehen waren. Dieses Feuer wollte Quintus aus der Nähe betrachten. Denn war es nicht schließlich eine Art von ewigem Feuer? Und würde es die Vestalin als solches nicht interessieren? Er spürte, wie ein breites Lächeln in sein Gesicht trat, als er sich Pomponias gefesselten Gesichtsausdruck vorstellte, wenn er ihr davon erzählen würde – doch dann verbot er sich dieses Lächeln. *Sei nicht so verdammt weibisch*, sagte er sich.

Es war eine mondlose, jedoch hell gestirnte Nacht, und in diesen stillen Stunden vor Tagesanbruch strahlten die Sterne noch immer hell. Quintus und Ankhu stiegen die Wendeltreppe des Leuchtturms bis zu einer Aussichtsplattform hinauf, die Hunderte von Fuß über der ebenen Erde lag. Dort warteten sie auf Marius, der den einen oder anderen Verantwortlichen bestochen hatte, um ihnen Zugang zur Spitze des Leuchtturms selbst zu verschaffen.

Quintus beugte sich über den Rand der Aussichtsplattform und betrachtete die schlafende Stadt Alexandria. Die Königliche Bibliothek war deutlich zu erkennen, in einigen Fenstern brannte Licht. Zweifellos waren diese lästigen ägyptischen Gelehrten und Philosophen bereits eifrig damit beschäftigt, über die Mysterien der Götter zu diskutieren und weitere Schriftrollen zu verfassen, die sie den Hunderttausenden hinzugesellen würden, die die Bibliothek angeblich schon füllten.

Er drehte den Kopf, um auf das Hafenbecken hinabzublicken. Zu dieser frühen Stunde herrschte dort kaum Leben, doch einige Frühaufsteher beluden im Schein von Fackeln bereits Schiffe mit Kisten, Fracht und Handelsgütern, um möglichst bald in See stechen zu können.

In einigen wenigen Stunden würde er an Bord eines dieser Schiffe gehen und sich auf den Heimweg zu Pomponia machen. Mit dem schrillen Ruf von Seevögeln im Ohr gestattete er sich ein Lächeln, während unten die schwarzen Wellen gegen die Felsen klatschten und über ihm das große Feuer prasselte und röhrte.

Quintus sah Ankhu an. Es kam ihm so vor, als wären sie Tausende von Stufen aufwärtsgestiegen. Doch obwohl er selbst fühlte, wie der Schweiß seine Tunika durchweichte, wirkte der Ägypter mit seinem glatt rasierten Schädel, den schwarz geschminkten Augen und dem weißen Leinenhemd so frisch und gelassen wie nur je.

«Du hast doch an deine Utensilien gedacht, oder?», fragte Quintus. «Ich möchte, dass du das Feuer und den Blick von oben malst, wenn wir dort angelangt sind. Ich möchte, dass die Priesterin es sieht.»

«Jawohl, Domine.»

«Gut.» Quintus griff in seinen Ziegenlederbeutel, zog eine Schriftrolle heraus und reichte sie Ankhu.

«Was ist das, Domine?» Ankhu entrollte die Schriftrolle – und schnappte nach Luft.

«Es ist deine *manumissio*», antwortete Quintus. «Ich habe dich freigelassen.»

«Domine», stammelte der Sklave. «Bei allen Göttern Roms und Ägyptens, ich ... ich danke dir. Ich kann gar nicht sagen, wie dankbar ...»

«Ach, hör auf herumzustottern, du Dummkopf. Ich habe keine Zeit, dich gewinnbringend zu verkaufen, da kann ich dich auch ebenso gut freilassen. Du kannst mit mir nach Rom kommen und dort für mich arbeiten, oder du bleibst in dieser von Sandstürmen durchtosten Vorstufe des Hades. Ganz wie es dir beliebt.»

«Ja, Domine! Natürlich, Domine.»

Beim Anblick der Tränen, die seinem ehemaligen Sklaven übers Gesicht liefen, spuckte Quintus auf den Boden und winkte dann seinem Freund Marius zu, der aus dem Leuchtturm zu ihnen auf die Aussichtsplattform trat.

«*Salve,* Quintus», keuchte Marius. «Ich bin großmütig gesinnt, weil du heute aus Ägypten abreist, aber nicht großmütig genug, um dir zu verzeihen, dass du mich noch vor dem Frühstück diese Treppe hinaufjagst. Mir bleibt die Luft weg.» Er schnappte nach Atem. «Du sagtest, du würdest früh aufbrechen, aber dass du damit eine Tageszeit meintest, zu der Ra noch nicht an den Himmel gestiegen ist, hatte ich nicht erwartet.»

«Du und deine verdammten ägyptischen Götter», sagte Quintus.

«Die ägyptischen Götter herrschen über dieses Land», erwiderte Marius grinsend. «Es ist nur klug, sie zu ehren. Und jetzt, mein Freund, lass uns weitersteigen. Wenn ich zu lange hier stehen bleibe, komme ich nicht wieder in Gang.»

Die drei Männer – zwei Römer und ein freigelassener ägyptischer Sklave – mühten sich die letzte Treppe zur Spitze des Leuchtturms hinauf. Als sie den obersten Raum erreichten, brannten ihre Gesichter von einem unerwarteten Hitzeschwall. Er stammte von dem Feuer, das in der Mitte des Raums loderte. Das laute Prasseln und Knacken der Flammen hallte in der runden Kammer wider.

Wirklich bestürzend und unerwartet war für Quintus aber die Art, wie die leuchtend orangeroten Flammen von den zahlreichen die Wand säumenden Spiegeln reflektiert wurden. Die Wirkung war ungeheuerlich und mit nichts zu vergleichen, das er je zuvor gesehen hatte. Er zog die Augenbrauen hoch und nickte Ankhu zu. Ja. Es war die Mühe wert gewesen, die tausend Stufen hinaufzusteigen. Sein Bericht würde Pomponia *mit Sicherheit* beeindrucken.

Quintus genoss den Anblick des Feuers eine kleine Weile und machte dann mehrere vorsichtige Schritte über den verspiegelten Boden, um durch eine der weiten Öffnungen hinauszuspähen, durch die das orangerote, feurige Signal zu den Schiffen auf See hinausleuchtete. Als die Hitze des Feuers auf seinem Hinterkopf brannte und die kühle Seeluft über sein Gesicht strich, stieg erneut Erregung in ihm auf. Er würde heimkehren.

Er wandte sich um, wollte etwas zu Ankhu zu sagen, furchte jedoch die Stirn, als er im Gesicht seines ehemaligen Sklaven einen Ausdruck des Entsetzens entdeckte. Gleich darauf brannte Quintus' Inneres von einer sengenden Hitze, die er nie für möglich gehalten hätte. Er umklammerte die harte Stange, die in seinem Leib steckte – einen rot glühenden Schürhaken aus dem Feuer – und versuchte, sie herauszuziehen, doch der Schmerz machte ihn vollständig handlungsunfähig, und er brach auf dem verspiegelten Boden zusammen.

Seine Sicht war verschwommen, er war nahezu blind, doch er spürte eine Bewegung. Jemand hob ihn hoch. War es Marius? Oder Ankhu? Das intensive Gefühl eines rasenden Sturzes erfasste ihn.

Oder vielleicht fiel er auch gar nicht. Er konnte sich nicht sicher sein. Er war vollkommen desorientiert. Nein, er stürzte nicht. Er bewegte sich vorwärts. Er spürte, wie unter ihm Wasser wogte. *Oh gut, ich bin bereits auf dem Schiff,* dachte er. *Dem ägyptischen Schiff nach Rom.* Doch dann bemerkte er, dass er sich geirrt hatte.

Dies war Charons Boot. Die stumme, in einen schwarzen Umhang gehüllte Gestalt stand am Bug und stakte das Fahrzeug über den schwarzen Fluss. Und noch jemand befand sich in dem Boot. Eine Frau stand über ihm, und unter ihrem weißen Schleier lugten Strähnen ihres kastanienbraunen Haars hervor. Sie legte dem Fährmann eine Goldmünze in die Hand und blickte auf Quintus hinunter. Das Boot strich über die Wellen. Schnell. Und je schneller es fuhr, desto deutlicher erkannte er, wohin die Reise ging.

Er sah die Gestade Italiens, die hoch aufragenden Zypressen, die die Straße nach Rom säumten, die Pflastersteine der Via Sacra und den Rauch, der aus der Kuppel des weißen Rundtempels auf dem Forum aufstieg. Er sah ihr weißes Kleid, sah das Lächeln, mit dem sie ihm entgegenkam, spürte, wie sie sich in Liebe vereinigten, und fühlte ihre kleine Hand in seiner, als sie über die grünen Felder ihrer gemeinsamen Villa in Tivoli gingen.

Er sah die orangerote Glut des Herdfeuers, das in ihrem Heim brannte, und beobachtete es, bis das Licht in seinen Augen erlosch.

Pomponia arbeitete an ihrem Schreibtisch, als ein Sklave den Boten Ankhu in ihre Schreibstube führte. Sie entließ den Sklaven und stand auf, um Ankhu wie immer zu begrüßen. Dabei streckte sie die Hand nach Quintus' Brief aus.

«Bitte setz dich, Priesterin», sagte der Ägypter. Sein Gesicht wirkte erschöpft. Seine sonst immer tadellose Kleidung war zerknittert, und man sah, dass er sich einige Tage nicht rasiert hatte.

Sie setzte sich, plötzlich außerstande, tief durchzuatmen.

Ankhus Stimme klang gedämpft und fern, als vernähme sie sie durch eine dicke Wand.

Quintus war tot. Er war im Leuchtturm von Alexandria im Auftrag von Marcus Antonius erstochen worden. Sein Körper war von der Spitze des Turms heruntergeworfen worden, sodass er wie ein von einem Pfeil getroffener Seevogel vom Himmel herabfiel. An ebenjenem Morgen, an dem seine Heimkehr bevorstand, war er ermordet worden. Auch Ankhus Tod war geplant gewesen, und er hatte nur entkommen können, indem er seinerseits den Mörder getötet hatte und dann um sein Leben gerannt war.

Der Ägypter ließ der Priesterin Zeit, um ihren Schreck zu überwinden und seine Worte zu verarbeiten. Er musste sich sicher sein, dass sie ihn verstand. Sie erwiderte nichts, nickte jedoch schwach.

Er fuhr behutsam fort. «Mein Herr hat mir genaue Anweisungen erteilt, die ich im Falle seines Todes in Ägypten befolgen sollte», sagte er. «Es war mir möglich, seine Leiche zu bergen, und ich bin seinen Anweisungen mit aller Sorgfalt nachgekommen. Zunächst einmal sollte ich seine Leiche verbrennen und dir die Asche übergeben.» Er stellte eine runde Bestattungsurne auf Pomponias Schreibtisch.

Die Vestalin starrte auf die Urne.

«Außerdem», fuhr Ankhu fort, «soll ich dir diesen Ring übergeben. Du sollst ihn als Ehefrau des Quintus Vedius Tacitus tragen.» Er legte Quintus' silbernen Fingerring auf den Schreibtisch, dessen Siegelstein, eine Gemme aus Karneol, das Abbild der Vesta zeigte.

Die Vestalin nahm den Ring auf. Ihre Hände zitterten.

Ankhu verschränkte die Hände vor der Brust. Natürlich

hatte er immer die Vermutung gehegt, dass die Beziehung zwischen der Vestalin und Quintus sehr innig war. Er wusste genug von den Gesetzen und der Religion der Römer, um sich klar darüber zu sein, dass die Beziehung verboten gewesen war – doch seine Pflicht galt seinem Herrn und nicht den fremden Göttern Roms.

«Zuletzt soll ich Bilder des Feuers in der Spitze des alexandrinischen Leuchtturms sowie Bilder der Aussicht von dort oben malen. Ich hatte jedoch noch keine Gelegenheit, diese Aufgabe zu Ende zu bringen, aber ich werde es tun.»

Die Stille dehnte sich aus, und die Vestalin erwiderte nichts. Schließlich griff sie nach dem Geldbeutel, der auf ihrem Schreibtisch lag, nahm mit noch immer zitternden Händen mehrere Münzen heraus und reichte sie Ankhu. «Gibt es noch etwas, was ich wissen muss?» Ihre Stimme war rau.

Ankhu senkte den Kopf. «Mein Herr hatte mich kurz vor seinem Tod freigelassen. Aber die Urkunde ging verloren, als ich ins Wasser gesprungen bin.»

Sie nickte. «Du wirst deine Freiheit bekommen, Ankhu. Du hast sie verdient. Komm in einigen Tagen wieder.»

Ankhu verneigte sich tief und schlüpfte aus der Schreibstube, wo Pomponia reglos sitzen blieb und auf den Gemmen-Ring in ihrer Hand starrte. *Außerdem soll ich dir diesen Ring übergeben. Du sollst ihn als Ehefrau des Quintus Vedius Tacitus tragen.*

Typisch Quintus. Sie hängte den Ring an eine der Goldketten, die er ihr aus Ägypten geschickt hatte, und legte sich diese um den Hals. So oder so gehorchte sie ihm letztlich immer.

Als die erste Bestürzung sich gelegt hatte, fühlte Pomponia sich von Trauer übermannt, und sie wusste, dass sie bald weinen würde. Die Tränen würden ihr so beharrlich und unaufhaltsam in die Augen steigen wie das steigende Wasser des Nils, diese große Überschwemmung, die Quintus in seinen Briefen beschrieben hatte. Sie zwang sich, ruhig zu atmen, und nahm den Deckel von der Urne.

Oben auf dem Gemisch aus grauer Asche und Knochenstücken lag eine Strähne von Quintus' dunklem Haar. Vermutlich war das Ankhus Idee gewesen. Für Quintus erschien ihr die Geste zu sentimental.

Sie nahm die Haarsträhne heraus, legte sie in ihre Schreibtischschublade und schüttete die Asche aus der Silberschale auf ihrem Schreibtisch in die Urne mit Quintus' Überresten. Nun ruhten sein Körper und seine Worte beieinander. Sie würde die Urne in den Tempel bringen und sie in die *favissa* stellen, den geweihten Raum unter dem Boden des Allerheiligsten, in dem die Asche des ewigen Feuers aufbewahrt wurde.

Die Göttin würde sich nicht daran stören. Schließlich hatte sie die Bitte ihrer Priesterin erfüllt, Quintus nach Hause zurückzubringen. Nur eben nicht so, wie Pomponia es erwartet hatte. Aber die Götter taten die Dinge auf ihre eigene Weise.

Plötzlich sah sie Quintus in der *regia* vor sich, wie sie einander das letzte Mal gesehen hatten: seine blutige Hand an ihrer Wange, sein Gesicht dicht vor ihr und seine tiefe Stimme.
Möge Mars dich beschützen, solange ich es nicht kann.
Möge Vesta dich nach Hause zurückführen.

Jetzt trat ihr Kummer über die Ufer. Ihre Kehle zog sich zusammen, und Tränen traten ihr in die Augen. Gleichzeitig hörte sie im Korridor gedämpfte Stimmen, die sich ihrer Schreibstube näherten. Wie sollte sie den anderen Priesterinnen ein so unkontrollierbares Leid erklären?

Doch dann zeigte die Göttin ihr einen Weg. Quintina riss die Tür der Schreibstube auf und rannte herein, die Wangen nass von Tränen.

«Du musst sofort kommen, Pomponia», sagte sie. «Fabiana ist tot.»

KAPITEL XVIII

Multa ceciderunt ut altius surgerent.
«Vieles ist gefallen, nur um höher hinaufzusteigen.»
SENECA

Rom, 31 v. Chr. bis 30 v. Chr., Juli
(am nächsten Tag)

Die ehemalige Oberpriesterin Fabiana lag feierlich aufgebahrt im Innenhof des Hauses der Vestalinnen. Ihre Leiche war von den Priesterinnen gewaschen und vorbereitet und dann mit der festlichen weißen Stola, der Kopfbinde und dem Schleier der Vestalis Maxima angekleidet worden. In ihren Mund hatte man eine goldene Münze gelegt, und eine heilige Oblate in ihre rechte Hand.

Zahllose Freunde, Verwandte, Aristokraten, Senatoren, Beamte und Angehörige der Priesterkollegien waren gekommen, um ihr die letzte Ehre zu erweisen. Jeder der Anwesenden hatte Fabiana gekannt, entweder persönlich oder vom Hörensagen. Tatsächlich wusste praktisch jeder in Rom von ihr. Sie hatte dem Vestalinnenorden lange Jahre beispiellos gedient.

Octavian hatte bereits angekündigt, in Fabianas Namen ein neues Mausoleum in Auftrag zu geben, und an der Seite des

Pontifex Maximus und Pomponias würde er selbst im Verlauf des Tages die Totenrede von den *rostra* halten. Wieder der Tod eines bedeutenden Menschen und wieder eine Gelegenheit, sich ins rechte Licht zu setzen.

Nach der Zeremonie würde man Fabianas Leiche auf den Scheiterhaufen legen und verbrennen. Später würde man die Glut mit Wein löschen, und ihre Verwandten und die Pontifices würden ihre Asche einsammeln. Fabiana hatte darum gebeten, dafür zu sorgen, dass ihre Asche in der *favissa* des Tempels ruhen würde. Pomponia würde dort nie wieder die Asche des heiligen Feuers ausschütten, ohne an Quintus und Fabiana zu denken.

Die Nachricht von Quintus' Tod hatte Octavian noch nicht erreicht, doch in ein oder zwei Tagen würde es mit Gewissheit so weit sein. Octavian würde sich gekränkt fühlen – *wie konnte Antonius es wagen, die Ermordung eines Gesandten Caesars anzuordnen –,* aber davon abgesehen würde er nicht weiter berührt sein. Quintus' Tod war wohl kaum bedeutend genug, um deswegen einen Krieg zu beginnen. Für Quintus würde es keine Rede von den *rostra* geben.

Quintina und ihre Schwester wussten ebenso wenig über den Tod ihres Vaters Bescheid. Vorläufig war das gut so. Der Aufschub würde Pomponia Zeit verschaffen, mit ihrem eigenen Schreck und Kummer fertigzuwerden, und für Quintina wäre es leichter, die beiden Verluste zu verarbeiten, wenn zumindest ein wenig Abstand dazwischen lag.

Der kleine Hund Perseus kratzte an Pomponias Bein. Sie beugte sich über ihn und hob ihn hoch. Er roch besser als üblich. Eine der Haussklavinnen hatte ihn gebadet und parfümiert. *Kleine Gründe zur Dankbarkeit*, dachte Pomponia.

Trotz der vielen Leute, die in den Innenhof strömten, kam er Pomponia merkwürdig leer vor. Die beiden Menschen, mit denen sie hier so wichtige Erinnerungen verbanden, waren tot, und ihre Abwesenheit war schmerzlich spürbar. Alles, was ihr sonst so vertraut war – die Statuen im Peristyl, die Becken, die Statue Vestas im Wasser, die Bäume und die weißen Rosen –, all das kam ihr jetzt fremd vor. In einer Welt, in der Quintus und Fabiana nicht mehr existierten, war auch der Hof auf irgendeine Weise verändert.

Doch dann erkannte sie die vertraute Gestalt Medousas, die dem stattlichen Caesar und seiner funkelnden Frau Livia respektvoll folgte, und fühlte sich wieder fester in der Wirklichkeit verankert.

Livia ergriff als Erste das Wort. Sie eilte herbei und schlang die Arme um Pomponia, als wären sie seit jeher beste Freundinnen. «Ach, Priesterin Pomponia», sagte sie. «Es hat mir das Herz gebrochen, als ich erfuhr, dass unsere große Priesterin den schwarzen Fluss überquert hat. Welcher Verlust für dich! Vesta und Juno mögen dir Kraft geben.»

«Danke, edle Livia.»

Octavian ergriff Pomponias Hand. «Rom hat eine mächtige Hüterin verloren», sagte er. «Und du hast eine geliebte Freundin verloren. Ich trauere mit dir.»

«Das weiß ich, Caesar. Ich danke euch beiden.» Sie deutete auf Fabianas Leiche. «Ihr könnt euch von ihr verabschieden, wenn ihr wollt», sagte sie.

«Das tun wir.»

«Wenn ihr gestattet», sagte Pomponia. «Darf ich mir kurz Medousa von euch ausleihen?»

Livia blinzelte, um eine strategische Träne aus ihrem Auge zu quetschen, und berührte Pomponias Arm mit gespielter Aufrichtigkeit. «Natürlich», sagte sie. «Ich weiß, dass sie ein Trost für dich ist. Wir lassen euch jetzt gemeinsam trauern.» Sie ergriff Octavians Hand und ging mit ihm über den Hof zu Fabianas Leiche und den Trauernden, die sich um sie geschart hatten.

Als sie außer Hörweite waren, stieß Medousa einen aufgebrachten Seufzer aus. «Die Tränen dieser Frau sind reines Gift. Es wundert mich, dass sie ihr keine Löcher in die Wangen brennen.» Aufgebracht sah sie über den Hof zu Livia hinüber. «Und wer trägt *Rosa* zu einer Beerdigung?»

«Komm mit, Medousa.» Pomponia führte sie durch das Peristyl ins Haus, stieg mit müden Schritten die mit Marmorintarsien geschmückte Treppe hinauf und trat mit der Sklavin in die sicheren vier Wände ihrer Schreibstube. Sie schloss die Tür, setzte sich auf eine Liege und begann zu weinen.

«Ich traure mit dir um Fabiana», sagte Medousa. Sie setzte sich neben Pomponia und strich der Vestalin sanft das Haar aus dem erschöpften Gesicht.

«Ich weine nicht nur wegen Fabiana.»

«Sondern?»

«Wegen Quintus Vedius Tacitus.»

Medousa richtete sich straff auf. «Warum solltest du seinetwegen weinen, Priesterin?»

«Er ist tot. Er wurde in Alexandria von einem von Antonius' Leuten ermordet.»

«Davon habe ich nichts gehört ...»

«Caesar weiß es noch nicht. Keiner weiß Bescheid, nicht einmal Quintina. Die Nachricht wird in ein oder zwei Tagen eintreffen.»

«Wie kommt es dann, Domina, dass du davon schon

Kenntnis hast?», fragte Medousa. Sie schüttelte den Kopf. «Allerdings glaube ich, dass ich die Antwort bereits kenne.»

Pomponia stand rasch auf und maß Medousa mit Blicken. «Ich brauche mich nicht gegenüber einer Sklavin zu rechtfertigen», sagte sie, plötzlich bei aller Trauer von Zorn ergriffen.

Medousa erhob sich und umarmte sie. «Vergib mir.» Sie zwang sich, die Worte auszusprechen. «Falls zwischen euch Zuneigung bestand, tut es mir leid, dass er tot ist.»

«Er wurde *ermordet*, und Marcus Antonius hat den Auftrag dazu erteilt.»

Pomponia wischte sich die Tränen aus den Augen und ging zu ihrem Schreibtisch. Dort zog sie einen silbernen, zylindrischen Schriftrollenbehälter aus einer Schublade. Sie gestattete sich, kurz auf Quintus' Haarsträhne zu schauen, die in der offenen Schublade lag. Dann schloss sie diese mit Schwung und reichte den Behälter Medousa. «Gib das Caesar, sobald du einmal mit ihm allein bist.»

Medousa verbarg den silbernen Behälter in ihrer Palla. «Was tust du, Domina?»

«Ich lasse einen Wolf los, Medousa. Einen, der hoffentlich Antonius die Kehle zerreißen wird.»

«Wie läuft der Krieg gegen Antonius und Kleopatra, Schwester? Hat dein Mann schon gewonnen?» Claudia ruhte in Caesars mit bunten Fresken geschmücktem *triclinium* auf der Liege neben Livia.

«Oh, General Agrippa hat gerade bei Actium eine große Seeschlacht gewonnen», antwortete Livia. «Laut Octavian ist das für Antonius und Kleopatra der Anfang vom Ende. Er glaubt, dass sie höchstens noch einige wenige Monate durchhalten.» Sie blickte in ihren Weinbecher. «Medousa! Bring uns noch Wein. Und etwas zu essen.»

Die Sklavin erschien mit einem Tablett voller Speisen und Getränke und stellte es vor Livia und Claudia ab. Kaum war sie einen Schritt zurückgetreten, schnappten sich Livias Söhne Tiberius und Drusus mit schmutzigen Händen Stücke der glasierten Bratvögel und der Melonen vom Tablett und rannten in den Hof hinaus, wobei sie beinahe die Becher mit Wein umstießen, die sie für die Schwestern eingeschenkt hatte.

Medousa wischte auf, was übergeschwappt war. «Ist sonst noch etwas zu tun, Domina?»

«Nein. Du kannst gehen.» Livia ließ den Kopf über den Rand der Liege hängen und grinste ihre Schwester breit an. «Es sieht so aus, als würde ich bald die bedeutendste Frau Roms *und* Ägyptens, Claudia. Fortuna sei Dank.»

«Dein Mann hat recht behalten», sagte Claudia. «Antonius' Testament war sein Todesurteil. Es wurde an die Türen des Senats geschlagen, weißt du. Der Stadtausrufer liest es dreimal täglich vor den *rostra* vor. Und an jedem Stadttor Roms wird es ebenfalls vorgelesen. Inzwischen könnte es jeder Einwohner Roms Wort für Wort aus dem Gedächtnis zitieren. Aber eines verstehe ich nicht, Livia. Wie hat Caesar es bekommen? Ich dachte, die Vestalin hätte sich geweigert, es ihm zu geben.»

«Sie hat es ihm auch gar nicht gegeben», antwortete Livia. «Zumindest genau genommen nicht. Sie hat ihm eine Kopie ausgehändigt. Sie hat das ganze Ding eigenhändig abgeschrieben. Offiziell lautet die Geschichte, dass Caesars Soldaten die Kopie in Antonius' Haus in Capua gefunden hätten, und weil diese so aufrührerisch gewesen sei, habe die Oberpriesterin Caesar gestattet, das Original des Testaments aus dem Tempel zu nehmen.» Livia schüttelte den Kopf. «Ehrlich, was hat Antonius sich dabei gedacht? Ich war der Meinung, er spielte nur den Verrückten, aber nein, der Mann hat wirklich den Verstand verloren. In seinem Testament schwört er Rom ab und wirft sich Ägypten an die Brust, erklärt die Scheidung von Octavia und heiratet Kleopatra. Außerdem enterbt er seine römischen Kinder, damit er die östlichen Provinzen seinen und Kleopatras ägyptischen Kindern hinterlassen kann. Das Dokument ist wie eine Liste von Gründen für Rom, Ägypten den Krieg zu erklären. Der Senat und das Volk wollen Antonius' Kopf auf einem Spieß sehen.»

«Zweifellos wird dein Mann ihnen den Wunsch erfüllen, Schwester. Es ist eine bemerkenswerte Wendung der Ereignisse.» Claudia betrachtete stirnrunzelnd einen Weinfleck auf ihrem teuren purpurroten Kleid. «Ich hätte mir niemals vorstellen können, dass das Volk den General, den es einmal so geliebt hat, nun so hassen würde.»

«Wenn man Hunger hat, fällt einem Hass leicht.» Livia biss in ein gebratenes Fasanenküken. «Sagt man.» Sie wischte sich den Mund mit dem Handrücken ab. «Aber der schlimmste Teil des Testaments war zumindest aus Sicht meines Mannes Antonius' Erklärung, Caesarion sei der wahre Erbe Caesars. Das Schicksal des Jungen ist besiegelt. Caesar wird ihn auf keinen Fall am Leben lassen.»

«Dein Status und dein Vermögen befinden sich in einem steilen Aufstieg», sagte Claudia. «Die Römer lieben deinen Ehemann Caesar jetzt genauso leidenschaftlich, wie sie Antonius hassen.» Sie schleckte sich Glasur von den Fingern. «Hoffentlich denkst du daran, denen, die dir geholfen haben, dieses Vermögen zu erwerben, etwas davon abzugeben.»

Livia hielt im Kauen inne. «Sprich offen heraus, Schwester.»

«Ich hätte gern ein Landgut in Capua.» In Gedanken kehrte Claudia zu Fabiana zurück – sie konnte nicht vergessen, wie die alte Vestalin ihre Hand getätschelt hatte. Sie musste aus Rom verschwinden. Bald.

«Rom befindet sich im Krieg», sagte Livia. «Caesar stapft mit seinen Armeen durch Griechenland und Ägypten. Das Schatzhaus ist so leer wie die Getreidebehälter. Ich kann es mir jetzt nicht leisten, dass man mitbekommt, wie ich meiner Schwester ein luxuriöses Landgut in Capua schenke. Das Volk würde sich empören, und mein Mann würde mir zürnen. Hab Geduld, Claudia.»

«Geduld gehört nicht zu meinen Tugenden.»

«Dann musst du lernen, sie zu erwerben. Genau wie ich.»

«Ich lerne, geduldig zu sein, wenn du lernst, dankbar zu sein.» Claudia warf das Fleischstück in ihrer Hand auf ein Tablett. «Wenn ich nicht wäre, würdest du nicht nur nicht mehr Caesars Bett teilen, du wärest schon nicht mehr in seinem Haus. Du würdest an der Tür deines quadratschädeligen Ex-Mannes um Almosen betteln oder dich jenem behaarten griechischen Drecksack, den du mit solcher Begeisterung hasst, als Hure an den Hals werfen.»

«Schwester, beruhige dich.»

Claudia setzte sich auf und schlug sich an die Brust. «Du musst dich bei mir für dein Glück bedanken, Schwester, nicht bei Fortuna. Niemand anderes als ich hat dir geholfen, Caesar zu überzeugen, dass seine Frau Scribonia ihm untreu sei, damit er sich von ihr scheiden ließ. Ich habe die Methode erdacht, mit der du dich Caesar nützlich erweisen kannst. Und ich habe alles riskiert, um Anklage gegen die Vestalin zu erheben.»

«Es war den Versuch wert», sagte Livia. Sie biss erneut von dem gebratenen Fasan ab.

«Du bist mir etwas schuldig», insistierte Claudia. «Den Rat, Antonius' Mann in Ägypten zu bestechen, damit er diesen Quintus Vedius Tacitus ermordet, habe ich dir gegeben. Nur aus diesem Grund hat die Oberpriesterin enthüllt, was in Antonius' Testament steht.»

«Ich verstehe, dass du das gerne dir selbst gutschreiben würdest, Claudia», sagte Livia. «Aber das hat die Priesterin nicht eines Mannes wegen getan. Diese Frau ist geschlechtslos. Es war ein *quid pro quo* zwischen ihr und Caesar. Sie hat ihm Antonius' Testament ausgehändigt, und er hat seinerseits zugestimmt, dass über eine *incestum*-Anklage gegen eine Vestalin in Zukunft in einem gerechteren Verfahren entschieden werden muss, nämlich durch den Pontifex Maximus und die *quaestio*. Das erscheint ihr wahrscheinlich besser, als sich auf Wunder zu verlassen. Ich persönlich würde mein Schicksal allerdings lieber den Göttern als den Menschen anvertrauen.»

«Schwester», sagte Claudia. «Ich bin für dich große Risiken eingegangen, und das hat mir Feinde geschaffen. Diese Vestalinnen sind ein rachsüchtiges Schlangennest. Ich möchte ein Landgut außerhalb Roms haben. Um meiner Sicherheit willen.»

Livia wirkte ungerührt.

Claudia beruhigte sich mit einem tiefen Atemzug. «In Caesars Augen wirst du dadurch besser dastehen», sagte sie. «Er wird glauben, dass du mich aus Achtung vor den Vestalinnen aus Rom wegschickst. Auch das Volk und der Senat werden es so sehen.»

Livia zog nachdenklich die Augenbrauen hoch. «In der Tat, das ist ein Argument. Also gut», sie seufzte. «Ich suche dir eine schöne Villa in Capua. Vielleicht kannst du in zwei oder drei Jahren zurückkehren, wenn die Wunden der *incestum*-Anklage verheilt sind. Natürlich wirst du mir schrecklich fehlen.»

Befriedigt ließ Claudia sich auf die Liege zurücksinken, während Medousa mit frischem Wein und neuen Köstlichkeiten zurückkehrte. Die beiden Schwestern wechselten einen Blick und schwiegen, während die Sklavin eilig servierte. Erst als Medousa das Zimmer verlassen hatte, sprach Claudia erneut.

«Lass dir von deiner älteren Schwester noch einen letzten Rat geben», sagte sie. «Es ist dumm von dir, diese Sklavin in deiner Nähe zu dulden. Ich sage dir, sie verbirgt unter ihrem weißen Schleier Schlangen. Und nach Einbruch der Dunkelheit kriechen sie in den Tempel und zischeln leise ins Ohr von Priesterin Pomponia.»

Das Speibecken an Medousas Bett war schon wieder voll. Die Sklavin Despina ersetzte es rasch durch ein leeres, doch erneut beugte Medousa sich darüber und entleerte ihren geronnenen Mageninhalt hinein.

Despina blickte in das Becken und runzelte die Stirn. «Geh, hol einen Arzt», wies sie eine ihr unterstellte Sklavin an, die neben dem Bett stand. «Jetzt ist Blut im Erbrochenen, und sie würgt immer schlimmer. Normalerweise sollte der Brechreiz jetzt nachlassen.»

«Sie braucht keinen Arzt, Despina.» Livia kam in den Raum geschlendert und redete mit dem Mund voll frischer Feigen. «Sie muss sich einfach ausruhen. Der Arzt wird sie ohnehin nur mit einer Kur traktieren, die schlimmer ist als die Krankheit.» Sie zog die Nase kraus. «Blutegel, zur Ader lassen ... Warum sollten wir der armen Medousa solche Grässlichkeiten antun?»

Despina wandte sich wieder der würgenden Sklavin zu und wischte ihr mit einem Tuch den Schweiß von der Stirn. «Medousa, sag mir noch einmal, was du gegessen hast.»

«Sie hat dasselbe gegessen wie ihr anderen auch», fuhr Livia sie an. «Brot, Wein und Feigen aus dem Garten.»

Medousa wälzte sich auf den Rücken, und der Anblick ihres bleichen, eingefallenen Gesichts erschreckte Despina. Die Augäpfel waren gelb, und die Bettwäsche war von stinkendem Schweiß durchtränkt.

«Ich habe etwas Fisch aus der Küche gegessen», stöhnte Medousa. «Aber nur ein oder zwei Bissen.» Kaum hatte sie die Worte ausgesprochen, da erbrach sie sich erneut und verlor vor Erschöpfung das Bewusstsein.

Despina starrte in das Becken. «Es muss der Fisch gewesen sein. Nur verdorbenes Fleisch hat diese Wirkung. Aber sie hat gesagt, sie hätte nur ein oder zwei Bissen gegessen ...»

Livia zuckte mit den Schultern. «Du kennst ja das Sprichwort, Despina. Fisch und Besuch stinken nach drei Tagen.» Sie wandte sich der anderen Sklavin im Zimmer zu. «Geh in die Küche und sorge dafür, dass der Koch den Fisch wegwirft. Sollte er ihn zum Abendessen servieren, wirst du eine Woche lang die Böden schrubben.»

«Jawohl, Domina.»

Medousa gab einen wimmernden Laut von sich und erlangte wieder das Bewusstsein. Mit weit aufgerissenen Augen suchte sie ein weiteres Mal das Speibecken.

Despina hielt es ihr an den Mund, und Medousa übergab sich. Brauner Auswurf, rotes Blut und gelbe Galle. Medousa seufzte und versank in einen reglosen Schlaf.

Juno sei Dank, dachte Despina. *Sie braucht eine kurze Pause.*

Doch dann begannen Medousas Finger auf verstörende Weise zu zucken, gefolgt von ihren Armen und Beinen. Gleich darauf verfiel ihr Körper in einen so heftigen Krampfanfall, dass er auf dem Bett ins Hüpfen geriet. Von der wilden Bewegung klirrte der Medusenanhänger um ihren Hals, und ihre Augen verdrehten sich.

Der Krampf hörte so unvermittelt auf, wie er begonnen hatte. Medousas Körper lag nun reglos da. Ein sonderbarer Luftstoß entkam ihren Lippen.

Despina legte das Ohr auf Medousas Brust und hielt ihr die Hand vor den Mund, um zu erspüren, ob sie noch atmete.

«Sie ist tot.»

Livia warf ihre halb gegessene Feige in das Speibecken.

«Jetzt kannst du froh sein, dass wir keinen Arzt gerufen haben», sagte sie. «Was wir brauchen, ist ein Priester.»

KAPITEL XIX

Damnatio memoriae
«Verdammung des Andenkens»
LATEINISCHER AUSDRUCK

Ägypten, 30 v. Chr., August
(später im selben Jahr)

Kleopatra VII. Philopator, Königin und Pharaonin Ägyptens, spähte aus einem hoch gelegenen Fenster ihres massiv befestigten Palasts. Erneut spürte sie, wie ihr Herz in Panik gegen ihre Rippen hämmerte. Diese Angst war in den letzten Tagen zu einer dauernden Begleiterin geworden.

Caesars Truppen hatten den Königlichen Palast in Alexandria umzingelt. Sie rannten mit Rammböcken gegen die verstärkten Türen an. Sie versuchten, an den Mauern des Palasts emporzuklettern, um durch Fenster einzudringen. Sie hieben mit Äxten auf die Wände ein.

Und sie erzielten Fortschritte.

Kleopatra wandte sich vom Fenster ab und richtete ihre Worte an Charmion und Iras.

«Die Zeit ist gekommen», sagte sie. «Gebt Apollonius Bescheid, dass er Caesarion wegschicken soll. Durch die Tunnel.»

Iras nickte. «So wird es geschehen, Majestät.» Sie eilte davon.

Charmion legte Kleopatra die Hand auf den Rücken. «Bist du dir sicher, dass du nicht wissen willst, wohin sie ihn bringen?»

«Es ist zu seiner eigenen Sicherheit. Sollte Caesar mich foltern ...» Sie legte das Gesicht in die Hände. «Es ist besser so.»

«Caesar würde sich niemals an der Königin Ägyptens vergreifen.»

«Caesar würde der Königin Ägyptens mit eigener Hand den *Bauch aufschlitzen*, um Caesarion zu finden», spie Kleopatra heraus. «Und sich dann das Blut von den Fingern lecken.»

Gleich darauf kehrte Iras zurück. Hinter ihr stand ein römischer Centurio. Iras nickte der Königin leicht zu. Caesarion befand sich also in Sicherheit. Der Centurio trug die gleiche schwere Rüstung und den gleichen blutroten Mantel wie alle Offiziere, doch er hatte den Federkamm-Helm abgenommen. Kleopatra lächelte höhnisch. Eine seltene Zurschaustellung römischer Demut.

«Majestät», sagte Iras. «Dieser Mann überbringt eine Botschaft von Caesar.»

Kleopatra richtete sich so weit auf, wie sie konnte. «Was hast du zu sagen, Junge?»

Der Centurio sah ihr in die Augen. Von wegen römische Demut.

«Caesar lässt dir ausrichten, wenn du ihm General Antonius auslieferst, wird er dich und deine Kinder verschonen. Er versichert dir persönlich, dass du deinen Thron behalten wirst. Allerdings wird ein römischer Vertreter in Alexandria bleiben, um sicherzustellen, dass du deine Pflicht gegenüber Rom erfüllst. Caesar wünscht sich keine weiteren Störungen in Ägypten. Du hast bis morgen früh Zeit, seiner Aufforderung nachzukommen.»

Ohne darauf zu warten, dass die Königin ihn entließ, machte der Centurio auf dem Absatz kehrt und ging.

Kleopatra brach auf dem grünen Blättermosaik des Marmorbodens zusammen. Charmion kniete sich neben ihr nieder. «Siehst du? Er will Antonius, nicht dich.»

«Nein», sagte Iras. «Caesar wird sie niemals am Leben lassen. Er will nur verhindern, dass die Ägypter sehen, wie er ihre Königin im Sand niedermetzelt.» Sie kniete sich ebenfalls neben Kleopatra. «Majestät, er weiß, dass du überleben möchtest. Und er weiß, dass du dir das Überleben deiner Kinder wünschst. Er flößt dir falsche Hoffnungen ein, damit du ihm Antonius übergibst und die schmutzige Arbeit für ihn erledigst.»

Die Königin umfing Iras' Gesicht mit den Händen. «Aber was, wenn es keine falsche Hoffnung ist, Iras? Was, wenn es stimmt? Was, wenn ich das Leben meiner Kinder retten und meinen Thron behalten kann, und sei es auch nur als Caesars Marionette? Ist das nicht besser als der Tod?»

Charmion nickte und sah Iras an. «Caesar hasst Antonius. Wenn es ihm gelingt, ihn zu töten, ist er künftig der mächtigste Mann in Rom, und mehr will er nicht. Er hat nichts zu verlieren, wenn er Kleopatra am Leben lässt, insbesondere wenn er einen Truppenteil hier stationiert. Es ist in seinem Interesse, sie als Galionsfigur auf dem Thron zu belassen. Das ägyptische Volk unterstützt ihre Herrschaft. Sie sichert die Stabilität im Land und verhindert weiteres Blutvergießen.»

Iras schüttelte den Kopf. «Du weißt, was er über sie gesagt hat», widersprach sie. «Dass sie schwarze Magie ausübt und es in ihrer Macht steht, römische Männer mit einem Bann zu belegen. Dass sie über Ägypten und Rom herrschen will, um das römische Volk zu versklaven und verhungern zu lassen. Er kann sie nicht auf dem Thron belassen, sonst wirkt er schwach.» Sie streichelte Kleopatras Haar. «Und dann ist da noch Caesarion. Majestät, du weißt, dass er ihn niemals am Leben lassen wird. Caesarion ist der leibliche Sohn von Julius Caesar, während Octavian selbst nur der Adoptivsohn ist. Denk doch einmal darüber nach. Du weißt, dass ich die Wahrheit sage.»

Kleopatra streckte sich auf dem Boden aus und schluchzte unverhohlen. «Das weiß ich, Iras.» Sie weinte. «Aber ich möchte trotzdem leben. Ich möchte, dass meine Kinder am Leben bleiben. Wenn es irgendeine Möglichkeit gibt ...»

«Dann werden wir es versuchen», sagte Iras. Sie wechselte einen Blick mit Charmion. «Schick Antonius die Botschaft, dass die Königin Selbstmord begangen hat», sagte sie. «Er wird ihrem Beispiel folgen.»

«Er wird sie sehen wollen», entgegnete Charmion.

«Sag ihm, dass das verboten ist. Nur die Priester dürfen die Leiche der Königin sehen.»

Charmion stand auf und wollte gehen, doch Kleopatra hielt sie am Fußknöchel fest. «Warte», sagte sie. «Schick ihm keine Nachricht.»

«Majestät, ich weiß, dass du ihn liebst, aber ...»

«Schick ihm keine Nachricht», wiederholte Kleopatra. «Einer Nachricht wird er nicht glauben. Überbring ihm die Botschaft selbst.»

Charmion nickte ernst. «Jawohl, Majestät.» Sie verließ die Gemächer der Königin, ohne sich noch einmal umzuschauen.

General Marcus Antonius befand sich in seinem geheimen Strategieraum – seinem *Kriegsraum,* wie er ihn nannte. Er trug eine ägyptische Tunika und römische Sandalen und saß auf dem hohen, quadratischen Sockel einer großen Statue: ein roter Löwe aus Gold und Bronze, die Vorderpfote ruhte königlich auf einer türkisblauen Weltkugel – als Zeichen der Weltherrschaft.

An der Wand hing eine riesige Landkarte Italiens, Griechenlands, Ägyptens und Afrikas. Antonius starrte sie mit leerem Blick an. Rhythmisch trommelte er mit den Fersen gegen den Sockel der Statue.

«General Antonius», sagte Charmion. «Die Göttin Isis schickt dir eine Botschaft. Kleopatra ist bei ihr.»

Antonius blickte sie von der Seite an. «Wovon redest du, Frau?» Doch dann zeigte ein Aufblitzen in seinen Augen, dass er begriff. Er schluckte heftig. «Bring mich zu ihr.»

«Das ist nicht gestattet. Nur die Priester dürfen die Leiche der Königin sehen.»

«Ich gebe einen Scheiß auf die Priester», erwiderte er. «Führe mich zu ihr.»

«Man hat sie bereits weggebracht», sagte Charmion. «Ich weiß nicht wohin. Der Ort muss geheim gehalten werden, damit Caesar sie nicht findet. Ihr Körper muss für das Leben nach dem Tod vorbereitet werden. Das muss auf die richtige Weise geschehen.»

Antonius' Körper bewegte sich mit einem Ruck nach vorn, erschüttert ließ er sich vom Sockel der Statue langsam auf den Boden sinken. Charmion trat einen Schritt auf ihn zu. Er streckte die Arme nach ihr aus und schlang sie um ihre Beine. Seine Schultern zuckten von heftigen, lauten Schluchzern, und er vergrub das Gesicht im Stoff ihres Kleides und hielt dieses so fest gepackt, dass sie seine Hände mit Gewalt lösen musste, damit er es ihr nicht vom Körper riss.

Die Sklavin beugte sich vor und zog den Dolch aus der goldenen Scheide, die an der linken Hüfte des gestürzten Generals hing. Sie packte die Schneide so kräftig, dass ihr Blut daran hinunterrann, und hielt sie ihm vors Gesicht.

«Die Königin Ägyptens befiehlt dir, ihr zu folgen», sagte sie. «Auf der Stelle.»

Antonius riss ihr den Dolch aus den Händen und kam schwankend auf die Knie hoch. «*Futuo*, ihr gehässigen Götter», zischte er wütend, und in einer einzigen, heftigen Bewegung stieß er sich die Klinge aufwärts in die Brust, um sich das Herz zu durchbohren.

Doch die Klinge verfehlte das Herz. Blut sammelte sich auf dem Boden zu einer Pfütze und spritzte ihm aus der Nase. Gepeinigt von Schmerzen wälzte er sich auf dem Boden, und sein gequältes Stöhnen vermischte sich mit erstickten Verzweiflungsschreien.

In diesem Moment flog die Tür auf, und Kleopatra stürmte in den Kriegsraum, dicht von Iras gefolgt.

«Antonius, nein!», schrie die Königin. «Ich hatte Angst, ich habe meine ...» Beim Anblick des sich windenden, blutigen Mannes taumelte sie, sank in die Knie und krabbelte zu ihm. Sie schmiegte die Nase in sein Haar.

Mit zuckenden Beinen versuchte Antonius, sich aufzusetzen und sie anzusehen. *Sie lebte?* Er hob die blutverschmierten, zitternden Hände, um sie ihr um den Hals zu legen. «Du ränkeschmiedende ägyptische Hure!»

«Mein Geliebter», schrie sie. «Es tut mir leid. Ich bin ...»

Seine Hände umklammerten ihren Hals fester, und in atemlosem Schrecken versuchte sie, seine Finger gewaltsam von sich zu lösen. Charmion stürzte herbei, um ihrer Königin zu helfen, sich aus Antonius' tödlicher Umklammerung zu befreien, und beide rutschten dabei in der Blutlache aus, die den Boden bedeckte. Doch er hielt sie zu fest gepackt.

Verzweifelt stürzte Iras sich auf Antonius' Dolch, der auf dem blutigen Boden lag, und zog die Schneide mit einem Ruck quer über die Kehle des Generals. Als dessen Körper seitlich wegsackte, kam Kleopatra frei und fiel nach hinten.

Ein Ruf – auf Latein – hallte von den Wänden wider.

«*Cleopatra Regina!*», blaffte der Centurio, mit dem sie vor kurzem gesprochen hatte. «Steh auf! Du unterliegst nun der Autorität Caesars und der römischen Gesetze.»

Die Königin wandte den Kopf und erblickte hinter dem Centurio Soldaten, viele Soldaten, eine riesige Truppe, als wäre eine vollständige Legion in den Palast eingedrungen. Es war tatsächlich vorbei. Caesar hatte gesiegt.

Langsam stand sie auf, um nicht erneut auf dem Blut auszurutschen, den Blick auf Antonius gerichtet. Ihren Ehemann. Seine gebrochenen Augen blickten leer, und sein Mund stand offen. Sein Körper lag reglos da. Er war tot.

Er ist voll Hass auf mich gestorben, dachte die Königin. *Im Jenseits wird er nicht nach mir Ausschau halten.*

Nun ohne jede gespielte Höflichkeit packte der Centurio die Königin am Arm und zerrte sie zu ihren Gemächern, von Charmion und Iras gefolgt. Ihre Beraterinnen eilten zu ihr und führten sie zu einer Liege. Benommen setzte sie sich.

«Du wartest hier auf Caesars Anweisungen.» Der Centurio schlug die Tür zu.

Dahinter waren die tiefen Stimmen weiterer römischer Soldaten zu hören. Die Männer unterhielten sich lachend. Für sie war es ein glücklicher Tag. Bald würden sie als Sieger nach Hause zurückkehren. Zweifellos beäugten sie bereits die Reichtümer im Königlichen Palast und warteten nur auf Caesars Erlaubnis, sich die Beutel und Helme mit ägyptischem Gold, Edelsteinen und alten Schätzen zu füllen.

Caesar. Er würde gleich eintreffen, um Antonius' Leiche selbst in Augenschein zu nehmen. Und um mit der Königin zu sprechen.

Kleopatra blickte an sich herunter. Ihr Kleid war rot verschmiert, und der Saum war von Antonius' Blut durchtränkt. «So darf Caesar mich nicht sehen.»

Iras und Charmion machten sich in wortloser Eile daran, sie zu entkleiden und zu waschen. Dann zogen sie der Königin Ägyptens ihr schönstes Gewand an, legten ihr Gold um den Hals und an die Arme, zogen die Farbe um ihre Augen nach und vertieften das Rot ihrer Lippen.

Kleopatra ließ sich auf der Liege zurücksinken. So, wie sie aufgemacht war, vermittelte sie sowohl eine königliche Ausstrahlung als auch ihre eigene Art von einladender Weiblichkeit, die bisher bei römischen Männern stets gut verfangen hatte. Iras und Charmion stellten sich hinter sie. Obgleich die Sklavinnen schweißnass von ihren eifrigen Bemühungen waren, wirkten sie so gefasst wie immer.

Und dann warteten sie.

Endlich ging die Tür auf. Mit einem ledernen Muskelpanzer und einem schweren, roten Mantel bekleidet, schritt Octavian in Kleopatras Gemächer. Sein Gesichtsausdruck war kühl und selbstbewusst, lässig – als wäre es für ihn die selbstverständlichste Sache, eine Nation zu erobern und ihre Königin gefangen zu nehmen.

Er trat vor Kleopatra und schenkte ihr von oben herab ein nüchternes Lächeln. «Ich habe mich vergewissert, dass Antonius tot ist», sagte er. «Rom ist dankbar für deine Hilfe.»

Kleopatra erwiderte sein Lächeln. «Rom ist dankbar? Und was ist mit Caesar?»

«Rom und Caesar sind eins», antwortete Octavian.

Die Königin gestattete sich ein breiteres Lächeln und richtete sich auf. Ihr Finger strich über die nackte Haut ihres Halses. «Dann komm und setz dich zu mir, Caesar», lud sie ihn ein. «Rom und Ägypten haben viel zu besprechen.»

Octavians Lächeln verblasste. Aus seiner Sicht gab es nichts zu besprechen, zudem war es nicht an der besiegten Königin, auf Gesprächsbedarf hinzuweisen. Was auch immer Julius Caesar und Marcus Antonius in Kleopatras Bann gezogen hatte, bei ihm würde es nicht verfangen. «Man wird dir Anweisungen geben, was von dir verlangt wird», sagte er.

Als er sich zum Gehen wandte, setzte sich Kleopatra aufrecht. «Meine Kinder ...»

Octavian wandte sich ihr erneut zu. «Deinen Kindern von Antonius wird kein Leid geschehen.»

«Und Caesarion?»

«Mein kleiner Bruder», sinnierte Octavian. «Was sollte er von mir zu befürchten haben?»

Kleopatras Hass auf ihn schwoll in ihrem Magen an und vermischte sich mit der säuerlichen Angst, die dort bereits für Aufruhr sorgte.

«Ich muss mich jetzt um andere Dinge kümmern», sagte Octavian, «aber wir werden bald wieder miteinander reden.»

Sein Blick wanderte über ihren Hals, bis er auf der Spur eines blutigen Fingerabdrucks haften blieb. Er warf der Königin einen wissenden Blick zu. «Ruh dich jetzt aus, Kleopatra.»

Er verließ das Gemach, und Wächter schlossen die Tür hinter ihm, verriegelten sie von außen und begannen eine gedämpfte Unterhaltung.

Kleopatra rang darum, ihren Atem wieder unter Kontrolle zu bekommen. Sie sprach so gelassen, wie es ihr möglich war. «Was wird als Nächstes geschehen?», fragte sie ihre Beraterinnen.

Iras setzte sich neben sie. «Man wird dich nach Rom bringen und in Caesars Triumphzug vor dem römischen Volk zeigen.»

«Und dann?»

«Dann wird man dich öffentlich hinrichten. Vielleicht erwürgen, wahrscheinlich aber enthaupten.»

In Erwartung einer gegenteiligen Meinung schaute Kleopatra Charmion an. Ihr ganzes Leben lang hatte die Königin sich auf das Wechselgespräch voneinander abweichender Ratschläge ihrer beiden klügsten Beraterinnen verlassen, ein aufschlussreicher Prozess strategischer Überlegungen.

Doch Charmion nickte nur. «So wird es sein», sagte sie.

Das Gesicht der Königin verzog sich zu einem ängstlichen Schluchzen. «Und was wird mit den Kindern geschehen?»

Erneut ergriff Iras das Wort. «Wahrscheinlich wird Caesar deine von Antonius gezeugten Kinder am Leben lassen. Sein Volk wird das als einen Akt der Gnade und der Achtung vor den Kindern eines einstmals großen Römers betrachten.»

«Und Caesarion?»

«Caesarion wird nur am Leben bleiben, solange man ihn

nicht findet. Doch Caesar wird in Ägypten keinen Stein auf dem anderen lassen, bis er ihn in den Händen hat.»

Charmion nickte in nüchterner Zustimmung.

«Isis reicht mir die Hand», sagte Kleopatra. «Es ist aus.» Sie stand auf und ging langsam zu ihrem Bett, wo sie sich hinlegte.

Die Erschöpfung der vergangenen Wochen, der Schrecken von Antonius' Tod, an dem sie Mitschuld trug, die Bedrohung für Caesarion und die hoffnungslose Endgültigkeit ihrer Lage verbanden sich zu einer großen Bürde. Die Königin verfiel in einen plötzlichen, eigentümlichen Schlaf.

Erschreckt wachte sie auf. Der unverschämte römische Centurio war in ihre Gemächer getreten. Er stand über ihr und hielt ein Tablett mit Essen und einem Getränk in Händen. Er befand sich mitten in einem heftigen Wortwechsel mit der unnachgiebigen Charmion.

Er stellte das Tablett auf dem Bett ab, als er sah, dass Kleopatra die Augen aufschlug. «Du hast seit gestern nichts gegessen», sagte er. «Du musst etwas zu dir nehmen.»

Kleopatra beachtete ihn nicht. «Ist bereits der nächste Tag angebrochen?», fragte sie Charmion.

«Ja, Majestät.»

«Was ist geschehen? Wo sind meine Kinder?»

«Sie haben Alexander Helios und Kleopatra Selene heute früh aus der Tür geleitet», antwortete Charmion. «Wir haben dich nicht wach bekommen, Majestät. Aber deine Kinder leben und sind unversehrt. Iras und ich haben sie beide gesehen.»

Kleopatra sah die beiden Frauen an. Sie wollte mehr wissen. Sie wollte Nachricht von Caesarion.

«Weitere Neuigkeiten gibt es nicht», sagte Iras.

Der Centurio schob ihr das Tablett zu. «Iss», sagte er.

«Ich bin nicht hungrig», antwortete Kleopatra.

Der Centurio führte die Lippen an ihr Ohr. «Du wirst dieses Brot essen», sagte er, «oder Caesar frisst deine Kinder.» Lächelnd studierte er ihr Gesicht.

Einen flüchtigen Moment lang glaubte sie, er werde einen unverschämten Kuss riskieren. Womit könnte er vor seinen Kameraden besser prahlen als mit einem von der Königin Ägyptens gestohlenen Kuss? Doch dann schien er es sich zu überlegen, denn er senkte nur den Kopf mit gespieltem Respekt, trat zurück und wartete darauf, dass sie aß.

«Warum sollte Caesar sich darum scheren, ob ich etwas esse?», murrte sie.

«Du brauchst deine Kraft», erklärte Charmion. Sie sah den römischen Soldaten wütend an. «Er kann dich in seinem Triumphzug nicht zur Hinrichtung führen, wenn du dich bereits totgehungert hast.»

«Caesar hat nur deine Gesundheit und dein Wohlergehen im Sinn», bemerkte der Centurio wenig überzeugend.

Kleopatra schlüpfte aus dem Bett. Als sie aufstand, machten Charmion und Iras sich unwillkürlich aus Gewohnheit an dem Kleid und Haar ihrer Herrin zu schaffen. Die Königin stellte sich vor dem römischen Soldaten auf und musterte ihn so, wie er es bei ihr gemacht hatte.

«Sag Caesar, dass ich alles tun werde, was er von mir verlangt», forderte sie ihn auf. «Ich bin seine ägyptische Beute, und ich werde so funkeln, wie er es von mir wünscht. Aber erst möchte ich Antonius' Leiche im Mausoleum salben.»

«Das werde ich Caesar mitteilen», sagte er. «Gewiss lässt es sich arrangieren.»

Ohne sich darum zu scheren, dass sein schwerer Umhang die Königin von Ägypten unschicklich streifte, machte er auf dem Absatz kehrt, verließ Kleopatras Gemächer und schlug die Tür hinter sich zu.

Iras war die Erste, die etwas sagte. «Majestät, die Leiche Antonius' sollte von den Priestern und Einbalsamierern gesalbt werden», erklärte sie vorsichtig. «Das Leinöl kann mit seiner Wärme die Haut versengen, wenn es nicht richtig aufgetragen wird, und ...»

«Das weiß ich, du Dumme», fuhr Kleopatra sie an. Sie flüsterte eindringlich und fast lautlos. «Hast du vergessen, was sich im Mausoleum befindet? Du hast es selbst dorthin gebracht, Iras.»

Die Bedeutung dessen, was die Königin sagte, wurde Iras in all ihrem Gewicht klar. «Natürlich, Majestät.»

Gleich darauf öffnete sich die Tür erneut. Der Centurio bedeutete Kleopatra mit einer Kopfbewegung, ihm zu folgen. «Ich soll dich ins Mausoleum bringen», sagte er. «Caesar vertraut darauf, dass du deine Rolle anschließend wie versprochen spielen wirst.»

Meine Rolle spielen. Der Ausdruck erschien ihr plötzlich mehr als passend. *Ich werde tatsächlich einen Auftritt hinlegen,* dachte sie, *aber ich werde seinen Triumph über mich nicht zulassen.* Sie lächelte den römischen Soldaten an. «Die Königin wird tun, was Caesar verlangt.»

Der Centurio und eine Truppe so groß wie eine Kohorte begleiteten Kleopatra und ihre beiden Beraterinnen aus dem Palast ins Freie, wo das gleißende Tageslicht ihnen in die Augen stach.

Unter der sengenden Hitze der ägyptischen Sommersonne gingen sie über einen mit Kalkstein gepflasterten, sandbedeckten Weg, bis sie zur sieben Meter hohen Tür des Mausoleums gelangten. Diese bestand aus reinem Granit, und die Truppe römischer Soldaten war nötig, um sie zu öffnen. Schließlich war die Tür dazu bestimmt, für immer geschlossen zu bleiben.

Lichtstrahlen beleuchteten das Innere des reich vergoldeten Grabs. Kleopatra schritt hinein, ohne die Erlaubnis ihrer römischen Wächter abzuwarten.

Sie bedeckte mit der Hand ihren Mund. Marcus Antonius' Leiche lag nackt auf einem breiten Tisch. Sein Leib glänzte von dem Öl, das die Einbalsamierer bereits aufgetragen hatten.

Obgleich Kleopatra gewusst hatte, was sie erwarten würde, war ihr nicht klar gewesen, dass Caesar bereits erlaubt und befohlen hatte, Antonius die vollständigen ägyptischen Bestattungsriten angedeihen zu lassen, die dieser in seinem Testament festgehalten hatte. Der Anblick seines Körpers, der für das Leben nach dem Tod vorbereitet wurde, erneuerte ihre Trauer über seinen Tod.

Langsam näherte sie sich der Leiche, während die Tür des Grabs geschlossen wurde und das Innere des Mausoleums vom Sonnenschein und von den Geräuschen der Außenwelt abschnitt.

Das Öl auf Antonius' bloßer Brust und seinen nackten Armen und Beinen spiegelte das flackernde Licht der an den Grabwänden befestigten Öllampen. Sie berührte seine Haut. Sie fühlte sich im Tod so warm an wie im Leben. Aber Antonius regte sich nicht. Er wurde nicht munter und streckte die Arme nicht nach ihr aus, wie sonst, wenn sie ihn anfasste.

Sie beugte sich vor und küsste ihn auf den Mund. «Ich komme, mein Geliebter», flüsterte Kleopatra. Sie blickte sich nach Charmion und Iras um, die zitternd, aber pflichtbewusst hinter ihr standen. Sie würden ihrer Königin in den Tod folgen. «Ich bin bereit», sagte sie zu ihnen. «Wir müssen uns beeilen.»

Charmion nickte und ging zu einem offenen, mit Lapislazuli verzierten Schrank, aus dem sie ein edelsteinbesetztes Diadem und ein grün-goldenes Gewand nahm. Sie setzte Kleopatra die Krone aufs Haupt, während Iras die Pharaonin in ihre königliche Pracht kleidete.

Kleopatra setzte sich auf eine goldene Liege, während Iras eine große Tonschale herbeiholte, in der die Kobra zusammengerollt lag. Als der Deckel mit den Luftlöchern abgehoben wurde, lief ein Zucken über die Haut ihres langen Leibs, doch ansonsten wirkte sie ungerührt, selbst als Iras sie mit der Hand ergriff und vorsichtig herauszog, änderte sich nichts an ihrer Ruhe. Die Schlange gähnte und wand sich träge zwischen Iras' Fingern.

«Gib sie mir», sagte Kleopatra. «Sie muss mich als Erste beißen.»

Die Königin hielt die Kobra in den Händen. Das Tier wachte auf und zeigte nun Interesse an seiner Umgebung. Es glitt durch Kleopatras Finger, schlang sich um ihr linkes Handgelenk und ihren Unterarm ...

An der Tür des Grabs ertönte ein Geräusch. Die Soldaten kehrten zurück. Sie würden es nicht riskieren, die Königin – die ägyptische Trophäe ihres Herrn – lange unbeaufsichtigt zu lassen.

Kleopatra zwickte die Kobra in den Kopf, und diese biss

sie ins Handgelenk. Ihre gebogenen Giftzähne bohrten sich so rasch in eine Ader, dass die Königin gar nicht sah, wie es geschah. Der Biss brannte scharf, aber ansonsten spürte sie nichts. Sie ließ die Kobra auf ihren Schoß fallen.

Gleich darauf setzte Atemlosigkeit ein. Kleopatra holte tief Luft, doch ihre Lunge fühlte sich noch immer leer an. Sie versuchte erneut, Atem zu schöpfen, gierig auf das Gefühl einer gefüllten Lunge, doch es gelang ihr nicht. Sie streckte die Hände aus, und Charmion und Iras ergriffen sie und verschlangen die Finger mit den ihren.

Kleopatra ließ sich rückwärts auf die goldene Couch sinken, ihre Atemzüge wurden flach. Schließlich endeten sie.

«Es ist vollbracht», sagte Iras zu Charmion. «Isis hat sie rasch zu sich genommen.»

Wieder erklangen an der Tür des Grabs Geräusche. Gleich würde sie aufgehen, und im Tageslicht würden alle begreifen, was geschehen war.

Iras nahm die Kobra und zwickte sie in die Wange, wie Kleopatra es getan hatte. Das Tier biss zu – mitten in die Ellenbeuge.

Wortlos reichte sie die Schlange an Charmion weiter, die nur einen Sekundenbruchteil zögerte, dann aber sah, wie ein Streifen Tageslicht in die Dunkelheit eindrang. Sie reizte die Kobra zu einem Biss.

Die Giftzähne bohrten sich in ihren Handrücken, blieben aber in der Haut stecken, und Charmion musste den Kopf mühsam ablösen. Sie ließ die Schlange auf den Boden fallen. Auf der Suche nach einem ruhigen Schlafplatz glitt das Tier davon, ohne sich um das Drama zu scheren, das sich nun entfaltete.

Gleißendes Sonnenlicht fiel ins Grab, als die römischen Soldaten hereinstürmten. Und der Centurio begriff, was geschehen war: In ihre königlichen Gewänder gekleidet, lag Kleopatra tot auf einer goldenen Liege, ihre Beraterinnen Iras und Charmion zu ihren Füßen.

«Bei Plutos verschrumpeltem Schwanz!», rief er. Er riss sich den Helm vom Kopf, warf ihn heftig gegen die Wand des Grabs und versetzte einer großen Amphore einen Tritt. Sie fiel um und zerbrach. Öl ergoss sich über den Boden. Wütend trat er einen Schritt näher und sah, dass in Charmion noch ein Rest von Leben steckte.

«Bist du jetzt zufrieden, Charmion?», fragte er erbittert.

«Zufriedener als du, Römer», antwortete sie. «Ich habe meine Pflicht erfüllt.» Sie legte den Kopf auf Iras' Bauch und folgte ihrer Freundin und ihrer Königin in den Tod.

Der Centurio achtete nicht auf den Seitenhieb der Sterbenden, doch gerade, als er glaubte, dass die Lage nicht mehr schlimmer werden könnte, erklangen hinter ihm laute Rufe, und Schritte näherten sich. Caesar kam. Der Centurio knurrte den Göttern der Unterwelt eine weitere obszöne Beschimpfung zu und wandte sich zum herantretenden Herrscher – jetzt dem einzigen und unbestrittenen Führer der römischen Welt –, um ihm sein Versagen zu erklären.

«Caesar», begann er. «Wir haben den Raum wie befohlen nur einige wenige Minuten verlassen. Wir haben nicht ...»

Octavian gebot ihm mit erhobener Hand zu schweigen. Langsam und mit finsterer Miene trat er näher und betrachtete lange die Leiche Kleopatras. *Du verlogene ägyptische Schlampe*, dachte er.

General Agrippa tauchte neben ihm auf. «Oh», sagte er, als

ihm die Lage klar wurde. Er wusste, was Caesar umtrieb: Sein Triumphzug würde nicht mehr derselbe sein. «Diese Chance ist vertan», räumte er ein, «aber ich habe eine Nachricht, die dich aufmuntern wird, Caesar.»

«Ach ja?»

«Wir haben den jungen Caesarion gefunden. Ich habe ihm selbst den Kopf abgeschlagen.»

Octavian hob die Hände zum Himmel. «Dank sei Jupiter und allen Göttern. Was hast du mit seiner Leiche gemacht?»

«Sie in der Wüste begraben. Das heißt, soweit man in Sand überhaupt etwas begraben kann.»

Octavian ergriff Agrippa bei der Schulter. «Gute Arbeit», sagte er. Und dann, ernster geworden: «Sag mir, stimmen die Gerüchte? Sah er wirklich wie Caesar aus?»

«Überhaupt nicht», antwortete Agrippa. *Ehrlichkeit würde mir einen schlechten Dienst erweisen*, dachte er.

Octavian zwinkerte ihm zu. «Dachte ich es mir doch.» Er lächelte in sich hinein und deutete dann auf die goldene Couch mit der toten Königin. «Maecenas rät mir, unsere Leute sollten die Schriften in der Königlichen Bibliothek durchgehen und alles verbrennen, was Kleopatra geschrieben hat», erklärte er. «Man sagte mir, es gebe einen ganzen Flügel, der ihren Büchern über Mathematik, Astronomie, Philosophie und die Götter mögen wissen, was sonst noch, gewidmet ist. Verbrennt ihre Schriften. Sie war keine Königin und keine Gelehrte. Sie war eine Hure.»

«Jawohl, Caesar.» Der General rief eine Handvoll Soldaten zu sich und machte sich mit ihnen auf den Weg zur Königlichen Bibliothek.

«Lasst mich allein», rief Caesar über die Schulter. Seine Soldaten schoben sich leise aus dem Mausoleum, der in Ungnade gefallene Centurio als Letzter.

Octavian heftete den Blick auf Kleopatras Leiche und schüttelte in unterdrücktem Zorn den Kopf.

Den Göttern sei Dank, dass römische Frauen zu solchen üblen Tricks nicht fähig sind.

KAPITEL XX

Ecce Caesar nunc triumphat.
«Sehet Caesar, der jetzt triumphiert.»
SUETON, DER EINEN GESANG
WÄHREND DES TRIUMPHZUGS VON
JULIUS CAESAR WIEDERGIBT

Rom, 29 v. Chr.
(ein Jahr später)

Pomponia hatte den ganzen Vormittag über den Gallier Vercingetorix nachgedacht. Sie hatte sich an Julius Caesars Triumphzug vor all diesen Jahren erinnert, bei dem man den König der Gallier über die lange, ovale Bahn des Circus Maximus und die gepflasterten Straßen des Forums geführt und einem höhnenden Mob zur Schau gestellt hatte. Männer und Frauen hatten ihn verflucht und angespuckt, und Kinder hatten ihn mit matschigem Obst und Dreck beworfen. Man hatte ihn zu den *rostra* geschleift und ihn gezwungen, auf den Moment zu warten, in dem der triumphierende Caesar den Befehl erteilen würde: «Tötet ihn!»

Jetzt war der neue Caesar an der Reihe. Als die oberste Vestalin ihren Blick schweifen ließ, sagte sie sich, dass der Triumphzug alles umfasste, was er sich nur hatte erhoffen können. Er war laut, bunt, eindrucksvoll und geeignet, dem Volk zu gefallen. Nur eines fehlte. Nun, genau genommen zweierlei, nämlich zwei Menschen: Antonius und Kleopatra. Die beiden waren bereits tot. Und nicht einmal Caesar hatte die Macht, jemanden zweimal sterben zu lassen.

Pomponia saß neben Livia, Octavia, Julia und Marcellus auf den *rostra*. Mit einem vergoldeten Lorbeerkranz auf dem Haupt stand der in eine purpurrote Toga gekleidete Caesar eine Armlänge entfernt. Er sah aus wie die Statue des Jupiter auf dem Kapitol, nur der Blitzstrahl fehlte. General Agrippa stand hinter ihm. Caesar hob den Arm, um die Scharen von Römern zu begrüßen, die sich auf allen Straßen, unter jeder Säulenkolonnade und jedem Portikus des Forums drängten oder auf die *basilicae* und Denkmäler geklettert waren, um eine bessere Sicht zu haben.

Rote Fahnen mit den goldenen Buchstaben *SPQR* flatterten herrschaftlich im Wind. Hörner schallten. Allerdings wurden sie vom Triumphgeschrei der Menschenmenge übertönt.

Ein Zug von Beutestücken aus den Palästen und Tempeln des fernen Ägypten rollte durch die Straßen, und die Leute drängten sich, wollten einen Blick auf die Kostbarkeiten erhaschen. Da waren die riesigen bemalten Statuen fremder Götter mit Tierköpfen: ein Falke, ein Schakal oder ein Widder. Eine besonders eigenartige Statue – sie hatte den Kopf eines schwarzen Skarabäus und den Körper eines Mannes – wurde mit noch mehr höhnischen Rufen der Zuschauer bedacht als der Rest.

Doch dann rollte eine Prozession von Mumien in edelsteinbesetzten Sarkophagen vorbei, und der käferköpfige Gott war vergessen.

Wieder stieg Jubel und höhnisches Geheul auf, als die Mumien von einer goldenen Liege gefolgt wurden, auf der eine Puppe der Kleopatra ruhte. Sie war mit dem edelsteinbesetzten Diadem der Königin und einem goldenen Gewand ausstaffiert worden. Die Gestalt, deren Arme über der Brust verschränkt waren, zeigte die ägyptische Pharaonin im Tod.

Hinter der Puppe der toten Königin folgten ihre und Marcus Antonius' noch lebenden Kinder: Alexander Helios und Kleopatra Selene. Sie gingen mit gesenkten Köpfen. Was gab es für sie schon zu sehen? Vor ihnen rollte die Puppe ihrer toten Mutter. Und um sie herum höhnten die Menschen des Volks, von dem sie erobert worden waren.

Doch Caesar hatte sein Wort gehalten und sie am Leben gelassen. Tatsächlich hatte er sie sogar der Obhut seiner Schwester Octavia übergeben, die die Fügungen der Parzen und die Gebote ihres mächtigen Bruders weiterhin mit königlicher Gelassenheit ertrug. Pomponia hatte noch nie eine Frau kennengelernt, die ihre Pflicht und ihr Schicksal so willig annahm.

Octavian hob den Arm erneut, und die Menge brüllte noch lauter. Früher hatte sie Octavian gerufen. Dann Caesar. Und jetzt: *Augustus*.

Nach seinem Sieg über Antonius und Kleopatra hatte der Senat ihm diesen erhabenen Titel verliehen. Er bedeutete «der Große» und ging noch einen Schritt weiter als das gewöhnliche *princeps* oder «Erster», Begriffe, die er bisher verwendet hatte. Pomponia lächelte in sich hinein. Diesem Mann wuchsen mehr Namen als der Hydra Köpfe.

Der Monat Sextilis war ebenfalls umbenannt worden: Er hieß jetzt zu Ehren von Roms Retter *augustus*, und es war nur passend, dass er dem Monat Juli folgte, der nach des Herrschers vergöttlichtem Vater benannt worden war. Der Sohn folgt dem Vater.

«Bürger», rief Caesar. «Rom erhält nun ein Geschenk von mir. Ihr erlebt gleich den Tod von Antonius und Kleopatra.»

Nach diesen Worten wurde die Hauptattraktion vor die *rostra* gerollt: ein riesiger Gefängniswagen, der so gestaltet war, dass er dem Königlichen Palast von Alexandria ähnelte.

In dem Wagen saßen ein im Stil eines Ägypters gekleideter Mann, das Gesicht schrill ägyptisch geschminkt, und eine als Königin Ägyptens gekleidete Frau mit einem Diadem und königlichen Gewändern: Antonius und Kleopatra – oder genauer gesagt, zwei Sklaven, deren größtes Pech im Leben darin bestand, eine auffällige Ähnlichkeit mit der ägyptischen Königin und ihrem römischen Geliebten aufzuweisen. Sie saßen einander an goldene Throne gefesselt gegenüber – ebendie Throne, von denen aus Antonius und Kleopatra regiert hatten.

Caesar nickte den Scharfrichtern zu, und die Aufführung, um derentwillen alle gekommen waren, begann.

Vier als Schlangenbeschwörer verkleidete Männer trugen schwere Körbe zum Gefängniswagen. Sie kippten sie durch die Gitterstangen aus, wobei sie so weit wie möglich Abstand hielten. Hunderte von Schlangen ergossen sich auf den Boden des Wagens.

Die sich drängende Menge geriet in Bewegung, die Leute wimmelten durcheinander und schubsten und schoben, um nur eine bessere Sicht zu bekommen.

An ihre Throne im Wagen gefesselt, zerrten die beiden Sklaven schreiend an ihren Fesseln. Schlangen jeder Form, Größe und Farbe wanden sich um ihre festgebundenen Füße. Um die Spannung zu steigern, benutzten die Schlangenbeschwörer mit einem langen Haken versehene Stangen, um Schlangen vom Boden des Wagens zu klauben und über dem Paar freizulassen. Sie krochen über Schoß, Kopf und Schultern der beiden und wurden von den Schlangenbeschwörern sogar unter die Kleidung geschoben.

Pomponia verzog das Gesicht und schaute weg. Ihre Gedanken schweiften ab. Sie wanderten von Vercingetorix zum Carcer und vom Carcer zu Quintus.

Sie wandte den Kopf und lächelte Livia liebenswürdig an. Caesars Frau trug ein grünes Kleid mit einem blaugrünen Schleier, in ihrem Haar funkelten Edelsteine, und mit einem strahlenden Lächeln, das ihre Zähne entblößte, sah sie ihren mächtigen Ehemann an und sonnte sich im neu erworbenen Status als bedeutendste Frau Roms.

Leise fragte die Vestalin: «Sag mir, edle Livia, wie gefällt deiner Schwester ihre neue Villa in Capua?»

«Sehr gut, Oberpriesterin. Vielleicht sogar zu gut, denn auf meine letzten drei Briefe hat sie nicht geantwortet. Vielleicht macht ihr das Landleben aber auch zu schaffen.»

«Möglich, dass sie verdorbenen Fisch gegessen hat», erwiderte Pomponia.

Livia spürte, wie ihr ein Schwall von Röte ins Gesicht stieg, widerstand aber dem Impuls, dem Blick der Vestalin zu begegnen.

«Es ist ein so wichtiger Tag für deinen großen Ehemann», fuhr Pomponia fort. «Und auch für dich.»

«Wir sind von den Göttern gesegnet.»

«Nicht von allen Göttern.»

«Nein?»

«Von Vesta seid ihr nicht gesegnet», antwortete Pomponia.

«Und auch nicht von Juno. Die göttlichen Schwestern haben euer Heim nicht mit Kindern gesegnet, die du Caesar geboren hättest. Und sie haben euer Bett nicht gesegnet. Ich habe gehört, dass gewöhnliche junge Sklavinnen und die Ehefrauen anderer Männer darin mehr Zeit mit deinem Ehemann verbringen als du selbst, wie energisch du dich auch ins Zeug legst, wenn du eine Einladung bekommst.»

Livia fuhr empört auf. «Priesterin ... so etwas ist Privatsache.»

«Zwischen Freundinnen sind solche Schranken überflüssig», erwiderte Pomponia. «Deshalb lasse ich es mir angelegen sein, all deine Geheimnisse zu kennen. Allerdings ist nicht jedes so harmlos. Einige von ihnen würden dafür sorgen, dass du in der Arena den Löwen vorgeworfen würdest. Dein Ehemann könnte mühelos eine andere Sklavenhändlerin finden, die sein Schlafzimmer mit Frauen versorgt.»

«Caesar würde niemals ...»

«Ach, sei still, Livia», sagte Pomponia. «Caesar würde dich mit eigener Hand vom Tarpejischen Fels stoßen, wenn er erführe, dass du den Vestalinnenorden verleumdet hast. Er verehrt die Göttin. Unser Orden ist ein politischer Trumpf in seiner Hand. Caesar hat ihn dazu gemacht. Du und dein unfruchtbarer Bauch, ihr werdet dagegen zur Belastung.»

«Caesar kennt meinen Wert.» Die Worte kamen schwächer heraus, als Livia sich gewünscht hätte, und sie stieß verärgert die Luft aus. Damit hatte sie nicht gerechnet. Ihr Blut geriet vor Zorn in Wallungen. Wie viele stinkende Tiere sie Fortuna auch immer opferte, auf wessen Kosten sie auch immer nach oben strebte, irgendjemand stand ihr immer im Weg. Leider hatte die Vestalin im Moment die Oberhand. Erneut fand

Livia sich zwischen Scylla und Charybdis gefangen, alternativ- und ausweglos. Daran würde sich nichts ändern, solange sie unfruchtbar blieb. «Wie kann ich unsere Freundschaft stärken, Priesterin?»

«Indem du zur Freundin des Vestalinnenordens wirst», antwortete Pomponia. «Aus deiner eigenen Unsicherheit heraus hast du versucht, uns kleinzuhalten. Jetzt möchte ich das Gegenteil von dir. Ich möchte, dass du uns unterstützt und aufwertest, sogar noch mehr, als dein Mann es tut.»

«Es wäre mir eine Freude.»

«Gut.» Pomponia betrachtete Livias schrillbuntes Kleid mit missbilligend hochgezogenen Augenbrauen. «Du könntest damit anfangen, dass du zu öffentlichen Anlässen eine weiße Stola trägst. Und weniger Schminke. Du bist doch auch so schön genug, oder?»

Sie führte die Hände hinter Livias Nacken und legte ihr Medousas Anhänger um den Hals. «Außerdem darfst du das hier tragen. Eigens für dich habe ich Smaragde in die Augen der Gorgonin einsetzen lassen. Die Ägypter glauben, dass diese Edelsteine der Fruchtbarkeit zuträglich sind, weißt du.»

Caesar wandte sich kurz von der ihn bewundernden Menge ab und lächelte seine Frau an, die neben der Vestalin saß. Die beiden Frauen schienen sich gut zu verstehen. Die Oberpriesterin bedachte Livia sogar gerade mit einem Geschenk. Wunderbar. Er nickte Livia wohlwollend zu, und sie lächelte zurück.

«Du wirst deine Münzen mit dem Bildnis Vestas schmücken», fuhr Pomponia fort, «und wer eine Statue von dir haut, wird dich im bescheidenen Kleid einer Vestalin zeigen. Bei allen öffentlichen Opfern und Festen wirst du unseren Orden rühmen und preisen, und du wirst regelmäßige Spenden an uns übergeben, deren Betrag ich dir nennen werde. Einen Teil deiner ersten Spende werde ich darauf verwenden, für die Gartenanlagen um den Circus Maximus eine Statue der Vestalin Tuccia in Auftrag zu geben.»

Pomponia nahm von einer vorbeigehenden Sklavin einen Becher kühlen Gurkensaft entgegen und fuhr dann fort: «Zugegeben, es wird amüsant sein zu verfolgen, wie die Öffentlichkeit sich über dein Streben nach Reinheit lustig macht. Schließlich sind die Gerüchte über deine Käufe auf dem Sklavenmarkt bereits jetzt das saftigste Thema bei jeder Essenseinladung in Rom.»

Sie ließ ein Stück Eis in ihrem Glas kreisen, bis es leise klirrte. «Und dann ist da noch deine Ehegeschichte. Eine geschiedene Frau mit den Kindern eines anderen Mannes. Oder besser, mit den Kindern von zwei Männern. Zweifellos ist dein älterer Sohn das Vermächtnis dieses Tiberius mit dem Quadratschädel, aber Drusus ...» Pomponia schüttelte den Kopf und biss sich in gespielter Sorge um Livias Wohlergehen auf die Lippen. «Caesar wäre angewidert, wenn er wüsste, wie oft Diodorus es mit dir getrieben hat. Und wüsste er, dass du einen griechischen Bastard zur Welt gebracht hast, würde er noch ganz anders reagieren.»

Livias Nasenflügel blähten sich, und sie wollte gerade etwas erwidern, da sprach Pomponia schon weiter. «Ach, sieh nur, Livia. Der General ergreift die Flucht. Schauen wir mal, wie es ausgeht.»

Unter erneut anschwellendem Gebrüll der Menge hatte der Sklave, der die Rolle des Marcus Antonius spielte, sich unter Anspannung all seiner Kräfte von seinen Fesseln befreit und versuchte, die Holzstäbe des Gefängniswagens hinaufzuklettern, um dem Schlangenmeer zu seinen Füßen zu entkommen. Doch bei jedem Versuch glitt er an den Stäben ab.

Da kippte er in einem Akt purer Verzweiflung den Thron um, an den die Sklaven-Kleopatra gefesselt war, und stieg hinauf.

Das Gesicht der Sklavin wurde unter einem brodelnden Meer von Schlangen begraben. Ihr Kopf ruckte und zuckte noch eine Weile, dann lag der Körper still da. Die Frau war entweder erstickt oder dem Gift zahlloser Schlangenbisse erlegen.

Die Zuschauer waren aufs äußerste begeistert.

Pomponia starrte auf den reglosen Körper der Sklavin. Sie wurde nachdenklich und sprach nun aufrichtig. «Weißt du, was eigenartig ist, edle Livia?»

«Was denn, Priesterin?»

«Mir scheint, dass wir beide mehr mit Kleopatra gemein haben, als wir glauben. Ich habe sie kennengelernt, weißt du. Das letzte Mal habe ich sie an dem Tag gesehen, an dem ich zur vollwertigen Vestalin geweiht wurde.»

«Oh? Und wie war sie?»

Pomponia dachte darüber nach. «Übertrieben selbstsicher.»

Als Livia darauf nichts erwiderte, ließ Pomponia sich auf ihrem Stuhl zurücksinken. *Nun, das wäre erledigt*, dachte sie. *Jetzt halte ich einen Wolf bei den Ohren.*

Die Vestalin trank erneut einen Schluck Gurkensaft und hoffte, dass er helfen würde, sie nach der fast lautlos geführten Auseinandersetzung abzukühlen. Livia hatte den Rückzug angetreten, aber es würde nicht lange dauern, bis sie erneut auf dem Vormarsch wäre. Das wussten sie beide.

Pomponia verdrängte den Gedanken und zwang sich, Caesars Siegesaufführung zu genießen. Hatte sie nicht auch eine kleine Rolle dabei gespielt, dass es zu diesem Sieg kam?

Im Gefängniswagen vor den *rostra* versuchte der Sklaven-Antonius noch immer, sich auf dem umgekippten Thron seiner Königin zu halten. Wie viele Schlangen auch zu ihm hinaufkriechen mochten, es gelang ihm, ihnen entweder auszuweichen oder sie nach unten zurückzustoßen. Wenn es noch lange so weiterginge, würde die Menge sich langweilen.

Caesar nickte kurz einem Centurio zu, der neben dem Wagen stand. Der Soldat zog seinen Dolch, schob den Arm durch das Gitter und stach den Sklaven in die Brust. Der stürzte mit einem Schmerzensschrei in das wimmelnde Schlangennest.

Das Spektakel war vorbei. Aber Caesars Triumph würde andauern.

Und auch der des Vestalinnenordens. Pomponia hatte den Orden durch den Sturz der Republik bis hinein in den Aufstieg des Imperiums geleitet. Seit den Zeiten von Romulus und Numa war kein Herrscher Roms dem Vestalinnenorden so gewogen gewesen wie Caesar Augustus, Roms erster Kaiser.

Im Gefolge der militärischen Niederlage Antonius' und Kleopatras und aufgrund der inzwischen legendären Geschichte von Tuccias Wunder war das Volk Vesta stärker ergeben als je zuvor. Rom befand sich im Frieden.

Natürlich hatte die lebendige Flamme der Göttin schon immer in den Tempeln, Häusern und Herzen der Römer gebrannt. Doch nun breitete diese Flamme, die *viva flamma*, sich aus.

Sie brannte inzwischen auch in den Ländern außerhalb Italiens: in Makedonien, Griechenland, Gallien, Afrika, Asien,

Syrien und Ägypten. Pomponia wusste, dass sie noch weiter wandern würde: nach Judäa, Britannien, Arabien, Germanien und sogar in Länder, die noch gar nicht entdeckt waren, Länder, die den Geographen zufolge jenseits von Atlas' Ozean existierten. Schließlich lag es ja gerade in der Natur von Feuer, sich auszubreiten.

KAPITEL XXI

Triginta anni
Dreißig Jahre

Tivoli, 25 v. Chr.
(vier Jahre später)

Nun hatte das Schicksal doch nicht gewollt, dass sie mit Medousa durch die grünen Felder Tivolis spazierte. Und auch mit Quintus würde sie die Landschaft nicht durchstreifen. Aber immerhin war sie hier draußen mit den Erinnerungen an beide unterwegs.

Pomponia setzte sich auf eine Marmorbank und genoss den Blick auf den wunderschönen Tempel der Vesta in Tivoli. Umgeben von Gärten, üppig grünen Hügeln und leuchtend bunten Blumen und versehen mit einem schönen Weinberg für Trankopfer an die Göttin, stand der runde Tempel auf einer buschig bewachsenen Klippe, die auf den rauschenden Wasserfall des Flusses Anio hinunterschaute.

Cassia trat zu ihr und setzte sich neben sie. Pomponia mochte die Vestalin. Sie erinnerte sie an Tuccia.

«Hast du dich inzwischen entschieden, Pomponia?», fragte Cassia.

«Ich bleibe beim Orden», antwortete Pomponia. «Allerdings werde ich mich noch eine Weile hier in Tivoli aufhalten. Es fällt mir immer schwerer, meine ruhige Villa zu verlassen, um mich dem Lärm der Stadt auszusetzen. Der Tempel hier ist wunderschön, und der Wasserfall ist eine ausgezeichnete Quelle für heiliges Wasser, von dem ich künftig gern etwas nach Rom schicken würde.» Sie pflückte einen langen Grashalm und wickelte ihn sich um den Finger. «Ich kann mich hier nützlich machen, insbesondere wenn Quintina bei mir bleibt. In Rom hat Tuccia Nona an ihrer Seite und mehr als genug andere Priesterinnen und Novizinnen.»

Cassia schlang einen Arm um Pomponia. «Deine Worte überraschen mich nicht», sagte sie. «Aber ich freue mich trotzdem, sie zu hören. Das ist eine große Nachricht für unsere kleine Stadt. Darf ich Cossinia und den anderen Priesterinnen davon erzählen?»

«Natürlich.»

Cassia machte sich auf den Rückweg zum Tempel. Während Pomponia ihr nachsah, führte sie die Hand zum Siegelring mit der Gemme der Vesta, der ihr an einer Kette um den Hals hing.

Ihre Liebe und der Verlust von Quintus machten sie nicht blind für die Wahrheit. Ihrer beider Ehe wäre auf Dauer nicht mit Glück gesegnet gewesen. Er hätte sein mürrisches Wesen nicht ablegen können, und sie hätte es nicht ertragen.

Da war es besser, dass sie eine Braut Roms blieb. Im Leben nach dem Tod könnte sie immer noch Quintus' Braut sein. Vielleicht könnte Pluto dafür sorgen, dass er ihr ein erfreulicher Ehemann wäre.

Sie stand auf und ging zum Rand des Wasserfalls. Das

Rauschen und Sprühen des Wassers war belebend, doch die Gedanken an die Vergangenheit – an Medousa, an Quintus – machten sie melancholisch.

Es war nur richtig, dass sie sich derzeit beim Tempel der Vesta in Tivoli aufhielt. Er war neu, oder zumindest neuer als der Bau auf dem Forum Romanum, und er war der erste Tempel, den Fabiana nach ihrer Ernennung zur Vestalis Maxima hatte errichten lassen.

Das ferne Bellen eines Hundes drang in Pomponias Ohren, und einen Augenblick lang sehnte sie sich danach, den kleinen Hund Perseus mit heraushängender Zunge und auf dem Marmorboden klackenden Krallen auf sich zurennen zu sehen.

Sie hatte seinen mageren, weißen Körper im Blumenbeet am Fuß von Fabianas Statue begraben. Wie konnte sie dieses Tier so sehnsüchtig vermissen, nachdem sie sich so oft darüber geärgert hatte?

Sie hörte Stimmen und drehte sich zum Garten neben dem Marmortempel um, wo Quintina am Stamm einer hohen Zypresse lehnte. Sie unterhielt sich mit einem jungen Priester vom Tempel des Mars in Tivoli. *Wie hieß er noch? Ach ja, Septimus.*

Er sagte etwas, das Pomponia nicht hören konnte, aber das die junge Priesterin veranlasste, empört die Hände in die Hüften zu stemmen, ihn stehen zu lassen, die Marmorstufen zum Tempel hinaufzusteigen und durch die Tür einzutreten.

Septimus schaute ihr mit einem selbstzufriedenen Grinsen nach. Doch statt nun, da Quintina im Allerheiligsten verschwunden war, zu gehen, blieb er an Ort und Stelle stehen und starrte weiter auf die geschlossene Bronzetür des Tempels.

Der Anblick ließ Pomponia an die Worte des Horaz denken, eines von Caesars Lieblingsdichtern: *Mutate nomine, de te fabula narratur.* Ändere nur den Namen, dann erzählt die Geschichte von dir.

Doch dann verflog ihre poetische Stimmung. Sie hatte plötzlich Medousas Stimme im Ohr, unverfroren mahnend, und das brachte sie mit einer der frecheren Bemerkungen der Sklavin in die Wirklichkeit zurück: *Nec amor nec tussis celatur.* Liebe kann man genauso wenig verbergen wie einen Husten.

Sie trat zum Tempel und wandte sich mit hochgezogenen Augenbrauen von dessen oberster Stufe an Septimus: «Man sagte mir, die Haut eines Mannes löse sich wie Putz von einer Wand.»

«Jawohl, Priesterin.» Er nickte ehrerbietig und ging davon.

Pomponia aber zog die Tür auf und trat ins Allerheiligste, um sich zu ihren Schwestern ans ewige Feuer zu gesellen.

EPILOG

Ducunt volentem fata, nolentem trahunt.
«Das Schicksal führt den Willigen und
zerrt den Unwilligen mit sich.»
SENECA

Syrien, 24 v. Chr.
(ein Jahr später)

Sie trug noch dasselbe purpurrote Kleid, das sie in jener Nacht angehabt hatte. In jener Nacht, in der die Männer durch die Türen ihrer Villa hereingestürmt waren, sie am Haar über den Boden geschleift und in den stinkenden Wagen geworfen hatten. In jener Nacht, in der die schmutzige, zahnlose Sklavin im Wagen sie verspottet hatte, als sie ihre Entführer mit lautem Protest überhäufte. *Ich bin keine Sklavin, ihr Dummköpfe! Bringt mich sofort nach Hause zurück! Ich bin eine Verwandte Caesars!*

Es hatte nicht lange gedauert, und die Forderungen hatten sich in Bitten verwandelt. *Bitte! Ich bin reich, ich kann jede Summe bezahlen. Meine Schwester ist eine mächtige Frau! Für meine Befreiung wird sie ein Vermögen hergeben!*

Früher einmal war ihr Kleid das edelste gewesen, das man

für Geld bekommen konnte. Heute hing es zerlumpt an ihr herunter. Inzwischen musste sie es an manchen Stellen mit Knoten zusammenbinden, damit es nicht auseinanderfiel.

Sie saß mit untergeschlagenen Beinen auf dem Boden und biss in eine Brotkruste, die so hart war, dass ihr Zahnfleisch blutete. Beim nächsten Mal biss sie vorsichtiger hinein, aber ihr Mund war zu wund zum Kauen. Sie warf das Stück Brot beiseite.

Ein Ruck an ihrer Kette, sie zuckte vor Schmerz zusammen. Unter ihrer eisernen Fußfessel war die Haut aufgescheuert. Ihr Entführer – ein dicker, dreckiger, widerlicher Mann namens Hostus – zerrte an ihrer Kette, und sie stand auf. Wenn sie das nicht täte, würde er sie einfach hinter sich herschleifen. Das machte er gern. Mit finsterer Miene blickte sie auf seine abscheuliche nackte Brust mit den schwarzen Haarbüscheln. Ob Regen oder Sonnenschein, der Verrückte trug nie eine Tunika, sondern lief mit einem rutschenden Lendentuch bekleidet herum. Ansonsten war er nur noch mit ausgetretenen Sandalen und einer Peitsche ausgerüstet.

Hostus hielt ihre Eisenkette einem anderen Mann hin. Dieser war gut gekleidet und wirkte gelassen, war aber kein Römer. Sie kannte seinen Kleidungsstil – ein Ägypter. Er legte eine Goldmünze in die fettverschmierte Hand des Sklavenbesitzers und ergriff die Kette. Sie folgte ihm gehorsam.

Nicht, dass es noch eine Rolle spielte, nicht dass sie sich nach all diesen Jahren noch darum scherte, aber sie fragte sich nun doch, wo sie sich befand. Der Zug der Sklavenwagen war wochenlang unterwegs gewesen. Sie wusste nur, dass der Sand sie in die Augen stach und dass die Landschaft lebensfeindlicher war, als sie es jemals irgendwo erlebt hatte.

Doch in dieser unfruchtbaren Wüste, mitten im Nirgendwo, stand eine baufällige Arena, die von altersrissigen Brettern und zerschlissenen Seilen zusammengehalten wurde. Und durch das Getöse von Jubeln und Höhnen, durch das Toben von Geschrei und Geschluchze und durch das Klatschen von Peitschen auf Haut drang ein Geräusch, das sie in Rom oft genug gehört hatte: das Brüllen eines hungrigen Löwen.

Sie ließ sich auf die Knie fallen, schlang die Finger um die Kette und zog daran. «Nein!»

Doch ihre krächzende Stimme ging im Wehen von Wind und Sand unter, als der Ägypter sie zur Arena schleifte.

NACHWORT DER AUTORIN

1989, damals war ich zwanzig Jahre alt, besuchte ich das Forum Romanum zum ersten Mal. Dieses Erlebnis entfachte in mir ein lebenslanges fasziniertes Interesse an der altrömischen Geschichte und Religion und insbesondere am Kult der Vesta. Seitdem bin ich mehrmals nach Rom zurückgekehrt, einmal auch während der Arbeit an dieser Romanserie. Ich möchte diese Faszination niemals verlieren und hoffe aufrichtig, dass ich sie an Sie weitergeben konnte.

In *Flammentempel,* dem ersten Band der Reihe *Die Töchter Roms,* hatte ich das Ziel, den wunderbaren Vestalinnenorden und den Kult der Vesta auf eine anrührende, informative und respektvolle Weise zum Leben zu erwecken. Ich wollte die Vestalinnen in der größeren Welt des antiken Rom zeigen, und zwar insbesondere im Augusteischen Zeitalter, da diese Phase von so großer Bedeutung für den Orden war. Zu diesem Zweck und im Sinne einer lebensechten Darstellung der Rituale und Glaubensüberzeugungen der Vestalinnen habe ich alle Hilfsmittel benutzt, die sich boten, von antiken Quellen und Münzen bis hin zu zeitgenössischen Ausgrabungen.

Doch dieser Roman ist eine historische Fiktion. Ich habe zahlreichen wissenschaftlichen und künstlerischen Quellen Informationen über wohlbekannte historische Gestalten, Ereignisse, Berichte und Lebensbedingungen entnommen und diese auf meine eigene Weise interpretiert, wozu auch einige begründete Vermutungen gehören, da unsere historischen Kenntnisse voller Lücken sind.

Um eine originelle Geschichte für ein breites Leserpublikum zu schreiben, habe ich komplizierte Vorstellungen, Chronologien und Genealogien angepasst oder vereinfacht und gelegentlich die Schriften antiker Autoren wie Plinius, Tacitus, Livius, Dio, Ovid, Plutarch, Gellius, Sueton und andere nachempfunden.

Im Gegensatz zu historischen Persönlichkeiten wie Julius Caesar, Octavian oder Livia – über die sich den unterschiedlichen Quellen, darunter auch ihren eigenen Schriften, vieles entnehmen lässt – wissen wir wenig bis gar nichts über die Persönlichkeit, die Motivation, das Gefühlsleben, die Kämpfe und das persönliche Leben der meisten historischen Vestalinnen. Doch ich habe alles Verfügbare verwendet und mir gleichzeitig einige künstlerische Freiheiten herausgenommen, um Pomponia lebendig zu gestalten. Ihr vollständiger Name im vorliegenden Roman ist aus den Namen zweier realer Vestalinnen zusammengesetzt: Occia, die Vestalis Maxima, die gegen Ende der Republik und zu Beginn der römischen Kaiserzeit diente, und Pomponia, die in einer späteren Phase der Kaiserzeit diente.

Ähnlich bin ich bei anderen Vestalinnenfiguren vorgegangen, auch hier handelt es sich um Frauen, über die wir nicht viel wissen: Die Familiennamen von Nona Fonteia und Caecilia Scantia sind die Namen echter Vestalinnen, die zu jener Zeit lebten. Was Tuccia und das Gottesurteil mit dem Sieb betrifft, gibt es diesen Bericht wirklich. Allerdings ereignete sich der Vorfall früher, als in diesem Buch geschildert. Die Art und Weise, auf die die Vestalin dieses Wunder vollbrachte, bleibt ein Rätsel. Es ist außerdem richtig, dass eine Vestalin namens Licinia gegen 113 v. Chr. zum Tod verurteilt wurde, doch ich habe Elemente der gegen sie erhobenen falschen Beschuldigung noch aus weiteren Fällen entnommen.

Das Gleiche gilt für andere Figuren und Umstände. Ich konnte keinen Hinweis auf eine Schwester Livias finden, doch die Praxis der römischen Namensgebung, die sich im Laufe der Jahre so stark veränderte, lässt *Claudia* möglich erscheinen. Livia orientierte sich bei ihren öffentlichen Auftritten an den Vestalinnen, und ihre Statuen zeigen sie in ähnlicher Kleidung, also in einer schlichten Stola und so weiter. Dies gereichte zweifellos dem Vestalinnenorden zum Vorteil und förderte gleichzeitig ihren eigenen Ruf, da sie tatsächlich vorher verheiratet gewesen war und aus ihrer ersten Ehe zwei Söhne hervorgegangen waren. Das Gerücht, dass Livia ihre Gegner vergiftete und ihrem Mann Jungfrauen zuführte, kursierte damals wirklich.

Was Octavian betrifft, so setzten sich die Vestalinnen tatsächlich während der Proskriptionen Sullas für seinen «vergöttlichten Vater» Julius Caesar ein. Octavian erhielt den Ehrentitel Augustus, allerdings geschah dies einige Jahre später als in diesem Buch. Kaiser Caesar Augustus war ein mächtiger Gönner der Vestalinnen. Vesta und ihre Priesterinnen treten in zwei der größten Kunstwerke seines Zeitalters auf: dem Epos *Die Aeneis* und dem marmornen Ara Pacis Augustae. Außerdem erwähnt er sie in seiner Autobiographie *Res Gestae Divi Augusti*, die heute in einer lateinischen Kopie das Ara-Pacis-Museum in der Ewigen Stadt von außen schmückt.

Octavian hat tatsächlich Vestas Heiligtum betreten, um Antonius' Testament an sich zu bringen, wahrscheinlich ohne auf großen Widerstand der Vestalinnen zu stoßen, und dieses Testament belastete Antonius. Aus diesem Vorfall nahm ich die Inspiration für die Dynamik zwischen Octavian und Pomponia. Die Idee, dass Pomponia Caesar eine Abschrift übergab, mittels derer sie dafür sorgte, dass das riskante Unternehmen sich auch lohnte, stammt von mir selbst. Zu Octavians Bestürzung verübten Antonius und Kleopatra Selbstmord, bevor er sie in seinem Triumphzug hinrichten lassen konnte.

Man sollte immer im Hinterkopf behalten, dass es niemals ein einziges «Antikes Rom» gab. Wie alle Nationen oder Kulturen veränderte es sich unablässig. Das Forum Romanum kann dafür als ausgezeichnetes Beispiel dienen. Neue Bauwerke und Denkmäler wurden ständig hinzugefügt oder die bestehenden verbessert, während andere entweder absichtlich abgerissen wurden oder einer Katastrophe anheimfielen. Der Tempel der Vesta und das Haus der Vestalinnen bilden da keine Ausnahme. Ich habe Stunden damit zugebracht, zwischen ihren Überresten umherzustreifen, und habe in dieser Romanreihe Elemente der Bauwerke verwendet, wie sie in ihrer großartigsten Zeit ausgesehen haben müssen.

Es gibt zahllose Arbeiten und Bücher über das antike Rom, doch möchte ich hier einige wunderbare Werke nennen, die auf verschiedene Weise für mich besonders relevant waren: *Rome's Vestal Virgins* von Robin Lorsch Wildfang; *Excavations in the Area Sacra of Vesta (1987–1996)*, herausgegeben von Russel T. Scott; *Mythology* von Edith Hamilton; *Augustus* von Pat Southern und *Kleopatra* von Stacy Schiff. Wo in diesem Roman von den Tatsachen abgewichen wird, geschieht dies aus künstlerischen Gründen und geht auf mein Konto, nicht auf ihres. Wie bereits erwähnt habe ich mich auch an Suetons unwiderstehlichem *Leben der Caesaren* bedient.

Historiker der Antike, Archäologen und eifrige Leser historischer Romane werden erkennen, wo ich mir künstlerische Freiheiten herausgenommen habe. Falls Sie sich damit angesprochen fühlen, hoffe ich, dass Sie in diesem Roman eine neue Perspektive gefunden und den erneuten Besuch in einer Welt genossen haben, die Sie und ich lieben. Falls Ihnen die altrömische Welt jedoch noch unbekannt ist, hoffe ich, dass Sie sich gefreut haben, einiges über diese wichtige Zeit und ihre bemerkenswerten Menschen, Orte und Ereignisse zu erfahren, von denen viele von uns schon so lange fasziniert sind.

Außerdem hoffe ich, dass Sie auch das zweite Buch in dieser Reihe lesen werden, den sogar noch kühneren Folgeband «Wolfszeit» aus der Serie *Die Töchter Roms*.

Sollten Sie mehr über den Vestakult und seine Priesterinnen erfahren wollen, lade ich Sie ein, im Internet die Seite VestaShadows.com zu besuchen. Dort finden Sie zusätzliche Informationen, darunter auch eine Galerie von Bildern aus meiner persönlichen Sammlung sowie ein Blog, Videos und mehr.

Danke fürs Lesen und mit den besten Grüßen

Debra May Macleod

GLOSSAR LATEINISCHER UND SONSTIGER WICHTIGER AUSDRÜCKE UND ORTE

Aedes Vestae – Das Gebäude, das die heilige Flamme beherbergte, also der Tempel der Vesta.
Aeterna flamma – Die «ewige Flamme» Vestas.
Aquila – Adler als Feldzeichen Roms.
Atrium – Der nicht überdachte, zentrale Innenhof eines römischen Hauses, der als wichtiger Wohnbereich diente und um den die anderen Zimmer des Hauses gruppiert waren.
Attat – Lateinischer Ausruf der Bestürzung, der Angst etc.
Augur – Priester, der den Willen der Götter aus dem Vogelflug deutete.
Ave Caesar – Sei gegrüßt, Caesar.
Basilica, pl. basilicae – Markthalle, Gerichtshalle.
Bona Dea – Die «gute Göttin», deren Ritus unter die Zuständigkeit der Vestalinnen fiel.
Caesars Forum – Errichtet von Julius Caesar. Schließt unter anderem einen Tempel der Venus ein.
Campus Martius – Das Marsfeld.
Campus Sceleratus – Das «Feld des Frevels», auf dem Vestalinnen lebendig begraben wurden.
Captio – Die «Ergreifungs»-Zeremonie, mit der ein Mädchen als Vestalin genommen wird.

Caput Mundi – «Hauptstadt der Welt». Gemeint ist Rom.

Carcer – Berüchtigtes Gebäude, in dem Gefangene eingesperrt wurden.

Causarius – Ein Soldat, der nach einer Verwundung in der Schlacht ausgemustert wurde.

Circus Maximus – Großes Stadion in Rom, genutzt für Wagenrennen, öffentliche Wettkämpfe, verschiedenartige Scheingefechte und Gladiatorenkämpfe.

Curia – Das Sitzungsgebäude des Senats in Rom, auf dem Forum Romanum gelegen.

Divi Filius – Sohn des vergöttlichten Julius Caesar (also Octavian).

Divus Julius – Der vergöttlichte Julius Caesar.

Domina – Der Name, mit dem ein Sklave oder eine Sklavin die Besitzerin ehrerbietig ansprach.

Domine – Der Name, mit dem ein Sklave oder eine Sklavin den Besitzer ehrerbietig ansprach.

Domus – Ein römisches Privathaus.

Elysische Gefilde – Das Leben nach dem Tod: eine wunderschöne Landschaft für die Rechtschaffenen.

Equus October – «Oktoberpferd», jährliche Opfergabe an Mars.

Fatale monstrum – Ein gefährliches Ungeheuer.

Favissa – Unterirdischer Lagerraum eines Tempels, in dem man nicht länger benötigte heilige Gegenstände aufbewahrte. In der *favissa* des Tempels der Vesta wurde die Asche aus dem heiligen Feuer gelagert.

Fibula – Brosche oder Nadel, mit der Kleidungsstücke oder ein Umhang befestigt wurden. Bei den Vestalinnen hielt sie das *suffibulum* fest.

Flamen Dialis – Oberpriester des Jupiter.

Flamen Martialis – Oberpriester des Mars.

Fordicidia – Ein Mitte April gefeiertes Fruchtbarkeitsfest.

Forum Boarium – Rinder- und Tiermarkt in der Nähe des Tiber.

Forum des Julius Caesar – Ein unter Julius Caesar in der Nähe des Forum Romanum errichtetes Forum.

Forum Romanum – Rechteckiger Platz im Herzen Roms, bebaut mit zahlreichen offiziellen und religiösen Gebäuden sowie Denkmälern.

Futuo! – Wörtlich übersetzt «Ich ficke». Hier als obszöner Ausdruck verwendet.

Gladius – Eine Art kurzes Schwert. Das hauptsächliche Schwert der römischen Fußsoldaten.

Gratias vobis ago, divine Jane, divina Vesta – Dank an die Götter Janus und Vesta. Wurde am Ende einer Zeremonie gesprochen.

Haruspex (pl. haruspices) – Wahrsager, der in den Eingeweiden von Opfertieren die Zukunft las.

Iden – Die Monatsmitte. Als diese galt bei «vollen» Monaten der fünfzehnte Tag und bei den kürzeren oder «hohlen» Monaten der dreizehnte Tag.

Ignis Inextinctus – Das «unauslöschliche Feuer» der Vesta.

Imperator – Titel für einen hohen Beamten oder General, der über *imperium* (große behördliche oder militärische Macht) gebietet. Später wurde diese Bezeichnung nahezu synonym mit *Kaiser* verwendet.

Impluvium – Ein flaches, in den Boden eingelassenes

Becken im *atrium* eines römischen Hauses, in dem sich
Regenwasser sammelte.

Incestum – Gegen eine Vestalin vorgebrachte Anklage, sie
habe ihr Keuschheitsgelübde gebrochen.

Infula – Bei Zeremonien von den Vestalinnen getragene
Kopfbinde aus Wolle.

Insanos Deos – «Verrückte Götter!» Ein Ausruf des
Entsetzens, des Unglaubens oder der
Fassungslosigkeit.

Insula (pl. insulae) – Ein römisches Mietshaus.

Ista quidem vis est – Diesen Satz soll Julius Caesar ausgerufen
haben, als er angegriffen wurde. Übersetzt heißt er:
«Also, das ist Gewalt!»

Jupiter – Vater Jupiter oder Himmelsvater.

Jure divino – Durch göttliches Recht.

Kalenden – Der erste Tag eines Monats.

Lacus Curtius – Tiefe, geheimnisvolle Grube oder Erdspalte
im Forum Romanum.

Lanista – Besitzer und/oder Ausbilder eines Gladiators oder
einer Gladiatorenschule.

Lapis Niger – «Schwarzer Stein». Ein geheimnisvoller,
verehrter Steinblock auf dem Forum Romanum, ein
Monument, das man auf die früheste Periode der
römischen Geschichte zurückführte.

Lararium – Den Göttern und Ahnen geweihter Altar in
einem Privathaus.

Lectica – Eine von der Oberschicht verwendete, mit einem
Baldachin versehene und mit Vorhängen verhängte
Transportliege. Getragen wurde sie auf den Schultern
von Sklaven.

Lecticarii – «Sänftenträger», Bezeichnung für die Männer (üblicherweise Sklaven), die *lecticae* trugen.

Liberalia – Feier zu Ehren von Liber, Gott des Weins, der Fruchtbarkeit und der Freiheit.

Liktor – Leibwächter, der hohe Beamte oder andere wichtige Autoritätspersonen begleitete.

Lupercalia – Fruchtbarkeitsfest zu Ehren der Lupa, der Wölfin, die Romulus und Remus säugte.

Lustratio (pl. lustrationes) – Reinigungszeremonie.

Lyra – Ein Saiteninstrument, einer Harfe nicht unähnlich.

Mala Fortuna – Ein Ausruf mit der Bedeutung «Schlechtes Geschick!» oder «Pech!».

Manumissio – Entlassung eines Sklaven aus der Sklaverei, was ihn zu einem Freigelassenen machte.

Mare Nostrum – Der lateinische Name für das Mittelmeer.

Mea Dea! – Ein Ausruf mit der Bedeutung «Meine Göttin!».

Mehercule! – Ein Ausruf mit der Bedeutung «Bei Herkules!».

Mola Salsa – Eine von den Vestalinnen zu rituellen Zwecken zubereitete Salz-Mehl-Mischung.

Palla – Umhängetuch der Frauen, das außerhalb des Hauses getragen wurde und auch über den Kopf gezogen werden konnte.

Patera – Eine flache Schale für Trankopfer.

Patria Potestas – Die einem Mann per Gesetz über seinen Haushalt verliehene Macht; sie erstreckte sich auch auf seine Ehefrau und seine Kinder.

Pax Deorum – Friedliches Einvernehmen zwischen den Menschen und den Göttern. Erreicht wurde es durch das strenge Befolgen der religiösen Riten.

Penus – Verborgene Kammer im Tempel der Vesta, in der

heilige Objekte und wichtige Gegenstände aufbewahrt wurden.

Peristyl – Eigentlich: von einem Säulenhof umgebener Innenhof des römischen Hauses, hier als Pars pro Toto der Säulengang um den Innenhof.

Pontifex Maximus – Oberster Priester Roms.

Quaestio – Säkularer Gerichtshof.

Quaestor – Ein bestimmter öffentlicher Beamter; diese Position konnte zu einer politischen Karriere führen.

Regia – Residenz der frühen Könige, Amtssitz des Pontifex Maximus.

Retiarius – Ein Gladiator, der mit Netz und Dreizack kämpfte.

Rex Sacrorum – Ein hochrangiger Priester.

Rostra – Mehrere große, reich verzierte Rednertribünen auf dem Forum Romanum.

Rudis – Holzschwert, das einem Gladiator bei der *manumissio* übergeben wurde.

Sänfte – Alternative Bezeichnung für die *lectica*, die von Sklaven auf den Schultern getragen wurde. Außerdem wird die Bezeichnung für die von Pferden gezogenen Wagen verwendet, in denen bedeutende Menschen gefahren wurden.

Salve – Typischer römischer Gruß, *«Sei gegrüßt»*.

Scutum – Bestimmter Typ eines römischen Schilds.

Secutor – Ein bestimmter Typ von Gladiator, der mit einem Schild und einem Kurzschwert oder Dolch bewaffnet war und für den Kampf gegen den *retiarius* ausgebildet wurde.

Seni crines – Von Bräuten und Vestalinnen getragene Flechtfrisur.

Siebenschläfer – Eine als Spezialität gegessene Nagetierart.

Simpulum – Ein Gefäß mit langem Stiel (ähnlich einem Schöpflöffel) für Trankopfer.

SPQR – Senatus Populusque Romanus: der Senat und das Volk Roms.

Stola – Von verheirateten römischen Frauen und Vestalinnen getragenes Gewand.

Stultus – Dummkopf.

Suffibulum – Von Vestalinnen bei Zeremonien getragener, kurzer Schleier.

Tablinum – Schreibstube in einem Privathaus, in der Geschäfte getätigt werden konnten.

Tabularium – Ein Amtsgebäude auf dem Forum Romanum.

Tarpejischer Fels – Ein hoher, das Forum Romanum überragender Fels, der als Hinrichtungsstätte genutzt wurde: Verbrecher wurden dort hinuntergestoßen.

Tibernalia – Jährliches Fest zu Ehren des Flussgottes Vater Tiber.

Toga – Traditionelles Kleidungsstück der römischen Männer. Die Farbe des Streifens, mit dem sie eingefasst war, kennzeichnete den Status ihres Trägers. Hochrangige Personen trugen zum Beispiel einen rötlich purpurfarbenen Streifen. Die vollständig purpurrote Toga war dagegen dem Kaiser vorbehalten. Bei Beerdigungen und in Trauerzeiten trug man eine dunkle Toga.

Toga virilis – Die normale weiße (oder weißliche) Wolltoga der erwachsenen männlichen Bürger.

Triclinium – Esszimmer eines römischen Hauses, ausgestattet mit Liegen, auf denen man beim Speisen oder Plaudern ruhte.

Tunica – Als Untergewand (unter Toga oder Stola) oder als einziges Kleidungsstück getragen.

Veneralia – Religiöses Fest zu Ehren der Göttin Venus.

Vesta Aeterna – Ewige Vesta.

Vesta Felix – Glück bringende Vesta.

Vesta Mater – Mutter Vesta.

Vesta, permitte hanc actionem – Ein Appell an die Göttin mit der Bedeutung: «Vesta, gestatte diese Handlung.»

Vesta te purificat – Vesta macht dich rein.

Vestalia – Ein jährliches religiöses Fest zur Feier Vestas.

Vestalis Maxima – Leiterin des Vestalinnenordens, Oberpriesterin.

Vestam laudo – «Ich lobpreise Vesta.»

Virgo Vestalis oder Vestalin – Eine der sechs jungfräulichen Priesterinnen, die die Aufgabe hatten, die heilige Flamme im Tempel der Göttin Vesta zu hüten.

Vittae – Eine bestimmte Art Band, das im Haar getragen wurde: Bei Vestalinnen hing es in Schleifen über die Schultern herab.

Viva Flamma – Die lebende Flamme (Vestas).

RÖMISCHE GÖTTER, GÖTTINNEN UND MYTHISCHE GESTALTEN

Aeneas – Trojanischer Held. Floh aus der brennenden Stadt und war der Vorfahr von Roms Gründer Romulus.
Apollon – Der Gott der Sonne und der Künste.
Athene – Griechische Göttin (siehe auch Palladium).
Atlas – Ein Titan. Er trägt den Himmel auf seinen Schultern.
Bacchus – Der Gott des Weins.
Basilisk – Ein schlangenähnliches Ungeheuer.
Cerberus – Dreiköpfiger Hund des Hades. Bewacht den Eingang zur Unterwelt.
Ceres – Die Göttin des Getreides.
Charon – Der Fährmann des Hades, bringt die Seelen über den Styx.
Clementia – Die Göttin der Gnade und Milde.
Concordia – Die Göttin der Harmonie und Eintracht.
Diana – Die Göttin der Jagd.
Discordia – Die Göttin des Streits.
Dis Pater – Der Gott der Unterwelt, Unzufriedenheit.
Edesia – Die Göttin der Festessen.
Europa – Frau, die sich in Zeus in Stiergestalt verliebte.
Fortuna – Die Göttin des Schicksals und des Glücks.
Gorgonen – Drei Schwestern mit Schlangenhaar: Ihr Blick besitzt die Kraft, Menschen zu Stein erstarren zu lassen.

Hades – Die Unterwelt, aber auch der griechische Name für Pluto.

Helena von Troja – Eine ungewöhnlich schöne mythische Frau, deren Entführung durch den Prinzen Trojas ihren Ehemann, einen griechischen König, erzürnte. Dies löste den Trojanischen Krieg aus. Man nennt sie «die Frau, die tausend Schiffe segeln ließ».

Hera – Das griechische Gegenstück der Juno.

Herkules – Mythischer Held, berühmt für seine enorme Kraft.

Isis – Ägyptische Göttin.

Janus – Der doppelgesichtige Gott des Anfangs und des Endes.

Juno – Ehefrau des Jupiter und Göttin der Ehe.

Jupiter – König der Götter, Gott des Donners und des Himmels.

Klytaimnestra – Schwester der Helena von Troja.

Laokoon – Trojanischer Priester. Vergebens versuchte er, seine Mitbürger vor dem Trojanischen Pferd zu warnen.

Luna – Göttin des Mondes.

Lupa – Die Wölfin, die Romulus und seinen Bruder Remus säugte.

Mars – Gott des Krieges.

Medea – Zauberin. Sie hilft Jason und den Argonauten, das Goldene Vlies zu finden.

Medusa – Gorgone mit Schlangenhaar. Wer ihr ins Gesicht sah, erstarrte zu Stein.

Merkur – Der Götterbote.

Midas – Griechischer König. Was er anfasste, verwandelte sich in Gold.

Minerva – Göttin der Weisheit.

Minotaurus – Ein Ungeheuer mit einem Stierkopf und einem Menschenkörper.

Nemeischer Löwe – Ein riesenhafter Löwe der Mythologie. Wurde von Herkules getötet.

Neptun – Gott des Meeres.

Palladium – Hölzerne Statue der Athene, von Aeneas aus Troja gerettet.

Parzen – Drei Göttinnen, die über das menschliche Schicksal bestimmen.

Pegasus – Weißes, geflügeltes Pferd im Besitz des Zeus.

Perseus – Mythischer Held, erschlug die Gorgone Medusa.

Pluto – Gott des Hades, der Unterwelt.

Proserpina – Königin der Unterwelt.

Remus – Einer der Söhne Rhea Silvias.

Rhea Silvia – Vestalin, Mutter der Zwillinge Romulus und Remus (gezeugt vom Gott Mars).

Romulus – Mythischer Gründer Roms.

Scylla und Charybdis – Zwei Meeresungeheuer in Homers *Odyssee*.

Spes – Göttin der Hoffnung.

Tiberinus – Gott des Flusses Tiber, oft auch Vater Tiber genannt.

Trojanisches Pferd – Riesiges Holzpferd, das die griechischen Belagerer der Stadt Troja zum Geschenk machten. Allerdings verbargen sich griechische Soldaten in seinem Inneren, und als das Pferd in die Stadt transportiert worden war, sprangen sie heraus und zerstörten die Stadt.

Venus – Göttin der Liebe.

Veritas – Göttin der Wahrheit.

Vesta – Göttin von Heim und Herd.

Vulcanus – Gott des Feuers, Schmied der Götter.

Zeus – Das griechische Gegenstück Jupiters.

Zyklopen – Gestalten der griechischen Mythologie (so z. B. der einäugige Riese Polyphem aus Homers *Odyssee*).

Altrömische Münze. Sie zeigt Vesta mit den bei Opferungen verwendeten Geräten wie dem heiligen Herd.

Siegelring eines römischen Mannes. Das Bild zeigt Vesta. (Einen solchen Siegelring trug Quintus.)

«Die Vestalin Tuccia», die Vestalin trägt das mit Wasser gefüllte Sieb. Stich von Hector Leroux.

Altrömische Münze. Sie zeigt den Tempel der Vesta und eine Stimm-Urne. Die Buchstaben A und C stehen für «Absolvere» (Freisprechen) und «Condemnare» (Verurteilen). Dargestellt ist ein Fall, in dem eine Vestalin des *incestum* beschuldigt ist und eine Abstimmung durchgeführt wird, um über Schuld oder Unschuld zu entscheiden.

Alle Abbildungen aus der Sammlung der Autorin.

LESEPROBE

✦ ✦✦✦✦✦ ✦

DEBRA MAY MACLEOD

✦ DIE TÖCHTER ROMS ✦
WOLFSZEIT

HISTORISCHER ROMAN

Aus dem Englischen von Barbara Ostrop

Rowohlt Taschenbuch Verlag

PROLOG

Extremis malis extrema remedia.
«Außergewöhnliche Umstände erfordern
außergewöhnliche Maßnahmen.»
RÖMISCHES SPRICHWORT

Picenum, 72 v. Chr.

General Marcus Licinius Crassus legte seinen ledernen Muskelpanzer an, warf sich den purpurroten Umhang über und befestigte ihn mit einer goldenen *fibula* an der Schulter. Obwohl sein großes Offizierszelt aus dicken Ziegenfellen gefertigt war und die ganze Nacht ein großes Feuer darin gebrannt hatte, war es kalt hier drin. Beim Gedanken an das, was bald geschehen würde, stieß er erschöpft die Luft aus und sah, wie sein Atem sich vor seinem Mund zu einem eisigen Wölkchen verdichtete.

Die römischen Legionäre, die vor seinem Zelt standen, vernahmen, wie er sich dem Ausgang näherte, und zogen die Zeltklappen für ihn auf. Er trat in einen noch kälteren Morgen hinaus. In dem düsteren Zeltlager brannten viele prasselnde Feuer, und er hörte, wie beim Abwasch Töpfe klapperten, nachdem eine ganze Mannschaft von Köchen die gewaltige Aufgabe erledigt hatte, drei Legionen, nahezu fünfzehntausend Mann, ihre Getreidegrütze zum Frühstück zu servieren. Crassus hatte nichts gegessen. Er hatte keinen Appetit.

Der dichte Nebel, der sich in der frühesten Morgenstunde über das Lager und die angrenzenden Berge des Apennins gelegt hatte, hatte sich nicht gelichtet und wirkte nach Tagesanbruch noch undurchdringlicher. Doch für Crassus könnte er niemals dicht genug sein, um den erschreckenden Anblick zu verhüllen, der sie, wie jeder seiner Soldaten wusste, noch immer auf dem hohen Grat eines der Berge vor ihnen erwartete.

Er atmete die kalte Luft tief ein und blickte zu dem Schreckensbild auf: sechs gekreuzigte römische Soldaten, die die Köpfe hängen ließen, hoffentlich von der Gnade des Todes geborgen und nicht nur aus Erschöpfung. Er blinzelte. Im Nebel sahen sie aus wie Geister, die in den tödlichen Nebeln des Hades hingen.

Aber sie waren keine Geister. Sie waren seine Männer, und zwar die tapfersten von ihnen. Die dreckigen Gefolgsleute des aufständischen Sklavenanführers Spartacus hatten sie in der Schlacht gefangen genommen und vor den Augen der großen römischen Armee gekreuzigt. Oder zumindest vor den Augen dessen, was von ihr noch übrig war.

Vor der Erhebung von Spartacus' Sklavenarmee war es Jahrhunderte her, seit das römische Militär mit Desertationen hatte fertigwerden müssen. Sicher, es gab immer einmal wieder einen Dummkopf, der wegzulaufen versuchte, aber es war kein ernsthaftes Problem. Die römischen Soldaten waren die mutigsten, kampfestüchtigsten und bestbezahlten der Welt. Außerdem waren sie die erfolgreichsten. Viele Feinde ergaben sich kampflos, so sehr erfüllten die Taktiken der römischen Militärmaschinerie sie mit Angst.

Das Problem für Crassus und die anderen Generäle war jedoch, dass Spartacus diese Taktiken kannte. Er hatte in der römischen Armee gedient, bis er wegen Gehorsamsverweigerung zur Sklaverei verurteilt worden war. Nachdem er Jahre als Gladiator durchgehalten hatte, war er geflohen und hatte ein eigenes Heer um sich geschart. Nun verwendete er die psychologischen Kriegsführungstaktiken der Römer gegen diese selbst. Er wusste, womit man ihnen Angst machen konnte. Er wusste, was sie in die Flucht schlug. Und das war der geisterhafte Anblick da oben auf dem Berg.

Crassus hörte Schritte, die sich von hinten näherten. Er drehte sich um und nickte dem jungen General, den Pompeius ihm geschickt hatte, düster zu. Dieser, ein besonders fähiger Stratege namens Julius Caesar, sollte ihm helfen, Spartacus niederzuwerfen. Caesar bot ihm ein Stück Brot an. Crassus nahm es entgegen, biss einmal hinein und warf es dann weg. Vier oder fünf Krähen stürzten sich darauf und stritten sich kreischend und krächzend darum.

«Die Männer erwarten dich, General», sagte Caesar.

Crassus rührte sich nicht.

Caesars scharfe Gesichtszüge, die ihm stets einen Anstrich von Ernst verliehen, wirkten in dem trüben Morgenlicht sogar noch strenger. Er räusperte sich. «General, meine *exploratores* schätzen, dass über die Hälfte von Spartacus' Männern, vielleicht sogar eine Zahl von zwanzigtausend, nicht länger nordwärts zieht. Sie haben kehrtgemacht und sind auf dem Weg nach Süden …»

«Nach Rom», sagte Crassus.

«Nach Rom», bestätigte Caesar. «Nach der Niederlage so vieler unserer Legionen sind sie kühn geworden. Nun sind sie nicht mehr mit der Flucht zufrieden. Sie wollen erobern.» Er warf sein eigenes angebissenes Stück Brot den Krähen vor. «Es dürfen keine weiteren Kohorten mehr desertieren.»

«Spartacus darf Rom nicht erreichen», sagte Crassus ebenso sehr zu sich selbst wie zu Caesar. «Wenn er dorthin gelangt, wird er die Stadt einnehmen.»

Caesar stimmte ihm zu. «Das wird er.» Der junge General straffte die Schultern. «Die Männer erwarten dich.»

Crassus drehte sich auf dem Absatz um und ging an seinem Zelt, den Köchen und den angebundenen Pferden vorbei, die wieherten, die Mähnen schüttelten und ungeduldig auf ihre Morgengerste warteten.

Die vollständige vierte römische Kohorte – fünfhundert Soldaten in Helmen und voller Rüstung – stand in leicht zu lenkenden Kolonnen von je hundert Mann mit ausreichend Abstand in Habachtstellung da.

Sie waren von weiteren Männern aus Crassus' neuesten Legionen umstellt, frischen Legionen. Deren Soldaten waren aus den Provinzen herangeführt oder anderen Feldzügen entzogen worden. Zusätzliche Legionen befanden sich im Anmarsch.

Es wird verdammt noch mal auch Zeit, dachte Crassus. Jedes Mal, wenn Spartacus' Sklavenheer eine Schlacht gewann, jedes Mal, wenn sie eine Meile näher an Rom heranrückten, nahm der Senat Crassus' Warnungen ein wenig ernster. Wenigstens hatte Crassus jetzt genug Soldaten, um wirklich zu kämpfen. Doch das galt nur, solange seine Männer nicht vor diesem Kampf davonliefen.

Unglückseligerweise hatten viele Soldaten der vierten Kohorte genau das getan. Nicht alle von ihnen – manche hatten die Stellung gehalten und noch gegen Spartacus' wilden Haufen gekämpft, als die Niederlage schon absehbar gewesen war –, aber das spielte keine Rolle. Eine Kette war so stark wie ihr schwächstes Glied. Ein Heer war nur so stark wie sein schwächster Soldat.

Während die Centurionen, von ihren roten Mänteln umweht und die Hände am Griff ihrer Dolche, an den Soldatenreihen auf und ab gingen, um die Ordnung aufrechtzuerhalten, bestieg Crassus sein weißes Schlachtross, setzte sich den Helm auf den Kopf und ritt vor seine Männer. Caesar folgte seinem Beispiel und lenkte sein Pferd neben Crassus her.

«Feigheit ist die Seuche einer Armee», rief Crassus. «Nur selten infizieren sich unsere Legionen daran, doch nun ist dieses Übel als eine Krankheit zurückgekehrt, die die Stadt Rom selbst bedroht. Heute werden wir diese Krankheit heilen, bevor sie auf weitere römische Soldaten übergreifen kann.»

Crassus zögerte. Er hatte den Ruf, hart zu sein … aber ging das hier vielleicht zu weit?

Er blickte sich um. Der Nebel lichtete sich. Die sechs gekreuzigten Soldaten auf dem Berg schienen über ihnen in der Luft zu hängen.

Crassus stellte sich vor, wie es wäre, wenn Spartacus' Männer die Tore Roms erstürmten. Er wollte gar nicht wissen, was sie den Frauen und Kindern antun würden, die sie dort vorfinden würden. Und er wollte auch nicht wissen, was sie in den Straßen, den Tempeln und im Senat anrichten würden. Sie würden die Ewige Stadt verwüsten, wie sie jedes Dorf auf ihrem Weg verwüstet hatten: Sie würden plündern, prügeln, vergewaltigen und das niederreißen, was größere Männer vor ihnen erbaut hatten.

Sie würden jeden Sklaven in jedem Haushalt, ob reich oder bescheiden, dazu anstiften, sich gegen seinen Herrn zu erheben und sich dem Heer der Aufrührer anzuschließen. Dann ginge es nicht mehr nur um eine militärische Niederlage, sondern um den Untergang einer Zivilisation, die von Romulus und den Göttern selbst gegründet worden war.

Crassus hob den Kopf. «Ihr seid die Söhne Roms», rief er. «Ihr seid die Wölfe, die unseren Feinden die Kehle aufreißen.» Mit Caesar noch immer an seiner Seite, trieb er sein Pferd unmittelbar vor die vierte Kohorte. «Aber einige von euch haben vergessen, wer ihr seid», sagte er. «Ich bin hier, um euch daran zu erinnern.» Er blickte auf den Centurio hinunter, der vor der ersten Reihe von hundert Mann stand, und erteilte den Befehl: *«Decimatio.»*

Der Centurio schrak zusammen. Hatte er richtig gehört? Er öffnete den Mund, schloss ihn wieder und fragte dann: «Sollen sie Lose ziehen, General?» Trotz seiner langen Laufbahn hatte er so etwas noch nie erlebt. Und auch sonst keiner der hier Anwesenden. Es war eine archaische Form der Strafe, die die römische Armee schon seit Jahrhunderten nicht mehr anwendete.

«Wir haben keine Zeit für Theater», sagte Crassus. «Zähl sie ab.»

«Jawohl, General.»

Der Centurio richtete sich auf. Besser, er erledigte seinen Auftrag, ohne nachzudenken. Er ging an der Reihe entlang und zählte die Männer dabei ab. «Eins, zwei, drei, vier ...» Als er beim zehnten Mann ankam, sagte er: «Zwei Schritte vortreten.» So ging der Centurio die Reihe weiter durch, bis er jeden zehnten Mann heraussortiert hatte.

«Legt eure Rüstung ab», schrie der Centurio die Gewählten an.

Diese wechselten ungläubige Blicke. War das nur ein böser

Traum? Die *decimatio* war eine Gruselgeschichte aus ferner Zeit. Doch während ihnen allmählich klar wurde, dass dies hier wirklich geschah, taten sie das, was man von römischen Soldaten erwartete: Sie gehorchten.

Von den zehn Männern erkannte Crassus nur den ersten. Wie hieß er noch, Gaius? Er runzelte die Stirn. Er bezweifelte, dass dieser Mann feige geflohen war. Crassus hatte mit eigenen Augen gesehen, wie Gaius zwei verwundete Kameraden vom Schlachtfeld geschleppt hatte und dann in den Kampf zurückgekehrt war, obwohl andere in die umliegenden Wälder geflohen waren.

Kurz dachte er darüber nach, die Maßnahme abzubrechen oder eine Ausnahme zu machen, doch er wusste, das war ausgeschlossen. *Es darf kein schwaches Glied in der Kette geben*, rief er sich in Erinnerung. Die *decimatio* war ein wirksames, wenn auch verzweifeltes Mittel, Soldaten von der Flucht vor dem Feind abzuhalten, doch es funktionierte nur, weil alle in der schuldigen Kohorte gleichermaßen verletzlich waren: Ob mutig oder feige, jung oder alt, einfacher Soldat oder Offizier, es gab keine Ausnahmen. Jeder zehnte Mann – *decimus* –, nach dem Zufallsprinzip ausgewählt.

Ohne seine Zweifel und das Unbehagen im Magen weiter zu beachten, zwang Crassus sich, den Mann namens Gaius mit erhobenem Kopf anzusehen. Schließlich hatten Tausende von Legionären den Blick auf ihn gerichtet. Er musste tun, als sei er von dem, was er anordnete, absolut überzeugt. Er hatte die Verantwortung.

Langsam zog Gaius den Helm ab. Einen langen Augenblick stand er mit dem Helm in der Hand da, dann wandte er sich seinen Kameraden zu.

Alle hatten den Blick zu Boden gesenkt.

«Lucius», sagte er.

Einer der Soldaten hob den Kopf. «Gaius, mein Bruder», sagte er. «Es tut mir leid.»

Gaius warf dem Mann seinen Helm zu. «Sorge dafür, dass mein Sohn meine Rüstung erhält», sagte er. «Erzähl ihm, ich sei in der Schlacht gefallen.»

«Er wird stolz auf dich sein», erwiderte Lucius. «Dafür werde ich sorgen.»

Als täte er nichts anderes, als sich für ein Bad zu entkleiden, öffnete Gaius die Schließe seines roten Umhangs und ließ ihn zu Boden gleiten. Er löste die Lederverschnürung seiner Eisenrüstung, legte sie in einigen Schritten Entfernung ab und stellte sich an dieselbe Stelle zurück wie zuvor. Lediglich mit einer schlichten roten Wolltunika bekleidet, ließ er die Arme hängen.

«Anfangen!», befahl der Centurio.

Keiner der Soldaten rührte sich.

«Anfangen», blaffte der Centurio erneut. «Oder wir nehmen jeden *fünften* Mann!»

Gaius nickte seinem Freund zu. «Mach es. Rasch.»

Lucius blähte die Nasenflügel. Er hob seinen Knüppel und schlug Gaius auf den Kopf. Der Soldat taumelte rückwärts und fiel zu Boden, während andere Männer Lucius' Beispiel folgten. Manche beteten dabei laut zu den Göttern oder riefen dem Mann, den sie niederknüppelten, beschämte Entschuldigungen zu.

Es war eine Schande, durch *decimatio* zu sterben. Es war jedoch eine noch größere Schande, sie zu überleben.

Gaius' Soldatenkameraden, seine Freunde, die Männer, mit denen er unter dem Adler in ferne Länder und wieder zurück marschiert war, Männer, die seine Träume und die Namen seiner Kinder kannten, hoben ihre Knüppel und schlugen ihn, so heftig sie konnten, um sein Leiden und die eigene Scham schnellstmöglich zu beenden.

Nach zwei Minuten lag Gaius' verstümmelter Körper blutig auf dem Boden. Lucius zwang sich, die Leiche anzusehen, doch das, was vor ihm lag, war nicht mehr als sein Freund zu erkennen. Gaius' Schädel war eingebrochen: weiße Knochensplitter. Rote Fetzen Gehirnmasse sickerten heraus wie Wein, der langsam durch den Riss in einem Becher dringt. Der Unterkiefer war auf eine groteske, Übelkeit erregende Weise verrenkt, und die Arme und Beine zuckten, da die Nerven noch immer feuerten.

Und so, genau auf diese Weise, geschah es an diesem Tag noch weitere neunundvierzig Mal. Crassus beobachtete jeden Akt der *decimatio* von seinem Pferd aus. Nachdem der fünfzigste Soldat das Atmen eingestellt hatte und die erschöpften Kameraden in Reih und Glied zurückgetreten waren, trieb der General sein Pferd an und baute sich vor den endlosen Reihen seiner Legionen auf. Er legte die Hand an den Schwertgriff, der an einer Seite mit dem Medaillon der legendären römischen Wölfin geschmückt war, während die andere die Feuergöttin Vesta zeigte.

«Was ihr heute euren Brüdern auf diesem Schlachtfeld angetan habt, ist nichts im Vergleich zu dem, was Spartacus euren Söhnen, Frauen und Müttern antun wird, sollte er Roms Tore erreichen. Ihr seid Römer», rief er und stieß sein Schwert in die Luft. «Ihr wurdet von einer Wölfin aufgezogen, um Wölfe zu sein. Jetzt los, reißt den Feinden die Kehle auf.»

Leseprobe

KAPITEL I

Graviora quaedam sunt remedia periculis
«Manche Heilmittel sind schlimmer
als die Krankheit.»
SYRUS

Rom, 21 v. Chr.
(51 Jahre später)

Zwei vestalische Jungfrauen standen im schwach erleuchteten Schlafzimmer des Kaisers Caesar Augustus vor einem weißen Marmorsockel, die Hände zu einem düsteren Gebet zur Göttin erhoben. Auf dem Sockel ruhte eine große Bronzeschale, in der das heilige Feuer der Vesta brannte. Prasselnd und knackend verzehrte es das geweihte Brennholz, das die Vestalinnen in die orangerot lodernden Flammen gelegt hatten.

Nur wenige Schritte vom Feuer entfernt lag Octavian in Schweiß gebadet auf seinem Bett. Die Priesterin Tuccia blickte stirnrunzelnd auf sein erschöpftes, bleiches Gesicht. Besorgt lauschte sie dem rauen Klang seiner flachen Atemzüge. Es war noch nicht lange her, seit er bei seinem freudigen Triumphzug über die Bahn des Circus Maximus und durch die Straßen

Roms gefahren war, von einem Sklaven begleitet, der ihm einen goldenen Lorbeerkranz über den Kopf gehalten und ihm die Worte: «Vergiss nicht, dass du sterblich bist», ins Ohr geflüstert hatte.

Damals hatte Caesar ganz und gar nicht so gewirkt. Die große Parade und die Kriegsbeute, die Massen jubelnder Zuschauer, all das hatte den Anschein gehabt, unerschöpflich zu sein. Tuccia erinnerte sich daran, mit welchem Ausdruck in den kühlen, grauen Augen Caesar auf den *rostra* gestanden und auf sein Volk hinuntergeschaut hatte, mehr Gott als Mensch, während die Doppelgänger von General Antonius und Königin Kleopatra vor seinen Augen getötet wurden.

Aber der Sklave hatte recht gehabt. Letzten Endes war Augustus sterblich.

Livia trat aus dem Schatten und stellte sich neben Tuccia und die alte Priesterin Nona. Ihr Haar war zu einem losen Knoten zusammengebunden, und ihr Gesicht so attraktiv und königlich wie immer. Doch sie wirkte erschöpft. Seufzend blickte sie auf ihren entkräfteten Ehemann hinunter. Seine Finger und seine fleckige Haut zuckten auf eine unnatürliche Weise. Eine Gänsehaut überlief sie, als krabbelten Käfer über ihre Haut. Sie stemmte die Hände in die Hüften und wandte sich dem griechischen Arzt ihres Ehemannes zu, einem unverschämt hochgewachsenen Mann namens Antonius Musa.

«Wir haben Merkur persönlich geschickt, um dich aus dieser Jauchegrube Athen herzuholen, und du kannst nicht einmal einem einfachen Krampf Einhalt gebieten?»

«Der Krampf ist ein gutes Zeichen, Kaiserin», gab er zurück.

«Der Krampf ist ein gutes Zeichen?» Livia zog die Augenbrauen hoch. «Hast du das gehört, Priesterin Nona? Der Krampf

ist ein gutes Zeichen. Nun, in diesem Fall sollte sich einer der Stallburschen auf seine Brust setzen, Musa. Ein schwacher Atem ist ebenfalls ein gutes Zeichen, oder?»

«Edle Livia», sagte Nona. «Bring doch Apollo noch ein Opfer dar.»

Während der Arzt der alten Priesterin einen stummen Dank zuflüsterte, durchquerte Livia das Schlafzimmer und trat an den Opferaltar des Apollo, der am Vortag hastig in Caesars Zimmer aufgebaut worden war. Ein Priester Apollos stand daneben und flüsterte dem Gott des Heilens leise Fürbitten zu.

Livia nahm eine Prise gesalzenes Mehl und streute sie in die große Flamme einer Bienenwachskerze, die am Fuß einer goldenen Statue Apollos in der Mitte des Altars stand. Zwillingszicklein – sie sahen so aus, als wären sie zu früh aus dem Leib ihrer Mutter geholt worden – lagen mit toten Augen zu beiden Seiten der Statue, und das Blut aus ihren aufgeschnittenen Kehlen war inzwischen klebrig und stank. Neben den Zicklein stand eine *patera* mit Öl für Trankopfer.

Livia legte die Hände auf die Altarkante, kniete sich davor nieder und blickte zu den Saphiraugen des Gottes auf. Hinter ihr vereinigten sich die Stimmen von Apollos Priester und Vestas Priesterinnen zum Gebet.

Zum Gebet um Caesars, ihres Mannes, Leben.

Ein flackernder Schatten huschte über die mit Fresken bedeckten Wände des vom Feuer beleuchteten Raums, und Livia spürte eine Bewegung hinter sich. Gleich darauf trat ihr Sohn Tiberius neben sie. Er stellte eine kleine Terrakotta-Statue des Aesculapius neben eines der aus dem Mutterleib geschnittenen Zicklein, umfasste die Altarkante mit beiden Händen und kniete neben seiner Mutter nieder. Er warf einen Seitenblick auf den Priester Apollos, als wollte er sagen: *Lass uns allein*, und dieser huschte in seiner Robe davon.

«Mutter», flüsterte er. «Octavia ist der Krankheit erlegen.»

Livia stieß den Atem durch die Nase aus. Das überraschte sie nicht. Octavias Sohn Marcellus war schon vor Monaten an der Seuche gestorben, und sie hatte sich nie gänzlich davon erholt. Octavian übrigens ebenso wenig. Der Tod seines Neffen und Nachfolgers hatte ihn geschwächt. Hinter sich hörte Livia sein Stöhnen. «Falls er stirbt, sind wir so gut wie tot», sagte sie und legte den Kopf in die Hände. «Ihr Götter.»

«*Aegroto dum anima est, spes est.*» Tiberius warf etwas gesalzenes Mehl in die Flamme. Wo Leben ist, da ist auch Hoffnung.

«Welch dummer Spruch.»

«Mutter, vielleicht bleibt er ja am Leben.»

«Das muss er. In seinem Testament ist Agrippa an nächster Stelle aufgeführt.»

«Selbst wenn er die Krankheit überleben sollte, wird er mich niemals zu seinem Nachfolger ernennen.»

«Doch, das muss er und das wird er», entgegnete Livia. «Eine andere Möglichkeit gibt es nicht. Falls Agrippa Kaiser wird, schickt er uns ins Exil. Er verabscheut uns beide.» Wieder stieß sie den Atem aus. «Agrippa mag noch Verwendung für Drusus haben, sollte er es für richtig halten, ihn aus Germanien zurückzuholen, aber uns beide wird man mit der abgenutzten Bettwäsche nach Pandateria verfrachten. Nur du und ich, Tiberius, auf einer winzigen Insel, ohne einen Tropfen Wein, der unsere Gesellschaft erträglicher macht ...»

«Mutter, hör auf.» Tiberius wischte sich den Mund mit dem

Leseprobe

Handrücken ab. «Wirst du ihm von seiner Schwester berichten?»

«Nein. Und sorge dafür, dass auch die Sklaven ihre große Klappe zur Abwechslung einmal geschlossen halten. Den Schock würde er nicht überleben.»

Das Rascheln von Bettwäsche brachte beide dazu, sich umzudrehen. Octavian hatte eine Hand in die Luft gereckt, den Zeigefinger ausgestreckt, als wollte er einer Legion einen Befehl erteilen. «Meine Frau», stieß er heraus.

Livia setzte sich neben ihm auf das Bett. «Mein Mann, sei ganz ruhig.» Sie ergriff seine Hand, legte sie zurück aufs Bett und widerstand dem Impuls, sich seinen kalten Schweiß von den Händen zu wischen. Das würde vor den Vestalinnen schlecht aussehen.

Octavian gab Tuccia einen matten Wink, und sie trat zu seinem Bett.

«Jawohl, Caesar?»

«Hat die Priesterin Pomponia Tivoli bereits verlassen?»

«Ja, und sie wird heute in Rom eintreffen.»

«Lasst nicht zu, dass sie mich besucht. Die Vestalis Maxima darf nicht krank werden.»

«In Tivoli ist die Krankheit nicht aufgetreten, Caesar. Pomponias Arzt sagt, das liege an der dünneren Besiedlung und dem sauberen Wasser. Sie ist gesund und wird es bleiben.»

Octavian wollte etwas sagen, doch ihm geriet Schleim in die Kehle.

«Ruh dich aus.» Tuccia berührte sanft seine Brust. «Die Göttin erhält dich.»

Als die Priesterin vom Bett zurückgetreten war, griff Livia in eine Glasschüssel mit kühlem Wasser, die neben ihr auf einem

Tisch stand, und wrang den darin schwimmenden Lappen aus. Sie wischte den Schleim weg, der Octavian aus dem Mundwinkel rann.

Er sah blinzelnd zu ihr auf. Der Kaiser Roms war zu schwach, um sich selbst das Kinn abzuwischen.

«Ich hoffe, dass ich am Leben bleibe, meine Frau», sagte er.

«Hoffnung ist eine starke Medizin, Octavian», antwortete sie. «Manchmal ist sie alles, was die Götter uns lassen.»

Octavian brachte ein mattes Lächeln zustande. «Erzähl mir die Geschichte von Pandora. Das tröstet mich.»

Livia erwiderte sein Lächeln, doch innerlich stieg Verärgerung in ihr auf. Sie war die Kaiserin Roms und keine Krankenschwester, die einen Pflegebedürftigen verhätschelte. Normalerweise ließ Octavian sich solche Geschichten von seiner Tochter Julia erzählen, doch als seine Krankheit ernsthafter geworden war, hatte er ihr verboten, ihn zu besuchen. Eigenartig, dass er bei seiner Ehefrau nicht dieselbe Vorsicht walten ließ.

«Pandora war die erste Frau», begann Livia so mütterlich, wie sie konnte. «Sie wurde von Zeus aus Lehm geformt, sowohl als Geschenk als auch als Strafe für den Mann. Sie sollte seine Gefährtin sein und ihn gleichzeitig zu einem besseren und einem schlechteren Menschen machen. Als Zeus Pandora in die Welt entließ, gab er ihr einen verschlossenen Krug mit und den einen Befehl: *Du darfst den Deckel nicht abheben.*

«Aber sie hat es getan ...», flüsterte Octavian.

«Natürlich hat sie es getan. Was für ein langweiliges Geschöpf wäre sie, wenn sie es unterlassen hätte? Pandora kam an einen wunderschönen Fluss, setzte sich nieder, und als keiner hinschaute, nicht einmal Zeus, nahm sie vorsichtig den Deckel vom Krug.

Leseprobe

Zu ihrem Schrecken flohen all die Übel heraus, die die Götter für uns geschaffen haben – Tod, Schmerz, Grausamkeit, Leid, Sorge, Angst und Krankheit. Pandora kannte keines dieser Dinge beim Namen, denn bisher hatte es sie im Garten des Lebens nicht gegeben. Doch als sie eines nach dem anderen aus dem Krug entkamen, spürte sie sie zum ersten Mal wie eine Messerklinge im Herzen. Entsetzt versuchte sie, die Übel wieder einzufangen und in den Krug zu stopfen, doch es gelang ihr nicht. Von Verzweiflung erfüllt, setzte sie den Deckel schnell wieder auf, aber es war schon zu spät. Die Welt war von den Plagen erfüllt.»

Octavian schloss die Augen. Eine Träne rann ihm die Wange hinunter.

«Doch Pandora war ebenso gewitzt und schnell wie neugierig, und so war es ihr gelungen, ein einziges Ding im Krug zurückzubehalten. Etwas, woran die Menschheit sich immer festhalten konnte …»

«Die Hoffnung», sagte Octavian.

«Ja, mein Mann», antwortete Livia. «Und deshalb gilt: Wo Leben ist, da ist auch Hoffnung.»

Als Livia ins Peristyl trat, das den Innenhof von Caesars Haus umschloss, stieß sie den Atem so gründlich aus, wie sie nur konnte, und sog dann tief die frische Luft ein. Doch obwohl sie das Ein- und Ausatmen so lange wiederholte, bis ihr schwindelig wurde, brachte es sie nicht weiter. Sie bekam den Gestank von Octavians Leiden nicht aus der Nase.

Vor drei Tagen war er urplötzlich krank geworden. Er hatte am Schreibtisch gesessen und ein Dokument unterschrieben, als er sich ganz unvermittelt vor Schmerzen krümmte und zur Toilette eilte. Solche Dramen waren für Livia nichts Neues. Ihr

Mann war in den letzten Jahren immer anfälliger geworden. Diesmal war es allerdings schlimmer als je zuvor, und bald wurde deutlich, dass die verheerende Seuche, die Rom plagte, auch die kaiserlichen Eingeweide heimgesucht hatte.

Nur Stunden später lag auch Octavia im Bett, von Fieber und blutigem Durchfall gequält. Obgleich ihre körperliche Verfassung ursprünglich besser gewesen war als die ihres Bruders, hatte ihr Gesundheitszustand sich genauso schnell verschlechtert wie seiner, und vor einigen Stunden war sie in Bewusstlosigkeit versunken.

Livia hatte das enge Band zwischen ihrem Mann und seiner Schwester nie gern gesehen, doch nun empfand sie unwillkürlich eine unverkennbare Spur aufrichtiger Traurigkeit. Die Seuche war gnadenlos, und Octavia, die sich gegenüber Livia und sogar Tiberius immer gut und freundlich verhalten hatte, hatte schrecklich gelitten. Der Verlust würde Octavian völlig aus der Fassung bringen. Falls er lange genug lebte, um von Octavias Tod zu erfahren.

Octavians Arzt Musa gab diesmal keine seiner üblichen hochtrabenden Beschwichtigungen von sich, sondern war stumm vor Sorge. Livia fragte sich, ob seine Beklommenheit nur seinem eigenen Schicksal galt – falls Caesar starb, würde er bestenfalls verbannt werden – oder ob ihm das Wohlergehen des Kaisers wirklich am Herzen lag.

Andererseits könnte sie diese Frage auch sich selbst stellen. Sie wusste wirklich nicht, ob die Angst, die sie empfand, nur ihrem eigenen Leben galt oder auch dem ihres Mannes.

Livia ging an einem großen Brunnen vorbei. In dessen Mitte stand eine hohe Marmorstatue Tritons, der in ein Muschelhorn blies. Der Gott hatte die Arme erhoben, um die schwere

Leseprobe

Schale der Meeresschnecke zu halten, während sein Unterleib in einen muskulösen Fischschwanz überging. Als gehorchte es dem geblasenen Signal des Gottes, stieg und fiel das kreisende Wasser des Brunnens auf der einen Seite wie die rauen Wellen der See. Livia gestattete sich einen Blick auf die mächtige Brust und die muskulösen Arme Tritons, und ihre Stimmung hellte sich auf. *Ich muss diesem Bildhauer noch einmal einen Auftrag erteilen*, dachte sie.

Weiter innen im Hof musterte sie die Hausklaven, die dort versammelt worden waren und nun schweigend in einer Reihe vor einer roten Säulenkolonnade standen. Sie hatten die Köpfe ehrerbietig und furchtsam gesenkt.

Wenn ihr Herr sie auf diese Weise zusammenrief, war das normalerweise kein Problem. Wenn aber ihre Herrin es tat, so wie jetzt, sah die Sache ganz anders aus.

Die oberste Hausklavin Despina begrüßte Livia. «Domina, alles ist, wie du es gewünscht hast.»

«Wenn alles so wäre, wie ich es gewünscht habe, würde Caesar nicht in seinem Schlafzimmer Apollo um Atemluft bitten, Despina.» Livia ging lässig an der Reihe von Sklaven und Sklavinnen vorbei und musterte einen nach dem anderen gründlich. Schließlich lehnte sie sich gegen eine große Regenzisterne. Die kühle Berührung fühlte sich an ihren nackten Armen gut an. Selbst für Juli war es unangenehm heiß im Hofgarten.

«An den Kalenden des letzten Monats stand ich ebenfalls hier und habe mich an euch alle gewandt. Erinnert ihr euch an das, was ich gesagt habe?», fragte sie in einem Tonfall, der jedem klarmachte, dass eine Antwort nicht erwünscht war. «Ich sagte, dass eine Seuche Rom heimsucht. Und ich sagte, dass jeder Mensch – Mann, Frau oder Kind –, der die Ansteckung in dieses Haus brächte und Caesar der Krankheit aussetzte, schlimmer leiden würde als der Kaiser.»

Wie auf ein Stichwort kamen zwei Soldaten hinter den Säulen hervor. Der eine hielt mühsam eine lange Stange. Deren Spitze war am Hals eines untersetzten, aber starken und wilden Hundes befestigt, der im Versuch, sich zu befreien, knurrend um sich schnappte. Der andere Soldat trug einen großen, schweren Sack, in dem sich ein Geschöpf wand: eine Schlange. Eine große Schlange. Beide Soldaten nickten Livia zu und stellten sich neben sie aufs Gras.

Als den Sklaven klar wurde, was ihnen bevorstand, hörte man hier und da in der Reihe ein klägliches Wimmern, und einige legten die Hände vors Gesicht, als wollten sie sich gegen das Unvermeidliche schützen. *Poena cullei.* Die Strafe des Sacks.

«Wie ihr wisst, ist der Sack eine Strafe für Vatermord. Caesar ist der *Pater Patriae.* Er ist der Vater des Landes und unser aller Vater. Er ist auch dein Vater.» Livia drückte sich von der Zisterne hoch und schlenderte lässig zu einer der Sklavinnen – einem jungen, hübschen Mädchen mit hüftlangem, schwarzem Haar und noch schwärzeren Augen. «Du bist die kleine *cunnus*, die Caesar angesteckt hat, oder etwa nicht?»

«Domina ...» Die Stimme des Mädchens brach. Am ganzen Körper zitternd, starrte sie zu Boden. Man hatte sie gewarnt, dass so etwas geschehen würde. Despina und andere hatten ihr geraten, Caesars Nähe zu meiden. Seine Lieblings-Bettsklavin zu sein, sei eine Position, die mehr Risiken als Vorteile mit sich bringe, hatten sie gesagt, doch sie hatte nicht auf sie gehört. Jetzt war es zu spät.

«Nun, bringen wir es hinter uns», forderte Livia die Soldaten auf. «Die Hitze macht mich fertig.»

«Jawohl, Kaiserin», antwortete der Soldat, der den wütenden Hund hielt. Er zerrte das geifernde Tier zu seinem Kameraden, der den Sack auf dem Boden abgestellt hatte und sich damit abmühte, ihn zu öffnen, ohne dass die große Schlange entschlüpfte. Nach einigen Minuten gelang es den Soldaten, den Hund ebenfalls in den Sack zu stecken. Ein entsetzliches Spektakel brach los, als Hund und Viper sich wütend ineinander verbissen.

Während einer der beiden Soldaten sich damit abmühte, den Sack aufrecht zu halten, packte der andere die junge Sklavin an den Handgelenken und zerrte sie herbei. Sie ließ sich schreiend auf den Boden fallen und trat verzweifelt nach ihm. Er gab ihr einen raschen Schlag auf den Kopf, machte sie aber nicht bewusstlos – denn er wusste, dass seine Herrin das nicht wünschte. Die Sklavin war jedoch so weit betäubt, dass sie sich nun ergab. Der Soldat packte sie mit beiden Armen. Dabei rutschte ihre gegürtete Tunica nach oben und gab ihren dicken Bauch frei.

Hatte irgendeiner der Anwesenden noch immer geglaubt, das Mädchen werde dafür bestraft, Caesar angesteckt zu haben, wurde er oder sie nun eines Besseren belehrt. Caesars Frau eliminierte seine Bettsklavin, weil sie schwanger war, und schickte den anderen Sklavinnen damit eine eindringliche Botschaft.

Brecht eure Schwangerschaft ab, oder ich erledige das für euch.

Mit einer gewaltigen Kraftanstrengung, die unter weniger lebensbedohlichen Umständen amüsant gewirkt hätte, stellte einer der beiden Soldaten sich breitbeinig hin und versuchte, den Sack offen zu halten, während der andere das Mädchen mit dem Kopf voran hineinschob und ihre Beine nachdrückte.

Das grauenhafte Spektakel im Sack wurde lauter. Was darin geschah, konnte man nur erahnen, und es wirkte dadurch umso schrecklicher. Das zappelnde Mädchen, der Hund, der nach ihr schnappte, und die Schlange, die sich wand und deren scharfe Zähne sich in weiches Fleisch gruben. Die Schreie waren ohrenbetäubend, und das Knurren zerfetzte die Nerven.

Als allmählich Blut durch das schwere Tuch sickerte, banden die Soldaten den Sack mit einem dicken Seil zusammen und zerrten ihn die wenigen Stufen zur Regenzisterne hinauf, darauf bedacht, dabei nicht selbst in Arme oder Beine gebissen zu werden. Sie hoben den Sack an und ließen ihn mit einem lauten Platschen in das große Wasserfass fallen.

Der Lärm, der aus dem Sack drang – Schreie, Beißen, Knurren und Zischen –, klang nun gedämpft heraus. Die Wände der Regenzisterne erbebten, und ganz kurz sah es so aus, als könnte sie umkippen, doch ohne sich um das kalte Wasser zu scheren, das auf sie niederschwappte, drückten die Soldaten sich mit der Schulter dagegen und hielten sie aufrecht.

Es dauerte länger, als Livia erwartet hatte. Sie spürte, wie ihr die Sonne auf den Kopf brannte. «Zurück an die Arbeit», sagte sie zu den Sklaven, die immer noch in Reih und Glied vor ihr standen, und wandte sich zum Gehen. Sie schritt über den Hof und setzte sich auf einen gepolsterten Stuhl neben dem Brunnen des Triton.

«Despina, bring mir Zitronenwasser und kalten Aufschnitt.»
«Jawohl, Domina.»

Livia spürte, wie ein Schatten auf ihr Gesicht fiel, als ein Sklave einen Sonnenschirm über sie hielt. *Warum jetzt schon an Octavians Bett zurückeilen? Er würde ja nicht daraus ver-*

schwinden. Als sie aufblickte und Tritons muskulöse Brust bewunderte, trat ihr das Bild ihres Mannes mit den schlaff im Bett ausgestreckten Gliedmaßen und der losen, fleckigen Haut vor Augen. Seufzend sah sie den Marmorgott an. *Vita non aequa est.*

Das Leben ist nicht gerecht.

Robert Fabbri
Vespasian: Das Schwert des Tribuns

Das Jahr 26 n. Chr.: Der 16-jährige Vespasian verlässt sein behütetes Heim. Er will den Namen seiner Familie ehren, sich der Armee anschließen und Rom dienen. Doch die größte Stadt der Welt befindet sich in der eisernen Gewalt von Seianus, Kommandeur der Prätorianergarde. Blutjung und unerfahren wird Vespasian in die Politik Roms hineingezogen und muss aus der Stadt fliehen. Er nimmt einen Posten als Tribun in Thrakien an.

528 Seiten

Dort liegt Rebellion in der Luft – denn vor dem Machtringen in Rom gibt es kein Entkommen ...

«Ein Pageturner, der unter die Haut geht. Brutal, drastisch und hervorragend geschrieben.»
(David Gilman, Autor von «Legenden des Krieges»)

Der Auftakt der epischen historischen Bestsellerserie über Roms großen Kaiser Vespasian.

Weitere Informationen finden Sie unter **rowohlt.de**